사람으로 산다는 것

사람으로 산다는 것

삶의 끝에서 헤닝 만켈이 던진 마지막 질문

Henning Mankell

헤닝 만켈 | 이수연 옮김

mujintree
뮤진트리

2부 살라망카로 가는 길

3부 꼭두각시

■ 일러두기

‐ 이 책은 Henning Mankell의 《Kvicksand》(Leopard Förlag, 2014)의 독일어판 《Treibsand》(Paul Zsolnay Verlag, 2015)를 우리말로 옮긴 것이다.
‐ 본문에 나오는 도서·영화의 제목은 원 제목을 번역 표기하는 것을 원칙으로 하되, 국내에 번역 출간 및 소개된 작품은 그 제목을 따랐다.
‐ 옮긴이의 주는 괄호 안에 줄표를 두어 표기했다.

에바 베르히만에게.

또한 이 책은 제빵사 테렌티우스 네오와 그의 이름 모를 부인에게 바치는 것이기도 하다. 이 부부의 얼굴은 그들이 살던 폼페이의 집에서 발견된 초상화에서 볼 수 있다.

삶의 한가운데에 있는 두 사람의 모습. 둘의 표정은 진지하면서도 몽환적이다. 여자는 매우 아름답지만 수줍어 보인다. 남자 역시 부끄러워하는 표정이다. 두 사람은 자신의 삶을 아주 진지하게 받아들이고 있다는 인상을 준다.

서기 79년에 화산이 폭발했을 때, 무슨 일이 일어났는지 이해할 시간이 이 부부에게는 없었을 것이다. 둘은 삶의 한가운데에서 죽었다. 화산재와 이글거리는 용암에 묻혀.

1부

굽은 손가락

01

교통사고

12월 16일 이른 아침, 에바(에바 베르히만, 스웨덴 연출감독이자 헤닝 만 켈의 부인—옮긴이)가 나를 쿵스바카의 스타트오일 주유소까지 차로 데려다 주었고, 나는 거기서 차를 한 대 빌렸다. 란스크로나 근처에 있는 발라크라에 갔다가 저녁에 돌아와 차를 반납할 생각이었다. 다음 날 성탄절을 앞두고 예테보리와 쿵스바카의 서점 몇 군데서 최근에 발표한 소설 사인회가 계획되어 있었다.

비는 내리지 않았지만 눅눅하고 추운 겨울 아침이었다. 평소처럼 바르베리에서 아침을 먹는다면 목적지까지 가는데 세 시간 정도 걸 릴 것이었다.

30년째 나와 함께 일하고 있는 마푸투의 극장장 마누엘라 소에 이루가 스웨덴에 와 있었다. 다음해 가을에 공연될 연극과 관련한

구체적인 사항들을 점검할 첫 번째 회의를 위해서였다. 마누엘라는 내가 아베니다극장Teatro Avenida을 위해 일한 긴 세월 내내 이미 머리에 그리고 있었던 새로운 버전의 〈햄릿〉 공연에서 연출을 맡게 될 에위빈드의 집에 머물고 있었다.

내겐 이미 오래전부터 《햄릿》이 마치 아프리카의 어느 왕에 대한 이야기 같다는 느낌이 있었다. 셰익스피어 작품에는 뭔가 밖으로 끄집어낼 수 있을 것 같은 '검은' 느낌이 있다. 실제로 아프리카에는 19세기 아프리카 대륙 남부를 배경으로 한 거의 같은 내용의 이야기가 존재한다. 나는 〈햄릿〉의 마지막 부분에서 모두가 죽고 포틴브라스가 무대에 등장할 때, 그를 아프리카를 식민지로 만들기 위해 온 백인 남자의 모습으로 머릿속에 그리고 있었다. 그래서 포틴브라스가 '죽느냐 사느냐' 독백으로 극을 마무리하게 하는 게 당연할 것 같았다.

《햄릿》을 무대에 올리려면 그 역할을 연출자가 생각하는 대로 표현해줄 배우가 필요하다. 그런 배우가 있다. 지난 몇 년 동안 성숙한 배우로 발전한 조르지뉴라면 할 수 있을 것이다. 게다가 그는 극단에서 가장 언어 구사 능력이 뛰어난 배우이다. 지금이 딱 적기라는, 지금 아니면 안 될 것 같다는 느낌이 들었다.

할란드 지역을 지나면서 나는 그날 있을 만남에 대한 기대로 잔뜩 부풀어 있었다.

남쪽으로 향하는 도로는 구름이 낮게 깔려 있었음에도 습기 없이 잘 말라 있었다. 다른 때와 달리 난 그다지 속도를 내지 않았다. 도착시간을 미리 알려놓았기에 너무 일찍 도착하고 싶지 않았기 때문이다.

모든 것은 순식간에 일어났다. 라홀름 북쪽에서 천천히 달리는 화물차를 추월하기 위해 왼쪽으로 차선을 옮겼는데, 노면에 얼룩이 있었다. 기름이었던 것 같다. 차가 갑자기 미끄러지며 내 통제를 벗어났다. 자동차는 정면으로 가드레일을 들이받았다. 에어백이 터졌고, 눈앞이 캄캄해지면서 몇 초간 정신을 잃었다.

그런 다음 나는 꼼짝 않고 앉아 있었다. 무슨 일이 일어난 건가? 몸이 괜찮은지 살피기 시작했다. 다치진 않았다. 출혈도 없다. 차에서 내렸다. 다른 차들이 멈춰 섰고 사람들이 달려왔다. 나는 사람들에게 다친 데가 없다고 말했다.

도로변에 서서 에바에게 전화를 걸었다. 에바가 전화를 받았고, 난 침착하려 애썼다.

"나야! 내 목소리 들어보면 아무 일 없다는 것 알겠지?"

"무슨 일이야?" 에바가 급히 물었다.

사고에 대해 얘기했다. 가드레일을 들이받은 건 조금 줄여서 설명했다. 걱정 마. 이제 어떡해야 할지 잘 모르겠지만, 어쨌든 난 멀쩡해. 에바가 내 말을 곧이곧대로 믿었는지는 나도 모르겠다.

그 다음 발라크라에 전화를 걸었다.

"오늘 못 가겠네요. 라홀름 근처에서 가드레일을 들이받았어요. 다치지는 않았습니다. 다시 집으로 돌아가려고요. 차가 완전히 부서졌어요."

경찰이 도착했다. 음주측정기를 불었고, 당연히 아무것도 나오지 않았다. 경찰에게 사고경위를 설명했고, 그사이 소방대가 폐차해야 할 정도로 부서진 자동차를 도로에서 끌어냈다. 구급대원 한 명이 그래도 병원에 가서 검사를 받아보는 게 좋지 않겠냐고 물었다. 아픈 곳이 하나도 없었기에 괜찮다고 사양했다.

경찰이 나를 라홀름 기차역에 내려주었다. 30분 뒤 나는 예테보리행 기차에 타고 있었다. 발라크라로의 여행은 결국 무산되었다.

지금까지도 그 여행은 이뤄지지 못했다. 다음 날 계획되어 있던 사인회도 마찬가지다.

정확한 이유는 모르겠지만 나는 교통사고가 있던 바로 그날, 12월 16일에 암이 발병했을 것이라고 생각한다. 물론 논리적인 근거는 없다. 내 종양과 전이된 암세포는 오랜 기간에 걸쳐 자랐을 것이다. 그리고 그날 암과 관련된 어떤 증상이나 다른 징후를 느낀 것도 아니다.

그날의 사고는 아마 경고였을 것이다. 무엇인가 시작되고 있다는.

일주일 후, 성탄절을 맞아 에바와 나는 프랑스 앙티브에 있는 우리 집으로 여행을 떠났다. 크리스마스이브 아침, 나는 목덜미에 통증과 뻐근함을 느끼며 잠에서 깼다. 잘못된 자세로 잠을 자서 경부 강직이 나타났다고 생각했다.

그런데 통증이 줄어들지를 않았다. 오히려 오른팔로 번져나갔다.

오른쪽 엄지손가락에 감각이 없었고, 통증도 계속되었다. 결국 성탄절 연휴기간임에도 스톡홀름에 있는 정형외과의에게 연락을 했다. 스웨덴으로 돌아와서 12월 28일에 그 의사를 찾아가 검사를 받았다. 의사는 경추 추간판 탈출증 초기 증상일 수 있지만 엑스선 검사를 해봐야 확실한 진단이 가능하다고 말했다. 그래서 새해 초로 검사 일정을 잡았다.

그날은 1월 8일이었다. 눈발이 약하게 날리는 추운 아침이었다. 나는 경추 추간판 탈출증 진단을 확인하기 위한 검사라고 생각했다. 뒷목의 통증은 여전했다. 강한 진통제는 임시방편에 불과했고, 이제 치료를 받으면 되리라 여겼다.

아침 일찍 두 번 엑스선 검사를 받았다. 두 시간 후, 경부 강직 증상과 경추 추간판 탈출증이라는 추측은 심각한 암 진단으로 바뀌었다. 나는 화면을 통해 내 왼쪽 폐에 자리하고 있는 3센티미터 크기의 암종을 볼 수 있었다. 뒷목에도 암세포가 전이되어 있었다. 바로 그것이 목덜미 통증의 원인이었다.

진단은 아주 분명했다. 상태는 심각했다. 불치 상태인 듯했다. 나는 허탈한 얼굴로 물었다. 그렇다면 이제 집에 돌아가 마지막을 기다려야 한다는 말이냐고. 의사가 대답했다. "옛날 같으면 그랬겠죠. 하지만 요즘엔 여러 치료방법이 있습니다."

검사 결과를 들으러 소피아헤멧 병원에 갈 때 에바가 나와 동행했다. 결과를 들은 후 밖에서 택시를 기다릴 때 우리는 서로 별다른 말을 하지 않았다. 아니, 아무 말도 하지 않았다.

그때 나는 눈더미 위에서 신나게 깡충깡충 뛰고 있는 한 어린 소녀를 보았다.

그리고 어린 내가 눈밭에서 뛰고 있는 모습을 보았다. 나는 지금 예순다섯 살이고 암에 걸렸다. 나는 뛰지 않았다.

내 생각을 읽기라도 한 듯 에바가 내 팔을 힘주어 잡았다. 택시를 잡아타고 출발했을 때 소녀는 여전히 눈더미 위에서 뛰고 있었다.

지금 이 글을 쓰고 있는 6월 18일 오늘, 그때부터 지금까지 흐른 시간은 길기도 하고 짧기도 하다. 나는 죽음이라는 마침표도, 완쾌라는 마침표도 찍을 수 없다. 나는 과정 속에 있다. 최종적인 결론은 없다.

그러나 나는 그것을 겪었고 경험했다. 이 이야기에는 끝이 없다. 진행 중이니까.

이 책은 바로 그 이야기를 다룬다. 내 삶, 과거의 내 삶과 현재의 내 삶.

02

마지못해 저승길에 오르는 사람들

교통사고가 나고 이틀 뒤 나는 내가 사는 곳에서 멀지 않은, 쿵스바카 북쪽 바닷가의 슬랩에 있는 교회를 찾았다. 그때까지 이미 여러 번 봤던 어떤 그림이 갑자기 보고 싶어졌기 때문이다. 다른 어떤 그림과도 비슷하지 않은 그런 그림이다.

그 그림은 한 가족의 초상화이다. 사진기술이 출현하기 백 년 전, 그럴 만한 여유가 있는 사람들은 유화 초상화를 주문 제작하곤 했다. 그 그림은 구스타프 프레드리크 요르트베리 목사와 그의 아내 안나 헬레나 그리고 전부 열다섯 명의 아이들을 담고 있다. 구스타프 요르트베리가 50세가량 되었던 1770년대 초반에 그려진 그림으로, 요르트베리는 그 몇 년 뒤인 1776년에 죽었다.

요르트베리는 스웨덴에 감자를 들여온 사람으로 알려져 있기도 하다.

그 그림에서 충격적이고 주목할 만하고 또 어쩌면 경악할 만한 사실은, 거기에 화가 요나스 뒤르크스가 그림을 그릴 당시 생존해 있던 가족구성원만 그려져 있는 것이 아니란 점이다. 뒤르크스는 이미 죽은 아이들도 그렸다. 그 아이들이 이 세상을 방문했던 시간은 짧았을지라도, 가족 초상화에서 그들은 각자의 자리를 지키고 있다.

그림의 구성은 당시의 관습을 그대로 따르고 있다. 아들들은 죽었건 살았건 아버지를 중심으로 그림 왼편에 모여 있고, 딸들은 오른편 어머니 쪽에 모여 있다. 살아 있는 이들의 시선은 관찰자를 향하고 있고 대부분 조심스러운, 어쩌면 수줍은 미소를 띠고 있다. 이와 달리 죽은 아이들은 반쯤 돌아서 있거나 살아 있는 아이들에게 얼굴이 부분적으로 가려져 있다. 죽은 남자아이 한 명은 이마 부분과 한쪽 눈만 겨우 보인다. 마치 그 자리에 끼어 있으려고 필사적으로 노력하는 것처럼 보인다. 어머니 옆의 요람에는 얼굴이 반쯤 가려진 갓난아이가 있다. 그 뒤로 또 여자아이들이 서 있다. 죽은 아이들은 모두 여섯 명이다.

마치 시간이 그림 위에 멈춘 듯 하다. 보통 사진이 그런 것처럼.

구스타프 요르트베리는 비록 중요한 역할을 담당한 적은 없었지만 칼 폰 린네(Carl von Linné, 스웨덴의 식물학자로 현대 분류학의 아버지— 옮긴이)의 제자 중 한 명이었다. 또한 동인도회사 선박 재직 목사로서 적어도 세 번 중국을 방문했다. 그래서인지 그림에 지구본과 마다가스카르 여우원숭이가 있다. 요르트베리는 손에 글씨가 적힌 종이 한 장을 들고 있다. 학식 있는 집안임을 보여준다. 구스타프 요르트베리는 계몽주의 시대의 이상과 함께 살다 죽은 사람이다. 또한 의술로도 유명했다. 그에게 의료 상담과 치료를 받기 위해 많은 사람들이 슬랩을 찾아오곤 했다.

그림에 그려진 사람들이 살았던 때로부터, 혹은 그들이 죽은 이후로 250여 년이 흘렀다. 여덟이나 아홉 세대 정도가 흘렀다. 그 이상은 아니다. 여러 가지로 볼 때 그들은 우리와 동시대인이다. 그들은 무엇보다 그 그림을 바라보고 있는 우리와 같은 문명에 속한 사람들이다.

그림 속 인물들은 모두 미소 짓고 있다. 어떤 이들은 약간 경직된 모습이고, 어떤 이들은 생각에 잠긴 모습이다. 또 어떤 이들은 아주 솔직하고, 그림의 관찰자인 나에게 다가오는 듯한 모습이다.

그러나 기억에 남는 건 역시 돌아서 있거나 얼굴이 반쯤 가려진 아이들, 죽은 아이들이다. 그들은 마치 관찰자에게서 멀어져서 저승으로 들어가고 있는 것처럼 보인다.

정말 마음을 움직이는 것은 죽은 아이들의 사라지길 거부하는 그 모습이다.

그 그림은 내가 아는 어떤 그림보다도 더 강하게 삶의 놀라운 끈질김을 보여준다.

나는 바로 그 그림이 우리 문명이 후세에 보내는 인사로 오랫동안, 내가 상상할 수 없는 먼 미래까지 보존되기를 바란다. 그 그림은 이성에 대한 믿음과 사람들이 처해 있는 비극적인 삶의 조건들을 하나로 결합시켜 보여주고 있다.

모든 것이 그 그림 안에 들어 있다.

O3

위대한 발견

경부 강직 증상이 암에 의한 것으로 판명된 이후 나를 덮쳤던 감정의 혼란 속에서, 나는 기억이 나를 종종 어린 시절로 데려가곤 한다는 것을 알게 되었다. 그러나 그 기억들이 나에게 갑자기 닥친 삶의 재앙을 다룰 방법을 보여주는 출발점을 만들어주고, 그것을 이해할 수 있도록 도와주려는 것임을 깨달을 때까지는 꽤 시간이 걸렸다.

어쨌든 어딘가에서 시작을 해야 했다. 선택을 해야 했다. 그리고 그 출발점이 내 어린 시절에 있다는 것을 점점 더 분명하게 느끼게 되었다.

결국은 1957년의 어느 추운 겨울날을 선택했다. 그날 아침에 눈을 떴을 때, 나는 그날 큰 비밀이 밝혀지게 되리라는 것을 몰랐다.

나는 아침 일찍 어둠을 뚫고 학교로 향했다. 나는 아홉 살이었다. 하필 그날 제일 친한 친구인 보세가 아팠다. 보세는 내가 살던 법원 건물에서 몇 분 거리에 살고 있었고, 나는 학교 가는 길에 항상 보세네 집에 들러 함께 가곤 했다. 보세의 형 괴란이 문을 열어주었고 보세는 목이 아파서 집에서 쉬어야 한다고 말했다. 그래서 그날 나는 혼자 학교에 가야 했다.

스베그는 작은 마을이어서 긴 도로가 없다. 그 겨울날로부터 57년이 흘렀지만 나는 그날의 사소한 것까지 다 기억할 수 있다. 그다지 강하진 않았지만 갑자기 불어온 바람에 휘청대던 가로등의 희미한 불빛. 페인트 가게 앞 가로등은 갓이 깨져 있었다. 전날엔 멀쩡했으니 밤사이에 깨진 게 분명했다.

밤새 눈이 내렸다. 가구점 앞은 벌써 눈이 치워져 있었다. 가구점 주인인 잉가 브리트의 아버지가 치웠을 것이다. 잉가 브리트는 나와 같은 반이었다. 하지만 그 아이는 여자아이고, 그래서 우리는 절대 함께 학교에 가지 않았다. 잉가 브리트는 아무도 따라잡을 수 없을 만큼 달리기가 빨랐지만 그렇다고 달라질 건 없었다.

나는 그 당시 꿨던 꿈까지도 기억한다. 우리 집 아래쪽으로는 유스난 강이 흐르고 있었고, 나는 유스난 강을 떠다니는 유빙 위에 서 있었다. 유빙은 남쪽으로 흘러가고 있었고 봄이라 얼음이 한창 녹아가는 중이었다. 혼자서 커다란 유빙 위에 서 있는 일은 위험하기 때문에 상당히 무서웠을 것이다. 그 몇 달 전 나보다 몇 살 위인 소년이 근처 호수에서 갑자기 나타난 얼음구멍에 빠져 죽은 사고가 있었다. 소년은 얼음구멍에 빠졌고, 소방대가 막대기와 갈고리를 이용해 열심히 찾았지만 끝내 발견하지 못했다. 담임선생님은 그 소년이 앉았던 교실 의자에 십자가를 새겼다. 그 십자가는 아직도 남아 있다. 같은 반 아이들은 모두 얼음구멍과 사고와 유령을 무서워했다. 사람들은 모두 우리가 죽음이라 부르는 그 이해할 수 없는 것에 대한 두려움을 가지고 있다. 교실 의자에 새겨진 십자가는 우리에게 공포를 불러일으켰다.

하지만 내 꿈에 나타난 유빙은 안전했다. 나는 내가 물에 빠지지 않을 것임을 알고 있었다.

나는 가구점 앞에서 길을 비스듬히 건너 마을회관 앞에 멈춰 섰다. 마을회관에는 게시판이 두 개 있다. 극장에 걸린 영화가 바뀔 때마다 주중에 게시된 프로그램도 바뀐다. 영화 필름은 기차역에 있는 소포 취급소로부터 갈색 종이상자에 담겨 배달된다. 남부의 오르사에서 기차로 보내지던지 아니면 외스테르순드에서 궤도버스로 운반된 필름들이다. 역에서 마을회관까지의 배달은 마차로 이루어진다. 마을회관 관리인인 엥만 씨가 필름이 담긴 상자들을 마차에서 내린다. 나도 한번 시도해보았지만 실패했다. 아홉 살짜리 꼬마가 들기엔 너무 무거웠다. 종이상자들 속에는 내가 나중에 볼 저질 서부영화가 하나 들어 있었다. 사람들이 계속 말만 하다가 종국엔 짧은 결투를 하게 되는, 그 이상은 없는 B급 또는 C급 영화들 중 하나였다. 게다가 화면 색깔도 이상했다. 사람들 얼굴은 분홍색이고, 하늘은 파란색보다는 녹색에 가까웠다.

알고 보니 엥만 씨가 보여 줄 영화는 〈더 하드 맨(The Hard Man, 조지 서먼 감독의 1957년 작품―옮긴이)〉이었다. 그다지 끌리지는 않았다. 닐스 포페가 나오는 스웨덴 영화도 하나 있었다. 그 영화가 유일하게 좋은 점은 '미성년자 관람가'라는 것이었다. 그래서 지하실 창문으로 몰래 들어갈 필요가 없었다. 보세와 나는 '미성년자 관람불가' 영화가 상영될 경우 들어가려고 지하실 창문이 완전히 닫히지 않도록 몰래 조치를 취해두었다.

57년 전 추운 그 겨울 아침을 떠올리다보니, 내 삶에 영향을 미쳤던 결정적인 순간들 중 하나가 생생하게 기억난다. 그 상황이 지나치리만큼 선명하게 눈앞에 떠오른다. 마치 내 기억에 낙인으로 찍어놓은 그림처럼. 갑자기 예기치 않은 통찰이 일어났다. 마치 한 대 얻어맞은 것 같았다. '나는 나일뿐 다른 누구도 아니다. 나는 나다.' 이런 문장이 저절로 머릿속에 나타났다.

그 순간 나는 내 정체성을 갖게 되었다. 그 이전에 내 생각은 내 나이만큼 어린아이 같았다. 그러나 그때 아주 새로운 상태가 나타났다. 정체성은 의식을 전제로 한다.

나는 나일뿐 다른 누구도 아니다. 나는 다른 어떤 사람과 바뀔 수 없다. 사는 것이 갑자기 진지한 문제가 되었다.

그 새롭고 충격적인 통찰과 함께 얼마나 오랫동안 추위와 어둠 속에 서 있었는지는 모르겠다. 그러나 내가 학교에 지각했다는 것은 안다. 학교 현관문을 열고 들어갔을 때 이미 담임인 루트 프레샨 선생님이 풍금을 연주하고 있었다. 나는 소지품을 제자리에 걸고 기다렸다. 아침 예배와 찬송이 시작된 후에는 마음대로 교실에 들어가는 것이 엄격하게 금지되어 있었다.

풍금 연주가 끝났고, 아이들이 걸상을 덜커덩거리는 소리가 들렸다. 나는 노크를 하고 안으로 들어갔다. 내가 지각을 하는 경우는 거의 없었기 때문에 프레샨 선생님은 내 얼굴을 가만히 살피더니 고개를 끄덕였다. 내게 뭔가 경솔함이나 나태함이 보였다면 선생님이 뭐라고 말을 했을 것이다.

"보세가 아파요. 목이 아프고 열도 있어서 오늘 학교에 못 온대요." 나는 이렇게 말했다.

그런 다음 나는 내 자리에 앉았다. 주위를 둘러보았다. 그 추운 겨울 아침부터 내가 간직하게 된 커다란 비밀은 아무도 눈치채지 못했다.

04

모래늪

갑자기 삶이 쪼그라든 것 같은 느낌이 들었다. 2014년 새해가 밝은 지 얼마 안 되어 암 진단을 받은 그날 아침, 마치 생명이 쪼그라든 것 같았다. 생각은 멈춰버렸고, 어떤 황폐한 풍경이 내 머리 속에서 퍼져가는 것 같았다.

아마도 나는 미래를 생각할 엄두를 내지 못했던 것 같다. 미래는 불확실했다. 지뢰가 묻힌 지대와 같았다. 그 대신 나는 자꾸자꾸 내 어린 시절로 돌아갔다.

여덟아홉 살쯤 나는 한동안 어떻게 죽는 게 가장 무서울지를 집중적으로 고민했다. 이상한 일은 아니다. 그 나이 때에는 그런 생각을 하는 법이다. 삶과 죽음이 중요한 문제가 되기 시작한다. 아이들은 매우 진지한 존재다. 이는 의식적 인간이 되려고 하는 나이에만 해당되는 말이 아니다. 우리는 모두 자기 마음대로 바꿀 수 없는 정체성을 가지고 있다는 사실을 깨닫게 된다. 거울에 비친 내 모습은 시간이 흐르면서 변할 것이다. 그러나 그 뒤에는 항상 변하지 않는 나라는 존재가 숨어 있다.

정체성은 우리가 어려운 질문들에 대해 어떤 태도를 취하기 시작하면서부터 형성된다. 자신의 어린 시절을 완전히 잊어버리지 않은 사람이라면 누구나 아는 사실이다.

내가 가장 무서워했던 것은 호수나 강의 얼음이 깨지면서 아래로 빨려 들어가 그 얼음구멍에서 더이상 헤어나지 못하게 되는 것이었다. 햇빛이 비춰드는 얼음장 밑에서 죽는 것. 차가운 물속에서 숨이 막혀 죽는 것. 아무도 벗어나게 해줄 수 없는 공포. 아무도 듣지 못하는 비명. 얼음과 죽음으로 얼어붙는 비명.

내가 그런 공포를 가졌던 것은 어쩌면 당연했다. 나는 헤리에달렌에서 어린 시절을 보냈다. 겨울이 아주 길고 매섭게 추운 곳이다.

내가 여덟아홉 살쯤 되었을 때 실제로 내 나이 또래 여자아이가 산드셰른 호수의 얇디얇은 얼음판이 깨지면서 물에 빠졌다. 그 아이를 꺼낼 때 나는 그 자리에 있었다. 사고 소식은 아주 빠르게 스베그 전체에 퍼졌고, 많은 사람들이 현장으로 달려왔다. 그날은 일요일이었다. 여자아이의 부모는 얼음으로 덮인 호숫가에 서 있었고, 온통 하얀 얼음판에 까만 얼음구멍이 도드라져 보였다. 자율소방대 대원들이 사용한 갈고리가 달린 막대기에 그 아이가 걸려들었을때, 아이의 부모가 보여준 모습은 우리가 영화나 책에서 본 것과는 달랐다. 그들은 비명을 지르지 않았다. 입을 꾹 닫고 아무 소리도 내지 않았다. 다른 사람들은 울었다. 내가 기억하기로는 담임선생님도, 목사님도, 그리고 그 여자아이와 많이 친했던 친구들도 흐느꼈다.

누군가는 먹은 것을 얼음 위에 토했다. 매우 고요했다. 모든 사람들의 입에서 뜻을 알 수 없는 연기 신호와 같은 흰 입김만 피어올랐다.

익사한 그 아이는 물속에 그리 오래 있지 않았지만 완전히 뻣뻣하게 굳어 있었다. 그 아이를 눈밭에 누이자 아이가 입고 있던 양모로 된 옷은 쪼개질 듯 바스락댔다. 얼굴은 분이라도 바른 듯 아주 창백했다. 아이의 금발은 노란 고드름처럼 빨간 모자 아래로 삐져나와 있었다.

나를 두렵게 만드는 죽음이 또 하나 있었다. 어딘가에서 읽은 이야기인데, 나중에 어디서 읽은 건지 기억을 더듬어 보았다. 서스펜스와 모험담이 섞인 스포츠 관련 이야기들을 게재하던 〈레코드 마가지넷Rekord – Magasinet〉이란 잡지였을 수도 있고, 아니면 아프리카나 아랍 국가들에 관한 여행기였을 수도 있다. 어쨌든 그 이야기를 다시 찾지는 못했다.

그 이야기는 모래늪에 관한 것이었다. 카키색 유니폼을 입고 어깨에 총을 멘 한 탐험가가 모래늪에 발을 디디자마자 꼼짝할 수 없이 빠져버렸다. 아무리 애써도 빠져나올 수 없었고 결국에는 모래가 남자의 입과 코도 막아버렸다. 그것으로 끝이었다. 남자는 질식사했고, 마지막으로 그의 정수리 머리털마저 모래 속으로 사라졌다.

모래늪은 살아 있었다. 모래알들이 기분 나쁜 촉수로 변해서 사람을 삼켜버렸다. 사람 잡아먹는 모래구멍이다.

위험한 얼음판은 피하면 되었고, 스웨덴의 여러 호숫가나 유스난 강가에도 백사장은 별로 없었다. 하지만 몇 년 뒤 스카겐(덴마크 유틀란트 반도 북부 노르윌란 주의 항구도시—옮긴이)의 모래언덕들 위를 걸을 때나, 그보다 더 시간이 흘러 아프리카의 바닷가를 거닐 때면 그 비열한 모래늪의 기억이 다시 떠오르곤 했다.

내가 암에 걸렸다는 것을 알게 되었을 때 그 공포가 다시 나타났다. 지금에야 말하지만, 그 공포는 나를 가차 없이 가격했다.

나를 엄습한 감정은 모래늪에 대한 공포와 똑같았다. 나는 빨려 들어가지 않으려고 반항했다. 불치의 병이 나를 덮쳤다는, 나를 마비시키는 그 인식에 잡아먹히지 않으려고 버둥거렸다. 내 모든 저항력을 무너뜨리려는 공포가 날 완전히 마비시키지 않도록 스스로를 다잡는 데 열흘이 걸렸다. 그 열흘 동안 나는 거의 잠을 이루지 못했다.

거의 울음을 터뜨릴 정도로 그렇게 좌절했던 적이 또 있었던가 싶다. 그냥 마구 소리를 지르고 싶을 정도로 깊은 좌절감을 느낀 적이 또 있었던가 싶다. 그건 모래늪에서 살아 나오고자 하는 무언의 투쟁이었다.

하지만 나는 빨려 들어가지 않았다. 결국 모래늪에서 기어 나와서 내게 다가온 도전을 받아들이기 시작했다. 침대에 누워 죽음을 기다리겠다는 생각은 사라져버렸다. 현재로서 가능한 치료를 받을 것이다. 완전히 치유될 수는 없다고 하더라도, 오래 살 수 있는 가능성은 있었다.

암에 걸린다는 건 한 사람의 삶에 찾아오는 재앙이다. 우리가 과연 암 발병이라는 사실을 받아들이고 그에 저항할 수 있는 상태였는지는 나중에야 알 수 있다. 재앙 같은 암 진단을 받은 후 열흘 동안 내가 무슨 생각을 했고 무엇을 경험했는지는 아직까지도 확실하지 않다. 어쩌면 영영 선명하게 기억나지 않을 것이다. 2014년 1월 8일 이후의 열흘 동안은 낮이 짧은 스웨덴의 겨울만큼 어둡게, 그저 어렴풋하게만 기억날 뿐이다. 나중에 생각해보니 내 몸은 말라리아에 걸렸을 때와 비슷하게 오한 발작이 반복되는 신체적 반응을 보였다. 나는 주로 이불을 턱까지 끌어올려 덮고 누워 있었다.

지금 확실히 기억나는 딱 한 가지는 시간이 멈춘 것 같은 느낌이다. 압축된 우주에서처럼 모든 것이 과거도 미래도 없는 바로 지금이라는 한 점으로 집중되었다. 빠지면 죽게 되는, 모든 걸 빨아들이는 구멍 가장자리에 안간힘을 다해 매달려 있는 한 사람에게 집중되었다.

다 포기하고 심연이 나를 집어삼키게 그냥 놔두고 싶은 마음을 결국 이겨냈을 때, 나는 여러 책들을 통해 모래늪의 진실을 알게 되었다. 사람을 빨아들여 결국 죽게 만드는 모래늪의 이야기는 전설에 불과하다는 것이다. 모래늪에 관한 모든 이야기와 보도는 허구였다. 무엇보다도 네덜란드의 한 대학이 실험을 통해서 그렇다는 것을 증명했다.

하지만 그럼에도 나는 여전히 모래늪의 이미지를 믿는다.

내 삶의 전제조건들을 완전히 바꾼 그 열흘은 그런 모습이었다. 모래늪은 지옥구멍이었고, 나는 결국 그 지옥구멍에서 살아나왔다.

05

땅 속에 숨겨진 미래

'온칼로'라는 단어를 처음 들은 건 2012년 가을이다. 물론 그때 나는 2년 후 내가 암에 걸리리라는 것을 몰랐다.

'온칼로'는 핀란드어로 움푹 팬 곳을 뜻한다. 또한 뭔가 은밀한 것을 나타내기도 하고, '바위틈에 살고 있는 트롤(Troll, 북유럽 전설 속에 등장하는 인간과 비슷한 모습의 거인 또는 난쟁이─옮긴이)'이라는 의미로 쓰이기도 한다.

나는 예테보리와 스톡홀름을 오가는 기차에서 우연히 한 신문기사를 읽었다. 핀란드의 화강암 지대에 터널을 뚫고 지층 깊이 동굴을 만들어 원자력발전소의 방사능 폐기물을 거의 영원에 가까운 미래의 시간까지 보관하려 한다는 기사였다. 최소한 10만 년 동안 그곳에 방사능 폐기물을 보관하겠다는 것이다. 방사능 폐기물은 처음

천 년 동안 가장 위험하고 치명적인데, 어쨌든 3천 세대에 달하는 시간 동안 그렇게 봉인한다는 계획이다.

나는 평생 원자력과 함께 살아왔다. 핵무기 공포와 핵무기 반대 시위, 계속 엉겨 붙어 싸우다가 어쩔 수 없을 때만 잠깐 서로 떨어져 일시적으로 평화로운 관계를 보이는 두 마리 야생동물 같던 소련과 미국, 그런 것이 어렴풋하게 떠오르는 내 어린 시절의 기억이다. 그 다음에 찾아온 것이 원자력과 원전사고이다. 쓰리마일 섬, 체르노빌 그리고 후쿠시마 원전사고까지. 나는 또 다른 원전사고의 카운트다운이 이미 시작되었다고 생각하며 살아가고 있다. 나는 원자력에 반대한다. 지금까지 일어난 모든 원전사고와 사고 위험을 보며 원자력 발전에 대한 내 반대의견은 더욱 강해졌다. 물론 방사능이 줄어드는 데 아주 긴 시간이 필요하다는 것과, 수천 년 동안 우리와 공존할 수밖에 없는 방사능 폐기물의 위험성은 아주 잘 알고 있었다. 그러나 2년 전 바로 그 가을날, 나는 그것이 무슨 의미인지 진정으로 알게 되었다.

해당 신문기사는 신문 뒤쪽 지면에 자리하고 있었다. 다른 기사들, 예를 들어 록 가수의 연애사나 어떻게 하면 합법적으로 세금을 절약할 수 있는지, 어떻게 하면 14일 동안 체중을 몇 킬로그램씩 줄일 수 있는지 하는 기사들이 훨씬 더 중요한 것으로 분류되어 있었다.

물론 당연히 이해는 한다. 우리는 현재를 살고 있으니까.

사람들은 앞으로의 며칠이나 몇 달, 또는 몇 년을 넘어서는 먼 미래의 시간에 호기심이나 관심을 쏟지 못한다. 그보다는 바로 다음 회 로또 당첨번호를 생각하거나, 자신을 얽어매고 있는 모든 의무로부터 자유롭게 만들어줄 복권 당첨을 기원하며 살아간다. 우리가 살고 있는 지구 이쪽의 사람들은 이제 더이상 신을 믿지 않는다. 그들이 믿는 건 스크래치 복권과 여러 가지 도박이다.

그러나 그 신문에는 영원만큼 먼 미래의 시간까지 핵폐기물이 보관되어야 할 핀란드 암석 지층의 방사능 폐기물 최종처분장에 관한 기사도 있었다.

그 기차여행 며칠 후 나는 온칼로라는 이름이 붙은 핵폐기물 최종처분장의 방문허가를 청하는 편지를 썼다. 그리고 곧바로 내 방문을 반기지 않는다는 내용의 답장이 왔다. 내가 그 시설을 추리소설 배경으로 이용하는 것을 원치 않는다는 내용이었다. 나는 격분하여 그런 생각은 꿈에도 해보지 않았다고 답했다. 내 방문에 목적이 있다면 그것은 철학적 관점에서 비롯된 것이다. 목숨을 위협하는 방사능 폐기물이 10만 년이라는 시간 동안 안전하게 보관된다는 것을 어떻게 보장할 수 있는가? 인간이 세운 건축물 중 가장 오래 유지되고 있는 것들도 기껏해야 5, 6천 년 되었을 뿐인데? 현재를 살고 있는 우리들 중 어느 누구도 살아남아 통제할 수 없는 것을 우리가 어떻게 보장할 수 있는가?

이에 대해 받은 답장의 내용은, 지하 저장고와 터널에서 방문객의 안전을 보장할 수 없기 때문에 방문객을 받지 않기로 결정했다는 것이었다. 그 지하 저장고에 나도, 내 편지에 답장을 한 소장도 무덤에서 썩어 사라지고 없을 먼 미래까지 안전하게 핵폐기물이 보관될 것이라면서, 동시에 방문객 한 사람의 안전도 보장할 수 없다는 그 답장의 내용이 경악스럽고 동시에 참 이상하다고 느꼈다.

나는 내가 핀란드의 은폐시설 온칼로를 절대 방문할 수 없으리라는 것을 깨달았다. 그런데 스웨덴에도 비슷한 작업이 진행되고 있었다. 오스카르스함에서 멀지 않은 곳인데, 내가 열여덟 살 때 몇 번 가본 적 있는 곳이다. 스웨덴에 원자력발전소가 하나도 없었던 시절이었고, 사용후핵연료 처리 문제가 정부나 국민들의 관심사가 되기 한참 전이었다. 나는 오스카르스함에 있는 원자력발전소에 편지를 썼고 방문해도 좋다는 답을 받았다. 그래서 몇 달 후 그곳을 방문했다.

암에 걸려서인지, 이제는 우리가 핵폐기물을 어떻게 다뤄야 할 것인지 예상치 못한 새로운 깨달음을 얻게 된 것 같은 생각이 든다.

06

유리 속 공기방울

　내 고모부 빅토르 순드스트룀은 독학으로 엔지니어가 된 사람이다. 내가 어릴 적에 고모부는 나와 친구처럼 지냈는데, 그가 나이와 상관없이 평생 정치적 반항자였기 때문이다. 고모부는 95세까지 살았는데, 고모부의 출신지역인 베름란드의 가난한 사람들이 19세기 말에 얼마나 열악한 조건 속에서 지냈는지 끊임없이 이야기했다.

　한번은 고모부가 내게 우주에 대해 설명해주었다. 당시는 1950년대 중반이었는데, 빅뱅이론이 아직 우주의 생성을 설명할 수 있는 모형으로 광범위하게 받아들여지지 않았던 때였다. 빅토르 고모부는 우주가 원래부터 항상 있었다고 말했다. 그러면 우주가 있기 전에는 무엇이 있었냐고 묻자, 고모부는 그 이전이라는 건 없다고 대답했다. 당연히 이해할 수 없는 얘기였다. 어린 내가 그리고 있던 세계상이 몽땅 무너져버렸다. 어렴풋한 기억에 따르면 고모부는 당신이 내게서 '그 이전'이라는 것을 앗아감으로써 나를 불안하게 만들고, 어쩌면 두렵게 만들었다고 느꼈던 것 같다.

그래서인지 고모부는 "확실하게 아는 사람은 아무도 없어. 우주는 수수께끼야"라는 말로 정리를 했다.

고모부는 하나님을 믿지 않았다. 그래서 아버지가 나와 내 형제들에게 주일학교 근처에도 가지 말라고 금한 것을 기뻐했다. 고모부 자신도 장례식에 참석해야 할 때를 제외하고는 절대 교회에 가지 않았다. 죽은 후 자신의 몸에 무슨 일이 일어날지는 고모부에게 아무런 상관도 없는 문제였다.

나에게 하나님은 공포를 일으키는 거대한 존재였다. 나 몰래 아주 가까이 다가와 내 생각을 읽을 수 있는 눈에 보이지 않는 존재. 빅토르 고모부도, 아버지도 눈에 보이지 않는 하나님이 지구와 행성들과 별들을 만들었다고 생각하지 않는다는 것을 나는 알게 되었다. 그러한 인식은 몇 년 동안 나를 불안하게 했다. 추운 겨울밤 하늘에 반짝이는 그 많은 별들을 품고 있는 우주가 단지 하나의 커다란 수수께끼라는 것이 불만스러웠다.

뭔가 더 있어야 했다. '그 이전'이 있어야 했다.

설사 내가 시도를 했다고 하더라도, 10만 년 앞날의 시간을 상상해보는 것이 어린 시절 나에게는 불가능했을 것이다. 지금의 내게도 여전히 불가능하다. 나는 수학을 이해할 수 있고 세대의 수를 셀수 있지만, 그래도 이해할 수 없다. 어떻게 사람이 그토록 먼 미래에 있을 세상을 상상할 수 있겠는가? 어떻게 나로부터 3천 세대 이후의 후손을 눈앞에 그릴 수 있겠는가? 우리 앞에 놓인 시간은 뒤를 돌아볼 때와 똑같이 안개 속에 놓여 있다. 몸을 어디로 돌리든 마찬가지로 안개가, 어쩌면 빈틈없는 어둠이 우리를 에워싸고 있다. 우리는 우리의 생각을 모든 방향으로, 그리고 모든 시간의 차원으로 보낼 수 있다. 하지만 그로부터 우리가 받는 대답은 별 가치가 없다. 공상과학 작가들조차 잘 그려낼 수 없는 것을 우리가 꿰뚫어 볼 수는 없다.

학자들은 우주의 생성부터 시작해서 태양이 팽창해 결국 지구까지 삼켜버리게 될, 바닷물이 모두 증발해버리고 모든 생명이 죽어버릴 그날까지 모든 것을 수학적 모형을 이용해 계산할 수 있다. 생명을 주는 태양이 마지막에는 우리의 죽음이 될 것이다. 이글이글 불타는 거대한 용처럼, 태양은 자신이 죽어서 차갑게 식어버린 왜성이 되기 전에 지구를 삼켜버릴 것이다. 하지만 수학적 모형이 시간의 차원을 더 잘 이해할 수 있게 만들어주지는 못한다.

10만 년 후의 세상을 상상하는 불가능한 일에 좀 더 가까워질 수 있는 다른 방법들이 있다. 그중 한 가지는 다음과 같다.

몇 년 전 나는 유리 가공 기술자인 친한 친구에게 공기방울이 들어 있는 유리잔을 하나 만들어달라고 부탁했다. 자존심과 기술이 있는 기술자에게 그런 유리잔은 보통 두 번 볼 것도 없이 폐기되는 실패작이다. 나는 그때 진실과 거짓의 차이, 동화와 현실의 차이를 고민하고 있었다. 시간과 무한한 거리에 관한 질문도 내 머릿속을 채우고 있었다.

투명한 유리 속에 갇힌 공기방울은 한 자리에 멈춰 있는 것이 아니라 움직인다는 이야기가 있다. 그런데 그 움직임은 사람이 육안으로는 알아볼 수 없을 만큼 느리다. 한 사람이 평생을 사는 동안에도 공기방울은 눈에 보일 만큼 한 방향으로 움직이지 않는다. 공기방울이 다시 출발점으로 돌아오기까지는 백만 년 이상이 걸린다. 그러니까 공기방울은 특정한 곡선을 따라 특정한 속도로 움직이는 행성들처럼 궤도를 가지고 있다는 것이다.

하리 마르틴손(Harry Martinson, 스웨덴의 시인이자 비평가로 1974년 노벨 문학상 수상─옮긴이)은 우주여행에 관한 서사시 《아니아라Aniara》에서 이 이야기에 관해 썼다. 그러나 그것이 이야기가 아니라 진실이라고 상상해보면 우리는 또 다른 문제에 봉착하게 된다. 우리가 그 움직임을 어떻게 통제할 수 있을까 하는 문제이다. 지금 손에 유리잔을 들고 있는 사람 중에 10만 년 후까지 살아 있을 수 있는 사람은 아무도 없다. 인간은 그들의 눈이 수천 년 동안 본 것에 대한 기억을 수천 세대 이후까지 전달할 수 없다. 우리는 유리 속 공기방울의 움직임이 정말 존재하는지 아니면 그저 전설에 불과한 것인지 알수 없다.

물론 학자들이 모형을 하나 만들어서 실험을 할 수도 있다. 그러나 그 방법은 우리에게 단지 어떤 확률에 대해 시사해줄 뿐, 납득할 만한 사실성을 갖춘 답을 줄 수는 없다.

10만 년 뒤의 미래를 바라보려는 시도는, 우리가 객관적인 지식을 바탕으로 예측하는 것과 전설적 경험들을 바탕으로 한 상상력을 통해 예지할 수 있는 것 사이의 줄타기가 된다.

인간은 수천 년 동안 목적에 부합하는 더 큰 유용성을 찾는 방향으로 발전한 존재이다. 그렇기 때문에 우리는 아마도 우리 아이들을 보호하고 가뭄이나 홍수, 산사태나 화산폭발이 일어날 때 식량을 구할 새로운 방법을 찾는 데 도움이 되는, 즉 우리의 생존을 위해 필요한 것이 아니라면 공상과 상상력에 의해 생겨나는 커다란 창의적 역량을 갖추지는 못할 것이다.

인간의 역사는 지구상의 다른 모든 생명체의 역사와 마찬가지로 결국 어떤 생존전략을 개발하느냐의 문제이다. 사실 다른 어떤 것도 그보다 더 중요하진 않다.

산다는 건 결국 생존기술의 문제이다.

공기방울이 든 유리잔은 여전히 우리 집 선반에 놓여 있다. 누군가 그걸 떨어뜨려 깨뜨리지 않는 한 내가 죽은 후에도 오래 남아 있을 것이다.

그리고 나는 공기방울이 움직인다고 믿는다. 단지 내가 눈으로 보지 못할 뿐.

07
유서

2013년 봄 어느 날, 유서를 썼다. 목덜미 통증이 나타나기 일곱 달 전의 일이다. 육체적으로나 정신적으로나 아무런 전조가 없을 때였다. 아프지 않았고, 죽음이 집 현관에 서서 기다리고 있다는 느낌도 없었다.

유서를 쓴 건 완전히 다른 이유에서였다.

아버지는 수년 전 세상을 떠나면서 그분 소유의 재산을 어떻게 처리해야 하는지 정확한 지시를 남겼다. 그래서 나와 형제들은 아버지의 마지막 유지가 무엇이었는지 고민할 필요가 없었다. 어떤 편지꾸러미를 불태워야 하는지. 어떤 편지들을 보관하고 심지어 우리가 읽어야 하는지. 가구와 책들을 어떻게 나누어 가져야 하는지. 돈을 받아야 할 사람이 있는지. 우리는 아버지가 남긴 것들을 아무런 문제없이 정리하고 나눈 뒤 그보다 더 중요한, 아버지의 죽음을 심리적으로 받아들이고 대처하는 애도의 과정에 집중할 수 있었다.

유서를 작성한다는 것은 자신이 결국 죽게 될 존재임을 인정한다는 의미이다. 물론 어떤 면에서는 아주 이기적인 이유로 유서를 쓰기도 하지만, 나는 남아 있는 사람들을 더 편하게 해주기 위해서 쓰는 것이라고 믿는다.

죽은 사람은 죽은 것이다. 죽은 뒤에는 더이상 영향을 끼칠 수 없다.

산다는 건 '예' 또는 '아니요'라고 말할 수 있음을 의미한다. 죽었다는 건 침묵에 둘러싸여 있음을 의미한다.

사람들이 유서를 쓰기 시작한 건 언제일까? 당연히 남은 사람들에게 가치가 있는 무언가를 소유하기 시작하면서부터이다. 서면으로 작성된 유언의 필요성은 사적 소유권과 함께 대두되었다.

대부분의 사람들은 유서를 작성해야 한다고 생각한다. 그러나 결국에는 아예 작성하지 못하거나 기껏해야 수첩에 간단한 메모 정도만 남기게 되는 경우가 많다. 계속 미루기 때문이다. 많은 경우 그것은 유서를 쓰면 죽음을 부르게 될 것이라는 단순한 미신에 기인한다. 다른 경우는 아마도 유서를 작성하는 게 그다지 급한 일이 아니라는 느낌 때문일 것이다. 죽음을 생각하기에는 아직 젊거나 시간이 많이 남아 있다고 생각하기 때문이다.

'내가 죽으면…'이 아니라 '혹시라도 내가 죽는 경우가 생긴다면…'이라는 가장 큰 착각을 스스로 만들어내는 것이다.

그러다가 갑자기 교통사고로 죽게 되거나, 유서를 생각할 수도 없이 급속하게 진행되는 암에 걸릴 수도 있다. 살기 위해 싸우느라 유서는 생각조차 할 수 없게 된다.

문명은 유서를 남기지 않는다. 사람들만 남긴다. 마야 문명도 잉카 문명도 파라오의 이집트나 로마 제국도 자동차 사고나 화산 폭발의 경우처럼 한꺼번에 무너졌다. 몰락은 살금살금 다가왔고 사람들은 마지막까지 그것을 부정했다. 그들의 문명처럼 발달한 문명이 그렇게 쉽게 무너질 리 없다고. 신들이 그것을 보장했다. 신들에게 제물을 바치고 제사장이나 주술사의 조언과 요구에 따르기만 하면 영원히 지속되는 문명에 속하게 되는 것이었다. 그들은 자신들의 문명이 영원히 무너지지 않고 근본적으로 늙지도 않으며 아주 서서히 변화할 뿐이라고 믿었다.

고대의 모든 발달된 문명에는 한 가지 공통분모가 있다. 그 문명 속에 사는 사람들에게 불멸의 문명으로 보였다는 점이다.

몰락한 문명과 관련하여 의미심장한 예를 보여주는 것이 바로 이스터 섬이다. 폴리네시아어로 '라파 누이Rapa Nui'라고 불리는 그 섬은 이제 태평양 가운데 내던져진 나무 한 그루 없는 섬이다. 풀들만 깔려 있는 황폐한 땅에는 오래전 그 섬에 존재했던 문명의 신들을 조각한 거대한 석상들이 서 있다. 1722년 부활절에 야코프 로헤베인 선장의 네덜란드 배가 섬을 발견하고 상륙한 이후로, 그 석상들을 둘러싼 의문은 계속되어왔다. 석상의 일부는 쓰러져 있고 나머지는 여전히 그 자리에 똑바로 서 있다.

가장 이상한 건 옛날 그 석상들이 조각된 채석장이다. 그곳에는 조각되다 만 석상들이 있고, 그중에서도 다른 모든 석상들보다 더 큰 석상이 될 뻔한 바윗덩이가 눈에 띈다. 완성되지 못한 신이다. 추측컨대, 완성되지는 못했으나 큰 수고를 통해 그리고 깊이 생각하여 고안해낸 기술을 동원해 제사장들이 정해준 장소까지 운반되어 그 자리에 세워졌을 것이다.

이스터 섬의 채석장은 한 번도 이용되지 못한 죽은 신들의 무덤과 같다. 석공들은 조각하다 만 석상들을 두고 갑자기 떠났다. 하던 일을 멈추라고 누군가에게 강요받았던 것일까? 아니면 스스로 떠난 것일까? 급작스런 공포에 사로잡혀 도망간 것일까? 신들이 대변하는 것들에 대한 그들의 믿음이 갑자기 사라진 걸까? 확실히 아는 사람은 아무도 없다.

하지만 이스터 섬의 경우는 그 문명을 몰락시킨 원인이 이제 비교적 확실하게 드러나 있다. 적어도 그 가능성들이 최소한의 범위로 좁혀져 있다. 그 섬에 이주해 들어온 사람들이 물론 의도하진 않았겠지만 쥐를 함께 데려왔고 섬에는 쥐의 천적이 없었을 것이라는 게 많은 학자들의 견해이다. 천적이 없으니 쥐는 급속하게 증식하였고 섬에 자라고 있던 야자나무 씨앗을 다 먹어치웠다.

태평양 군도 사람들이 바닷길을 건너 이스터 섬에 처음 상륙했다. 큰 야자나무숲들은 아마도 그들이 섬에 머물게 된 이유 중 하나였을 것이다. 여러 연구에 따르면, 이주민들이 섬의 나무들을 닥치는 대로 베어 사용하면서 결국에는 4백 년가량 이스터 섬에서 발전한 문명사회가 더이상 유지될 수 없게 되었다. 나무 없이는 고기를 잡으러 나갈 배도, 그리고 결국엔 황폐화된 섬을 떠나서 언젠가 그들이 떠나왔던 해안으로 돌아갈 배도 만들 수 없었다. 나무를 벤 것은 땔나무로 사용하기 위해서였지만, 석상으로 만들어진 신들을 세워놓고 숭배 장소로 운반할 굴림대로 사용하기 위해서이기도 했다. 식량 재배에 사용되었던 토양은 야자나무 뿌리가 더이상 바위땅 위에 흙을 잡아주지 못하게 되자 바람에 날려 가버렸다. 게다가 쥐들이 야자나무 씨앗까지 먹어 치워버리자 숲은 더이상 재생될 수가 없었다.

이스터 섬 문명의 종말 즈음에 무슨 일이 있었는지 우리는 모른다. 그에 대해서는 아무런 기록이 없다. 그러나 발견된 목각인형들을 보면 섬에 기근이 심했다는 것을 알 수 있다. 나무를 깎아 만든 그 형상들을 보면 굶주려서 강마른 사람들이 보인다. 목각인형을 조각한 사람들에게는 그 형상들의 두드러진 갈비뼈가 얼굴 표정만큼이나 중요했던 것 같다.

부족 간에 식량을 구하기 위한 전쟁이 일어나게 되었다. 식량이 부족한 상황에서 벌어지는 사회적 혼란, 종교적 절망, 소수를 위한 식량밖에 남아 있지 않을 때 인간들이 보일 수 있는 야만성을 상상하기는 어렵지 않다.

물론 유서를 작성한 사람은 아무도 없다. 그뿐만 아니라, 그 섬이 이전처럼 다시 사람이 살지 않는 황량한 섬이 되기 전 마지막 시기에 무슨 일이 일어났는지 이해하는 데 도움이 될 만한 기록도 전혀 없다. 섬에 있었던 마지막 인간들이 남긴 유산으로 해석할 수 있는 것은 바로 말없는 경고이다.

사람이 살지 않는 황량한 섬, 쓰러져 있거나 완성되지 못한 석상들 자체가 하나의 유서이자 고도로 발달한 문명도 하루아침에 몰락할 수 있다는 확증이다.

고대문명이 우리에게 남긴 마지막 지시 같은 것은 없다. 우리 시대 이전에 무엇이 있었는지 이해하기 위해 우리는 고고학과 고생물학을 비롯한 여러 연구 분야들을 통해 더 멀리, 그리고 더 깊이 들어갈 수 있고, 현미경이나 망원경같이 더 발전된 보조도구들을 이용해 점점 더 상세한 내용을 파악할 수 있다. 과거에 무엇이 있었는지, 그리고 어쩌면 앞으로 무엇이 올 것인지를 전부 두 가지 개념으로 요약할 수도 있다. 생존과 몰락. 우리 세상을 백미러로 바라봄으로써 우리는 우리가 어떤 세상을 향해 가고 있는지를 스스로 볼 수 있다. 앞으로 올 세상은 당연히 예전과 같지 않을 것이다. 역사는 결코 똑같은 모조품처럼 반복되지 않는다.

우리의 경우, 아주 먼 미래의 후손들이 우리 문명에 대해 어떤 기억을 갖게 될지를 이미 정해놓았다고 얘기할 수 있겠다.

루벤스도, 렘브란트도, 라파엘도 아니다.

셰익스피어나 보티첼리, 베토벤, 바흐나 비틀즈 역시 아니다.

우리는 후손들에게 아주 다른 것을 남겨준다.

우리 문명에 속한 다른 것들이 전부 사라지고 나면 두 가지가 남을 것이다. 지구에서 가장 멀리 떨어진 우주공간에서 끝없는 탐험을 이어가고 있는 보이저 우주선과, 지하 수직굴에 저장된 핵폐기물.

08

창가의 남자 환자

어느 날 저녁, 나는 우리가 암이라고 부르는 질병에 대한 인식이 어떻게 내 삶에 들어왔는지 생각해보았다.

아홉 살이던 어느 날 나는 갑자기 심한 복통을 느꼈다. 스베그에 있는 작은 병원으로 이송될 만큼 심한 복통이었다. 의료진은 충수염을 의심했고 수술을 받아야 할 것으로 보았다. 그러나 수술은 없었다. 통증이 사라졌고, 모두에게 존경받던 스텐홀름이라는 이름의 수석의사는, 맹장에 약간의 액체가 흘러들어가서 통증이 있었고 액체가 저절로 말라서 괜찮아진 것이라고 결론을 내렸다.

하지만 나는 사흘 동안 일반 병실에 머물렀다. 병실 창가 침대에는 머리숱이 적고 배가 많이 나온 덩치 큰 남자가 입원해 있었다. 그 남자는 암 환자였다. 그의 뚱뚱한 배 왼쪽에 고름이 나오는 곪은 상처가 있었다. 매일 아침저녁으로 상처 소독이 이루어졌고, 피와 고름이 묻은 붕대는 양동이에 던져져 옮겨졌다. 남자 가까이에 있던 환자들은 남자의 상처에서 악취가 난다고 이야기했다. 한번은 남자가 화장실에 가 있는 동안 사람들이 그 상처가 암 궤양이라고 수군거렸다. 남자의 복부 전체가 종양으로 가득하고, 그 종양들 중 하나가 피부를 뚫고 나온 것이라고 했다.

드러내놓고 말하는 사람은 아무도 없었다. 하지만 심지어 아홉 살밖에 안 된 나도 그 남자가 죽게 되리라는 걸 알고 있었다. 그는 말 장수였고 북스웨덴 말과 이런저런 종류의 벨기에 아르덴 말을 취급했다. 남자의 이름은 스반테였던 것 같고, 성은 아마 비베리 아니면 발렌이었던 것 같다. 그가 말 장수였던 건 확실하다.

내가 입원해 있었던 동안 그를 찾아오는 사람은 아무도 없었다. 남자는 꼼짝 않고 침대에 누워 있지 않으면 대체로 높다란 창문 중 하나 앞에 서 있었다. 배가 튀어나와 잘 맞지 않는 잠옷을 입고, 순찰 도는 경찰관처럼 뒷짐을 진 채로 창문에 붙어 서서 바깥을 바라보았다. 내가 보기에 그는 몇 시간씩 그러고 있는 것 같았다.

퇴원하던 날 나는 그 남자가 창가에 서서 그렇게 바라보고 있는 것이 무엇인지 보려고 창가로 갔다. 창은 병원의 영안실을 향하고 있었다. 쓰레기 창고와 버려진 낡은 마구간 옆에 있는 흰 회벽의 작은 건물이었다. 혹시 그 마구간에서 자기 말을 기른 적이 있었던 걸까? 병원을 나설 때, 나는 암은 악취가 나고 피고름이 묻은 붕대를 남긴다는 것을 알게 되었다. 암이란 건 그 당시 내 삶과 아무런 관계가 없었다. 기껏해야 노를란드의 작은 병원의 한 일반 병실에 숨어 있던, 먼 훗날에나 있을 위험 정도의 의미랄까.

나는 지금 어둠 속에 앉아 있다. 새벽 네 시 반이다. 또 다른 기억 하나가 갑자기 떠올랐다. 그냥 떠올랐다기보다는 내 안에 있는 기억저장소의 한 선반에서 꺼냈다고 말하는 게 맞을지도 모르겠다. 나는 정확히 21년 전에 일어난 그 일을 생각하기 시작한다.

내가 마지막 담배를 언제 태웠는지 아직도 정확히 기억한다. 요하네스버그의 국제공항 입구 바로 앞이었는데, 1992년 12월 당시에는 얀 스머츠 국제공항이라고 불렸다. 공항 이름은 아파르트헤이트가 영원히 역사의 쓰레기장으로 넘어간 지 몇 년 후에 인종차별전쟁의 영웅 올리버 탐보의 이름을 딴 올리버 탐보 국제공항으로 바뀌었다.

당시 나는 한 달간 마푸투에 체류 중이었고 매일매일 기력이 떨어지는 느낌이었다. 한동안 나는 그 이유가 잘 낫지 않는 바이러스 감염이나 아직 제대로 발병하지 않은 말라리아 감염 때문이라고 생각했다. 내가 극장에서 새로운 작품 연습에 몰두하고 있던 시기였다. 매일 오후 극장으로 가려고 내 오래된 르노 자동차에 몸을 실을 때면 정말 억지로 시동을 걸어야 했다. 아무리 잠을 자도 피로감은 몸을 마비시키듯 점점 커져갔다.

어느 날 극장 앞에 도착해서 차의 시동을 껐다. 하지만 차에서 내릴 수가 없었다. 포기하고 극장 앞에서 플래카드를 걸고 있던 무대감독 아우프레두를 내 쪽으로 불러 말했다. "내가 오늘 몸이 좀 좋지 않아. 배우들에게 오늘은 대본 읽기를 하라고 전해주게."

나는 집으로 가자마자 침대에 누웠고 곧장 잠이 들었다. 저녁시간이 되어서 식사거리를 사러 나갔다. 상점 앞에서 우연히 스웨덴에서 온 의사인 친구 엘리자베스를 만났다. 그녀가 내 얼굴을 살펴보더니 말했다.

"안색이 왜 이렇게 노래?"

"그래?"

"완전히 노란색이야! 내일 아침 여덟 시에 나한테 와!"

다음 날 엘리자베스는 나를 검사실로 보냈다. 나는 무슨 간 기능 검사를 받고 그 결과지를 들고서 다시 엘리자베스에게 갔다. 보통 수치가 20이면 정상인데 검사 결과 내 간 수치는 2,000이었다. 그 검사 이름이 무엇이었는지는 기억나지 않는다.

그녀가 말했다. "이건 내가 치료할 수 없어. 여기선 안 돼. 요하네스버그에 있는 병원에 전화해줄 테니 오늘 당장 비행기 타고 가도록 해."

사우스아프리칸 에어웨이의 저녁 비행기로 마푸투에서 요하네스버그까지는 45분이 채 안 걸렸다. 나는 공항 정문 앞에 서서 담배를 한 대 태웠다. 샌턴에서 온 구급차가 도착했고, 나는 신발 뒤축으로 담배를 밟아 껐다. 그것이 내 인생 마지막으로 태운 담배라는 걸 그때는 몰랐다.

며칠 뒤 아주 심한 황달에 걸렸다는 진단이 내려졌다. 모잠비크 북부지역을 여행할 때 위생상태가 좀 불량했던 몇몇 식당에서 깨끗하지 못한 채소를 먹은 탓에 황달에 걸린 모양이었다.

그때가 1992년 성탄절 즈음이었다. 아파르트헤이트 정권이 몰락을 앞두고 있었고, 남아프리카공화국의 이후 향방에 대한 불확실함이 컸던 시기였다. 병실 침대에 누워 잠이 들지 못하는 밤이면 바깥 어둠 속에서 가끔 총성이 들려오곤 했다. 당시 요하네스버그는 범죄가 만연한 도시였다. 인종 간의 증오는 깊었고, 공포 또한 그랬다.

셋째 날 아침 그때까지 한 번도 못 본 의사 한 명이 내 병실로 찾아왔다.

"어제 찍은 엑스레이 사진을 살펴봤습니다." 서툰 영어로 보아 이민 온 지 얼마 되지 않은 의사임을 알 수 있었다. 아마도 동유럽에서 왔을 것이다. "환자분의 폐에서 검은 얼룩을 발견했습니다. 그게 뭔지 아직은 정확히 모릅니다만, 곧 알 수 있을 겁니다."

의사가 병실을 나갔다. 문이 채 닫히기도 전에 '암이구나!'라고 생각했다. 요하네스버그 공항에서 담배를 밟아 껐다고 별 도움은 안 될 것이다. 결국 흡연 때문에 죽게 되는구나 생각했다.

1970년대 초 셸레프테오에서의 기억이 스쳤다. 열정적인 연극애호가였던 나이든 여의사 시그리드 니그렌에게 검사를 받았었다. 내가 스무 살밖에 안 되었을 때이다.

"담배 피워요?" 의사가 물었다.

"네."

"끊어야 해요. 그러지 않으면 한창나이인 마흔이나 마흔다섯 살쯤 암에 걸릴 거예요."

이미 마흔네 살이었던 나는 황달 걸린 누런 얼굴로 병실에 누워 의사가 내 엑스레이 사진에서 어떤 결론을 가지고 올지 이틀 동안 기다렸다. 온통 죽음에 대한 생각뿐이었다. 침대에 누워 내 자신과 한심한, 그러나 동시에 아주 당연한 협상을 했다. 암만 아니라면 앞으로 정말 훨씬 더 좋은 사람이 되겠다고.

나중에 의사가 왼쪽 폐에 물이 약간 고인 것일 뿐 종양이 아니라고 설명했을 때, 내 두려움이 대부분 내 나이 때문이란 걸 알았다. 다른 모든 사람들처럼 나도 당연히 죽겠지만, 그게 지금은 아니라는 것. 마흔다섯 살도 안 된 지금은 아직 아니라는 생각 때문이었다.

2014년 1월 왼쪽 폐에서 공격적인 원발 종양이 발견되었을 때 내 최초의 반응 하나는 비현실감이었다. 20년도 넘게 금연했는데? 그런데도 암에 걸렸다고? 난 원래 불평불만이 많은 사람이 아니지만, 그 순간엔 드물게 불평을 하고 싶어졌다. 부당하다는 생각이 들었다. 하지만 나는 의연함을 잃지 않았다. 물론 쉽지는 않았다. 사람이면 당연히 불평할 때도 있는 거니까.

지금도 그렇게 생각한다. 어린아이건 십대건, 젊은이건 중년이건 간에 우리는 암에 걸리는 것을 당연히 부당하게 생각한다. 하지만 나처럼 이 세상 대부분의 사람들이 바랄 수 있는 것보다 더 오랜 세월인 70여 년을 산 사람이라면 몸에 불치병이 찾아왔다는 사실을 받아들이기가 좀 더 쉽다.

물론 이것도 반만 맞는 말이다. 그렇게 간단한 일은 아니다. 죽음
은 항상 불청객처럼 찾아와서 우리를 방해한다.

"이제 갈 시간입니다."

젊건 늙었건 죽고 싶어 하는 사람은 없다. 죽음은 항상 어렵다.
게다가 고독하다.

1960년대 초 내가 보로스에 있는 김나지움의 고대어 분과를 다
니던 때는 아침마다 끔찍하고 의무적인 조회가 있었다. 당시에는
아직 기독교와 관련된 주제가 지배적이었다. 예외는 별로 없었다.
한번은 유명 배우 콜뵈른 크누젠Kolbjörn Knudsen이 《페르 귄트》의
한 부분을 연기했는데, 잠을 자거나 몰래 숙제를 하던 학생들도 모
두 귀를 기울였다. 가끔 시낭독회도 있었는데, 주로 닐스 펠린Nils
Ferlin이나 얄마르 굴베리Hjalmar Gullberg의 시를 고학년 학생이 긴장
한 목소리로 낭송했다.

그러나 대부분은 목사들이 연단에 올랐다. 특히 어떤 병원의 목
사가 기억난다. 그는 주기적으로 우리 김나지움에 와서 병원에서
사역을 하면서 만난 젊은 환자들의 마지막 시간에 대해 이야기했
다. 그 이야기들의 취지는 영혼을 주께 맡기면 젊은 사람들도 죽음
에 대한 두려움을 견뎌낼 수 있다는 것이었다.

그 목사의 감상과 위선은 구역질이 날 정도였다. 그는 거의 매번
자기 이야기에 도취되어 눈물을 흘렸다. 그런 그가 내 눈에는 마치
교회 주일학교에서 들었던 광신적인 이야기 중 하나에 등장하는 인
물처럼 보였다.

나중에 나는 이십대 초반에 요절한 독일의 시인 게오르크 뷔히너 Georg Büchner를 알게 되었다. 뷔히너는 그 나이에 이미 헤센에서 선동적 내용의 소책자를 만들어 배포했고, 비밀경찰에게 쫓기는 신세가 됐으며, 《당통의 죽음》과 《보이체크》를 비롯한 명작 세 편을 썼고, 어류의 신경체계에 관한 논문으로 박사학위를 취득하기까지 했다. 사망 당시 뷔히너는 취리히의 슈피겔가세에 머물고 있었다. 사망 원인은 티푸스였다. 나는 종종 그 천재작가가 자신이 제대로 살아보기도 전에 죽을 것이라는 사실을 어떻게 받아들였을지 곰곰이 생각해보곤 했다. 매 순간 자신을 지배하던 죽음에 대한 인식에 저항했을까? 죽음을 앞둔 사람들이 종종 그러듯, 병상에서 일어나면 시작될 미래에 대해 거창한 계획을 세웠을지도 모른다.

이렇게 내 빨간색 안락의자에 앉아 생각의 나래를 펼치는 동안 추운 겨울아침이 밝아오고 있었다. 어쩌면 잠이 들었었는지도 모르겠다. 책장 위를 비추던 달빛은 사라지고 없었다. 나는 라르스 에릭손한테 전화를 걸어 너비가 최소 20미터인 책장을 주문해야겠다고 생각했다. 라트비아산 떡갈나무로 해야겠다는 생각이 문득 떠올랐다. 어째서 스웨덴 떡갈나무는 책장 만드는 데도 쓸모가 없는지, 그 이유는 나도 몰랐다.

나는 예순여섯 살이고 암에 걸렸다. 곧 화학요법을 시작하게 될 것이다. 화학요법이 성공할지는 나도, 나를 담당하는 의사들도 모른다.

치료가 효과가 없으면 어떻게 될지에 대해서는 감히 생각할 엄두가 안 났다.

　그럴 땐 내가 예순여섯 살이든, 스베그의 병원에 누워 처음으로 진지하게 죽음과 맞닥뜨렸던 어린아이이든 아무런 상관이 없었다.

09

하가르 킴 신전

하가르 킴 신전은 내가 태어나기 전에 세워졌다. 그리고 내가 죽고 난 후에도 계속 그 자리에 있을 것이다.

나는 어린 시절에 이미 지중해에 있는 섬 두 곳에 꼭 가보겠다고 결심했다. 지루한 수업 시간이면 지리부도를 펼쳐놓고 크레타와 몰타를 관찰하곤 했다. 나는 이미 크노소스 궁전과 궁전 폐허에 남겨진 돌고래 벽화를 알고 있었다. 하지만 그 당시 몰타에 대해서는 이름 외에 아는 것이 없었다.

그래도 그곳에 가고 싶었다. 나를 끌어당긴 것이 무엇인지는 모른다. 서른 살 어느 날 나는 기차를 타고 아테네까지 가서 페리를 타고 크레타 섬에 들어갔다. 이라클리오에서 한 달을 살면서 그동안 내가 너무 아는 것이 없다고 생각했던 그곳의 역사를 익혔다. 습하고 추운 겨울이었다. 나는 책을 읽고, 산책을 하고, 소박한 식당에서 밥을 먹고, 가끔 영화를 보러 극장에 갔다.

몰타는 달랐다. 몰타에는 2012년에 갔다. 그곳의 더위는 아프리카의 더위와 비슷했다. 따가운 햇볕이 말없는 벽처럼 서 있는 느낌. 몰타에 가서야 나는 그 이유를 알았다.

몰타 남쪽 해안에는 아마도 세계에서 가장 오래되었고 여전히 똑바로 서 있는 건물 중 하나가 있다. 암반 위에 바다를 바라보고 서 있는 그 신전의 이름은 하가르 킴, '세워진 돌들'이라는 뜻이다. 하가르 킴은 사실 긴 시간에 걸쳐 세워진 여러 채의 건물이다. 가장 오래된 건물들의 나이는 5천 년에서 6천 년에 이르는 것으로 알려져 있다. 비슷한 시기이거나 그보다 조금 더 일찍 시칠리아 사람들이 배를 타고 몰타로 이주해 왔다. 신석기시대의 일이다.

사람의 손으로 세운 신전 건물 중에 오늘날까지 부서져 파편이나 폐허가 되지 않고 남은 가장 오래된 건물인 하가르 킴은 놀라운 솜씨로 지어졌다. 다양하고 거대한 돌덩이들이 정밀하게 서로 끼워 맞춰진 모습은 감탄을 자아낸다.

신전을 세운 사람들이 누구였는지는 이미 언급한 대로, 사람이 살지 않던 섬에 새로 이주해 들어온 농민들이었다는 것 이상으로 알려진 바가 없다. 원시적인 도구 파편들이 발굴되었을 뿐, 그들이 군사적으로 무장했었음을 암시하는 어떤 증거도 발견되지 않았다. 그들은 군사적 의도가 아닌 평화적 의도를 가지고 이주한 사람들이었다.

그들이 신전에서 누구를 혹은 무엇을 숭배했는지 우리는 모른다. 그 신들의 정체를 알려주는 어떤 비문이나 전설도 존재하지 않는다. 발견된 뼛조각들을 보면 동물이 제물로 바쳐졌다는 것을 알 수 있다. 하지만 그들이 신봉했던 종교는 침묵하고 있다. 그들이 모셨던 신들은 영원히 입을 다물고 있다.

그들이 세운 거대한 석조 건물만 기념물로 남아 있다. 신전을 짓기 위해 막대한 노력이 있었을 것이다. 아마도 몇 명은 건축가 역할을 했을 것이고, 다른 사람들은 공사 계획을 맡았을 것이며, 무엇보다도 공사를 실행한 사람들이 있었을 것이다. 확실히 말할 수 있는 것은 건물 축조가 아주 오래 걸렸으리라는 것, 신전은 사실 결코 완성된 적이 없었을 것이며 그곳을 계속 변화시키고 더 아름답고 거대하게 만들려는 작업이 끊임없이 이어졌으리라는 것이다. 어쩌면 신전을 세우는 것 자체가 그들의 종교 활동이 아니었을까? 돌을 다듬고, 운반하고, 들어 올리고, 조립하는 일을 통해서만 표현되는 말 없는 제식. 우리 중 아무도 진실을 모른다.

초기 이주민들이 몰타에 들어오고 수백 년이 흐른 뒤 다른 인간 집단들이 몰타에 상륙했다. 새로 들어온 사람들도 평화적이었고 먼저 이주한 사람들의 후손들과 잘 융화하였다. 더 시간이 흐르고 호전적인 다른 집단들이 나타나 섬을 정복하고, 그럼으로써 신전도 무력으로 점령하였다. 그로부터 몇 세기가 흐르면서 사람들이 섬길 새로운 상징세계와 새로운 신들이 생겨났을 것이다. 역사 속의 다른 많은 곳에서 그랬던 것처럼, 하가르 킴 신전의 신들은 그들 대신 숭배를 받는 다른 세입자들에게 자리를 넘겨주고 신전을 나갔다.

6천 년은 긴 시간이다. 무엇과 비교를 하더라도 마찬가지다. 인간의 한 세대를 30년이라고 한다면 6천 년은 장장 2백 세대에 달한다.

하가르 킴 신전은 쿠푸 왕의 피라미드보다도 최소한 천 년 전에 세워졌다. 아스텍족이나 마야 문명의 신전은 그보다 훨씬 더 나중에 세워졌다. 유럽의 건축가들이 세운 거대한 대성당들은 세워진 지 채 천 년이 안 된다. 몰타 섬에 있는 신전의 나이에 비하면 그 성당들은 십대도 안 된 나이다.

하가르 킴 신전은 그 자리에 외롭게 서서 우리가 아주 노령의 어른에게 갖는 것과 같은 경외심을 갖게 만든다. 그 신전은 내가 말하고자 하는 것만큼이나 중요하고 예기치 않은 한 가지 진실을 보여준다. 신전이 세워진 6천 년 전이라는 시간이 아무리 오래전 과거라고 해도, 우리가 오늘날 우리의 핵폐기물을 최소한 10만 년 동안 안전하게 보관하기 위한 건축적인 해결책을 찾고 있는 것을 감안하면 6천 년은 보잘 것 없는 세월이다. 9만 4천 년이라는 차이는 엄청나다. 사람의 손으로 만든 것들 중에 우리 앞에 놓인 그리고 우리가 풀어야만 하는 그 과제를 그나마 대충이라도 해결할 수 있는 건 아무것도 없다.

오늘날 우리는 비행기를 타고 몇 시간 후면 발레타 공항에 내릴 수 있다. 그리고 차를 타고 구불구불한 도로를 따라 남쪽으로 내려

갈 수 있다. 그러면 거기에 하가르 킴 신전이 우리를 기다리고 있다. 돌로 된 기둥들이, 마치 새로운 이주민들을 실은 배들이 섬으로 다가오는 건 아닌지 수평선을 훑어보고 있는 것처럼 아무런 말없이 바다를 바라보고 있다.

하가르 킴 신전은 분명히 아주 오래된 건축물이다. 그러나 나이가 4만 년이 된 것으로 추정되는 벽화들과 상아로 만든 조각품들도 있다. 물론 벽화의 동물 그림도, 하가르 킴 신전도 예술품을 만들어 낼 수 있는 인간 능력의 표현이다.

그러나 인간의 정신세계에서 처음부터 완성된 형태로 존재했던 것은 아무것도 없다. 모든 것이 다 발전의 결과이다.

1939년 9월 제2차 세계대전이 발발하기 며칠 전 독일 남부에서 발견된 사자 머리를 한 인간 조각이 말해주고 있는 것이 바로 그것이다.

IO

사자인간 조각상

1939년 여름 유럽에서는 늦더위가 기승을 부리고 있었다. 스웨덴의 해변과 수영을 할 수 있는 강가나 호숫가는 8월 하순임에도여전히 더위를 식히려는 사람들로 가득했다. 나이가 좀 든 사람들은 1914년 여름 제1차 세계대전이 발발하기 전 몇 주 동안 유럽을뒤덮었던 질식할 것 같은 무더위를 기억하고 있었다.

사라예보에서 오스트리아-헝가리 제국의 황태자가 암살당한 사건이 제1차 세계대전의 도화선이 되었다. 어리석음과 오만 때문이었지만, 그러나 한편으로는 세력 팽창과 식민 지배라는 현실정치적인 꿈 때문이기도 했다.

1939년에는 다시 전쟁의 위험이 자라나고 있었다. 사실 1차 세계대전은 결코 끝난 것이 아니었다는 많은 사람들의 의견이 맞았다.

20년가량 휴식기가 있었을 뿐이다. 유럽의 지도자들이 히틀러가 그의 도발을 실행에 옮기지 못하게 막을 방법을 찾지 못한다면 이제 곧 2막이 시작될 터였다. 영국 수상 네빌 체임벌린Neville Chamberlain은 뮌헨에서 히틀러와의 만남을 성사시킨 뒤 히틀러가 서명한 합의문을 들고 돌아왔다. 하지만 많은 사람들은 체임벌린이 비행기에서 나오며 선언한 '우리 당대에는 평화가 보장되었습니다'라는 말이 진실이라고 믿지 않았으며, 심지어 정치인이 할 수 있는 가장 중대한 오판 중 하나였다고 했다.

그러나 모든 사람들이 해변에 누워 있거나 점점 커져가는 전쟁 위험 때문에 걱정하고 있었던 것은 아니다. 몇몇 고고학자들은 로네 계곡의 홀렌슈타인 – 슈타델 동굴 조사에 몰두하고 있었다. 나치 독일의 군대가 폴란드를 침공했다는 사실은 그들에게 별로 중요하지 않았다. 전쟁이 발발한 1939년 9월 1일 바로 며칠 전에 발굴된 것이 있었다. 정확히 말하자면, 잘 끼워 맞출 경우 아주 중요한 발견이 될 수많은 작은 파편들이었다. 고고학자들이 발견한 것은 2백 개가량의 매머드 상아 파편들이었다. 그들은 고고학자들 특유의 면밀하고 열정적인 신중함으로 그 파편들을 짜맞추기 시작했다.

그러나 그 다음엔 더이상 아무런 일도 일어나지 않았다. 전쟁이 터졌고, 제자리를 찾지 못한 상아 파편들은 1960년대 말까지 박물관 수장고에 있었다. 그때서야 30여 년 전 발견된 모든 파편들을 퍼즐 맞추듯 복원하기 시작했다. 그 작업에 참여했던 사람들은 머지않아 전체 모양을 파악하는 일이 가능하다는 것을, 그것이 일종의 조각상이고 커다란 파편들이 빠져 있다는 것을 알아챘다. 다른 파편들이 추가로 발굴되었고 1988년에 그 형상의 새로운 조립과 보충이 이루어졌다. 그 조각상의 현재 모습은 2012년에 복원된 상태로, 그동안 여러 번에 걸쳐 빠져 있던 많은 파편들이 채워졌다.

사람들은 이미 1988년에 그 작은 입상이 미술 기원의 역사를 새롭게 쓰도록 만들 놀라운 발견이라는 것을 예상했다. 그리고 이제 복원과정을 거쳐 모습을 드러낸 그 조가상이 인간의 몸에 사자 머리를 한 반인반수상임을 확실히 알게 되었다.

인간이 조각한 형상들 중에는 남자인지 여자인지 정확히 말할 수 없는 그 사자머리 조각상보다 더 오래되었을, 그리고 더 단순한 조각상들도 있다. 그러나 높이 30센티미터밖에 안 되는 이 작은 상아 조각과 비슷한 것은 없다. 이 조각상에서 가장 중요하고 정말로 혁명적인 것은 바로 동물과 인간의 조합이라는 점이다. 매머드의 엄니로 인간의 형상만 상상해서 조각하거나 벽화에 그려진 동물의 모습만 조각하는 것을 뛰어넘은 어떤 예술가의 작품이다. 그는 현실에 존재하지 않는 어떤 추상적인 존재를 상상한 것이다. 그는 세상에 없는 어떤 것의 이미지, 즉 인간과 사자가 혼합된 이미지를 머릿속에 가지고 있었다. 그가 자신의 상상 속에 있는 것을 왜 조각의 형태로 표현하기로 결정했는지는 알 수 없다. 이 조각상은 어떤 인간이 사자만큼 강한 힘을 가질 수 있다는 걸 우리에게 알려주려고 한 것일까? 아니면 맹수에게도 인간적인 면모가 있다는 것을 얘기하려고 했던 걸까? 어쨌든 그 예술가는 모델이 없는 어떤 존재를 만들어냈다. 그리고 그는 상아에서 완전히 새로운 어떤 것, 상상과 현실의 조합이 만들어지리라는 걸 알고 있었다.

그는 완성된 조각상이 이미 상아 속에 존재하고 있다고 상상했을까? 불필요한 모든 것을 잘라내고 살아나기만을 기다리고 있는 사자인간의 조각을 상아에서 끄집어내는 것이 자기에게 주어진 과제라고 생각했을까?

사자인간 조각상을 연구한 고고학자들은, 조각가에게 주어졌던 부싯돌을 갈아 만든 칼들로 그 조각상을 완성하는 데 대략 두 달이 걸렸을 것이란 결론을 내렸다. 해가 있는 낮 시간에만 작업해서 두 달이 걸렸을 것이다.

여기서 우리는 또 다른 결론을 끌어낼 수 있다. 사자인간상을 조각한 사람이 누구이든, 그는 충분한 식량을 조달해주는 사람들 사이에서 살았을 것이다. 그 예술가는 스스로 먹을 것을 찾아야만 하는 처지는 아니었을 것이다. 여기서 또 다른 결론을 도출할 수 있다. 수렵이나 채집을 하지 않는 구성원을 먹여 살릴 수 있는 사회 조직이 있었을 것이다. 나아가 그 조각이 전체 조직에게도 중요한 의미가 있었을 거라는 추측도 할 수 있다. 종교적 숭배의식의 한 부분이었을까? 아니면 조각가의 주변 사람들이 그의 솜씨에 감탄했을까? 그가 사람들에게 마법사처럼 보였던 걸까?

상징적인 형상을 만들어내는 일에는 인간의 뇌가 가진 특정한 능력이 필요하다. 전두엽은 인간 뇌에서 초기 발달단계에 해당하는 부위가 아니다. 전두엽은 대뇌의 앞부분으로, 특정한 외부 자극을 받아들이거나 버리는 능력을 담당한다. 또한 한 개인의 행동을 결정하는 다양한 종류의 정보를 처리한다.

4만 년 전에 한 인간이 상아를 손에 들고 앉아 있었다. 혹시 그전에도 이미 기이한 상징적 형상을 조각한 적이 있었을까? 아니면 사자인간상이 그 예술가가 만들어낸 첫 형상이며 신비한 우연들에 힘입어 오늘날까지 보존되고 다시 거의 완전히 복원될 수 있었던 걸까? 그건 알 수 없다. 진실은 그렇게 앞으로도 어둠 속에 묻혀 있게 될 것이다.

우리는 그 예술가가 누구였는지도 알 수 없다. 남자인지 여자인지 모르는 그 사람은 서명을 남기지 않았다. 인간과 사자가 하나로 합쳐진 형상의 그 주목할 만한 예술작품을 부싯돌 칼로 만든 사람이 누구였는지 후대에게 알리는 걸 그가 중요하게 생각했을 것 같지도 않다.

그 예술가는 1,300세대 전에 살았다. 그는 프랑스의 한 유적 이름을 딴 오리냐크 문화에 속했다. 이 문화는 수많은 동굴벽화를 남겼다.

2013년 4월 어느 날 나는 사자인간상의 복제품이 일시적으로 전시되고 있던 런던 대영박물관을 방문했다. 그 작은 상아 조각상 앞에 서서 조각상 머리의 시선과 마주하는 것은 특별한 순간이다.

나는 조각이 나를 바라보고 있다고 생각한다. 나도 그를 본다.

어디서 그런 생각이 비롯된 건지 알 수는 없지만 갑자기 전에 그 조각을 본 적이 있는 것 같은, 그래서 다시 알아보게 된 것 같은 느낌이 들었다.

II

빙하기

 수백 년 전만 해도 아주 옛날에 빙하기가 있었다는 것을 믿는 사람은 아무도 없었다.

 비교적 일정한 간격으로 지구에 찾아오던 아주 추운 시기들을 기록한 것이 19세기의 큰 업적들 중 하나이다. 몇 킬로미터 두께에 이르는 얼음장들이 지각을 내리눌러 기존 지대를 바윗덩어리로 만들어버렸다. 지질학과 반복되는 빙하기에 대한 이해를 돕는 데 중요한 역할을 한 과학자들 중 한 사람이 밀루틴 밀란코비치Milutin Milanković이다. 수학·공학·천문학 등 다양한 분야에 광범위한 지식을 가지고 있던 밀란코비치는 여러 역할을 담당하며 학제적 연구를 진행했다.

 지구의 역사가 진행되는 과정에서 빙하기가 있었다는 주장을 처음으로 진지하게 펼친 학자는 빙하학자 루이 아가시Louis Agassiz이다. 많은 사람들이 그의 뒤를 따랐으나 빙하기가 왜 주기적으로 반복되는지, 그러면서도 왜 항상 반복되는 강도와 장소가 다른지 원인들의 연관성을 설명해내지는 못하였다.

제1차 세계대전 중에 밀란코비치가 빙하기 주기를 최종적으로 설명해내면서 비로소 기후변화를 이해하는 첫걸음이 가능해졌다. 밀란코비치는 큰 온도 변화가 일사량과 관계있다고 생각했다. 당연한 이야기라고 생각할 수 있지만, 그것만으로는 수천 년 간격으로 나타나는 큰 온도 차이가 설명되지 않았다. 밀란코비치는 그의 해박한 수학적·천문학적 지식을 총동원해서 지구의 태양 공전 궤도 변화와 자전축 경사 변화를 계산하였다. 결국 그 변화들의 원인이 지구가 태양 인력의 영향을 받는 것뿐만 아니라 달과 태양계 다른 행성들의 중력, 특히 토성과 목성의 영향을 받는 것에 있음을 알아냈다. 몇 년에 걸친 연구 끝에 그는 지구의 거시적 기후변화는 세가지 요인에 기인한다는 결론에 도달했다.

첫 번째 요인은 여러 가지 힘이 지구 궤도의 형태를 변화시키는데 일조한다는 것이다. 두 번째는 자전축과 지구 공전 궤도면 사이의 각도가 변화한다는 것이다. 세 번째는 자전축의 방향, 즉 세차운동과 관련이 있다.

이는 지구에 입사하는 일사량이 느린 주기로 변화함을 의미한다. 일사량이 최저점에 도달하면 특히 북반구의 겨울눈이 녹지 않는다. 그렇게 매년 눈이 계속 쌓이면, 이로 인해 다시 겨울이 더욱 추워지게 된다.

현재 지구의 자전축은 북극성 근처의 한 점을 가리키고 있다. 그러나 자전축의 방향은 고정된 것이 아니다. 약 만 년에서 만2천 년 이후에는 지축이 직녀성 근처의 한 점을 가리키고 있을 것이다. 그 이후에도 변화는 계속되어서, 수천 년이 흐른 뒤에는 자전축이 다시 북극성을 향하게 될 것이다. 물론 북극성도 자기 자리에서 움직였을 것이다. 우주는 계속 움직이고 있으니까.

밀루틴 밀란코비치는 1958년에 죽었다. 그 이후 빙하기와 기후 연구를 통해 밝혀진 많은 것들을 밀란코비치는 예견할 수 없었다. 하지만 핵폭탄과 수소폭탄을 경험할 만큼은 오래 살았다. 여러 분야에 대해 해박한 지식을 가지고 있던 과학자로서 그는 지구에서 일어나는 주기적인 기후변화가 핵폐기물에 어떤 영향을 미칠지 고민해봤을 것이다.

밀란코비치가 서른 살 무렵 찍은 사진이 한 장 있다. 옷을 아주 잘 차려입고 테이블 옆에 서 있는 사진이다. 이목구비가 정연한 얼굴로 수줍음과 자의식이 독특하게 뒤섞인 미소를 짓고 있다.

밀란코비치는 오늘날 소수의 전문가들에게만 알려진 과학자에 속한다. 그러나 우리가 과거를 이해할 수 있게 해 준 그의 업적과 기여는 모든 면에서 유일무이하다.

그렇다면 우리는 지금 앞으로 오게 될 빙하기에 대해 모든 것을 알고 있을까? 모든 비밀이나 수수께끼가 다 풀린 걸까?

아니다. 질문에는 답이 담겨 있다. 하지만 답은 항상 새로운 질문으로 이어진다.

오늘 아침 보이지는 않지만 정원에서 새 한 마리가 지저귀고 있다. 올봄에 처음 들리는 새소리다. 나는 물론 작년에 덤불 속에 앉아 노래하던 그 새와 같은 새일 것이라고 상상한다. 작년에도 그랬던 것처럼, 그 지저귐에 그 새만이 표현할 수 있는 무언가가 있다고 혼자서 믿는다.

우리는 보이지 않는 새들과 계절이 있는 나라에 살고 있다. 10만 년이란 세월은 40만 개의 계절을 의미한다.

아찔할 정도로 큰 이 숫자들은 감성으로도 이성으로도 파악하기가 어렵다. 마치 거울을 들여다보면서 거울에 보이는 얼굴이 누구 얼굴인지 모르겠는 것과 같다.

전체를 파악하기에 모든 것이 너무 복잡해지고 어려워지면 나는 벽에 걸린 흑백사진을 들여다본다. 스베그의 초등학교 걸상에 앉아 있는 아홉 살 시절의 내 사진이다. 호기심 가득하고 세상에 불가능한 건 없다는 확신에 차 있는 듯한 사진 속 얼굴을 보면, 내게 이해할 수 있는 힘이 돌아오는 걸 느낄 수 있다.

내 내면의 짧은 빙하기는 지나갔다. 모든 것이 다시 평상시와 같다. 모든 진실은 계속 일시적인 것으로 남아 있다. 전체를 조망하기 위한 노력은 다시 시작될 수 있다.

그보다도 더 중요한 것은 없다. 나는 그렇게 생각한다.

I2

시간의 방향을 바꾸기

4만 년 후의 스웨덴을 상상해보자.

그런 수수께끼가 또 없다. 과거를 연구하기 위해서 고고학자들은 다양한 종류의 탐험을 할 수 있다. 이제는 먼 과거에 무슨 일이 있었는지 알기 위한 도구로 사용할 수 있는, 점점 더 놀라운 발전을 거듭 중인 유전공학도 있다. 하지만 미래는 과거와 같은 방식으로 우리를 끌어당기지 않는다. 미래에는 우리가 확신할 수 있는 것이 하나도 없고, 우리 자신의 삶과 연결지을 수 있는 것이 하나도 없기 때문이다. 우리의 상상력은 우리가 살고 있는 시간지평 저 너머에 있는 미래의 삶이 어떤 모습을 띠게 될 것인지 터무니없는 추측을 하도록 허락하지 않는다.

그럼에도 수천 년 후에 어떤 일이 일어날지 우리도 어느 정도는 알고 있다. 심지어 그것이 어떻다고 말할 수 있을 만큼 충분히 알고 있다. 그러나 우리는 동시에 이전 세대들이 몰랐던 불확실한 요소와 함께 살고 있다. 바로 인간이 어지럽힌 기후가 어떻게도 피할 수 없을 여러 과정들의 진행을 얼마나 더 빠르게 만들 것인가 하는 문제이다.

4만 년 안에 이미 거대하고 극적인 사건들이 여럿 일어날 것이다. 언제라고는 정확히 말할 수 없지만 그 일들이 일어나리라는 건 확실히 말할 수 있다. 비록 그 길이 아직 멀리 있다 하더라도 우리는 이미 그리로 향해 가고 있다. 그 길은 특정한 방향으로 뻗어 있다. 대략 10만 년쯤 후의 언젠가 시작될, 우리가 살고 있는 이 땅에 찾아올 빙하기를 향해서.

빙하기가 결국 시작되고 나면 거의 수 킬로미터 두께의 얼음층이 스웨덴을 뒤덮을 것이다. 지하 암반은 얼음층의 엄청난 무게에 지각 속으로 내리눌려질 것이다. 우리가 지금 보고 있는 풍경은 우리 발 밑 수백 미터 아래로 사라지고, 한때 그 풍경을 특징짓던 모든 것들은 지워지고 말 것이다. 초원 · 호수 · 숲 · 황야는 돌 부스러기들로 변할 것이다. 묘지와 정원과 떡갈나무 숲길 역시 마찬가지다.

사람이 세운 모든 건물들도 얼음 밑에 묻혀 파괴될 것이다. 주택 · 도시 · 다리뿐만 아니라 우리가 박물관과 도서관과 지하실에 모아둔 것들, 혹은 보물로서 땅에 묻어둔 것들도 모두 땅 속 깊은 곳으로 사라질 것이다.

모든 것이 아무런 말도 할 수 없는, 정체성 없는 돌 부스러기들로 갈려 없어질 것이다.

완전한 침묵의 세계가 얼음 밑에 묻혀 있게 될 것이다.

그 빙하기 후에 다시 온화한 기후가 찾아올 것이다. 살아남은 사람들이 있다면, 그들은 다시 기후가 견딜 만하고 고기잡이와 사냥이 가능한 새로운 땅의 주변지역들로 이주할 것이다. 인간은 모든 것이 다시 처음부터 시작되는 지점에 서 있게 될 것이다. 우리는 다시 유목민·사냥꾼·어부·채집인이 될 것이다.

그 사람들의 뇌가 과거의 역사적 시대들과 비교해서 어떤 변화를 겪을지는 알 수 없다. 하지만 인간이 습득했던 모든 교양은 사라지고 없을 것이다. 혹시 휴대폰이나 컴퓨터 한 대가 빙하기에서 살아남는다면 사람들이 전혀 이해할 수 없는 물건이 될 것이다. 어쩌면 우주의 알 수 없는 다른 행성에서 떨어진 물건으로 생각되는 건 아닐까? 이름 모를 신들의 손에서 미끄러져 떨어진 그 무엇으로 여겨지는 건 아닐까?

천둥번개가 치면 다시 망치를 든 신이 마차를 타고 돌아다니게 될 수도 있다. 그 신은 아마도 토르가 아니라 다른 이름으로 불리겠지만, 고대 신화가 새롭게 창조될 것이다. 과거에 있었던 것의 모조품으로서가 아니라, 한 번도 존재하지 않았던 것처럼. 왜냐하면 사라진 시간들에 대한 기억이 없을 것이기 때문이다.

시간 자체가 기억을 잃을 것이다.

과연 나는 그것을 상상할 수 있을까? 내 뇌 속에 불러낼 수 있는 이미지들의 형태로? 학제적 연구의 논리적인 결론을 위해 확실한 논거를 댈 수 있을까? 내가 그럴 수 있을지 모르겠다. 가끔 나는 그런 상황이 오고 있다고 믿는다. 하지만 마찬가지로 그것을 의심할 때도 많다. 거의 3킬로미터 높이의 빙산이 우리 땅을 뒤덮는다니? 3킬로미터만큼 걸은 다음 그 거리를 하늘로 올라가는 계단이라고 상상해보면, 그 이해할 수 없는 상황을 눈앞에 충분히 그려볼 수 있다.

언젠가는 모든 얼음이 도로 녹을 것이다. 만약 눈이 녹아 드러난 세상을 우리가 잠시만이라도 볼 가능성이 있다 해도, 우리는 그 땅을 다시 알아볼 수 없을 것이다. 새로운 산·새로운 해변·새로운 만이 우리 앞에 펼쳐져 있을 것이다. 빙하가 새로운 지도를 만들어냈을 것이다.

그러나 내가 지금 하고 있는 말이 완전히 맞는 것은 아니다. 우리 문명이 몰락한 다음에도 무언가는 남아 있을 것이다.

그 무언가는 바로 하나, 또는 몇 개의 지하 쓰레기장이다.

13

땅 속 세상으로의 여행

　우리는 자동차를 타고 예테보리에서 스웨덴의 다른 쪽에 있는 오스카르스함으로 갔다. 온칼로를 방문하려고 했을 때 그쪽에서 보인 불친절과는 반대로, 오스카르스함에서는 나를 친절하게 맞아주었다. 비밀을 숨기려는 것 같은 태도는 전혀 보이지 않았고, 사실 그것이 당연한 일이었다. 그곳에서 하는 일은 위험한 핵폐기물을 방출하지 않기 위해 할 수 있는 모든 조치들이 실제로 행해지고 있음을 우리 뒤에 올 세대들에게 확실하게 보여주기 위한 것이니까.

　나는 그곳의 소장과 면담을 하였다. 그녀는 자신이 행하는 업무의 유일한 출발점이 되어야 하는 바로 그 사실을 이야기하였다. "제가 원자력에 대해 어떤 의견을 가지고 있는지는 중요하지 않습니다. 어쨌든 원자력은 존재하니, 누군가는 그 폐기물 처리를 담당

해야지요."

우리는 엘리베이터를 타고 암반을 폭파시켜 만든 통로를 따라 지하 깊숙이 내려갔다. 영구 동토층이 닿지 못해서 현재 핵폐기물을 영구 저장하는 데 사용하는 구리동관을 훼손할 수 없을 정도로 깊은 곳이다. 핵폐기물은 영원에 가까운 시간 동안 전혀 움직이지 않는 암반 속에 저장된다. 사용후핵연료의 위험성이 언젠가 사라지게 될지는 그때가 돼야 알게 될 것이고, 지금으로서는 순전히 추측에 불과하다. 어쨌든 이 봉인은 10만 년 동안 열리지 않을 것이다.

그러나 우리는 우리가 믿는다고 하는 신들에게서 우리가 죽고 이미 수천 년이 지난 후의 미래를 방문할 수 있는 허락을 얻어내진 못할 것이다. 빙하기의 얼음이 녹은 후에 이곳에 스웨덴이라는 나라가 있었다고 기억해줄 우리의 후손이 있을 것인지도 우리는 알 수 없다.

그럴 가능성은 희박하다. 인간의 기억 또한 한정되어 있다. 우리의 기억은 신화와 전설도 잊어버리게 될 딱 그만큼밖에 되지 않는다. 그 옛날 존재했었고 스웨덴이라고 불렸던 나라에 대한 꿈이 남아 있게 된다면, 그 누구도 꼭 믿어야 할 이유가 없는 어떤 전설의 막연한 반영으로만 존재할 것이다. 우리의 현실, 우리가 이룬 예술적·학문적 업적들과 인간적 패배들에 대한 온갖 기억들은 동화가 되어 있을 것이다.

그렇게 되면 아틀란티스와 스웨덴이 갖게 될 공통점이 있다. 둘 중 하나가 언젠가 존재했었다는 사실을 확실히 아는 사람은 아무도 없으리라는 것.

그러나 우리는 우리가 무엇을 소망하는지 알고 있다. 바로 미래의 사람들이 그들 발아래 묻힌 위험한 핵폐기물에 대해 전혀 모르게 되는 것. 10만 년이라는 세월이 지날 때까지 점점 약해지기는 해도 여전히 똑딱똑딱 움직이고 있는 죽음의 시계에 대해 모르게 되는 것.

우리 시대가 남기는 마지막 기억은 바로 아무도 그것을 기억 못 해야 한다는 것이다.

우리는 우리가 남기는 마지막 유물을 꼭꼭 숨긴다. 그것을 영원히 아무도 찾아내지 못하도록.

14

젊은 의대생

나에게 분명하고 피할 수 없는 암 진단 결과를 알려준 의사의 이름은 모나다. 그녀는 내가 걸린 암이 첫째로 '심각'하고 둘째로 아마도 '낫기 어려울' 것이라고 했다. 앞으로의 내 삶이 어떤 전제조건을 갖게 될 것인지는 의심의 여지가 없었다. 아무도 뭔가를 약속해줄 수는 없었다. 어쨌든 가장 적절하다고 판단되는 치료를 할 것이다. 그러나 보장할 수 있는 것은 없었다.

의사는 '의술'이란 말을 사람들이 어떻게 이해하는지 예를 들어가며 설명했다. 그녀는 준비가 잘 되어 있었다. 침착하고 알아듣기 쉽게 말했으며 내 질문에도 충분히 시간을 들여 답했다. 진료실 안의 시간은 멈춰 있었다. 밖에서 기다리는 다른 환자들이 분명히 있었을 것이다. 하지만 지금은 내 시간이다. 다른 누구도 아닌 나에게

만 집중된 시간. 의사는 내가 더이상 묻고 싶은 게 없다는 걸 확인한 다음에야 나와의 대화를 끝냈다.

나중에는 벵트 베르히만이 내 담당의사가 되었다. 물론 모든 암 전문의들이 협력하긴 했지만. 암은 각각의 사례가 모두 다르기 때문에 여러 전문의의 견해와 치료법 제안에 대해 논의가 이루어지는 협력체계가 기본 전제이다.

물론 그 당시 나는 살아오면서 만났던 여러 다른 의사들을 생각했었다. 나만큼 오래 산 사람은 여러 나라에서, 다소 극적인 여러 가지 이유들로 인해 상당히 많은 의사들을 접할 수밖에 없다.

스웨덴 텔레비전 드라마에서 발란더 형사 역할을 맡았던 배우 크리스터 헨릭손과 그의 부인이자 역시 배우인 세실리아아 닐손에게는 아들이 하나 있다. 그 젊은이는 최근 우메오 대학에서 의학을 공부하기 시작했다. 내가 제대로 알고 있는 거라면, 그 아이는 앞으로 자기가 전공할 의료 분야를 이미 결정했다고 했다. 신경과의사가 되고 싶다고 했다. 난 한 번도 그 이유를 직접 묻지는 않았다. 하지만 그 아이가 무슨 대답을 할지 충분히 상상할 수 있고 바로 표현할 수도 있다. 심사숙고한 대답이다.

"우리는 우주 안에 살고 있지만 아직도 그곳을 완전히 이해하거나 측량하지 못해요. 그런데 우리 안에는 역시 그와 마찬가지로 우리가 잘 모르는 또 다른 우주가 있죠. 바로 우리 뇌에요."

그 아이가 이렇게 생각한다면 나는 그를 이해한다. 그 아이는 미래의 자기 모습을 높은 전문성을 갖춘 의사로만 보지 않는다. 먼 옛날 나일 강의 발원지나 북극으로 가는 길을 찾아 떠났던 이들과 마찬가지로, 아직 남들이 밟지 않은 영역에 발을 내딛는 사람들 중 한 명이 되고자 한다. 혹은 현재 우리의 태양계를 떠나 절대적인 침묵과 암흑으로 가는 길에 있는 무인 우주탐사기를 만든 사람들 중 한 명이 되고 싶은 것이다.

나는 우주를 탐구하고 싶다고 생각해본 적이 한 번도 없다. 하지만 인간의 뇌를 연구하는 사람들에게는 가끔 알 수 없는 질투를 느낀다. 특히 인간의 기억에 관한 연구를 하는 사람들에게 더 그런 것 같다. 왜 그런 걸까? 나는 천성적으로 연구자는 아니다. 연구자가 되기엔 한마디로 인내심이 부족하다. 하지만 헤아릴 수 없이 많은 경험과 생각과 기억이 보관된 뇌의 여러 방들을 더듬어보는 일은 숨 막힐 듯 흥분되는 모험일 것이라고 생각한다. 그리고 아마 언젠가는 우리 내부의 그 우주가 어떻게 구축되어 있는지 이해하게 될 것이다.

생각한다는 것이 무슨 의미인지 언젠가는 설명할 수 있게 될까? 신경세포들이 중요한 역할을 하는 화학적 과정뿐만 아니라, 우리가 인간의 영혼이라고 기술할 수 있는 그것까지도 설명할 수 있는 그런 날이 올까?

예전에는 우리 뇌 속에 있는 기억의 공간을, 널따란 방들이 셀 수 없이 많으며 끊임없이 숫자가 늘어나는 기억 이미지들이 여러 선반과 층에 나눠 저장되는 궁전에 비교했었다. 이런 비교를 했던 첫 번째 인물로 알려진 사람은 기원전 5세기에 살았던 그리스 시인 시

모니데스이다. 그에 대해 알려진 이야기는 다음과 같다. 시모니데스는 궁전에서 열린 연회에 참석했다. 그가 집으로 돌아간 다음 갑자기 궁전의 지붕이 무너졌고, 방금 전까지 연회에서 그와 함께 이야기를 나누고, 술을 마시고, 음식을 먹었던 사람들이 모두 죽었다. 살아 있던 사람들이 갑자기 더이상 존재하지 않게 된 것이다. 시모니데스는 지붕이 무너지기 전에 연회장 상황이 어땠는지 자신이 아주 자세한 것까지 눈앞에 볼 수 있다는 사실을 깨닫고, 궁전이 자신의 내면과 마찬가지로 외부 세계에도 존재하는 것처럼 상상하기 시작했다. 한 가지 차이가 있다면 그의 뇌 속에 있는 궁전은 지붕이 무너지지 않은 상태였다.

기억의 궁전이라는 생각은 이후에도 계속 유지되었고, 시간이 흐르면서 상이한 형태들로 표현되었다. 우리가 마치 대제사장이나 사서처럼 스스로 끝없이 많은 방을 움직여 다니면서 의식이 요구하는 대로 기억 이미지들을 과거로부터 불러온다는 생각은 난해하고 시사적이다.

밤에는 더 거칠고 무질서한 다른 사서들이 그곳을 지배한다. 나는 때때로 그들을 초기 초현실주의자 혹은 다다이스트 집단으로 상상한다. 그들은 기억과 경험 들을 무질서하게 섞어서 알아볼 수 없는 현실의 단편들로 만들어버린다. 이 밤의 활동가들은 부조리뿐만 아니라 악몽도 만들어낸다. 그 악몽들은 우리가 잊으려고 하는 것들을 보관하는 극약 보관장에서 나오는데, 어둠 속에서 몽마가 우리를 찾아오는 밤이면 그 보관장의 문이 열린다.

그렇다면 망각의 방들은 어떻게 생겼을까? 나이가 들면서 기억력이 점점 떨어지면 무슨 일이 벌어질까? 노쇠하면서 기억의 궁전에서 방마다 들어 있는 내용물들이 점차 삭제되면? 아니면 심장이 멈출 때까지, 그리고 놀라운 에너지의 흐름처럼 우리의 생명을 유지시켜주던 전기 자극이 순환을 완전히 멈출 때까지 전부 그 자리에 남아 있는 걸까? 그 전에는 기억의 방들 위에 단지 그림자가 하나 드리워져 있어서 내용물을 못 보게 만들었던 것일까?

나는 망각이 어떤 내면의 빛과 관계가 있다고 생각한다. 아니, 그보다는 여러 선반과 층에 있는 여러 방의 불이 꺼지는 것이라고 생각한다.

보이지 않는 손이 전구를 빼버리고 더이상 새로운 전구로 대체할 수 없게 되는 것이다.

망각은 어둠이다. 우리는 현재를 사는 우리들이 언젠가 원생암 속에 묻어버린—혹은 숨겨버린—그것을 비춰주는 모든 기억의 빛을 끄고자 한다. 그러고 나면 앞으로 올 세대들이 그것을 찾아내기는커녕 그것에 대해 전혀 모르도록 만들기 위해 모든 일을 다한 것이다.

우리는 10만 년을 사는 위험한 트롤을 가두었다. 그리고 그것에 대해 동화를 쓰는 대신 트롤이 사람들의 기억에서 잊히도록 모든 노력을 기울였다. 우리는 망각의 찬가를 짓기 위해 애썼다. 하지만 그것이 과연 가능할까? 미래 세대들을 저 아래 암반 속에 아무것도 없다는 환상으로 속일 수 있을까? 인간의 호기심과 새로운 진실에 대한 끝없는 추구가 결국 암반 속 트롤이 발견되는 결과로 이어지는 건 아닐까?

우리는 그것을 알지 못한다. 기껏해야 시간이 다 흐르기 전에, 최소한 스웨덴에 적용되는 위험한 10만 년이라는 세월이 다 가기 전에 그런 일이 일어나지 않기만을 바랄 뿐이다.

여기에는 물론 모순이 있다. 우리는 항상 잊기보다는 좋은 기억을 만들려고 노력하며 산다. 모든 문명은 과거의 기억 이미지들을 찾고 그것들을 보관하며 동시에 새로운 기억 이미지들을 만들려고 한다. 미술은 미래와 과거를 향하고 있다. 과거의 것을 우리가 잊지 않고, 또한 우리의 후손들에게 우리가 살았던 시간에 대해 알리기를 중단하지 않기 위해서다.

미술세계에는 지나간 과거의 것들이 반복되지 않도록 경고하는 수많은 작품들이 있다. 전쟁의 참화를 보여주는 고야의 판화집은 그 참극이 다시는 반복되지 않기를 바라는 경고가 아니면 무엇이겠는가?

그 판화집은 당연히 전쟁의 참화를 경고하고 있다. 그 경고는 여전히 살아 있다.

기억은 이야기이다. 어쩌면 토막 나고 잘게 부서진, 하지만 또한 온전한 이야기일 때도 많다. 나는 망각을 빈 공간으로 생각한다. 우리 내면의 공허하고 추운 우주. 망각 속에서 인간은 스스로에게도 다른 사람들에게도 무관심해지고, 과거에 있었던 것과 앞으로 올 것에 대해서도 무관심해진다.

우리가 지금 시도하고 있는 핵폐기물 처리방법처럼, 우리는 망각을 위한 궁전을 짓고 있다. 그러니까 우리 문명은 망각과 침묵을 유물로 남기는 것이다.

거기에 더해 절대 빛이 들어가지 않는 저 깊숙한 암반을 뚫어 만든 대성당 안에 잠행성 독약을 남기고 있다.

인류사의 첫 신들은 거의 항상 만물에 생명을 불어넣는 태양과 관계가 있었다. 가장 위대한 기적은 태양이 매일 새로 떠오르는 것이었다. 서로 전혀 접촉이 없었던 문명들에서 종종 인간의 기원에 대해 유사한 이야기들을 찾아볼 수 있다. 거기에는 항상 태양이 관련되어 있다. 그러나 과거의 그 어떤 고도 발달 사회보다도 더 발달한 현재의 우리 문명은, 어둠으로만 이루어진 마지막 기억을 유물로 남기려고 한다.

15

마술사와 사기꾼

내 '기억의 궁전'에 있는 갤러리에서 히에로니무스 보슈 (Hieronymus Bosch, 15세기 네덜란드 화가―옮긴이)의 그림 한 점을 꺼내 본다. 1475년경 그려진 〈마술쟁이〉는 마법사 또는 마술사가 일하고 있는 장면을 묘사한 그림이다. 그의 손에 들린 바구니 속에는 가면 같은 걸 쓴 작은 원숭이 한 마리가 보인다. 마술사는 탁자 뒤에 서 있고, 탁자 위에는 전형적인 컵 세 개와 구슬 몇 개가 놓여 있다. 탁자 앞쪽에는 관객 집단이 서 있는데, 맨 앞의 남자가 탁자 위 컵들을 향해 몸을 숙이고 있다. 그 남자가 단지 어리둥절해 하고 있는 건지, 아니면 놀랐거나 의심을 하고 있는 건지는 알아볼 수 없다.

마술사는 미소를 띠고 있다. 은밀한 미소이다. 관객들을 도발하기 위한 미소가 아니다. 그의 미소는 또 한 번 마술에 성공한 것을,

아니면 관객을 속이는 데 성공한 것을 기뻐하는 내면을 향한 미소이다.

마술사들은 대부분 흔한 손놀림을 사용한다. 유리 겔러라는 이스라엘 마술사가 있었는데, 내 생각에 그 사람은 사기꾼이었다. 유리 겔러는 1970년대 초반 세계를 돌아다니며 여러 나라의 텔레비전 방송에 출연해서 엄지와 검지로 들고 있던 숟가락을 그의 말대로라면 '정신력으로' 구부리는 초능력을 보여주었다. 또한 그가 볼 수 없도록 다른 방에 있는 사람들이 가지고 있는 그림들의 내용을 설명해 보였다. 그가 약아빠진 야바위꾼인지, 아니면 정말 초능력을 지닌 사람인지 논란이 일었다.

유리 겔러가 노르웨이의 NRK 방송에 출연했을 때 나는 마침 그곳에 있었다. 나는 방송국으로 걸려오는 전화를 받는 사람들 중 한 명이었는데, 걸려온 전화들 중에는 격분한 시청자들의 전화도 꽤 있었다. 당시 그 방송은 생방송이었고, NRK의 모든 전화통에 불이 났다. 사람들은 황무지에 있는 그들의 오두막에 앉아서 자기 집 서랍 안의 숟가락이 휘거나 벽시계가 멈춰 선 것을 보았다. 특히 한 노인이 기억에 남는다. 흥분해서 전화를 건 그 노인은 떨리는 목소리로 자기 아내가 발이 걸려 넘어져서 팔이 부러졌다고 얘기했다. 그것도 유리 겔러가 텔레비전을 통해서 마법 광선을 쏘았기 때문이었을까?

그 노인의 전화에 내가 뭐라고 답했는지는 생각나지 않는다. 하지만 나는 유리 겔러를 믿었던 적이 한 번도 없다. 유리 겔러에게는 뭔가 타산적인 부분, 예술 활동보다는 투기와 더 관계있는 뭔가가 있었다. 노인과의 통화가 끝난 뒤 나는 냉소적인 웃음을 터뜨렸다.

유리 겔러는 여러 해 동안 자신을 공개적으로 사기꾼이라고 부른 사람들을 고소하느라 시간을 보냈다. 내가 아는 한 유리 겔러는 그 많은 소송들 중 단 한 건도 이기지 못했다. 어쩌면 그는 무엇보다도 자기만이 옳다고 믿는 독선가였던 것 같다.

사실 별 쓸모도 없는 여러 치료법들을 팔면서 암 환자들을 이용해먹는 야비한 투기꾼들은 유리 겔러와 크게 다를 바 없다. 그래봤자 손해 볼 것을 뻔히 알면서도 야바위꾼들에게 넘어가는 사람들의 절망적인 상태는 물론 이해할 수 있다. 그렇기 때문에 그런 속임수들이 벌어지는 것을 어떻게 막아야 하는지 나는 잘 모르겠다.

다른 한편으로, 예를 들어 여러 가지 자연 치료제가 인정을 받고 우리가 '서양의학'이라고 부르는 치료 형태와 동시에 사용되는 것은 물론 이해한다.

하지만 암을 어떤 마술이나 망상으로 치료할 수는 없다. 6개월 동안 정기적인 치료를 받으면서 얻은 경험으로, 그리고 그동안 수많은 의학 분야에 대해 습득할 만큼 습득한 지식들로 알게 된 사실이다.

나는 암 연구가 얼마나 큰 인간적 승리인지를 깨달았다. 지금은 언젠가 암이 완전히 극복될 날이 올 것임을 확신한다. 그때엔 이미 내가 죽은 지 오래라 할지라도.

16

플랑드르의 진흙투성이
참호에 관한 꿈

　암에 걸렸다는 진단을 받고 한 달 정도 시간이 흘렀다. 그동안 갖가지 검사 기간을 거쳤다. 곧 항암 화학요법이 시작될 것이고 목덜미에 전이된 암을 치료하기 위한 방사선 요법도 시작될 것이다. 내가 인간의 신체구조를 제대로 이해하는 거라면, 암세포는 정확히 수하식 교수형을 행할 때 부러지는 바로 그 경추에 전이된 상태다.

　꿈에서 내가 태어나기 최소한 30년 전인 제1차 세계대전 무렵, 1914년에서 1918년 사이의 언젠가로 돌아갔다. 나는 질척한 참호 안에 웅크리고 있다. 내가 어느 나라 사람인지는 모르겠다. 내 주변엔 다른 병사들이 있다. 다들 입을 꼭 다문 채 말이 없다. 소리 없는 회색 안개가 황량한 벌판 위에서 춤춘다. 멀지 않은 곳에 철조망에 걸려 죽어 있는 말 한 마리가 보인다. 철조망을 뛰어넘다 죽은 모양이다. 뒷다리 하나가 부러져 있다.

사방이 고요하다. 가까운 곳이 됐건 먼 곳이 됐건 아무런 총성도 폭발음도 들리지 않는다. 내 옆에 누워 있는 병사에게 눈을 돌린다. 개머리판을 움켜쥐고 있는 그의 손톱들이 물어 뜯겨 있는 게 눈에 들어온다. 유탄 세례가 언제 시작될 것 같은지 그에게 묻는다.

병사는 내가 이해하지 못하는 언어로 대답한다. 그의 눈이 놀란 듯 크게 벌어진다. 내가 적군이라도 되는 듯. 어쩌면 그럴 수도 있다. 이 진창에선 모두가 모두의 적이다.

꿈속에서 나는 뭔가가 일어나리라는 것을 안다. 그러나 그것이 무엇인지는 모른다. 우리는 참호 속에 누워 기다린다. 다른 것을 기다리는 게 아니라면, 우리가 기다리고 있는 것은 죽음이다.

안개는 유탄 폭격 때문에 분화구처럼 파인 구덩이들로 뒤덮인 진흙투성이 회색 땅 위로 더 퍼져나가고 있다. 그런데 갑자기 안개의 색깔이 바뀐다. 더이상 회백색이 아니다. 처음에는 느리던 색의 변화가 점점 더 빨라진다. 안개는 이제 연노랑이다. 참호 속에 있던 우리는 그 안개가 우리에게 다가오는 새로운 적군임을 너무 늦게 알아차린다. 독가스를 폐 속으로 들이마시고 내장을 부식시키는 끔찍한 통증을 느낀 후에야, 적군이 우리 몸속에 들어올 만큼 가까이 다가왔다는 사실을 깨닫는다.

그때 꿈에서 깼다. 잠시 혼란을 느꼈다. 꿈에서 깼다고 통증이 사라진 것은 아니었다. 여전히 내 기억 속에 남아 있었다.

그 통증은 꿈에 속한 걸까, 아니면 깨어 있는 내게 속한 걸까?

그런 생각을 하다가 전날 받았던 기관지경 검사가 떠올랐다. 별로 유쾌하지 않은 검사였다. 국소마취를 하고 정맥주사로 진정제를 투여한 다음 입을 통해 기관지 내시경을 원발 암세포들이 있는 폐까지 삽입한다. 그런 다음 또 다른 얇은 관을 삽입하는데, 그 관의 끝부분에는 일종의 칼이 달려 있다. 그 칼로 암세포를 살짝 떼어내서 조직검사를 실시한다. 검사 후에 목에 야간 통증이 있을 거라고 마리 간호사가 얘기했는데, 그 말이 맞았다.

팔에 온갖 관을 꽂은 채 졸린 상태에서, 이 상황이 독약 주사로 포로들을 처형시키는 장면을 떠오르게 한다고 생각한다. 그러나 나에게 중요한 것은 위험에 처한 내 생명이 과연 가능한 최고의 치료를 받는지 확인하는 것이다.

꿈속에서 기관지 내시경 검사는 겨자 가스로 변신했다. 아무것도 모르는 병사들의 목과 눈으로 침투해 들어오던 노란 안개로. 그 독가스 때문에 많은 병사들이 죽고, 나머지는 시력을 잃고 맹인으로 여생을 보낸다. 피터르 브뤼헐(Pieter Breughel, 16세기 플랑드르 회화를 대표하는 화가―옮긴이)의 그림에서처럼, 그들은 서로를 전장에서 맹인의 왕국으로 데려간다.

밤의 어둠 속에서 나는 단순히 목의 통증이 플랑드르의 참호에 관한 꿈으로 바뀐 게 아니라는 걸 깨달았다. 한 가지 차원이 더 있다. 잠에서 깨고 보니 겨자 가스가 제1차 세계대전에서만 무분별하게 사용된 무기가 아니라는 사실이 생각났다. 겨자 냄새 때문에 겨자 가스란 이름을 얻게 된 그 독가스는 아무것도 모르는 병사들을 공격하기만 한 것이 아니었다. 나중에 밝혀진 바에 따르면 그 가스는 암에 걸렸던 병사들에게 긍정적인 효과를 보였다. 1차 세계대전에서 사용되었고 이후 국제 조약에 의해 배척당한 그 살인적 독가스의 효과에 대한 분석이, 오늘날 항암치료에 성공적으로 이용되고 있는 세포독의 과학적 개발로 이어졌다.

그래서 내가 그런 꿈을 꾼 것이다. 잠자고 있던 내 뇌에서 내쫓긴 생각들과 기억 이미지들이 내게 전달하고자 하는 메시지가 있었던 것이다. 참호는 화학요법의 시작을 기다리는 걸 의미한다. 겨자 가스는 내 눈을 멀게 하거나 나를 죽이는 것이 아니라 암의 진행을 억제할 것이다. 노란 안개는 정확한 양의 세포독 형태로 내 정맥에 흘러들어올 액체로 변신할 것이다. 세포독은 그렇게 내 몸 안에 있는 공격적 암세포들을 격퇴할 것이다.

하지만 유감스럽게도 건강한 세포들 역시 피해를 입게 될 것이다. 최악의 경우 나는 수많은 부작용을 경험하게 될 것이고, 그중에 머리카락이 빠지는 정도는 가장 덜 심각한 부작용이 될 수도 있다.

내 면역력은 주기적으로 힘을 발휘하지 못하게 될 것이다. 혈액 수치는 수혈을 받아야 할 정도로 떨어질 수도 있다.

치명적 독가스의 사용을 통해, 오늘날 여러 종류의 암을 치료하는 가장 중요한 항암제 중 하나가 태어났다. 다양한 종류의 세포독들과 다양한 조합으로 이루어진 세포독들이 없었다면 암으로 인한 사망률이 오늘날만큼 크게 줄어들 수는 없었을 것이다.

내 꿈의 의미는 지극히 명료해졌다. 그 꿈은 나를 잠에서 완전히 깨어나게 했다. 새벽 네 시 밖에 안 되었는데도 나는 일어나서 서재로 간다. 서재는 캄캄하다. 한쪽 구석에 내 독서용 안락의자가 놓여 있다. 나는 불을 켜지 않는다. 바깥에서 들어오는 불빛이 한 책장에 떨어진다. 그 책장엔 책이 넘치도록 가득하다. 내 책장들은 전부 라르스 에릭손이 참나무로 맞춤 제작해주었다. 책장이 더 필요할 것 같다는 생각을 했디. 계속 늘어나는 책들을 더이상 꽂을 자리가 없다.

내가 살아 있는 한 책들은 계속 늘어날 것이다.

17

동굴

처음 본 뒤로 50년이 넘게 시간이 흘렀는데도 아주 세세한 것까지 다 기억나는 삽화가 하나 있다. 쥘 베른의《신비의 섬》에 삽입된 그림이다. 조난당한 엔지니어 일행은 그들에게 도움이 꼭 필요했던 때 보이지 않는 인물의 도움을 받는다. 심지어 그는 그들 중 한 명이 말라리아에 걸렸을 때 키니네를 건네주기도 한다.

이야기의 끝부분에서 조난자들은 그 비밀스런 협력자의 정체를 알게 된다. 동굴 속으로 들어간 그들은 거기서 자신의 잠수함 노틸러스 호에서 죽음을 기다리는 네모 선장을 만난다. 네모 선장은 배와 함께 수장되고자 한다.

무엇보다도 그 동굴의 그림이 내 기억 속에 뚜렷이 새겨졌다.

내가 어렸을 때, 알려지지 않은 동굴을 찾아다니는 것은 큰 모험

중 하나였다. 그 모험이 시작된 건 네모 선장과 그의 잠수함 이야기를 읽게 되면서부터였다. 하지만 헤리에달렌에서 동굴을 찾을 가능성은 그리 크지 않았다. 한때 온통 얼음으로 뒤덮였던 곳에는 이제 돌 부스러기들과 자갈더미 그리고 여기저기 흩어진 무거운 바윗덩이들이 있었다. 바위로 이루어진 지반이라 과거에 동굴들이 생겨났을 확률은 그다지 높지 않았다. 그렇지만 어쩌면 소리 없이 발밑에 흐르고 있는 불가사의한 물길로 바위에 구멍이 파여 신비로운 공간이 생겨났을 수도 있었다. 그런 땅 밑 공간들을 찾는 일은 너무나 매력적이었다. 정말 동굴을 찾게 될 지도 모를 일이었다. 자연은 변덕스러울 수 있으니까. 적어도 어렸을 적에 나는 그렇게 믿었다.

가끔 내 마음속 깊은 곳에서는 여전히 그렇게 믿고 있으며 여전히 동굴들을 찾고 있다는 생각이 든다. 그것이 어떤 본능이자 나를 절대 떠나지 않을 어떤 욕망이라고 말이다. 하지만 설사 내가 그런 바위틈이나 사실은 지금까지 발견되지 않은 거대한 동굴 시스템으로 가는 숨겨진 입구일지 모르는 오래된 여우 굴의 입구를 찾아낸다 해도, 그건 이제 그다지 큰 의미를 갖지 않을 것이다. 정말로 중요한 것은 바로 유혹, 찾는 행위 그 자체이다.

내가 태어나고 몇 해 뒤 몇몇 남자아이들이 고틀란드 섬의 룸멜룬다 동굴 입구를 찾아냈다. 그 동굴의 존재는 수백 년 전부터 알려져 있었고 극히 일부분은 공개되어 있었다. 하지만 대부분은 미지의 공간이었다. 동굴 입구를 찾아낸 세 소년 외르얀 호칸손·페르시 닐손 그리고 라르스 올손은 입구 뒤에 더 큰 동굴 시스템이 존재한다고 확신했다. 갑자기 바윗덩어리 하나가 떨어져 나갔고, 그 뒤에 또다른 통로가 나타났다. 그리하여 그 동굴 시스템에 대한 탐구가 제대로 시작될 수 있었다. 세 아이들은 자기들이 발견한 것에 대해 속으로 환호했을 것이다. 나는 그 순간의 아이들이 정말 부럽다.

오늘날 그 통로는 '소년들의 통로'라고 불린다. 그리고 소년소녀들이 발견한 수많은 그와 같은 통로들이 있다. 끊임없이 새로운 동굴들이 발견되고 있다. 지금은 동굴학자들이 현재까지 알려지지 않은 동굴 시스템을 발견할 가능성이 가장 큰 장소가 어디인지 예측해서 알려줄 수 있지만, 그래도 아직 우연히 발견되는 동굴들이 꽤 있다. 동굴들과 바위 속 빈 공간들은 결코 우연히 생겨나지 않는다. 경우에 따라 서로 조금씩 다르긴 해도, 그리고 알아내기가 몹시 어렵긴 해도 거기에는 늘 원인이 있다.

인간은 항상 험한 날씨나 맹수들을 피하기 위해 동굴을 찾았다. 마찬가지로 동물들도 동굴로 몸을 피했는데, 특히 사냥하는 인간들로부터 피난하여 몸을 숨기기 위해서였다.

동굴 내부에서 우리는 예술적인 흔적을 남기고자 하는 인간의 욕구를 보여주는 가장 오래된 증거들을 찾을 수 있다.

그런 동굴들 중 하나인 남프랑스의 쇼베 동굴에는, 인류의 긴 역사에서 최초로 그 존재를 확인할 수 있는 예술가라고 감히 부를 만한 누군가의 서명도 있다. 그 예술가는 동굴 벽 여러 곳을 동물 그림으로 장식했다. 우리는 그 예술가가 남자라는 걸 알고 있다. 서명이 그가 남성임을 말해준다.

3만 년 전에는 문자도 문어文語도 없었다. 쇼베 동굴의 예술가가 남긴 서명은 그가 그린 동물들 사이로 뚜렷하게 보이는 몇 개의 손자국이다. 그는 손바닥을 바위벽에 대고 (동물 그림을 그리는 데 사용한 것과 같은 색깔의) 안료를 그 위에 뿌렸다. 물론 벽에 손자국을 남긴 동굴화가들은 많이 있으니 쇼베 동굴의 예술가가 손자국을 남긴 유일한 화가는 아니다. 그를 유일하게 만드는, 여타 예술가들과 다른 정체성을 그에게 부여하는 것은 바로 손지국에 보이는 손가락 하나이다. 한 손가락이 굽어 있다. 부상의 결과인지 아니면 타고난 기형인지는 알 수 없다. 하지만 의사들에게 물어보면 손가락 하나만 기형인 뼈 손상을 가지고 태어나는 아이는 아주 드물다고 답한다. 그러니 그 동굴화가는 손가락을 다쳤던지 아니면 다른 사람에 의해 부상을 입었다고 추측해볼 수 있다.

최초로 확인 가능한 그 예술가가 특별한 점은 바로 그의 손자국을 남프랑스의 같은 지역이긴 하지만 여러 다른 동굴에서도 찾아볼 수 있다는 것이다. 이를 통해 그 사람이 서로 평화롭게 이웃해 살던 여러 다른 부족들에게 동원되어서 이곳저곳 돌아다니며 그림을 그리던 동굴화가였음을 알 수 있다. 그가 그린 동물 그림들은 그의 재능이 매우 뛰어났음을 보여준다. 굽어진 그의 손가락은 동물들을 놀라울 만큼 사실적으로 표현하는 데 전혀 장애가 되지 않았다. 특히 동물들의 움직임을 표현하는 능력이 대단했다. 그래서 그 그림들을 관찰하는 사람은 동물들이 바위에서 떨어져 나와 움직일 것처럼 느끼게 된다. 두 다리로 걷는 인간들을 피해 도망가려는 것이든 인간들을 물리치려는 것이든, 그러기 위한 동물들의 움직임, 네 다리 동물들의 투쟁이 이 동굴화가의 예술을 구성하는 중요한 부분이었다는 점에는 의심의 여지가 없다.

굽은 손가락을 가진 그 예술가가 누구였는지는 물론 알 수 없다. 그는 아프리카 대륙에서 건너온 초기 이주민 중 한 명이었을 것이다. 그가 속했던 100명에서 150명가량 되는 집단에서 그가 어떤 역할을 담당했는지는 알 수 없다. 하지만 사람들이 그에게 동굴 벽화를 여럿 그리게 한 것으로 볼 때 그들도 그에게서 우리와 같은 것을 봤으리라고 가정할 수 있다. 살아 있는 것의 모습을 포착해서 사실적인 모습으로 형상화하는 능력을 가진 사람.

그는 젊었을까, 아니면 나이가 좀 있었을까? 조수가 있었을까? 누가 물감을 준비했을까? 아내가 한 명이었을까, 아니면 그가 속한 부족은 일부다처제였을까? 자식이 있었을까? 동굴벽화를 그리는 것 말고 다른 일도 했을까? 다른 사람들과 함께 사냥에도 참여했을까, 아니면 다른 사람들의 부양을 받았을까? 상아도 조각할 줄 알았을까? 아니면 그림만 그렸을까?

이름이 있었을까? 그 당시 이름을 가진 사람이 있기는 했을까?

알 수 없다. 화산지구대 리프트 밸리Rift Valley에서 화산이 폭발한 이후 완전히 굳지 않은 용암 속에 온전한 형태로 발견된 초기인류의 발자국 화석과 마찬가지로, 굽은 손가락을 가진 그 동굴화가의 손자국들도 분명히 존재한다. 그 남자가 누구였는지, 어떻게 살았고 어떻게 죽었는지 고고학자들이 밝혀낼 수는 없다. 하지만 나는 그가 깊은 동굴 속에 동물들을 그렸던 것이 누군가의 강요 때문은 아니었으리라고 생각한다. 강요가 있었다면 그 화가의 내면에서 일어난 강요였을 것이다. 그리고 만약 정말로 그랬다면, 그는 동굴벽화가 사냥의 성공을 가져올 것이라는 그가 속한 집단의 믿음 때문에 그 그림들을 그렸을 것이다.

우리가 알고 있는 대부분의 동굴벽화에는 한 가지 공통점이 있다. 그 공통점은 스웨덴의 암벽화에서도 나타난다. 동물들은 아주 세부적으로 표현되어 있다. 눈은 반짝거리고 움직임은 역동적이다. 하지만 인간을 형상화한 그림들은 대부분 불완전한 스케치에 불과하다. 상세한 묘사가 불필요했는지 급하게 선으로만 표현한 것 같은 형상들이다. 그 이유에 대해서는 그저 추측할 뿐인데, 아마도 동물들이 더 중요했던 게 아닐까. 동물이 그들의 식량이었고, 동물 때문에 생명을 유지할 수 있었으니까.

오늘날 우리는 더이상 동굴 벽에 그림을 그리지 않는다. 그 대신 땅 속 깊은 곳에 자리한 수십억 년 된 원시암반을 뚫어 암석으로 된 대성당을 짓는다. 그곳에 우리 문명의 폐기물을 안전하게 보관할 것이다. 어쩌면 그곳 바위벽에 후대를 위한 경고를 남길지도 모른다. 구리관 속에 매복하고 있는 방사능에 의한 죽음을 조심하라고.

하지만 10만 년 뒤에 살게 될 인류에게는 어떻게 말해야 할까? 어쩌면 새로운 빙하기 후에 살아남을 인류에게, 우리의 역사를 전혀 모르는 그 사람들에게 어떻게 알려야 할까?

그런 경고의 문구는 어떤 모습이어야 할까?

손가락이 굽은 동굴화가에서, 어쩌면 수천 년 후 이곳에 살게 될 사람들에게 경고하기 위해 오늘날 어떤 상징을 만드는 사람들에게 까지 이르는 걸음은 멀고도 멀다.

그런데 정말 그럴까?

18

바다 위 쓰레기 섬

나는 인구가 2천 명 정도 되는 헤리에달렌의 스베그에서 어린 시절을 보냈다. 스베그의 외곽에는 스베그 지역 쓰레기장이 있었다. 소아마비 전염병이 스웨덴에서 마지막으로 창궐했던 1950년대 초에는 그 쓰레기장에 가는 것이 금지되어 있었다. 그 당시 여전히 마차로 쓰레기와 낡은 잡동사니들을 실어가던 쓰레기 수거인들만이 까마귀가 득실거리던 쓰레기장에 발을 들여놓을 수 있었다. 그곳에 숨어 있는 보이지 않는 바이러스나 박테리아가 우리를 두렵게 했다. 아침에 눈을 뜰 때면 가끔 두 다리를 뻗기가 무서웠다. 밤중에 마비된 것이 아닐까 하는 두려움 때문이었다. 그리고 그런 두려움에 떠는 아이는 나만이 아니었다.

내가 상상할 수 있는 가장 끔찍한 일은 소아마비 바이러스로 호흡장애가 오는 것이었다. 그러면 '철제 폐'라고 불리는 철제 원통 안에 들어가 결국 죽음을 맞이하기까지 오랜 세월을 밤낮으로 꼼짝 못하고 누워 있어야 했다. 인공으로 폐 기능을 작동시키는 그 기계는 물론 수많은 사람들의 목숨을 구했다. 그러나 사진으로 본 그 기계의 모습은 마치 사람을 까만 증기 기관차의 보일러 안에 가두어 놓은 것 같았다.

시에서 쓰레기장을 확장해야 한다고 얘기하는 걸 들은 적은 한 번도 없다. 쓰레기의 양은 반드시 소비 증가와 함께 늘어나는 것은 아니었다. 당시에는 대부분의 포장재가 빨리 분해되는 재질로 되어 있었다. 나는 꽤 오래 살았기 때문에, 사람들이 날짜 지난 신문지에 싸서 쓰레기통에 버린 쓰레기가 어떤 곳으로 보내져서 인공적인 추가 조치 없이도 썩어 분해되던 시대가 있었다는 걸 기억하고 있다.

나는 '판지상자 시대'에 자랐고, 그 후에야 우리가 지금까지도 살아가고 있는 '플라스틱 시대'가 왔다.

나는 모든 것이 어떻게 변해갔는지 선명히 기억하고 있다. 플라스틱이 어떻게 천천히, 하지만 가차 없이 모든 영역에서 확고한 위치를 갖게 됐는지도 기억하고 있다. 우리 가족은 항상 노를란드 내륙에서 멀리 떨어진 외스테르예틀란드의 군도에서 여름을 보냈다. 다른 아이들이 전부 그랬던 것처럼 나도 바닷가를 따라 걸으며 섬들 사이 수로를 통과하는 배들에서 떨어져 나온 부유물들을 찾아다녔다. 가장 많이 찾았던 것은 어망과 트롤어선의 부표에서 떨어져 나온 코르크조각들이었다. 1950년대와 60년대에는 코르크를 찾지 못하는 날이 하루도 없었다.

한번은 보물을 찾았다. 함부르크가 모항인 독일 화물선에서 바다로 던져진 여러 권의 항해일지였다. 배의 가장 중요한 문서들을 바다에 던질 정도로 선장이 취했던 건지, 화가 났던 건지, 아니면 체념하거나 절망한 상태였던 건지는 전혀 알 수 없었다. 그러나 바닷물에 떠밀려온 항해일지는 쥘 베른의 책들 중 하나에서 나온 손님 같았다.

플라스틱 부표는 처음엔 가끔 하나씩 발견되었는데, 시간이 지나면서는 점점 더 자주 바닷가 돌들 사이에 끼어 있었다. 결국 어느 날 떠밀려온 코르크 부표가 내가 발견한 마지막 코르크 부표가 되었다. 그때부터는 플라스틱 부표만 있었다. 그 다음에는 우유갑들과 플라스틱 병들이 밀려 왔다. 하지만 그것들을 수집하는 아이는 아무도 없었다. 나도 마찬가지였다. 코르크가 항상 살아 있는 것 같은 느낌을 주었다면, 플라스틱은 만지면 죽은 것처럼 느껴졌다.

내가 아주 어렸을 때는 쓰레기와 폐기물 처리에 신경 쓰는 일이 없었다. 나도 그랬고, 내 주변의 어른들도 마찬가지였다. 매년 여름을 보내던 해변에서 끼니때면 대부분 통조림을 석유버너 위에 놓고 데워먹었을 때도 마찬가지였다. 여름이 끝날 무렵 어느 날이면 노 젓는 배 하나가 빈 통조림 깡통들로 가득 차는 것이 전통이었다. 사람들은 그 배를 끌고 바다로 나가서 빈 깡통들에 물을 채운 후 천천히 바다 밑으로 가라앉혔다.

우리 가족이 버린 것만 해도 수백 개에 달하는 통조림 깡통들은 여전히 바다 밑에 있다. 일부는 당연히 녹이 슬었을 것이고, 그렇지 않은 깡통들도 있을 것이다. 아마도 통조림 깡통들을 생산하는 데 특별히 아주 위험한 환경오염물질이 많이 사용되지는 않았을 것이다. 그럼에도 깡통들을 바다에 폐기하면서 사람들이 가졌던 생각은 이러했다. 끝없는 바다 속에 가라앉은 건 그것으로 사라진 것이고, 따라서 사람들을 더이상 괴롭히지 않을 것이라고.

사람들의 생각은 항상 그랬다. 19세기 영국인들이 증기선을 타고 인도에 갈 때, 여행 경험이 많은 여자들은 경험이 적은 여자 동행들에게 오래되고 낡은 속옷들을 가져가는 것이 좋을 거라고 넌지시 알렸다. 특히 배에서 빨래를 해줄 하녀가 없을 경우 더욱 그랬다. 여자들은 여행 중에 사용한 속옷을 선실의 둥근 창을 열고 밖으로 던졌다. 그 배들의 항적에는 영국제 속옷들이 떠다녔다. 그리고 토르 헤위에르달(Thor Heyerdahl, 노르웨이 탐험가이자 인류학자—옮긴이)이 뗏목 콘티키 호를 타고 태평양 폴리네시아와 남미대륙 사이를 횡단했을 때, 그의 일행은 사람들이 버린 쓰레기가 바다에 걱정스러울 정도로 잔뜩 떠다니고 있는 것을 보았다. 1947년의 일이다. 내가 기억하는 건, 1970년대 초에 스웨덴 상선대 선원으로 있었을 당시 배에서 발생하는 모든 쓰레기를 선박 뒤쪽 난간에서 바다에 던져 넣는 방법으로 처리했다는 것이다. 우리가 신경 썼던 것은 오로지 맞바람이 불 때 쓰레기를 던져 넣지 않는 것이었다.

레이첼 카슨(Rachel Carson, 미국의 생물학자이자 작가—옮긴이)의 책 《침묵의 봄》이 나와서 점점 더 끝없는 쓰레기장이 되어 가는 우리

지구에 관해 중요한 의식 변화를 가져왔을 때, 나는 열네 살이었다. 흰꼬리수리의 알들이 디디티DDT에 중독되어 더이상 새끼가 태어나지 않자 결국 그 새들이 사라지게 된 것을 아직까지 기억한다. 하지만 그것은 수동적 지식이었다. 나는 빈 깡통에 물을 채워 바다 밑에 가라앉히는 것을 여전히 하나의 놀이로 바라보고 있었다.

인간은 늘 쓰레기를 남겼다. 고고학자들이 항상 만나길 원하는 가장 흥미롭고 가장 도전적인 발굴품 하나는 천 년 동안 여러 층으로 쌓여 퇴적된 쓰레기더미들이다. 그 쓰레기더미들은 상당 부분 인간들이 먹고 남긴 음식물 쓰레기로 이루어져 있다. 다양한 동물의 뼈와 생선가시 들이다. 하지만 종종 몇 미터 높이의 여러 쓰레기 층 아래 묻힌 불에 탄 다른 종류의 잔존물들도 여러 세대들의 식습관이 어떻게 변화해왔는지 정보를 줄 수 있다. 비판적 조사와 분석에 따라, 이런 쓰레기더미들은 거기에 해당되는 인간들이 어떻게 살았는지 우리의 지식을 크게 넓혀줄 엄청난 양의 정보를 담고 있을 수 있다.

쓰레기에서는 인간의 삶이 보인다. 우리는 쓰레기에서 수천 년 동안의 일상을 읽어낼 수 있다. 인간들이 어떻게 먹고 살았는지에 대해서만 알게 되는 것은 아니다. 기아와 결핍이 있던 어려운 시기에 관해서도 많은 것을 배울 수 있다. 우리는 한 사회가 어떻게 서로 완전히 다른 생활방식을 가진 계급들로 나뉘어 있었는지 알 수 있다. 특정한 사람들은 어쩌면 기껏해야 몇백 미터 떨어진 곳에 살던 다른 사람들보다 훨씬 더 풍요롭게 살고 더 건강한 음식을 먹을 수 있었다는 것도 알 수 있다. 이웃은 굶고 있는데 어떤 가족이나 어떤 씨족은 풍족한 식생활을 즐겼다.

우리 시대의 쓰레기더미는 과거와는 다르게 생겼고 다른 이야기들을 담고 있다.

세계에서 가장 큰 쓰레기장은 오늘날 육지에 있지 않다. 태평양에 있다. 하와이와 캘리포니아 해안 사이 바다에 쓰레기 수백만 톤이 떠 있다. 뱃사람들은 바다 위 수백 킬로미터에 이르는 끝없이 펼쳐진 쓰레기지대를 지나 다녀야 한다고 말한다. 그 쓰레기의 90퍼센트는 분해되는 데 끝없이 긴 시간이 소요되는 플라스틱이다. 대부분은 종종 육안으로 볼 수 없는 미세 플라스틱 조각들로, 물고기들이 이 조각들을 먹는다. 이것이 벌써부터 어떤 결과를 가져오고 있는지, 그리고 미래에 어떤 결과를 초래할지 우리는 쉽게 상상할 수 있다.

나에게는 바다에서 비닐봉지와 마주친 바다거북 사진이 하나 있다. 살짝 공기로 채워져 부풀어 있는 비닐봉지에 바다거북이 머리를 들이밀려 한다. 실제로 거북이 봉지 안에 머리를 넣었는지는 사진에 나와 있지 않으니 알 수 없다. 하지만 만약 실제로 그렇게 한다면 거북은 질식해 죽을 수 있다.

물론 요즘에는 증가하는 쓰레기 문제 해결에 관심을 기울이는 사람들이 많이 있다. 게다가 20년 전에는 없었던 광범위한 재활용 제도도 생겼다. 많은 나라들이 환경을 오염시키는 사람들에게 벌금을 부과하고 있다. 나아가 재생가능 에너지로 방향을 선회하게 되면서 무엇보다 난방열을 공급해줄 수 있는 쓰레기 소각시설들을 건설하고 있다.

그러나 이것만으로는 충분하지 않다. 특히 가장 위험한 쓰레기의 최종처리, 즉 전 세계적인 핵폐기물의 최종처리 문제가 아직 해결되지 않았다는 사실 때문이다. 최대 원자력 사용국인 미국과 중국은 핵폐기물 임시저장시설 건설도 아직 시작하지 않았다. 최종적인 해결책을 찾아서 결정을 내릴 수 있기를 기다리고 있다.

북한 같은 나라에서 무슨 일이 일어나는지, 아니면 일어나지 않는지는 상상하고 싶지 않다. 하지만 그러지 않을 수가 없다.

지금까지 문명은 항상 쓰레기를 남겼다. 어떤 문명이나 제국도 몰락하면서 자기네가 어질러 놓은 것을 치우지는 않는다. 그러나 파라오의 나라 이집트도 로마 제국도 위험한, 심지어 치명적인 쓰레기를 남기지는 않았다.

하지만 우리는 그렇게 하고 있다.

나 역시도 언젠가 쓰레기가 될 것이다. 하지만 내 몸은 플라스틱보다는 코르크에 더 가깝다. 신체기능이 정지되면 바로 부패가 시작될 것이다.

발병하고 나서 내가 가진 모든 용기를 내어 신체의 분해가 어떻게 진행되는지 찾아 읽어보았다. 그 과정을 알고 나니 안심이 된다. 어쨌든 내 경우에는 그렇다. 죽는다는 건 현존하는 인간의 전통 중 가장 위대한 전통과 하나가 되는 것이다. 죽음의 순간과 시점은 죽음의 원인과 마찬가지로 사람마다 다르다. 그러나 이후의 과정은 누구에게나 똑같은 방식으로 진행된다. 가장 큰 차이는 화장을 선택하느냐, 아니면 죽은 몸을 시간과 땅의 상호작용을 통해 새로운 분자로 변화시켜서 계속 존재하지만 새로운 조합으로 바뀌게 만들도록 결정하느냐이다.

나는 죽으면 화장될 것이라고 생각한다. 죽은 뒤에 그보다 좀 더 큰 면적과 공간을 차지할 수 있도록 관 속에 누워 땅 속 몇 미터 아래 묻힐까도 생각해봤다. 옛날 방식대로 매장하도록 하는 것이다.

그런데 그러지 않을 것 같다. 어차피 화장터의 연기에서도 분자들이 떨어져 나와 다른 분자들과 섞인다.

영원과 영원의 순환은 어디에나 있다.

19

경고표시

1980년대에 나는 몇 년 동안 잠비아에서 살았다. 앙골라에 접한 서쪽 국경의 북쪽 끝이었다. 내가 살았던 지역은 제일 가까운 가게 와도 350킬로미터나 떨어져 있던 카봄포라는 곳으로, 영국 식민지 시절 인종주의적 식민지배 체제의 철폐를 위해 싸웠던 아프리카 반군 지도자들의 추방지로 활용되었다.

내가 카봄포에 살던 시절 잠비아에서는 대통령 선거가 있었다. 선거에 나온 모든 후보들은 동물 그림으로 표현되었다. 한편으로 그것이 전통이기도 했지만, 다른 한편으로는 문맹인 사람이 많았기 때문이다. 당시 대통령이었던 케네스 카운다의 상징은 위풍당당한 아프리카독수리였다. 그에게 가장 큰 위협이 되었던 경쟁 후보의 상징으로 결정된 것은 가련한 쥐였다. 선거 결과가 어떻게 되었을지는 길게 물어볼 필요도 없다. 당연히 카운다가 다시 선출되었다.

오늘날 우리는 수많은 경고표지판과 금지표지판에 둘러싸여 산다. 나는 계속 늘어나고 있는 그 표지판들이 내 생활에 큰 영향을 미치고 있다는 걸 깨달았다. 표지판의 수가 계속 늘어나는 것은 물론 우리 사회가 점점 더 복잡해지기 때문이다. 혼란이 일어나지 않도록, 예를 들어 도로 교통규칙과 관련해 계속 새로운 표지판이 만들어졌다.

한번은 아프리카에 사는 친한 친구에게 방사능을 경고하는 삼각형 표지판을 보여주었다. 그 친구는 잠깐 생각하더니 그 표시를 보고 제일 먼저 떠오른 것이 환풍기라고 했다. 아니면 비행기 프로펠러가 돌아간다는 표시인가? 그는 결국 비행기 프로펠러에 접근하지 말라는 경고표시일 거라고 결론을 내렸다.

내가 검지를 입술에 갖다 대면 누구나 그것을 조용히 해달라고 부탁하는 몸짓으로 받아들일 것이다. 입 위에 손가락이 그려져 있는 표지판이 걸려 있다면 그것도 같은 뜻이다. 어쨌든 나는 유럽에서건 아프리카에서건 또는 북미에서건 그 표시가 다른 뜻으로 받아들여지는 것을 한 번도 경험한 적이 없다. 놀랄 만한 일은 아니다. 꼭 다문 입은 말할 수 없다는 의미이다. 그 의미는 모든 사람들에게 통한다. 그렇다고 해서 그 표시나 수많은 다른 상징들이 공통된 조상언어를 가지고 있다고 가정할 수는 없다. 서로 다른 문명들이 접촉 없이도 같은 신호들을 사용할 수 있다.

표시와 상징은 큰 힘을 갖는 도구들이다. 그러나 앞으로 수천 년이 흐른 뒤 미지의 미래세계에서 사용될 상징들의 가치를 알 수 있는 사람이 있을까?

완곡히 표현하자면, 10만 년 후의 인류에게 방사능 폐기물에 대해 경고할 임무가 있는 현재의 사람들은 지금 풀기 어려운 과제에 직면해 있다. 우리는 미래 인류의 언어와 문화에 대해 모르고 그들이 무엇을 위험하다고 여길지도 모르는데, 그들에게 경고가 제대로 전달되게 하려면 그 경고를 어떻게 표시해야 하는지 상상하는 일이 과연 가능할까? 그 경고표시는 고상한 퀴즈와 현재의 영리한 사람들이 내놓을 수 있는 가장 진취적인 아이디어를 섞어놓은, 또한 우리가 습득한 온갖 지식과 경험들도 융합된 형태가 될 것이다.

그 경고가 어떤 형태여야 할지 이미 수많은 제안들이 있었다. 그중 하나는 현재 세계에 있는 모든 언어들로 설명문을 하나 작성하는 것이다. 그런데 그렇게 되면 글의 양이 엄청날 것이다. 완전한 확신은 아니지만, 어쨌든 그림과 글과 소리를 결합시켜 만드는 것이 가장 슬기로운 해결책이 될 것이라는 데 어느 정도 합의가 이루어졌다. 그런 것이 있기만 하다면 말이다.

또 하나의 제안은 미술을 이용하는 것이다. 미래의 인류가 원시 암반 깊은 곳에서 에드바르트 뭉크의 〈절규〉 복제품을 발견한다면, 그들은 그 그림을 어떻게 받아들일까? 다리 위에서 절규하는 사람을 나타낸 그 그림을 보고 관찰자는 자신이 뭔가 경악스럽고 위험한 어떤 것 앞에 서 있다고 깨달을 수 있을까? 오늘날의 우리라면 그 그림을 그렇게 이해할 것이다.

나는 마푸투에 사는 한 친한 친구에게 뭉크의 그림 사진을 보여준 적이 있다. 그 친구는 오래 생각할 것도 없이 곧바로 큰 공포를 표현한 것이라고 말했다. 하지만 미래의 인류가 뭉크의 그림에 대해 보일 태도와 반응에 대해서는 그저 추측만 가능할 뿐이다.

미래의 사람들이 핵폐기물이 보관되어 있는 동굴에 접근하지 않게 하기 위해 우리는 어떤 소리를 선택해야 할까? 미군이 개발해서 현재 무기고에 보관하고 있다는 소음폭탄 같은 것? 인간의 귀로 견뎌낼 수 없는 소음을 발생시키는 폭탄? 괜찮은 방법일까? 하지만 우리는 미래 사람들의 청력에 대해 모른다. 어쩌면 소음지옥이 효과가 없을 수도 있지 않을까? 그리고 그런 기술적인 방법이 10만 년 후에도 작동한다는 걸 누가 보장할 수 있나? 현재 우리가 알고 있는 것은, 확실하게 알 수 있는 것이란 전혀 없다는 것이다. 그럼에도 우리에게는 미래의 인간들에게 어떻게 위험을 경고해줄 수 있을까 자문하고 고민할 의무가 있다.

만약 경고를 전달할 수 있는 확실한 방법이 없다면? 그렇다면 남는 건 망상뿐이다. 저 아래 암석 밑에 아무것도 없는 것처럼 행동하는 것이다.

우리가 가진 도구는 망각이다. 그러나 망각을 너무 믿지는 말아야 한다.

망각과 거짓은 종종 사이좋게 함께 움직이니까.

20

죽음의 뗏목

1816년 초여름, 마침내 워털루 전투에서 패배한 나폴레옹은 남대서양의 바람 많은 바위섬 세인트헬레나에 유배되고, 천천히 비소에 중독되어 생을 마감한다.

프랑스에선 부르봉 왕정이 복고된다. 프랑스 해군에 소속된 배 네 척은 남쪽으로 항해하라는 명령을 받는다. 목적지는 아프리카 서해안에 있는 세네갈이다. 빈 회의에서 논의된 유럽재편의 일환으로 항구도시 생루이의 통치권이 영국에서 프랑스로 넘어가게 된 것이다.

6월 17일 배 네 척으로 이루어진 소규모 함대가 로슈포르 항을 출발한다. 범선 여러 척을 서로 흩어지지 않게 결집시켜 항해하기는 거의 불가능하다. 오래지 않아 배 네 척은 서로를 시야에서 놓치게 된다. 하지만 모두 목적지가 어디인지 분명히 알고 있다.

배 네 척 중 한 척은 호위함인 메두사호이다. 돛이 세 개인 메두사호에는 4백여 명이 타고 있다. 그중 절반은 선원이고, 다른 절반은 머지않아 프랑스의 삼색기가 휘날리게 될 세네갈에 대한 통치권을 넘겨받게 될 공무원이다.

선장은 위그 뒤루아 드 쇼마레Hugeus Duroy de Chaumareys이다.

이전에 주로 프랑스 세관에서 일을 했던 그는 선장 경험이 없는 사람이었다. 게다가 나폴레옹 반대파였다. 메두사호의 선원 대부분이 나폴레옹의 추종자였기에 그들은 선장을 증오하고 경멸했다.

로슈포르 항에서 돛을 올리고 2주 후 메두사호는 아프리카 해안을 앞에 두고 좌초된다. 그곳에는 위치가 계속 변하기 때문에 지도에도 제대로 표시되어 있지 않은 위험한 모래톱들이 있다. 메두사호는 아르갱이란 이름을 가진 모래톱에 좌초된다.

꼼짝 않고 있는 배를 움직여보기 위해 선장은 고정되어 있지 않은 모든 물건들을 바다에 던지라고 명령한다. 그 시도는 실패한다. 드 쇼마레 선장은 배를 포기하기로 결정한다. 구명보트의 수가 모자랐기 때문에 큰 뗏목을 만들기로 한다. 뗏목의 기초를 만들기 위해 높이 서 있는 돛대 세 개를 벤다. 구명보트들을 써서 흐린 안개너머 동쪽에 숨어 있는 아프리카 해안으로 뗏목을 끌고 간다는 계획이다.

견인 작전은 실패한다. 구명보트와 연결된 밧줄이 잘려나가고, 승객 150명을 실은 뗏목은 운명에 내던져진다. 드 쇼마레 선장은 이런 상황에서 인간이 취할 수 있는 가장 비겁하고 파렴치한 행동을 취한 것이다.

그나마 어렵게 질서가 유지되던 뗏목 위 상황은 순식간에 잔인한 혼란에 빠진다. 힘센 자들이 부상자와 약자 들을 바다에 던져버린다. 남아 있던 물과 식량은 바닥이 나고, 식인행위가 시작된다. 사람들은 단검으로 죽은 사람의 몸을 잘게 잘라서 날로 먹는다. 뗏목은 인간도살장이 된다. 15일이 지나고 원정대의 일원이었던 자매선 아르구스호가 뗏목을 발견한다. 그때 뗏목 위에 생존해 있던 사람은 단 열다섯 명이다. 그러나 그중 여러 명은 구출된 후 건강 상태가 악화돼 죽음을 맞는다. 결국 뗏목에 있던 사람 중 선원 세 명만이 목숨을 부지해 프랑스로 돌아간다.

생존자 중 한 명이 메두사호의 의사였던 앙리 사비니Henri Savigny다. 사비니는 프랑스로 돌아간 후 프랑스 해군본부에 사건보고서를 올린다. 세상에 알려진 뗏목 사건은 대중의 분노를 불러일으킨다.

메두사호 참사가 일어났을 당시 화가 테오도르 제리코Théodore Géricault는 스물다섯 살이었다. 1812년 뒷발로 곧추선 말에 타고 있는 기병 장교를 그린 그림이 파리 살롱에 걸리면서 제리코는 세간의 이목을 크게 끌었다. 그런 그가 이제 메두사호가 난파된 후 뗏목에 오른 사람들의 죽어가는 모습을 그리기 시작한다.

처음에는 뗏목 위의 처참한 모습을 표현하는 데 집중한다. 식인행위, 산 채로 바다에 던져지는 약자들, 배 한 척 보이지 않는 바다, 결국 뗏목 위 생존자들이 갖게 되는 유일한 감정인 절망감.

제리코가 생각한 뗏목은 바다 위를 떠다니고 있고, 신은 뗏목 위 조난자들의 고통을 돌보지 않는다. 더이상 희망이 존재하지 않는 곳에는 신도 더이상 존재하지 않는다.

하늘은 바다처럼 공허하다.

6킬로미터가 채 안 되는 거리에, 안개에 싸여 아직 보이지는 않지만 아프리카 해안이 있다. 그러나 아프리카 해안이 꼭 구원을 의미하지는 않는다. 어쩌면 지옥이 기다리고 있을지도 모른다. 뗏목 위 사람들은 죽음에 내맡겨진 목숨이다.

제리코는 고민하기 시작한다. 그러고 나서 수도 없이 스케치를 하면서 참사의 모습을 점점 완화시킨다. 모든 희망을 잃어버린 사람들에게는 무슨 일이 일어날까? 그들에게 아무것도 남아 있지 않다면? 제리코는 이런 질문을 스스로에게 던졌을 것이다.

그러나 그 질문에 대한 답은 없다. 질문 자체가 잘못됐거나 대답이 아예 불가능한 질문이기 때문이다. 모든 희망이 끝나는 곳에는 인간의 삶 자체가 없다.

하지만 무언가는 항상 남아 있기 마련이다.

제리코가 결국 완성한 그림은, 아무런 도움이 남아 있지 않음에도 불구하고 존재하는 인간의 희망을 보여준다. 수평선 저 멀리 아르구스호가 보인다. 하지만 그 배에서 뗏목을 발견했는지는 알 수 없다.

제리코의 뗏목 그림은 파리의 루브르 박물관에 걸려 있다. 그 그림을 보았을 때 나는 오래된 것과 새로운 것이 그림 안에서 만나고 있다고 생각했다. 제리코는 뗏목 그림을 그릴 때 루벤스와 카라바조를 공부했다. 보종 병원에서 시체와 죽어가는 사람들을 면밀히 관찰한 것과 똑같은 집중력으로 루벤스와 카라바조의 그림들을 파고들었다. 부패 과정을 더 철저하게 연구하기 위해 시체 토막을 화실에 가져오기도 했다고 한다.

사람들은 대부분의 예술작품을 눈으로 보거나 귀로 듣는다. 그러나 흔치 않은 경우지만 나는 예술작품에서 나를 항해 좋은 냄새가 뿜어져 나오는 것을 느낄 때가 있다. 드물게는 예술작품 앞에서 어떤 맛을 느끼는 예상치 못한 경험을 할 때도 있었다.

제리코는 소수의 예술가들만이 도달할 수 있는 경지에 오를 수 있었다. 뭉크와 베이컨도 그런 예술가에 속한다.

물론 카라바조와 렘브란트도 마찬가지다.

뗏목 그림 앞에 서서 그림을 바라볼 때면 죽어가는 사람들에게서 뿜어져 나오는 악취를 느낄 수 있다.

그 그림은 이상한 모순을 품고 있다. 뗏목 위에 누워 있는 사람들이 배고픔과 갈증으로 거의 죽어가는 상태인데도, 제리코는 그들을 다부진 근육질 몸으로 표현했다. 제리코는 사실주의와 고전미술의 이상을 조합하는 대담함을 보여준다. 오로지 사실주의적으로만 표현하는 것으로부터 거리를 둠으로써 제리코는 우리 관찰자들이 뗏목 위에 같이 오르도록 만든다.

내게 큰 감동을 주는 것은 존재하지 않는 희망을 표현하고자 한 제리코의 시도이다. 철학적 도전이라고도 부를 수 있을 만한 것을 이와 똑같은 방식으로 성공적으로 표현해낸 그림은 내가 아는 한 이 그림 말고는 없다.

루브르 박물관에서 나와 근처에 있는 카페에 자리를 잡는다. 북 쪽에서 선선한 바람이 불어오는 가을이다. 나는 내 책들을 소개하 는 강연이 있어서 파리에 와 있다.

다른 테이블에 앉아 있는 사람들을 관찰하면서, 나는 그들이 모 두 어떤 희망을 품고 있다고 생각한다. 그들은 어떤 것에 성공하기 를, 어떤 것이 종말을 고하기를, 어떤 것에 대한 설명을 찾을 수 있 기를, 어떤 고통스러운 것이 잘못된 것으로 결론이 나기를 바란다.

우리는 항상 희망을 절망보다 강하게 만들기 위해 노력해야 한 다. 희망이 없으면 사실상 생존도 없다. 그것은 암 환자에게나 다른 사람에게나 마찬가지다.

카페를 나설 때 부슬비가 내리기 시작한다. 나는 페르 라셰즈 묘 지 쪽으로 향한다.

한참을 헤매다 제리코의 묘지를 찾아낸다. 제리코는 서른두 살 젊은 나이에 죽었다. 그는 말을 타다가 종종 낙마하곤 했다. 그러다 한번은 말에서 심하게 떨어져 그의 생명을 단축시킬 만큼 심한 부 상을 입었다. 게다가 제리코는 결핵 환자이기도 했다. 그래서 자신 의 수명이 길지 않을 것이라는 것을 일찍부터 알고 있었다.

오늘날엔 거의 알려지지 않은 앙투안 에텍스Antoine Étex라는 조 각가가 제리코의 묘비를 만들었다. 제리코의 묘비는 감상적이고 오 싹한 느낌이 있다. 제리코가 죽음으로 향해 간 길을, 그가 어떻게 서서히 붓을 내려놓게 됐는지를 표현해준다.

제리코는 그림을 그릴 때면 종종 친구들에게 그림 속 인물들의 포즈를 취하게 했다. 〈메두사호의 뗏목〉도 예외가 아니다. 뗏목 위에서 죽어가는 사람 하나는 외젠 들라크루아(Eugène Delacroix, 프랑스의 근대 낭만주의 화가—옮긴이)의 얼굴을 하고 있다.

그러니까 〈메두사호의 뗏목〉은 모든 희망이 사라졌을 때도 계속 살아 있는 희망을 밀하고 있다. 이 역설은 그 무엇보다도 분명하게 우리 안에 항상 자리하고 있는 생존의 의지를 보여준다.

우리는 사실 더이상 붙들고 있을 힘이 없는데도 구명 뗏목에 꼭 매달려 있다.

그러나 희망은 존재한다. 어쩌면 희미한 그림자로서만 존재할지도 모른다. 그럼에도 희망은 있다.

21

잊힌 사랑

죽음과 망각은 짝을 이룬다. 암과 실존적 두려움이 짝을 이루는 것과 똑같은 방식으로.

오래전, 아마 1960년대였을 텐데, 스톡홀름의 바스투가탄 거리에 있는 낡은 집을 방문한 적이 있었다. 그 집은 수리 중이었다. 내가 그 집에 갔을 때 마침 일꾼들이 건물 기초 부분에서 뭔가를 발견했다. 쪽지가 들어 있는 빈 맥주병이었다. 쪽지에는 목공용 굵은 연필로 '1868년 여름날 저녁 내 가장 사랑하는 이와 함께 여기 앉아 있다'라고 적혀 있었다.

쪽지에는 이름도, 서명도 없었다. 그저 미지의 후세에 전하는 행복감 가득한 그 글귀만 있을 뿐이었다.

내가 아는 사람들은 누구나 한번쯤 숲속 나무껍질에 자기 이름을 새기거나 바닷가 바위에 이름 머리글자를 새긴 적이 있다. 잊히기를 바라는 사람은 아무도 없다. 그러나 거의 모두가 잊힌다.

우리가 오늘날까지도 알고 그의 작품을 읽는 작가가 몇 명이나 될까? 수백 년 전 작가들만이 아니라 우리가 도서관에서 작품을 빌려 읽은, 고인이 된 지 이삼십 년 정도밖에 되지 않은 작가들도 포함해서 하는 이야기이다. 이바르 로 요한손(Ivar Lo Johansson, 1901~1990, 스웨덴 작가—옮긴이)의 주목할 만한 소설들 중 요즘도 사람들이 도서관에서 빌려 읽는 소설이 얼마나 될까? 스트린드베리 (August Strindberg, 1849~1912, 스웨덴의 극작가이자 소설가—옮긴이)는 우리가 아직 잘 기억하고 있는 작가지만 백 년 뒤에는 어떨까? 얼마나 많은 예술가들이 우리의 의식 속에서 완전히 사라졌을까? 학자들은, 기술자들은, 발명가들은? 그리고 가장 중요한 것, '평범한' 모든 사람들은?

많은 사람들에게는 이 문제가 전혀 관심 없는 문제일 것이다. 죽은 사람은 죽은 것이다. 다른 한 사람의 기억 속에 살아 있는 한 그 사람은 계속 정체성을 갖는 존재이다. 하지만 그것도 언젠가는 지나가기 마련이다.

솔직히 말하자면, 몇 년 후에는 나도 완전히 잊힌 사람이 될 것이라는 생각에 가끔은 신경이 쓰인다. 이 느낌은 사실 사람이라면 흔히 그렇듯 지나친 허영심의 발현이기도 하다. 나는 그런 허영심에 대부분 성공적으로 잘 맞서 싸우고 있다고 생각한다.

지금까지 지구상에 살았고 그중 대부분은 이미 저 세상 사람이

된 1,070억 인구 중에 우리가 현재까지 기억하고 있는 사람들은 몇이나 될까? 우리가 그 이름이나 업적을 기억하고 있는 사람들은 몇이나 될까? 그 수는 지극히 적다. 잊히는 것이 인간의 운명이다. 이런저런 방식으로 두드러졌던 사람들조차 영원히 기억될 수는 없다. 현재 생존해 있는 사람들 중에서 5백 년 후를 살아갈 사람들의 의식 속에 남을 수 있는 사람은 얼마나 될까? 많지 않다. 오늘날에는 기억의 지속 시간이 어쩌면 인류사의 그 어느 때보다도 더 짧을 것이다. 정보의 비가 끊임없이 우리에게 쏟아져 내리지만 우리가 알고 기억하는 것은 점점 더 적어진다. 상징적으로 보면 우리의 뇌는 거의 폭발할 지경에 이르렀다. 새로운 정보의 물결이 우리에게 몰려오는 만큼, 예전의 기억들은 정신적 쓰레기장에 던져진다. 우리에게 기억의 궁전이 정말로 존재한다면, 계속되는 비로 불어난 물이 이미 방마다 가득 차올랐을 것이다.

현재 핵폐기물 최종처리 문제를 다루고 있는 사람들은 자기들이 하는 일과 관련해서 적어도 한 가지는 확실히 알고 있다. 그 일이 완료되는 것을 그들이 절대 보지 못하리라는 것이다. 스웨덴에서는 핵폐기물이 용기에 저장되고 다시는 열 수 없도록 지하 암반시설에 봉인되기까지 60년이 걸릴 것이다. 지하 시설 위의 땅에는 식물이 자라날 것이다. 세월이 흐르면서 그 땅에 지어진 건축물들은 철거될 것이고, 집단적 기억상실이 찾아올 것이다. 핵폐기물 최종처리에 참여했던 마지막 사람이 죽고 나면 이와 관련한 모든 직접적 기억들은 사라지고 말 것이다.

인간이 만든 것의 붕괴는 아주 빠르게 일어날 수도 있다. 계속 유지보수하지 않는다면 세계에서 제일 높은 다리들이 어떻게 되겠는가? 몇 년 못 가 낡고 녹슬어 해만이나 협곡에서 안전한 수송을 담당하는 능력을 상실하게 될 것이다. 10년이나 15년쯤 지나면 다리가 무너질 것이다. 거기서 10년이 더 흐르면 빠르게 풍화하는 콘크리트 기초만 남게 될 것이다. 그리고 몇 세대가 더 지나면 그 다리는 인류의 기억에서 사제될 것이다.

하지만 핵폐기물 영구처분장으로 예정된 원시암반 안에서는 아무것도 녹슬거나 풍화하지 않을 것이다. 그곳에서 인간의 비상식적인 업적들 중에서도 가장 비상식적인 업적이 10만 년을 살아남을 것이다. 거기서 벌어질 일들은 보이지 않는 과정 속에 진행된다. 방사능이 천천히 줄어들어 결국 인간과 동물에게 더이상 위험하지 않게 될 것이다.

나는 그 끝을 결코 직접 경험하지 못하게 될 그 일에 일생을 바치고 있는 사람들을 몇 명 만났다. 그들 대부분은 자신이 최종 결과를 직접 보지 못할 것을 평생토록 건설하는 자들의 일원임을 확실하게 알고 있다.

만리장성은 대략 기원전 200년에 중국의 진시황이 변경을 방위하기 위해 축조하기 시작했다. 만리장성의 축조는 17세기까지 계속되었다. 그러니까 만리장성을 완성하는 데 1,800년 이상이 걸린 것이다. 그 일이 아버지에게서 아들에게로 물려가며 진행되었다고 생각해보면 60세대 이상이 참여한 것이고, 그들은 자신과 자신의 선조들이 평생을 바친 일의 끝을 전혀 보지 못한 것이다.

파리 노트르담을 건축하기 시작한 석공들 역시 시테 섬에 거대한 그 대성당이 완성되어 서 있는 모습을 보지 못했다. 노트르담 대성당은 1163년에서 1345년까지 지어졌으니, 대성당의 완공까지 다섯 세대가 필요했던 것이다.

쾰른 대성당 건축에는 더 오랜 시간이 필요했다. 초석을 놓은 날부터 대성당이 완공된 날까지 632년이 걸렸다.

기념비적 건축물로 계획되었으나 설계 단계를 넘어서지 못한 건축물도 아주 많다. 히틀러는 건축가 알베르트 슈페어Albert Speer와 함께 세계의 수도가 될 새로운 베를린의 설계도와 모형들을 살펴보곤 했다. 히틀러는 파리·런던·로마를 능가하는 새로운 도시로 자기가 구상한 천년제국을 장식하고자 했다. 그래서 그때까지 존재하는 모든 도시보다 더 높고, 더 크고, 더 넓은 도시를 만들려 했다. 그러나 그 꿈은 실현되지 못했다.

스웨덴의 핵폐기물 최종처분과 관련한 책임자들은 정말로 감정적이거나 비현실적인 사람들이 아니다. 그들도 분명히 내일을 위해 일한다는 것이 얼마나 인도적인지 알고 있을 것이다. 그 일이 완성되는 것을 반드시 자기 눈으로 볼 필요는 없다. 인류의 역사를 이루고 있는 긴 사슬에서 그저 자기가 담당한 부분을 만들어내면 되는 것이다.

그럼에도 나는 다음과 같은 질문을 던지지 않을 수 없다. 책임자들은 무슨 생각을 하는 것일까? 사슬의 마지막 마디를 만드는 사람들, 그리고 지상에서 지하 저장고로 연결되는 터널이 —바라건대—
영원히 닫히는 것을 눈으로 지켜보는 사람들은 무슨 생각을 할까?
과연 우리가 할 수 있는 일을 다했을까? 혹시 간과한 것은 없을까?
우리가 고려하지 못한 부분은 없을까?

해답이 없는 질문을 안고 산다는 건 어떤 의미일까? 예측할 수
없는 것을 어떻게 예측해야 할까?

몇 년 전 45미터 길이의 직은 유성이 빠른 속도로 지구를 지나쳤
다. 지구까지의 거리는 3천 킬로미터였고, 그 유성은 지구의 중력에
이끌려 대기 안으로 들어오지 않았다. 그러나 그보다 겨우 며칠 전
에 운석 하나가 지구 대기권으로 진입하면서 부서졌고, 그 파편들
이 러시아의 한 도시로 떨어져 많은 사람들이 부상을 입었다.

과학자들은 우리가 볼 수 있는 우주 공간에만 대략 만 개의 유성
들이 날아다니고 있다는 것을 알아냈다. 하지만 그 바깥 공간에는
수백만 개 유성이 있다. 그중 지름이 몇 킬로미터에 달하는 유성 하
나가 수천 년 후 지구에 떨어진다면 어떤 일이 일어날지 우리는 모
른다. 이건 그냥 흥행이 잘되기 때문에 사람들이 끊임없이 만들어
내는 지구 멸망과 관련한 영화에 흔히 들어 있는 한 예일 뿐이다.

우리 존재에 관한 진실은 항상 잠정적이다. 우리가 어제 알던 것
은 우리가 오늘 알고 있는 것에 의해 뒤집히고 변화된다. 대부분의
사람들에게 삶은 뭔가 불완전한 것이다.

나에게는 농부 친구가 하나 있었다. 그는 이미 오래전에 죽었다.
우리의 오랜 우정이 처음 시작되던 때 그 친구가 내게 사진첩을 보

여주었다. 농장을 운영했던 긴 세월 동안 그는 항상 자기가 추수한 것들과 자기가 키우던 가축들의 사진을 찍었다. 친구는 마지막에 대해서는 한 번도 생각하지 않았다. 그에게는 삶이 항상 계속된다는 것이 중요했다.

원자력과 그 폐기물은 혹시 모든 면에서 기본적인 틀을 벗어나는 존재가 아닐까? 모든 사회와 문명이 청소를 하고 나서 사라지는 건 아니라는 것을 우리는 알고 있다. 그렇지만 그중 어느 사회나 문명도 수천 년 동안 위험성을 안고 있는 쓰레기를 몰래 남기지는 않았다.

그런 짓을 하는 문명은 역사를 통틀어 우리가 유일하다.

22

팀북투

50년 넘는 세월 동안 나는 언젠간 전설에 둘러싸인 사막도시 팀북투에 가겠다고 꿈꿨다. 지금 그 도시는 말리에 있다. 어떤 기행문에서 팀북투라는 이름과 처음 마주치고 곧바로 그곳이 이 세상 끝에 있는 도시라고 느꼈던 때 나는 기껏해야 아홉 살이나 열 살쯤이었을 것이다. 어린아이라는 것은 내게 무엇보다도 어디에선가 시작되고 분명히 끝이 있는 무언가를 항상 찾아다니는 존재를 의미했다. 그래서 나는 그때 사람이 더이상 앞으로 나아갈 수 없는, 세상의 끝인 어떤 장소가 존재할 것이라고 상상했다.

길은 항상 어디에선가 끝나게 되어 있다. 사람이 언젠가는 죽는 게 당연한 것처럼.

세상의 끝은 존재했다. 그리고 그곳에 팀북투가 있었다.

어린 시절 나는 군도를 그리는 데 많은 시간을 보냈다. 내가 항상 여름을 보냈던 곳은 원래 살던 노를란드에서 멀리 떨어진 외스테르예틀란드 군도에 속한 한 섬이었다. 그 섬은 끝이 없어 보이는 수많은 섬들 중 하나였고, 그래서 그 섬들을 그리는 것은 아주 자연스러운 일이었다. 섬들을 그리는 것은 나만의 천지창조 이야기 속으로 들어가는, 경솔하고도 상상력을 자극하는 여행이었다. 나는 특이한 형태의 섬들과 신비스러운 만, 좁지만 아주 깊은 수로, 음산한 심해, 해저에서 섬들을 서로 연결해주는 동굴들을 그렸다.

요즘도 지루한 전화통화가 끝난 이후나 그냥 이런저런 생각의 나래를 펼 때면, 가끔씩 어릴 때부터 그렸던 군도를 새롭게 변형된 모습으로 종이에 그리고 있는 나 자신을 발견하곤 한다.

그래서 나는 결국 팀북투에 갔다. 타고 간 차가 나이저 강을 건널 때 기온은 40도에서 50도 사이를 오갔다. 팀북투는 뜨겁고 혼탁한 여름공기 속에 먼지로 뒤덮이고 메마른 모습으로 내 앞에 놓여 있었고, 모래는 끊임없이 거리를 날아다녔다.

내가 팀북투에 간 건 두 가지 이유에서였다. 하나는 그저 내 눈으로 그 도시를 보고 세상의 끝은 없다는 걸 확인하기 위해서였다. 하지만 팀북투는 존재했다. 그러니까 다른 말로 하자면 내가 완전히 틀린 것은 아니었다.

두 번째, 그리고 더 중요했던—그사이 어른이 된 나에게 특히 더 중요했던—이유는 고문서들로 가득한 보물창고를 보기 위해서였다. 흉흉한 시절이면 팀북투 주민들은 고문서들을 모래 밑에 묻었는데, 기온이 높고 건조한 사막기후 덕분에 천 년 넘은 고문서들이 그대로 보존되었다. 지금은 주민들이 자부심을 가지고 지키는 여러 문서보관소와 도서관에 그 고문서들이 보관되어 있다. 팀북투의 여러 개인이 소유하고 있던 고문서도 많다. 그러나 그들은 아직까지 그 문서들을 귀하게 여기고 있으며, 야비한 투기꾼들이 상상할 수 없을 만큼 높은 액수를 제안해도 쉽게 팔아버리지 않는다.

팀북투의 문서보관소들에서 지낸 이틀은 50년에 이르는 순례의 종점처럼 느껴졌다. 나는 이미 오래전부터 아프리카 대륙에 기록된 역사가 없다는 주장이 완전히 틀렸다고 생각했는데, 팀북투에서 그 확신에 대한 증거만 찾아낸 것이 아니다. 나는 그 문서들을 손으로 직접 만져보면서 이 사막도시가 천 년 전 세계에서 가장 중요한 지적 중심지의 하나였다고 생각했다. 파리 소르본 대학이 상상 속에서조차 존재하지 않았던 오래전에 아주 먼 곳에서 사람들이 이곳을 찾아왔다. 아랍인·아프리카인·유럽인들이. 이곳에서는 수백 년 동안 학술적인 토론이 이루어졌다. 신학적—물론 무엇보다도 이슬람교에 관련된—텍스트뿐 아니라 지리학·천문학·의학과 같은 다양한 분야의 토론이 이루어졌다. 기록보관소가 실제로 어떤 의미를 가질 수 있는지 나는 처음으로 깨달았다. 기록보관소에는 지식이 모일 수 있게 만들어준 토론과 의견 불일치로부터 태어난 사상들이 보관되어 있었다.

팀북투는 계몽이 높이 평가되었던 도시였던 것 같다.

내가 팀북투를 방문한 건 몇 년 전이고, 지금 우리는 그 도시가 잠시 이슬람 무장단체에게 장악되었던 것을 알고 있다. 당시 이슬람 무장단체는 팀북투의 고문서들이 불경하다는 이유로 그 일부를 불태웠다.

나는 그 사건을 아주 고통스러운 마음으로 지켜보았다. 하지만 많은 문서들이 무사하다는 것을, 그리고 많은 사람들이 생명의 위협을 무릅쓰고 그 문서들을 다시 건조한 사막의 모래 속에 묻어서 감추었다는 것도 알게 되었다. 어쨌든 문서 대부분은 안전하게 지켜질 수 있었던 것 같다. 자기들이 믿는 신의 이름으로 인류가 쌓아 온 학식의 결실을 파괴하는 사람들에 대해 내가 어떻게 생각하는지는 굳이 언급할 필요가 없을 것이다. 그들은 과거에 살았던 사람들, 현재를 살고 있는 사람들, 아직 태어나지 않은 사람들의 것을 갈취하는 것이다. 그것도 신의 이름으로.

내가 기억하는 최초의 기록보관소는 스베그 지방법원 지하실이다. 원래는 거기에 들어가면 안 되었지만 그래도 나는 그곳에 들어가는 것을 좋아했다. 긴 선반마다 옛날 재판 기록들이 보관되어 있었다. 그보다 더 흥미로웠던 것은 거기 놓여 있던 종이상자들이었는데, 상자들 안에는 상해사건 재판들의 증거물이 보관되어 있었다. 증거물마다 그 물건이 언제 법정 책상 어디에 놓여 있었는지 알려주는 손으로 쓴 쪽지가 붙어 있었다. 증거물들은 주로 칼이었지만 브라스 너클(손가락 관절에 끼우는 금속 무기—옮긴이)이나 곤봉도 있었다. 손잡이에 나무좀이 갉아먹은 자국이 있는 도끼도 하나 있었던 것 같다. 당시 내가 궁금해 했던 것도 기억난다. 범인들은 이미 처벌을 받았는데 도대체 왜 이 물건들을 보관하는 걸까? 왜 이 칼들이랑 다른 범행도구들을 여기 지하실에 보관해두어야 할까?

이제는 답을 안다. 보관소는 우리가 우리의 역사를 잊지 않기 위해 존재하는 것이다. 무슨 일이 있었고 그 일이 어떻게 일어났는가만 알아야 하는 것이 아니다. 우리는 특히 우리가 여러 사건들에 대해 어떻게 반응했는지를 알아야 한다.

로마 바티칸의 문서보관소는 세계에서 가장 오래된 문서보관소 중 하나이다. 거기에는 천 년 이상 된 가톨릭교 연감들이 보관되어 있다. 거기에서 사람들 대부분이 알고 있는 역사적 사건들을 조명한 문서들을 찾을 수 있다. 갈릴레이의 재판 기록들이나 헨리 8세가 왕비 중 한 명과의 이혼을 허락받기 위해 교황에게 썼던 편지들도 있다. 이단이라는 이유로 나중에 화형당한 사람들에 대한 심문 기록들도 그곳에 있다. 그런 종교재판으로 화형당한 사람 중에 조르다노 브루노Giordano Bruno도 있었다.

그러나 모든 문서들이 지구가 우주의 중심이라고 생각지 않은 사람들에게 가톨릭교회가 행한 잔학 행위들만 담고 있는 것은 아니다. 예를 들어 작업 대가를 받지 못했다는 하소연을 담고 있는 미켈란젤로의 편지와 같이 심금을 울리는 문서들도 있다.

바티칸의 이 문서보관소는 19세기 말까지 가톨릭교회의 소수 권력자들에게만 접근이 허락되어 있었다. 아직까지도 외부인들의 접근이 허용되지 않는 '금서 보관실' 같은 것들이 있기는 하지만 현재는 많이 개방되어 있는 상태다. 하지만 바티칸의 문서보관소는 인류의 것이다. 신을 믿지 않거나 가톨릭교가 아닌 다른 종교를 믿는 사람들도 바티칸의 문서보관소를 지킬 자세가 되어 있어야 한다. 거기에는 무엇보다도 인류의 역사가 보관되어 있기 때문이다.

어떻게 먼 미래의 사람들이 지하 저장고 구리관의 내용물이 위험하다는 사실을 깨닫게 할 것인가 하는 문제의 해답을 찾을 중요한 단초가 바로 여기 있다고 생각한다. 모든 논의들, 다양한 모든 제안들을 모아서 만화로 암벽에 새기면 어떨까? 어쩌면 이런 방식으로 우리의 메시지를 수천 년 이후까지 전달할 방법을 찾기가 얼마나 어려웠는지를 설명할 수 있지 않을까? 그렇게 하면 적어도 오늘을 사는 우리와 10만 년 후의 세상에 살게 될 사람들 사이의 신뢰관계를 형성하는 데 도움이 되지 않을까? 문이 꼭 잠긴 '금서 보관실'이 따로 없는 문서보관소가 그 길로 가는 한 걸음이 될 것이다.

그것이 바른 길로 가는 걸음인지, 아니면 우리를 잘못된 길로 이끄는 걸음인지는 물론 아무도 예언할 수 없다.

예언할 수 없기는 다른 것들도 마찬가지다.

23

다른 기록보관소

다른 종류의 기록보관소들도 있다.

세테르 정신병원 폐쇄병동에는 그곳에서 인생의 대부분을 보낸 남자가 한 명 있었다. 그 남자가 어떤 정신병을 앓고 있었는지는 모른다. 아마도 모든 감각까지 영향을 받을 정도로 심한 환각에 시달리고 있었던 것 같다.

그는 1912년 그 병원에 입원했고 1960년대에 죽을 때까지 그곳에 있었다. 그리고 그는 평생을 한 가지 일에만 매달렸다.

세테르 정신병원 안에 있는 작은 박물관에서는 이전 시대에 살던 사람들이 정신병자들을 어떻게 생각했고 그들에게 어떤 치료를 가했는지에 대한 정보들을 얻을 수 있다. 나무상자에 오래된 책들이 보관되어 있다. 그 책들 몇 권을 펼쳐보면 여기저기에, 특히 책의 마지막 부분에 현미경으로 봐야 할 만큼 작은 연필 글씨로 행간에 글이 적혀 있는 것을 볼 수 있다. 연필로 적어 넣은 글들을 인내심을 가지고 돋보기로 판독해보면 그 글을 쓴 사람이 인쇄된 글을 '수정'했다는 것을 알 수 있다. 책의 줄거리를 어쩌면 더 밝게, 어쩌면 더 어둡게 고쳤을 것이다. 그렇게 그는 책들을 자기의 것으로 만들었다.

그러길 원하지 않는 사람이 있을까?

철학자이자 연금술사 파라켈수스는 다양한 주제에 관해 수많은 글을 남겼다. 그는 특히 연금술사들의 궁극적 목표인 금을 만들려는 자기 평생의 시도에 대해 아주 진지한 글들을 썼다. 이 글들은 가끔 다른 언어로 번역되기도 했다.

그 과정에서 때로 오역이 발생했다. 파리에 살던 어느 열성적 연금술사가 제1차 세계대전 전후로 파라켈수스의 문서 하나를 실행에 옮기려고 했다. 그 문서에는 무엇보다도 어떤 금속을 금으로 변성하려면 40일 동안 가마의 열 속에서 가공해야 한다고 적혀 있다. 어쨌든 파라켈수스가 쓴 원본 내용은 그랬다. 그런데 번역 과정에서 오류가 있었다. 번역본에는 금속을 40년 동안 가마의 열 속에 보관해야 한다고 되어 있었다.

파리의 그 연금술사는 노인이었다. 그는 파라켈수스의 조언대로 하려면 자기가 120세까지 살아야 한다는 걸 알았다.

그는 평생 동안 금을 만들기 위한 올바른 방법을 찾으려고 시행착오를 겪으며 정리해둔 모든 기록들을 모았다. 그리고 그 기록들

을 어떤 보관소에 넘긴 후 파리에서 종적을 감추었다. 그 보관소가
어디인지는 아무도 모른다.

24

두려워할 용기

모래늪에서 빠져나와 서서히 내 병을 받아들이고 치료를 받기 시작한 것과 거의 동시에 오랜 친구 중 한 명에게서 편지 한 장을 받았다. 그 친구를 처음 알게 된 건 1964년이었는데, 내가 열여섯 살이던 그해 1월 어느 날 김나지움을 그만둔 다음이었다. 그 전까지는 그 친구를 알지도 못했다. 그는 파리에서 재즈 연주를 하며 지냈고, 그의 부모님은 보로스에서 작은 빵집을 운영하고 있었다. 나는 빵집에 가서 그의 부모님께 그의 주소를 받았다.

50년이 지난 지금 그 친구 괴란이 내게 편지를 보냈다. 지면을 통해 내가 암에 걸렸단 소식을 알았단다.

이미 수 년 전에 파리를 떠났지만, 옛날에 함께 음악을 했던 밴드와 연주하기 위해 아직도 가끔 파리를 방문한다고 했다. 결혼했고,

아이들도 있고, 세상에 하나밖에 없는 1978년 발매된 음반 컬렉션을 가지고 있다고 했다. 그리고 여전히 편성을 바꿔가며 연주생활을 하고 있다고 했다.

"암에 걸린 사람에게 무슨 말을 해야 할까?" 친구는 편지에 이렇게 물었다.

궁금한 게 당연하다. 무슨 말을 해야 할까? 그리고 환자 자신은 뭐라 할까?

모래늪에서 빠져나온 이후 내 최초의 관심사 중 하나는 용기와 두려움의 문제를 표현하는 것이었다. 자신의 두려움을 인정하지 않고서 용기를 증명할 수 있을까? 나는 불가능하다고 본다. 두려움은 죽음에 대한 원초적이고 기본적인 공포와 같다. 맹수는 당신을 보고 있지만 당신은 맹수를 보지 못한다. 죽음은 당신을 항상 합법적인 전리품으로 바라본다. 그러나 두려움은 줄어들지 않는 통증에 대한 공포와 같을 수도 있다. 또는 어느 날 갑자기 더이상 그 자리에 있지 못하게 되는 것, 다음 날 그리고 그 다음 날 무슨 일이 있을지 더이상 경험할 수 없게 되는 것에 대한 공포일지도. 죽음에 대한 공포는 합리적인 이유와 비합리적인 이유, 공상과 생물학적 필연성이 한데 섞여 있는 데서 나온다. 그것은 삶의 기반이다.

두려움은 자연스러운 것이며, 우리가 다른 생물종들과 달리 결국엔 죽을 운명임을 알고 있다는 단순한 진실 때문에 생기는 것이다. 내가 살아오면서 키웠던 고양이들은 자기들이 죽으리라는 걸 몰랐다. 자기들이 살고 있다는 것조차도 몰랐다. 고양이들은 그냥 있었을 뿐이다. 하루하루, 쥐를 쫓으며, 빈둥거리며, 야옹거리며. 인간으로서의 우리 자아는 우리가 죽을 운명임을 안다는 바로 그것이다. 미지의 존재에 대한 두려움을 인정하는 사람은 인간으로 산다는 것이 무엇을 뜻하는지 아는 사람이다. 우리 존재는 근본적으로 하나의 비극이다. 우리는 평생 동안 우리의 지식과 경험을 키우려고 노력하지만, 마지막엔 결국 모든 것이 무無가 되어버린다.

나는 죽음 이후의 삶을 믿는 사람들을 존경한다. 하지만 그 사람들을 이해할 수는 없다. 나에게 종교는 삶의 기본 조건을 받아들이지 않으려는 구실로 보인다. 여기 그리고 지금, 그 이상은 없다. 바로 거기에 우리 삶의 유일무이함, 우리 삶의 경이로움이 있다.

1973년에 쓴 내 첫 책에는 바다에 침을 뱉으면 인간에게 필요한 모든 영원한 것들을 차지할 수 있다는 문장이 있다. 40년 넘게 시간이 흘렀어도 나는 여전히 그렇게 생각한다.

모래늪에서 빠져나온 뒤 나는 용기를 내기 시작했다. 그것은 내가 두려움을 결코 완전히 떨쳐내진 못할 것이라는 판단에 기초한 용기였다. 그러나 나는 더 강해져야 했다. 나는 두려움을 지배해야 했고, 결코 두려움이 나를 지배하게 두어서는 안 되었다.

내가 살아오면서 만난 불안에 떨던 사람들을 나는 가끔 생각한다. 그런 사람들은 아주 많다. 인간은 모든 것에 불안을 느낄 수 있다. 내가 생각하기에 건강염려증으로부터 자유로운 사람은 아무도 없다. 적어도 누구나 건강에 대해 불안을 느끼는 시기를 겪는다. 십대 때 어떤 증상이 있는 것도 아니고 그렇게 추측할 아무런 근거도 없는데 성병에 걸린 것 같은 불안함을 느껴보지 않은 사람은 없다. 나는 창자에 몇 미터짜리 기생충들이 있을까봐 불안해하던 사람들, 대낮이고 수많은 사람들이 근처에 있는데도 모퉁이를 돌아가면 누군가 칼을 들고 기다리고 있을까봐 무서워하던 사람들을 보았다. 그리고 다음 심장 박동이 마지막 심장 박동이 될까봐 끊임없이 불안해하던 사람들도 보았다.

나는 어둠을 무서워한다. 그래서 혼자 잘 때면 밤새 전등을 몇 개 켜둔다. 집에서나 호텔에서나 마찬가지다. 어둠에 대한 공포는 내가 이해하는 공포다. 내가 왜 어둠을 무서워하는지 설명해주는 분명한 이유가 있다.

1958년 12월이었다. 그해 여름 스웨덴 축구팀은 월드컵에서 2위를 했다. 로순다 경기장에서 치러진 결승전에서 브라질이 5대2로 승리했다. 펠레라는 이름의 17세 브라질 축구선수가 처음 세상에 소개되었고, 스웨덴 수비수 스벤 악스봄은 가린샤라는 브라질 우측 공격수를 막느라 큰 어려움을 겪었다.

그때 노를란드는 한겨울이었다. 정말 추울 땐 집 벽의 들보들이 떨어져 나올 것처럼 흔들린다. 나는 자고 있다. 새벽 두 시다. 시간이 그렇게 된 건 당연히 모른다. 그냥 자고 있을 뿐이다. 다음 날이 일요일이어서 학교에 가지 않으니 아침 일곱 시에 일어날 필요가 없다. 하지만 나는 그것도 모른다. 잠자고 있는 아이에게 시간과 공간은 존재하지 않는다.

그런데 외부에서 뭔가 내 잠 속으로 파고든다. 신경 쓰이고 불안하게 만드는 어떤 것이다. 나는 내 의지와 달리 각성과 수면의 경계로 움직여간다. 누군가 나를 깨우려고 한다. 그러나 나는 깨고 싶지 않다. 계속 자고 싶다. 아마도 몸을 돌렸거나 이불을 머리 위로 끌어올렸을 것이다. 그런데 나를 부르는 목소리가 잦아들지 않는다. 잠 속에서 나는 그 목소리를 알고 있다는 걸 느낀다. 하지만 확실하진 않다.

결국 나는 잠에서 깨서 눈을 뜬다. 블라인드는 내려져 있고, 바깥에서는 한 줄기 빛도 들어오지 않는다. 방 안은 온통 어둠뿐이다. 다시 나를 부르는 작은 소리가 들려온다. 그 목소리는 어둠을 뚫고 나에게로 온다. 이제 그 목소리가 누구의 것인지 알아챈다. 아버지다. 아버지가 어둠 속에 서서 나를 깨우고 있다.

두려움을 느끼기엔 나는 아직 너무 잠에 취해 있다. 그래서 전혀 위험을 느끼지 못한다. 그러나 나는 그랬어야 했다. 아버지가 무엇 때문에 나를 한밤중에 깨우신 걸까? 그리고 내게 할 말씀이 있으신 거라면 어째서 불을 켜시지 않는 걸까?

나는 몸을 일으켜 어둠 속에서 침대 머리맡에 있는 노란 금속 독서등을 향해 더듬더듬 손을 뻗는다. 여전히 위험은 느끼지 못한다. 불을 켠 나는 충격을 받는다. 불이 켜지자 내 인생의 모든 전제조건이 변한다.

문 앞 방바닥에 아버지가 쓰러져 있다. 아버지가 입고 있는 짙은 남색 잠옷은 피로 얼룩져 있다. 아버지의 얼굴은 아주 창백하고, 온통 땀범벅이 되어 갈라진 머리 가닥들이 얼굴에 붙어 있다.

불빛에 갑자기 어둠이 깨지고 내가 왜 잠에서 깼는지 끔찍한 진실이 밝혀진 그 순간 내가 무슨 생각을 했는지는 더이상 기억나지 않는다. 내가 무슨 말을 했는지도 더이상 생각나지 않는다. 그러나 그때 내가 느낀 것이 두 번째로 버림받을 것에 대한 두려움이었음은 알고 있다. 처음에는 내가 아주 어렸을 때 어머니가 날 떠났다. 자기 엄마에게서 버림받는다는 건 아이에게는 당연히 견디기 어려운 일이다. 방바닥에 쓰러져 있는 아버지를 봤을 때 나는 아버지도 나를 떠날 것이라고 생각했다. 아버지마저 곁에 둘 수 없게 될 것이라고 생각했다.

아버지의 잠옷에 묻은 것은 피가 아니라 토사물이었다. 아버지는 뇌출혈이 있었지만 다행히 살아났다. 하지만 그날 밤부터 내게는 어둠이 품고 있는 예기치 못한 사건에 대한 두려움이 남았다.

그러나 이후에 괴란에게 답장을 쓰면서 그런 모든 얘기를 쓰지는 않았다. 그 대신 괴란이 듀크 엘링턴의 〈솔리튜드Solitude〉를 얼마나 멋지게 연주했었는지 그의 기억을 일깨워주었다.

용기와 두려움은 항상 서로 밀접하게 얽혀 있다. 사는 데도 죽는 데도 용기가 필요하다.

그러나 나는 죽을 계획은 없다고 답장 맨 끝에 썼다. 적어도 지금은 아니다. 아직 하지 못한 것이 너무 많다.

나는 계속 예정된 화학요법을 준비할 것이다.

25

파리

내 첫 파리 여행은 어땠을까?

학교를 그만두겠다는 내 결심은 갑작스럽게 이루어졌다. 하지만 완전히 예기치 못한 일은 아니었다. 잠재의식과 상상 속에서 나는 오랫동안 결정적인 시점을 준비하고 있었다. 학교에서 문제가 있었던 것은 아니다. 나는 이미 작가가 되겠다고 마음먹은 터였기 때문에 그저 졸리기만 한 그 모든 수업을 듣고 있기가 지루하다고 느꼈을 뿐이다. 교실에 갇혀 있지 않고도 배우고 읽는 것은 할 수 있었다.

토요일 오후였다. 잘못된 시간표 때문에 우리 반은 토요일 마지막 두 시간을 연속으로 괴로운 라틴어 수업을 들어야 했다. 하지만 라틴어 수업 담당이자 우리 반 담임인 에바 옌손 선생님은 아주 멋진 분이었다. 게다가 옌손 선생님은 피아노를 잘 쳐서 선생님이 저녁시간 음악실에서 연습을 할 때면 몰래 그 소리에 귀를 기울이는 사람들이 많았다. 나는 퍼즐을 맞추듯 라틴어를 스웨덴어로 더듬더듬 번역하는 일을 그다지 싫어하지 않았다. 하지만 그날은 교실에 앉아 반 친구들이 졸음을 불러오는 목소리로 중얼중얼 《갈리아 전기》의 한 문단을 번역하는 것을 들으면서 갑자기 그 순간이 왔음을 깨달았다. 수업시간 종료를 알리는 종이 울리자 나는 자리에서 일어나 책들을 주섬주섬 모아들고 내 결심에 대해 한 마디 말도 없이 마지막으로 교실을 나섰다. 헤밍웨이에게서 배운 대로 절대 돌아보지 않을 것이라고 생각하면서.

어떻게 보면 대담한 행동이었고, 따지고 보면 물론 만용이었다. 난 파리에서 뭘 하고 싶었던 걸까? 프랑스어도 거의 못했고, 돈도 없었으며, 내가 직접 알지도 못하는 재즈 연주자의 주소만 있었을 뿐이다. 모든 게 단순하고 그저 낭만적인 생각일 뿐이었다. 학교를 그만두겠다는 결정은 옳았다. 하지만 파리에 가겠다는 생각은 의미도 목적도 없었다. 심지어 여권도 없었다.

나는 며칠 동안 생각을 한 다음 무임승차로 기차를 타고 예테보리에 갔다. 그곳에서 살을 에는 듯한 바람 속을 배회하며 예타 광장까지 걸어갔다가 다시 중앙역으로 돌아왔다. 기차를 타고 집에 돌아가기 전까지 결정을 내릴 생각이었다. 파리에 갈지 말지. 이것이냐 저것이냐의 문제였다.

돌아가는 기차를 타기 전에 나는 마지막으로 스탐프가탄 거리에 있는 라디오 가게에 들어가서 트랜지스터라디오를 한 대 훔쳤다. 같은 날 저녁 아버지에게 내 결심을 말씀드렸다. 아버지는 내가 미친 것 아닌가 하는 눈빛으로 나를 뚫어지게 바라봤다. 왜 학교를 그만두고 파리에 가고자 하는지 짧게 그리고 분명 아주 불확실하게 설명을 하자 아버지는 아무 말 없이 가만히 앉아 있었다. 그러더니 내가 방금 한 이야기를 다시 해보라고 말했다. 50년이 지난 오늘의 기억에 따르면 두 번째 설명은 더 짧았던 것 같다.

"그러니까 넌 그게 가능할 것 같다는 거지?" 아버지가 이렇게 물었다. "어디서 살 건데? 어떻게 먹고 살 거야? 열여섯 살짜리 작가 얘기는 들어본 적도 없다. 무엇에 관한 글을 쓰고 싶은데? 주소를 받았다는 그 재즈 연주자 이름은 뭐야?"

"괴란 에릭손이요."

아버지는 더이상 아무 말도 하지 않았다. 하지만 그날 밤 아버지가 침실에서 계속 왔다 갔다 하는 소리가 들렸다. 나는 사람이 어떻게 자발적으로 자식을 낳겠단 결정을 내릴 수 있는지 궁금했다.

여권을 만들고, 차표를 사고, 모아두었던 음반들과 책들을 팔고, 필요한 것들을 모아 가방에 쌌다. 그 가방은 예테보리에서 훔친 트랜지스터라디오를 전당포에 맡기고 받은 돈으로 샀다. 그때의 도둑질 때문에 나는 오늘까지도 양심의 가책을 느낀다.

내게는 모니카라는 여자 친구가 있었다. 그 아이는 금발에 앞머리를 내렸고, 아름다웠고, 살짝 도발적인 눈매를 하고 있었다. 나는 모니카에게 내 미래 계획에 대해 별다른 이야기를 하지 않았었다.

학교를 그만둔 다음에야 내 계획을 말했고, 모니카는 내가 별로 이성적이지 않다며 그 자리에서 내게 이별을 고했다. 나중에 내가 정말 프랑스의 수도에 살게 되었을 때 모니카는 내게 편지를 쓰기 시작했고 우리가 여전히 사귀는 사이라고 했다. 어쨌든 여름에 날 보러 파리에 오겠다고 했다. 파리에 사는 남자 친구가 있다는 건 뭔가 특별한 것이었음에 틀림없다.

내 생일은 2월 3일이다. 생일 이틀 전인 1965년 2월 1일, 코펜하겐과 함부르크를 거친 기차가 천천히 파리 북역Gare du Nord으로 진입했다. 나는 기차에서 블레즈 파스칼의 책을 읽고 있던 스웨덴 소녀와 이야기를 나눴다. 나는 파스칼을 몰랐다. 그 아이는 내게 파스칼 책을 한 권 빌려주었고, 나는 이해하지도 못하면서 그 책을 읽었다.

내 짐은 반쯤 찬 여행용 가방, 신발 한 켤레, 셔츠와 속옷 몇 벌이 다였다. 외투 안주머니에는 여권과 2백 스웨덴 크로나에 해당되는 2백 프랑스 프랑이 들어 있었다. 그 당시에도 많지 않은 돈이었다. 더 심각한 문제는 기차가 벨기에 국경을 지날 때부터 시작된 심한 치통이었다.

열차가 완전히 멈출 때까지 나는 꼼짝 않고 앉아서 다시 교실 의자에 앉아 있는 내 모습을 그려보았다. 그러고는 일어나서 기차에서 내렸다. 그 순간 이후로 나는 두 번 다시 학교로 돌아갈 생각을 하지 않았다.

파리는 추웠다. 사람들은 추위에 떨었고 나도 그랬다. 역 근처 한 카페에 들어가 커피와 코냑을 주문했다. 내 치통에 도움이 되기를 바라면서. 하지만 그렇지 않았다.

　그래도 파리에서 찾아갈 주소는 하나 있었다. 괴란 에릭손. 한 번도 만난 적 없는 스웨덴 출신 재즈 연주자. 그의 집은 북역에서 가장 멀다고 할 수 있을 만큼 멀리 떨어진 곳에 있었다. 포르트 드 베르사유Porte de Versailles 지하철역 바로 근처에 있는 파리에서 가장 긴 도로인 뤼 드 보지라르Rue de Vaugirard의 끝자락이었다. 택시기사는 의심스런 표정으로 나를 바라보더니 택시요금 일부를 선불로 요구했다. 요구대로 하는 수밖에 없었다. 치통은 그대로였다. 괴란이 사는 건물에 도착했다. 관리인이 내키지 않는 표정으로 나를 건물 안에 들여놓았고, 괴란은 클라리넷을 손에 든 채 문을 열어주었다. 아주 당연하다는 듯 괴란은 내게 매트리스를 제공해주었다. 그날 밤엔 치통도 잊고 잠을 잤다. 다음 날 눈을 떴을 때 나는 내가 정말 파리에 와 있다는 사실을 깨달았다.

　나는 여름이 끝날 때까지 반 년 이상 파리에 머물렀다. 어찌어찌해서 클라리넷과 색소폰을 닦고 수리하는 조그만 작업장에 불법 일자리를 하나 얻었다. 지금도 하라면 눈을 가린 채로 클라리넷을 분해해서 다시 조립할 수 있을 것 같다.

　생존은 항상 해결해야 할 어려운 문제였다. 괴란은 돈이 없었다. 우리는 서로 도와야 했다. 나는 일이 없을 때면 대부분의 시간을 재즈 클럽에서 보냈다. 카보 드 라 위셰트, 르 타부 그리고 또 다른 주점들. 끼니는 가장 싼 식당들만 찾아다니며 해결했다.

그러나 그 시절 나는 대학교를 다닌 것과 진배없는 경험을 했다. 사람이 할 수 있어야 하는 가장 중요한 것을 그때 배웠다. 바로 자기 생활을 자기 스스로 책임지는 것. 자기가 결정한 것을 지키는 것. 파리에 있었던 그 시절 작가가 되지는 못했다. 그건 그다지 중요하지 않았다. 나는 당시 의식을 가진 인간이 되는 첫걸음을 내딛었다. 첫 번째 걸음이리고 할 수 있는 스베그 마을회관 앞에서의 깨달음 이후 두 번째의 큰 걸음이었다.

늦여름이 되자 나는 결국 파리 생활은 그걸로 충분하다고 느꼈다. 나는 괴란과 악수로 작별인사를 나눈 뒤 지나가는 자동차를 얻어 타고 스웨덴으로 돌아왔다. 학교의 같은 반 친구들은 이미 새로운 학년을 시작한 상태였다. 내가 다니던 학교의 빨간 벽돌건물까지 갔지만 안으로 들어가지는 않았다. 나는 내 결심을 절대 후회하지 않으리란 걸 알고 있었다.

실제로 나는 한 번도 후회한 적이 없다. 파리 시절 가장 강하게 내 기억에 남은 깨달음이 있다. 바로 사회의 밑바닥에 있다는 것이 무엇인지 알게 된 것이다. 내 경우에 그것은 불법 노동자로 사는 것, 닳고 낡아빠진 옷을 입고 항상 배고픔에 시달리는 것이었다. 사람들은 가난을 쉽게 알아본다. 아마도 자신도 언젠가 그런 상태가 될 수 있다는 두려움을 가지고 있기 때문일 것이다.

물론 나는 잭 런던이 그의 책 《강철군화》에서 서술했던 그런 세상에 방문객으로 잠깐 있었을 뿐이다. 그런 생활을 포기하고 스웨덴으로 돌아가 다시 김나지움에 다니고 졸업시험을 볼 때까지 라틴어를 배울 수도 있었다.

하지만 나는 그렇게 하지 않았다. 사회 밑바닥에 대한 경험이 그저 일시적이고 제한적인 것이었다 하더라도, 그것은 우리가 삶에서 가장 중요한 결정 중 하나를 마주한다는 의미이다. 우리는 어떤 종류의 사회를 함께 만들어갈 것인가 하는 결정 말이다.

바로 그것이 내 평생을 관통해온 질문이다.

26

하마

1960년대 중반 파리에서 보낸 반년은 누구나 항상 뭔가를 결정해야 한다는 사실을 내게 가르쳐줬다. 담배를 피울 것인지, 아니면 전날보다 조금 더 풍성한 식사를 할 것인지 매일 선택해야 했다. 어떤 박물관에 갈 것인지 선택했고, 언제 하루 종일 시간을 내서 그저 여기저기 돌아다니며 사람들을 관찰하고 아직 먼 미래지만 언젠가 어떤 이야기를 쓰게 될지 상상할 것인지 선택했다.

선택하고 결정하는 것은 삶을 진지하게 받아들인다는 의미였다. 프랑스의 식민지에서 벗어나기 위한 알제리 독립전쟁이 끝난 지 얼마 되지 않았던, 그리고 전쟁의 여파가 여전히 사람들에게 영향을 미치고 있던 파리에서 나는 그것을 배웠다. 한편 그때는 베트남전쟁 반대 운동이 시작되기 직전이기도 했다. 그 시절에는 나 자신이

나의 선생이었고, 보도나 지하철역 계단에서 내 곁을 지나던 모든 사람들이 나의 선생이었다.

그 후로 살아가며 가끔 잘못된 선택을 하긴 했지만, 아예 선택하지 않는다는 실패에 비하면 그런 잘못은 아무것도 아니다. 아무런 저항 없이 그저 자신을 흐름에 맡기고 살며 자기 정체성에 대한 고민을 전혀 하지 않거나 꼭 해야 할 궐기를 시도하지 않는 사람들을 보면 종종 놀라게 된다. 죽음이라는 선택을 하는 사람들이 있고, 물론 그것도 궐기의 한 형태이기는 하다. 하지만 내 삶을 어떻게 만들어 갈 것인가와 같이 더 깊이 들어가는 결정들은 우리가 직면하는, 그리고 우리가 반드시 내려야 하는 가장 중요한 결정들이다.

앙티브에는 간단한 식재료를 판매하는 작은 식료품 가게가 하나 있다. 앙티브에 가면 나는 그곳에서 장을 본다. 그 가게에 가면 아침 일곱 시부터 가게 문을 닫을 때까지 열두 시간 동안 작은 텔레비전 앞에 자리를 지키고 앉아 있는 남자가 있다. 내가 가게에 갈 때마다 그 남자는 예외 없이 텔레비전 안으로 빨려 들어갈 듯 화면을 응시하고 있다. 정말 모든 프로그램을 다 보는 것 같다. 계산을 해야 할 때면 억지로 화면에서 눈을 돌리는 게 보인다. 그리고 내가 가게에서 채 나가기도 전에 남자는 다시 화면으로 눈을 돌린다.

하지만 그 남자는 항상 매우 친절하다. 자기 생활에 충분히 만족하고 있다는 인상을 준다. 그러나 그의 인생에 나는 경악을 느낀다. 그 남자는 정말 텔레비전 화면을 바라보는 일을 자기 삶의 의미로 만들기로 결정했단 말인가?

삶은 대부분 우연으로 이루어져 있다. 우리가 그런 우연에 맞닥 뜨릴 때면 해당 상황에서 의식적인 결정을 내릴 능력이 필요하다.

어느 날 나는 어떤 집 모퉁이를 돌다가 훗날 결혼하게 될 여자와 부딪쳤다. 그 여자가 그때 그 모퉁이를 돌아오리라는 걸 나는 알 수 없었다. 하지만 나는, 아니 그보다도 우리는 결국 그 우연에 대해 어떤 태도를 취할 것인지 각자 그리고 함께 선택할 수 있었다. 우리 는 결혼했다.

내가 살면서 맞닥뜨린 가장 힘들었던 선택의 상황은 두 번의 낙 태였다. 두 번 다 여자들이 임신중절을 결정하도록 내가 압력을 행 사했다. 당연히 결국엔 그녀들의 선택이었고 결심이었다. 그러나 이제는 나의 영향력 행사가 너무 과했다는 생각이 들곤 한다. 자기 몸에 대해 결정을 내리는 것은 몸의 주인인 그 여자들이었음에도, 나는 이런저런 방식으로 그 결정을 내 결정으로 만들어버렸다.

그러나 나는 또한 어느 정도 용기와 이타심이 요구되는 결심을 하고 결정을 내린 적도 있다고 생각한다. 특히 당시 내가 감당하기 어려운 상황이었음에도 금전적인 문제에서 너그러움을 보였던 일 들이 그렇다.

인간의 선택 가능성은 불공평한 사회에서 그가 어느 편에 설 것 인지의 문제에도 적용된다. 원하건 원하지 않건 간에 우리는 모두 정치적인 존재이기 때문이다. 우리는 항상 정치적인 차원에 살고 있고, 동시대를 살고 있는 다른 모든 사람들과 우리 사이에 존재하 는 사회계약에 따라 살고 있다. 그 사회계약은 또한 아직 태어나지 않은 사람들도 포함한다.

우리의 결심을 위한 조건들은 무엇인가? 우리가 무엇을 하거나 생각하거나 또는 절대로 하지 않기로 선택할 때의 전제조건들은 무엇인가? 우리는 무엇을 선택하고 무엇을 거부하는가?

자기 인생을 어떤 것으로 만들지 결정할 수 있는 가능성은 큰 특권이다. 지구상에 사는 사람들 대부분에게는 오직 생존이, 그것도 아주 낮은 수준의 생존이 가장 중요한 과제이다.

인간이라는 종은 항상 그래왔다. 먹느냐 아니면 먹히느냐의 문제, 맹수와 적과 질병으로부터 우리를 지키는 문제가 언제나 최고로 중요하다. 우리의 후손들이 살아남도록, 그들을 기다리고 있는 삶에 최대한 잘 준비되어 있도록 만들어주는 일. 지난 세월 동안 순수한 생존의 문제가 아닌 그 무엇에 몰두할 수 있었던 인간은 극소수뿐이다. 지금은 그래도 그런 사람이 많은 편이지만, 그럼에도 최소한 인류의 절반은 선택의 가능성 없이 살고 있다.

살아남기 위해 자신의 모든 시간을 쓰지 않을 수 있었던 사람들은 권력을 가진 사람들이었다. 이 전제는 모든 사회형태에 적용된다. 다른 사람들이 그들을 먹여 살렸기 때문에 그들은 일할 필요가 없었다. 그들은 신들을 달래거나 수수께끼 같은 운명의 길들을 해석해주는 사제나 신전관리인 들이었을 것이다. 봉기와 혁명은 근본적으로 항상 같은 것에 대한 저항으로 일어났다. 힘들게 일하고 녹초가 되도록 애쓰는데도 생존하기 어렵다면 사람들에게 결국 남는 건 폭동뿐이었다. 반란을 설명하는 그 외의 다른 근거는 드물었다.

그보다 나중 단계에서야 생존 이상의 것에 대한 권리의 요구가 전면에 등장하였다.

물론 나도 선택의 가능성을 갖지 못하는 사람들이 많이 있다는 것은 안다. 어떻게 가족을 먹이고 가족에게 생필품을 제공할 것인지 매일 고민해야 하는 가진 것 없고 가난한 사람들 말이다. 뭔가 선택하고 삶의 방향 전환을 결정한다는 것은 그 사람들에게는 상상할 수 없는 사치이다.

아프리카에서 보냈던 긴 시간 동안 나는 하루도 빠지지 않고 진행되는 그 생존 투쟁을 보았다. 매일 저녁, 내일은 또 어떻게 살아남을까 하는 염려가 새롭게 시작된다.

나는 몇 년 전 인도의 자이푸르와 뉴델리에 간 적이 있다. 어느 늦은 저녁 자이푸르에서 기차를 탔다. 철둑을 따라 불빛이 사슬처럼 끝없이 이어져 있었다. 철로 바깥으로 몇 센티미터밖에 떨어지지 않은 곳에 사람들이 살고 있었다. 그 사람들의 일상이 이루어지는 곳, 천천히 조심스럽게 뉴델리 방향으로 속도를 높이기 시작하는 기차를 공허한 눈빛으로 바라보며 앉아 있는 그 사람들의 초라한 오두막집들 사이로 내가 탄 기차가 달리고 있었다. 마치 조지프 콘래드의 《암흑의 핵심》에 나오는 주인공 말로처럼 어둡고 위험한 강을 거슬러 오르는 것 같은 느낌이었다. 물론 열차 주변으로 물이 흐르고 있는 것은 아니었지만, 검은 강을 거슬러 몰락을 향해 가고 있는 것만 같았다.

나는 1980년대 잠비아의 수도 루사카로부터 멀지 않은 곳에서

도로변에 앉아 쇄석으로 돌을 두들겨 부수고 있는 여자들과 아이들을 본 적이 있다. 돌먼지가 그들을 휘감고 있었고, 날씨는 말도 못하게 무더웠다. 돌을 부수고 있는 여자들을 보면서, 동행 중 한 사람은 그들이 어쨌든 이 일로 자신과 아이들을 먹여 살릴 수 있으리라는 생각 외에는 어떤 생각도 하지 못할 것처럼 지쳐 보인다고 말했다. 뭔가 먹어서 목숨을 부지해야 한다는 순수한 생존의 문제 말고 다른 것들을 생각하기엔 그들은 너무 지쳐 있었다.

사회의 가장 변방에 있는 사람들에게는 선택의 여지가 없다.

거리에 누워 죽는 것은 선택이 아니다. 굶어 죽는 것도 선택할 수 있는 대안이 못 된다. 오늘날 우리는 절대 빈곤을 근절하고 살아 있는 모든 사람들에게 굶어 죽지 않을 만큼 식량을 제공하는 데 필요한 모든 수단을 가지고 있다. 그러나 우리는 그렇게 하지 않기로 선택했다. 나는 이 선택을 범죄라고 일컬을 수밖에 없다. 그러나 존재하는 모든 수단을 동원해 기아와 가난을 퇴치하지 않는 데 책임이 있는 사람들을 세계적 차원에서 기소할 수 있는 법원이 없다. 그리고 우리 모두가 개입해서 그 책임을 넘겨받도록 강제하는 법원도 없다.

파리의 거리를 헤매고 다니며 때때로 모든 사람들이 보는 앞에서 땅에 떨어진 담배꽁초를 주워 모았던 시절로부터 긴 세월이 흐른 지금, 나는 선택할 수 있다는 것이 얼마나 큰 특권인지 더욱 분명히 알고 있다. 파리에서의 그 시절을 제외하면 나는 항상 여러 대안들 사이에서 선택을 고민할 수 있고 시간과 힘이 있으며 배불리 먹을 것도 있는 쪽, 가난의 반대편에 있었다.

나는 틀린 결정을 내린 적이 많았고 그래서 후회할 이유도 있었다. 그러나 내 결정들을 되돌릴 수는 없었다. 하지만 그보다 더 중요한 것은, 내가 말 한 마디 없이 전혀 저항하지 않고 흐름에 몸을 맡기지는 않았다는 것이다.

그러지 못한 적이 있기는 하다.

나는 30여 년쯤 전에 한 번 흐름에 편승한 적이 있다. 잠비아 북서쪽에 자리한 므위니룽가 주, 잠베지 강의 가장 큰 지류 중 하나에서 있었던 일이다. 우리는 선외船外 모터가 달린 조그만 플라스틱 배를 타고 있었다. 나까지 포함해 네 명이 그 좁은 배에 끼어 앉아 있었다. 우리는 상류로 올라가서 모터를 끄고 강의 흐름에 배를 맡기고 내려오면서 타이거피시tigerfish를 잡았다. 그렇게 내려오다가 강이 갈라지는 지점에서 우리 텐트와 자동차가 있는 쪽으로 방향을 틀어야 했다. 그 지점은 하마들이 모이는 곳이어서 모터를 제때 구동하는 것이 중요했다. 하마들이 새끼를 낳은 지 얼마 안 돼서 극도로 공격적인 시기였다. 굼떠 보여서 속기 쉽지만, 하마가 사실 매년 가장 많은 인명을 앗아가는 아프리카 동물에 속한다는 사실을 아는 사람은 그리 많지 않다.

강이 갈라지는 지점에 도착하기 전에 줄을 당겼지만 당연히 시동은 걸리지 않았다. 처음에는 그냥 장난인 줄 알았다. 그러나 배는 빠른 속도로 하마 머리가 수면에 보이기 시작하는 지점에 접근하고 있었다. 노를 저어서 하마들을 피해 도망갈 수 있는 가능성은 없었다. 배가 하마들 사이로 들어가면 모든 게 끝이었다. 하마들이 우리 배를 뒤집어버리고 그 거대한 입으로 우리를 반으로 뚝 잘라 죽일 것이 뻔했다.

모터에 대해 가장 잘 알아서 그 옆에 앉아 있던 친구가 열심히 시동줄을 당기는 동안 보트 안에는 이상한 고요가 맴돌았다. 아무도 입을 열 수가 없었다. 몇 분 안에 시동을 걸지 못하면 우리에게 어떤 일이 벌어질 것인지 모르는 사람은 아무도 없었다. 강으로 뛰어들어 가장 가까운 강가로 헤엄쳐 가는 건 해결책이 될 수 없었다. 강에는 악어가 들끓었다. 우리 중 어느 누구도 물속으로 빨려 들어가 익사하거나 악어 밥이 되지 않고서 무사히 강가에 도착할 수는 없을 터였다.

다행히 시동이 걸렸고, 우리는 무사히 하마들을 피할 수 있었다.

그날 저녁 우리 야영지는 이상할 정도로 고요했다. 모닥불만이 타닥거리며 타는 소리를 냈고, 우리의 얼굴 위로 불길이 춤추듯 타올랐다.

오랜 시간이 지난 뒤 그때 함께 있었던 친구 한 명과 얘기를 나눈 적이 있다. 우리 배가 하마들에게로 점점 다가갈 때 무슨 생각을 했는지 그에게 물었다. 그는 오래 생각하지 않고 바로 대답했다. 그 생각을 자주 했던 모양이었다. "뭔가 선택할 수 있는 대안이 있나 생각했어. 그런데 아무런 대안이 없더군. 아마도 그때가 내 인생에서 모든 걸 포기했던 유일한 때였을 거야. 그러다가 시동이 걸렸을 때 나는 한순간 신이 있다고 믿었어."

내가 대답했다. "점화 플러그가 젖어 있었어. 시동을 걸던 친구가 너무 서둘렀던 거야. 그러니까 신이 있고 없고의 문제와는 별 관계가 없었던 거지."

그 친구는 내 말에 아무 대꾸도 하지 않았다. 그에게는 물에 젖은 점화 플러그보다 신이 존재한다는 게 더 나은 설명이었다.

신이냐 점화 플러그냐. 그것은 내 선택이 아닌 그의 선택이었다.

우리는 서로 다른 선택을 한 것이다.

27

대성당과 먼지구름

우연히 만난 두 여자가 나에게 큰 행복이란 무엇인지, 그 반대는 무엇인지, 그리고 상상할 수 없이 큰 비애란 무엇인지 깨달을 수 있도록 해주었다. 큰 슬픔을 경험하지 않고선 어느 누구도 제대로 된 삶을 살 수 없다. 비극을 경험하고 싶은 사람은 아무도 없다. 하지만 비극은 피할 수 없는 삶의 한 부분이다.

1972년에 나는 빈을 방문했다. 원래는 헝가리 부다페스트에 가려고 했었다. 그런데 내 스웨덴 여권이 아직 유효하기는 하나 너무 낡고 함부로 내버려둔 바람에 헝가리 국경에서 통과되지 못했다. 다시 오스트리아로 돌아가는 기차에 탑승할 때까지 경찰의 감시 하에 칼바람 부는 기차역에서 기다려야 했다. 결국 그때는 부다페스트에 가지 못했다. 뜻하지 않게 중단된 헝가리 여행을 어떻게 해야 할지 모르는 채 나는 빈 이곳저곳을 헤매고 다녔다. 때는 한겨울이었기에 몸을 덥히기 위해 일정한 시간 간격을 두고 카페에 들어가 앉았다.

내 머릿속 지도만 따라 걷다가 갑자기 내가 거대한 슈테판 성당 앞에 서 있다는 걸 발견했다. 안으로 들어가 어마어마한 성당 내부를 구경했다. 때는 한낮이었고 성당 안에는 사람이 아주 조금밖에 없었다. 두터운 돌벽이 외부의 모든 소음을 차단했다. 성당 안에는 시간이 존재하지 않았고 고요만이 가득했다. 그 점에 있어서는 건물 모양이 어떻게 생겼고 어떤 종교에 속했는지에 관계없이 모든 교회가 마찬가지다.

의자에 앉아서 웅장한 성당 내부를 둘러보았다. 어떤 대성당에 가든지 나는 그 성당을 지은 기술자들을 생각한다. 그들은 성당을 짓는 마지막 돌이 제자리에 놓이기까지, 마지막 스테인드글라스가 끼워지기까지, 지극히 상세하게 표현된 조각상들이 전부 모습을 드러내기까지 여러 세대에 걸쳐 성당건축에 참여했다.

성당 내부를 둘러보는데 갑자기 홀로 고개를 숙이고 긴 의자에 앉아 있는 한 여인이 눈에 띄었다. 나는 그 여인에게서 비스듬히 뒤쪽에 앉아 있었는데, 그럼에도 그녀의 굽은 등을 보며 그녀가 절망하고 있다는 것을, 아주 큰 슬픔에 사로잡혀 있다는 것을 느낄 수 있었다. 그녀는 그 거대한 성당에서 오로지 자기 안에 갇힌 채 꼼짝 않고 혼자 의자에 앉아 있었다.

슬픔과 비극에 대해서 우리는 종종 불쾌한 방식으로 호기심을 갖는다. 우연히 교통사고 현장을 지나게 되면 우리는 멈춰 선다. 심하게 망가진 자동차를 지나치면서 그쪽으로 눈을 돌린다. 도로에서 구급차가 다가오면 많은 사람들이 사이렌 소리가 멈추고 구급차가 멈춰 설 때까지 가던 길을 멈춘다. 호기심이 아주 강한 사람들은 환자가 들것에 실려 집에서 나올 때까지 기다린다.

그런 모습을 지켜보는 것은, 그 들것에 누워 있는 게 우리 자신이 아니라는 사실을 확인하고 싶어서이다.

나는 자리에서 일어나서 측랑을 통해 제단으로 연결된 앞쪽으로 나갔다. 거기서 뒤로 돌았다. 고독한 그 여인은 주먹을 꼭 쥔 두 손을 이마에 대고 있었다. 하지만 그녀가 아프리카인이라는 건 알아볼 수 있었다. 나는 무슨 일이 있었을까 상상하기 시작했다. 마음 아픈 소식을 들은 걸까? 그녀 자신의 문제일까 아니면 다른 사람과 관련된 소식일까? 성당의 중앙통로를 지나던 한 신부가 탐색하는 듯한 눈길을 그녀에게 돌렸지만 걸음을 멈추지는 않았다. 나는 어느 기둥 그림자 속으로 들어가 그녀를 살폈다. 내 호기심이 스스로도 창피했지만, 한편으로는 그녀의 모습에서 눈을 떼기가 불가능했다.

한 5분 정도 그렇게 서 있은 후에야 내가 할 수 있을 뿐 아니라 해야만 하는 뭔가가 있다는 것을 깨달았다. 나는 잠시 머뭇거렸지만 곧 그 여인에게 다가가 옆자리에 앉았다. 그녀는 내가 그녀를 놀라게 하기라도 한 것처럼, 아니면 그녀 자신만의 공간이라고 생각하는 공간에 내가 침입하기라도 한 것처럼 곧바로 고개를 들었다. 맨 처음에는 독일어로, 그 다음엔 프랑스어로, 그리고 결국엔 영어로 내가 뭐 도와줄 게 없느냐고 그녀에게 물었다. 그녀는 내 말을 알아듣지 못했다. 북아프리카에서 온 것처럼 보이진 않았지만, 그녀의 말은 아랍어처럼 들렸다. 내 존재가 그녀를 덜 외롭게 하지는 못했다. 오히려 그 반대였다. 그녀는 점점 더 불안해했고, 결국엔 갑자기 자리에서 일어나 가버렸다. 나는 몸을 돌려 그녀가 성당 문을 열고 성당 안에 쏟아져 들어오던 햇빛 속으로 서둘러 나가는 모습을 지켜보았다.

나는 그 여인을 다시는 보지 못했다. 그러나 슈테판 성당에서 그녀를 본 지 40년이 지났음에도 나는 그녀가 아주 큰 슬픔과 싸우고 있었다는 것을 확신한다. 그녀가 어디에서 왔고 어디로 갔는지는 모른다. 그녀가 아직 살아 있는지조차 모른다. 하지만 나는 그녀 생각을 자주 한다. 그녀의 모습은 마치 슬픔의 성화^{聖畵}처럼 내 내면의 벽에 걸려 있다. 그렇게 그녀는 누구나 알아야만 하는 것을 환기시켜준다. 바로 슬픔이 사람 안에 살아야만 그 반대되는 것이 밖으로 드러나 눈에 보일 수 있다는 것. 슬픔을 모르는 왕자님에 관한 동화는 시대를 초월하여 성립하는 이야기일 뿐이다. 왕자건 일반인이건 슬픔을 피해 숨을 수 있다고, 자신만은 절대 슬픔을 겪지 않을 특권을 가지고 있다고 생각할 수 있는 사람은 아무도 없다.

그러면 압도적인 기쁨은 어떨까? 그런 기쁨의 모습을 나는 다른 대륙에서 다른 시기에 다른 여자에게서 보았다. 슈테판 성당에 갔던 때로부터 거의 20년이 흐른 뒤의 일이다. 그리고 그 여자도 아프리카인이었다. 나는 그녀를 모잠비크에서 만났다. 1990년대 초 모잠비크의 잔인한 내전이 끝난 뒤 짐바브웨와 남아프리카공화국에서 고향으로 돌아온 난민들이 모여 있던 난민촌에서였다. 자기가 아는 누군가가 과연 살아 돌아올 수 있을지 전혀 모르는 채 사람들은 불안한 마음으로 기다리고 있었다. 먼지바람을 일으키며 국경을 넘어 다가오는 트럭 짐칸에 오랫동안 사라졌던 친척이나 친구들이 있기를 그들 모두는 간절히 바라고 있었다. 어린아이는 부모를, 부모는 아이를, 친구는 친구를, 친척은 친척을, 마을주민은 다른 마을 주민을 찾아다녔다. 트럭 행렬이 멈춰 서자 큰 혼란이 일어났다. 타고 있던 사람들은 보따리와 비닐봉투 들을 주섬주섬 들고 트럭 짐칸에서 일어섰다. 그 사람들이 내는 소리가 마치 벌떼의 윙윙거림 같이 공기를 가득 채웠다.

갑자기 울부짖는 소리가 들렸다. 싸우는 소리가 아니었다. 격렬한, 놀라운 기쁨으로 가득한 울부짖음이었다. 누군가가 트럭 사이에 서 있는 사람들 무리를 꿰뚫고 지나갔고, 갑자기 주위가 조용해졌다. 오로지 흐느끼며 울부짖는 소리만 거듭 들려왔다. 문득 그 소리가 누구에게서 나오는 것인지 보였다. 열여덟 살쯤 된 한 소녀였다. 그곳에 모여 있던 모든 사람, 트럭을 타고 온 사람들과 숨 막히도록 뜨거운 태양 아래 기다리던 사람들이 한가운데 자리를 비워 주었다. 모래먼지 날리는 그 둥근 공간은 마치 서커스의 원형 연기장처럼 보였고, 그 중심에 나이든 남자와 여자가 서 있었다. 그리고 그 소녀는 기쁨에 취해 환호성을 지르며 자기 옷자락을 잡아당기고, 머리카락을 쥐어뜯고, 늙은 남녀 주위를 돌며 춤추고 있었다.

잠시 뒤에야 나는 트럭을 타고 온 늙은 남녀가 그 소녀의 부모라는 걸 알았다. 그보다 더 나중에 소녀가 일고여덟 살 때 부모와 헤어졌었다는 것도 알게 되었다. 소녀는 부모가 어디로 갔는지 몰랐다. 부모를 다시 만날 수 있기를 바라며 그 난민촌을 찾아갔던 것이다. 그들이 거기에서 만날 수 있었던 건 순전히 우연이었다. 그런 난민촌은 여러 곳이 있었고, 누가 어느 난민촌으로 갈지는 아무도 몰랐다. 그래서 당연히 어느 난민촌에서 기다리고 있어야 할지 아는 사람도 아무도 없었다. 물론 돌아오지 않은 사람들도 많았다. 많은 난민들이 목숨을 잃었기 때문이다.

그 소녀와 부모가 만날 수 있었던 것은 작은 기적이었다. 소녀는 자신의 기쁨을 그저 춤으로밖에, 그리고 자기 옷을 잡아 뜯는 것으로밖에 표현할 수 없었다. 소녀가 그러는 동안 늙은 부모는 내내 가만히 서 있었다.

나는 소녀가 아버지의 손을 잡고 무릎을 구부려 인사하는 것을 보았다. 어머니와 소녀는 손가락으로 조심스럽게 서로의 얼굴을 만졌다.

내가 마지막으로 본 것은 그들이 함께 다른 트럭에 올라타고, 그 트럭이 먼지구름 속으로 사라지는 모습이었다.

슈테판 성당과 아프리카의 먼지구름은 어떤 식으로든 내 삶을 서로 묶어주고 있다.

내가 지금 아프건 아니건 간에.

2부

살라망카로 가는 길

28

그림자

내가 암에 대해 확실하게 아는 몇 가지가 있다. 첫 번째로 암은 아주 옛날부터 있었다는 것이다. 그러나 특정한 암은 우리가 사는 사회와 시대에 더 많이 나타난다. 우리의 식생활과 생활환경이 다른 종류의 암들이 줄어드는 동안 특정한 종류의 암을 증가시키는 온상이 되고 있는 것이다. 그러나 공룡 뼈 화석에서도 암의 흔적이 발견되었다. 네안데르탈인이나 크로마뇽인이나 호모 하빌리스나 할 것 없이 인류의 조상들도 마찬가지다.

그다지 놀랄 일은 아니다. 생명의 기초를 이루는 건 배아 단계에서부터 우리가 죽는 날까지 끊임없이 이루어지는 세포분열이다. 우리의 세포는 수백만 번 새로 생성된다. 이런 세포분열이 한 번 실패해서 양성종양이나 악성종양이 자라게 만들 수 있다는 건 놀라운 일이 아니다. 오히려 그 반대가 더 놀랍다고 할 수 있겠다. '완벽한 자연'이란 그리 쉽게 말할 수 있는 것이 아니다.

우리가 암에 대해 알고 있는 두 번째 사실은 인간이라면 누구도 암으로부터 자유로울 수 없다는 것, 암에 걸리지 않는다는 보장이 없다는 것이다. 오래 살수록 암에 걸릴 가능성이나 위험은 커진다. 남자들은 좀 더 큰 위험을 안고 살아야 한다.

물론 특정한 암의 경우 가계에 유전 위험성이 있다는 것도 맞다. 납득할 만한 설명은 없지만 암이 더 많이 발병하는 가계가 있는 것도 사실이다.

내가 아는 한 우리 집안에는 지난 세 세대 동안 암으로 죽은 사람이 없다. 그 대신 비교가 안 될 정도로 많은 남자와 여자 구성원들이 심혈관질환으로 숨졌다. 나와 내 형제들도 고혈압 환자다.

암 발병과 관련해 내가 어느 정도 자만했다는 건 솔직히 인정한다. 내가 암에 걸릴 거라고는 생각지 않는다고 나는 종종 말했었다. 내 죽음의 원인은 뇌졸중일 게 분명하다고.

내 생각이 틀렸다.

우리가 암에 대해 분명히 아는 세 번째 사실은, 암은 전염성이 없다는 것이다. 주변에 온통 암 환자뿐이라 해도 걱정할 필요가 없다. 암은 공기를 통해서도, 체액을 통해서도, 악수를 통해서도 옮지 않는다.

그런데도 암이 전염되는 것같이 행동하는 사람들이 있다. 다수는 아니지만 어쨌든 있다. 내가 암에 걸렸다고 말하면 그 사람들은 병에 너무 가까이 있지 않으려고 눈에 보이지 않는 뒷걸음을 친다.

전혀 이해가 되지 않는 것은 아니다. 암 진단이 일반적으로 사망 선고와 다름없이 받아들여지던 게 그리 오래전 일이 아니다. 암은 곧 죽음이었다. 의사들이 아무런 손도 쓰지 못할 때가 많았다. 게다가 모든 통증을 완화시킬 수도 없었다. 암은 치명적이었을 뿐 아니라 종종 극도로 고통스럽게 죽음에 이르는 방식이기도 했다.

암 진단을 받았을 때 나는 그 사실을 숨기겠다는 생각을 당연히 한순간도 하지 않았다. 내가 왜 그래야 하나? 만약 매독에 걸렸더라면 어떻게 했을지는 나도 모르겠다. 매독은 사람이 피할 수 있는 병이다. 그리고 전염된다. 하지만 암의 경우 우리는 아주 제한적인 범위에서만 암으로부터 자신을 지킬 수 있다. 화물차 운전기사들에게 종종 나타나는 종류의 암에 걸리지 않기 위해 휘발유 증기를 너무 많이 마시지 않는 것. 대장암에 걸리지 않기 위해 붉은색 고기를 많이 먹지 않는 것. 간이 망가질 만큼 술을 마시지 않는 것. 그리고 당연히, 금연하는 것.

그런데 나는 25년 전부터 금연을 하고 있는데도 폐암에 걸렸다. 룰렛의 번호 하나만 빼고 다른 모든 번호에 돈을 건다고 해도, 구슬이 돈을 걸지 않은 그 번호에 멈출 가능성을 완전히 배제할 수는 없다. 암은 그 어떤 약속도 지키지 않는다.

여러 가지 치료방법들과 그 결과들이 줄곧 개선된다고 하더라도, 암은 불치병이라고 여겨지던 과거가 지금도 여전히 암이라는 병에 그림자를 드리우고 있다. 천연두나─바라건대─말라리아와 달리

암이라는 병 자체는 완전히 근절될 수 없을 것이다. 하지만 암으로 인한 사망률은 앞으로 계속 줄어들 것이다. 오늘날에는 암 환자의 3분의 2가 오랜 시간 생존한다. 그리고 이 숫자는 더 커질 것이다.

그러나 그림자는 여전히 존재한다. 내가 암에 걸렸다고 말할 때 사람들이 보이는 다양한 반응을 통해 나는 그 그림자를 느낀다.

내가 경부 강직이 있다고 말했을 때 몇몇 사람들은 기의 농담처럼 받아들였다. 귀가 잘 안 들리거나 말을 잘못 알아들었을 때 좀 이상하게 보일 수 있는 것처럼. 하지만 경부 강직이 단순히 근육이 경직되었거나 추간판 탈출증이 있어서가 아니라 경추에 암세포가 전이된 것 때문이라고 설명하면 사람들은 더이상 우습게 생각하지 않았다. 어떤 사람들은 대부분이 그러하듯 안타까워하거나 걱정하거나 우호적인 이해를 보이며 받아들였다. 다른 사람들은 그냥 사라져서 더이상 내 앞에 나타나지 않았다. 암의 그림자 속으로 숨어버린 것이다.

암 발병 사실을 알고 나서 나는 종종 셀마 라겔뢰프Selma Lagerlöf의 《환상의 마차》에 나오는 글귀를 생각했다. '신이시여, 나의 영혼이 당신에게 돌아가기 전에 성숙에 이르게 하소서!'

이 글의 종교적 어조를 거슬려 할 필요는 없다. 기독교 신앙으로 인한 무게감이 없더라도 진실은 보편타당한 법이다. 어느 정도 영혼의 성숙에 도달한 사람들은 그림자 속에 숨지 않는다. 그들은 계속 자신의 소리를 낸다. 나는 여전히 온전히 살아 있는 사람이지 무덤가에 앉아 다리를 늘어뜨리고 있는 사람이 아니라고.

솔직히 말하자면 나는 때때로 놀랐다. 그림자 속으로 들어가버릴 것이라고 예상했던 사람들이 계속 나와 연락을 유지할 만큼 강한 면모를 보였던 반면, 좀 더 나으리라고 기대했던 다른 사람들이 꽤 빨리 모습을 감추어버렸기 때문이다.

하지만 나는 그 누구도 비난하려는 것이 아니다. 사람들은 원래 그렇다. 우리에겐 꼭 많은 친구가 필요한 것은 아니다. 그러나 친구가 있다면 그 친구들은 믿을 수 있어야 한다.

암은 끔찍한 병이다. 게다가 환자는 주변에 의사와 간호사와 가족과 친구가 있다고 해도 병을 혼자 겪어내야 한다. 암에 걸렸다는 사실이 항상 드러나 보이는 것은 아니다. 내가 암에 걸렸다는 사실을 모르는 사람은 내가 급격하게 체중이 줄거나 머리카락이 빠지지 않았기 때문에 내가 심각하게 아프다는 것을 알 수가 없다. 나는 평소와 똑같아 보이고 평소와 똑같이 행동한다. 다른 사람들이 보기에 내가 아주 지쳐 있다고 해서 반드시 내가 병에 걸렸다는 의미는 아니다. 책 쓰는 일을 막 끝냈을 수도 있고 연극 연출 작업을 하나 마쳤을 수도 있다.

하지만 나 자신은 어떤가? 나도 그림자 속에 몸을 숨기고 있는 건 아닌가? 나를 보호해 줄 풀숲으로 도망치고 있는 건 아닌가? 암이라는 상처를 입은 동물로서?

여러 해 전 나는 잠비아에서 총에 맞은 사자 한 마리를 찾는 일에 참여한 적이 있다. 우리는 총으로 무장한 남자 네 명이었고 각자 15미터 간격을 두고 떨어져 있었다. 맨 앞에 있던 파울이 갑자기 멈쳐 서더니 손을 올렸다. 파울은 모두가 경탄하는 아프리카인 정찰꾼이자 사냥꾼이었다. 그가 들어 올린 손은 우리더러 걸음을 멈추라는 신호만을 뜻하는 게 아니었다. 우리가 가진 무기에 총알을 장전하라는 신호이기도 했다. 그때까지는 파울만 총알을 장전한 상태였다. 파울은 우리 전방 50미터 앞에 있는 덤불을 가리켰다. 사자가 그 덤불 안에 있다는 게 파울의 판단이라면 아무도 그 판단을 의심할 필요가 없었다.

총상 입은 수사자는 마지막 순간까지 움직이지 않고 가만히 숨어 있을 것이었다. 하지만 우리가 너무 가까이 접근하면 우리를 피하기 위해, 그리고 추가적인 총상이 가져오게 될 고통을 피하기 위해 필사적인 마지막 공격을 감행할 터였다.

사자가 우리를 공격하기 위해 뛰쳐나오자, 파울은 정확한 조준 사격으로 사자를 넘어뜨렸다.

나는 어떤 덤불 속에 숨어 있는 걸까? 허무하게 실패할 것이 뻔한 내 도피시도는 어떤 모습일까?

어쨌든 나는 내가 심각한 병에 걸렸다는 사실을 스스로 부인하려고 들지는 않았다. 내 병이 부당하다고 느끼지도 않았다. 그런 생각은 나와는 거리가 멀다. 내가 걸린 병이 전염되는 병이었다면 전염의 위험성에 노출되지 않고 피할 수 있었을 것이다. 예를 들자면, HIV에 감염되는 것을 피하기는 어렵지 않다. 최소한의 예방책이 필요할 뿐이다.

밤이면 내가 아직도 건강하다는 꿈을 꿀 때가 있다. 그 꿈에서 아픈 사람은 내가 아니라 다른 사람이다. 꿈속에서 나는 분명히 나와 아는 사이지만 이상하게도 왠지 알아볼 수 없는 사람들 앞에 서서 그들의 불행한 운명을 안타까워한다.

실제로 나도 다른 모든 사람들처럼 내가 유일한 예외가 되기를 꿈꾼다. 어느 날 이 심각한 병이 내게서 떨어져 나가고 놀랍게도 모든 증상들이 사라졌다고 말할 수 있기를 꿈꾼다.

그러나 그런 건 거의 불가능할 일이라는 것도 잘 안다. 내가 걸린 병은 나을 수 없는 병이다. 설사 내가 다른 질환으로 죽을 만큼 오래 산다고 해도, 적어도 더 오래 사는 게 특별한 의미를 갖지 않게 될 만큼 나이가 든다고 해도, 내가 걸린 병은 불치의 병이다.

암에 대해 취할 태도를 찾는 것은 여러 구간의 전선에서 한꺼번에 진행되는 전투와 같다. 너무 많은 힘을 거기에 낭비해버리지 않는 것, 의미 없는 환상들과 치고받으며 힘을 빼지 않는 것이 중요하다. 내 안에 침입해 들어온 적에 대한 저항력을 강화시키는 데 나의 모든 에너지가 필요하다.

그림자의 모습을 한 풍차에 대항하여 싸우는 데 온 에너지를 쏟을 수는 없다.

29

자체발광 치아

내가 처음으로 시계바늘에 형광처리가 된 시계를 갖게 된 건 1950년대 말쯤이었다. 그 시계를 갖게 된 것이 나에게는 아주 특별하고 요술 같은 경험이었던 게 아직도 기억난다.

캄캄한 옷장에 들어가 그 연두색 불빛을 처음 봤던 때가 지금도 눈에 선하다.

1895년 독일의 물리학자 빌헬름 뢴트겐은 여러 물질을 통과하지만 사진 건판을 감광시키는 광선이 있다는 것을 발견했다. 이제 우리는 그 발견이 의학 발전에 엄청나게 큰 의미가 있었으며 여전히 그러하다는 것을 잘 안다. 단순한 손목골절도, 복잡한 경골골절도 엑스선 사진 몇 장만 있으면 자세하게 분석하고 그에 따라 올바르게 대처할 수 있다. 인간의 폐에 있는 찾기 어려운 반점들도 엑스선으로 찾아낼 수 있다. 그러나 엑스선은 질병을 진단하는 데만 도움이 되는 것이 아니다. 질병 치료에도, 특히 병든 세포를 공격하기 위해 방사선을 사용할 수 있는 암 치료에도 중요한 역할을 한다.

그러나 사람들은 방사선에 끔찍한 이면이 있다는 것을 몰랐다. 시간이 지났으니 할 수 있는 말이지만, 그 새로운 발견이 위험한 부작용을 가져올 수 있다는 것이 알려지기 전에 선구자들은 충분히 조심했어야 했다. 그리고 그것은 결국 눈에 보이지 않는 그 광선이 어떤 결과를 불러올지 몰랐던 많은 사람들에게 불행이 되었다.

1915년 어느 미국인이 발광 페인트를 발명하고 거기에 언다크 Undark라는 이름을 붙였다. 그 미국인의 이름은 사빈 아널드 폰 소호츠키Sabin Arnold von Sochocky였다. 그에게 학문적 야심 따위는 없었다. 그는 그저 돈을 벌고자 했다.

그가 세운 회사에서는 노동자들이 그 '어둡지 않은' 페인트를 어두운 곳에서도 빛이 나도록 시계나 십자가상에 칠했다. 노동자들은 대부분 어린 여직공들이었는데, 기껏해야 열두 살밖에 되지 않았고 전혀 교육도 받지 못한 문맹 소녀들이 많았다. 발광 페인트를 바를 때 사용하는 붓으로 아주 가는 선도 표현할 수 있도록, 어린 여직공들은 붓끝을 입술로 뾰족하게 다듬어야만 했다. 재미삼아 치아와 손톱에 그 페인트를 칠하고는 어두운 방에 들어가 환히 빛나는 치아와 손톱을 서로 자랑하기도 했다.

그들에게 방사선이 위험할 수 있다고 경고한 사람은 당연히 아무도 없었다. 게다가 미국에서 발간되던 〈뢴트겐〉이라는 의학 잡지는

1916년에 다음과 같이 설명했다. "뢴트겐선에는 전혀 유독성 부작용이 없다. 뢴트겐선은 인간에게 식물에 필요한 햇빛과 같은 존재이다."

제1차 세계대전 당시 어두운 곳에서 스스로 빛을 내는 여러 종류의 도구들에 대한 관심과 요구가 증가했다. 1차 세계대전이 끝난 1918년으로부터 몇 년이 지났을 당시 미국에서 그 발광페인트를 사용해 일하는 상근직원의 수가 2천여 명에 달했다고 추정된다.

그런데 그 페인트로 몇 년간 작업했던 사람들 일부가 죽었다. 그들의 죽음을 가져온 질병은 서로 달랐다.

그들이 어떻게 죽었는지 정확한 정보를 제공한 사람은 아무도 없었다. 시어도어 블룸Theodore Blum이라는 치과의사가 자기 환자 한 명의 턱이 심하게 썩어 문드러져 있었으며, 환자가 자체발광 페인트로 시계 숫자판을 칠하는 일을 하는 사람이었기에 그런 증상을 보인 것이라는 추측을 내놓긴 했었다. 그러나 아무 일도 일어나지 않았다. 형광 안료를 칠한 시계바늘이 달린 시계들은 계속 째깍거리며 돌아갔다.

1925년이 돼서야 라듐을 함유한 안료를 사용하는 작업의 위험성을 밝히는 일이 침묵의 단단한 벽을 뚫을 수 있었다. 그리고 해당 회사를 창립했던 폰 소호츠키는 형광 안료에 가장 강력하게 반대하는 사람 중 한 명이 되었다. 그는 형광 안료를 사용한 작업이 가져오는 심각한 결과를 경고하였다. 그 당시 그는 이미 자신이 세웠던 회사를 떠난 상태였다. 그의 호흡은 이미 예전 그의 회사에서 일한 노동자들의 호흡보다 더 방사능에 오염돼 있었다.

해당 회사를 조사한 결과 끔찍한 사실이 밝혀졌다. 여직공들은 한 사람씩 어두운 방에 들어갔다. 의사들은 그곳에서 여성들의 몸 거의 전체가 자체 발광한다는 사실을 확인했다. 그들의 얼굴, 팔과 다리, 옷, 모두가 형광색으로 빛났다.

게다가 그들은 거의 모두가 아팠다. 혈액수치를 보면 개인별로 다르긴 했지만 그들이 방사능에 노출되어 오염되었음을 충분히 알 수 있었다.

드러난 진실은 아주 단순했다. 방사선이 인체를 그냥 통과할 것이라고 믿었던 사람들이 틀렸다는 것이다. 방사능은 뼈에 쌓이고, 노출된 방사선의 양이 너무 많거나 방사능에 너무 오래 노출되었을 경우 결국 암 발병으로, 그리고 대부분 고통스러운 죽음으로 이어진다.

방사능에 오염된 노동자들에 대해 조사를 진행했던 사람들까지도 큰 위험에 노출되었던 것으로 드러났다. 방사능 관련 연구를 했던 에드윈 레먼Edwin Lehman이라는 화학자는 급속히 진행된 혈액 질환으로 몇 달 새 유명을 달리했다.

1927년, 병에 걸린 여공 다섯 명이 폰 소호츠키가 창립하고 이제는 스스로 폐쇄시키려고 강력히 노력하고 있던 그 회사를 상대로 고소장을 제출했다.

자기 공장의 어린 여공들이 어떤 대가를 치러야 했는지 깨달았을 때 그를 덮친 큰 절망감과 죄책감에 대한 수많은 강력한 증언들이 있다.

신문들은 그 여공들을 '죽음에 직면한 다섯 여자'라고 불렀다. 그들은 자신들이 겪어야 했던 육체적 피해와 정신적 고통에 대한 손해배상을 요구했다. 그들 중 한 명은 스무 번에 걸쳐 턱 수술을 받아야 했고 하체가 마비된 상태였다. 그 여공은 마찬가지로 더이상 자기 다리로 서 있을 수 없는 다른 두 여공과 함께 들것에 실려 법정에 들어왔다. 그들 중 한 명은 심지어 증인선서를 하기 위해 손을 올리는 것조차 할 수 없었다.

다섯 여공들은 1심에서 패소했다. 회사 측 변호사들은 고소인들이 입은 피해가 이미 오래전에 생긴 것이고 따라서 모든 손해배상 청구 시효가 이미 소멸되었다고 주장했다. 그러나 여공들은 건강상태가 점점 더 악화되고 있었음에도 불구하고 포기하지 않았다. 그들 중 일부는 법정에 들어섰을 때 이미 죽음에 임박한 상태였다.

여공들은 그들의 고통을 보며 경악을 금치 못한 많은 사람들로부터 지지와 격려를 받았다. 그런데 남편 피에르 퀴리와 함께 라듐과 폴로늄을 발견한 마리 퀴리에게서 이상한 메시지가 왔다. 마리 퀴리는 환자들에게 송아지 간을 먹으라고 권했다. 마리 자신도 그녀가 노출되었던 높은 방사선 때문에 생긴 혈액질환으로 몇 년 안에 죽을 운명이었다.

여러 해가 흘러 '죽음에 직면한 다섯 여자' 중 이미 두 명이 죽고 난 다음에야 한 중재자가 오랜 싸움을 끝내는 데 성공했다. 여공들에겐 그들이 요구했던 액수의 지극히 일부에 지나지 않는 배상이 결정되었다. 하지만 그들은 이미 약해질 대로 약해진 상태였다. 한참 후 사람들은 그들이 묻힌 무덤마저 방사능에 오염되었다는 걸 알게 되었다. 가이거계수기를 사용한 결과 십자가와 묘석 사이에서 방사능이 검출되었다.

여섯 달 후 폰 소호츠키 자신도 피폭에 의한 죽음을 맞았다. 암세포가 그의 두 손과 입과 턱을 모조리 갉아 먹었다. 그래도 그는 피해자들이 손해배상을 받을 수 있도록 하기 위해, 그리고 방사성 물질을 함유한 안료로 작업하는 사람들의 노동조건이―예를 들어 충분히 좋은 작업복을 지급받아 입고 작업할 수 있도록―급진적으로 개선되게 하기 위해 노력을 멈추지 않았다.

나중에 확인할 수 있었던 사실이지만, 그런 노력 덕분에 이후 원자폭탄 개발계획인 '맨해튼 프로젝트'에 참여했던 사람들은 그들이 사용한 방호장비가 그들을 여공들과 같은 병에 걸리지 않도록 보호해줄 것이라고 충분히 확신할 수 있었다. 이후 히로시마와 나가사키에 투하된 원자폭탄을 개발했던 엔지니어·물리학자·기술자 중에 그 누구도 턱이 무너져 내리는 위험에 처하지 않았다.

석면을 다루는 작업의 결과로 나타나는 피해와 고통에 대해서도 유사한 이야기를 할 수 있다. 오늘날에도 서방세계는, 폐선박을 예를 들자면, 인도 같은 곳들로 수출하여 처리하고 있다. 석면이 잔뜩 사용된 선박들이다. 그리고 석면이 가득한 폐선박 분해 작업을 해야만 하는 인부들에게는 단순한 마스크조차 제공되지 않는다. 그래서 많은 인부들이 석면질환으로 목숨을 잃고 있다.

현미경으로 봐야 할 만큼 미세한 석면섬유가 폐에 침투하고, 결국엔 정상적 호흡을 방해하는 두터운 석면 섬유층이 형성된다. 관련 질환에 걸린 사람들은 천천히 질식사하는 것 같은 경험을 하게 된다. 호주의 위트눔 석면광산에서 일했던 한 광부는 석면질환에 대해 폐가 젖은 시멘트로 채워지는 것 같았다고 서술했다.

이런 일은 계속 반복되어 일어나고 있고 앞으로도 그럴 것이다. 인간은 혹시 부정적 측면이 숨겨져 있는 것은 아닌지 충분히 검토해보지도 않고 새로운 프로젝트들을 실행에 옮긴다.

위험은 언제나 존재한다. 그리고 그 위험이 현실이 되면 엄청난 재앙으로 이어질 수 있다.

치아와 손톱에 형광 안료를 칠하고 서로 바라보며 웃었던 어린 여직공들은, 우리에게 언제나 현존하는 인내심 부족이라는 제단에 희생물로 바쳐졌다.

다른 사람들의 생명을 담보로 위험을 감수하는 일은 참으로 쉽다.

30

사진

나는 내가 지금껏 봐온 많은 사진들을 기억하고 있으며, 이후에 때때로 그 사진들에 대해 이야기하게 될 것이다. 내가 그 사진 속에 있지 않은데도 마치 꿈속에서처럼 나에 대해 뭔가 얘기해주는 순간을 포착해낸 사진들 말이다.

절대로 잊을 수 없는 사진들도 있다. 절대로 바래지지도 사라지지도 않는 흑백사진들.

기억하는 것과 절대로 잊지 않는 것은 다르다.

첫 번째 사진은 거친 흑백사진이다. 1919년이나 1920년에 촬영된 것이다. 사진사가 누구인지는 알려지지 않았다. 내가 본 그 사진은 사진 속 인물들이 거의 지워진 듯 흐릿하다. 마치 사진을 찍은 사람이 그가 찍으려 하던 것을 피하고 싶었던 듯한 느낌이다.

그 사진은 야외에서 촬영되었다. 배경에 보이는 것은 정원의 담장이나 나무 몇 그루인 것 같다.

사진 속 인물들은 프랑스인 참전용사들이다. 그들은 자신들의 모습을 사진으로 남기기로 결심했다. 그렇게 결심한 이유는 그들이 전쟁에서 입은 부상 때문이다. 사진 속 인물들의 얼굴은 유탄 파편과 총상에 의해 심하게 변형되어 있다. 몇 명은 다른 부상도 입었다. 다리 한쪽이나 팔 한쪽 아니면 손 하나가 없다.

그러나 그들이 세상을 멀리하도록 만든 것은 바로 끔찍한 안면부상이다. 굳이 사진을 오랫동안 관찰하지 않아도, 이 상이군인들과 맞닥뜨린 사람들이 불쾌감과 혐오감을 느끼며 얼굴을 돌렸으리라는 것을 쉽게 알 수 있다. 상이군인들의 얼굴은 단순히 변형되기만 한 것이 아니라 마치 전쟁의 잔혹한 광기가 그들의 망가진 얼굴에 낙인찍힌 것처럼 보인다. 턱이 없는 사람, 코와 입이 없는 사람, 이마 일부나 귀나 눈이 없는 사람. 마치 역겨움이 중요한 표현수단인 현대의 공포영화에 출연하기 위해 분장한 사람들 같다.

그런 모습의 남자들이 카메라 앞에 섰다. 모두 점잖은 옷을 입고 진지한 눈빛으로 카메라를 바라본다. 누구도 일그러진 얼굴을 숨기려 하지 않는 것처럼 보인다.

나는 그들이 왜 그 사진을 찍었을까 가끔 생각해본다. 사진사 수고비는 누가 줬을까? 그 사진은 물론 성탄인사로 집에 보낼 만한 사진이 아니다. 참호 속에서 죽거나 황폐해진 논밭 몇백 미터를 되차지하기 위해 별 의미도 없는 공격을 하다가 그래도 다행히 목숨을 잃지 않고 끝까지 전쟁을 치러낸 사람들에게 전쟁이 남긴 끔찍한 결과에 대해 이야기하려는 진지한 시도였을까? 아니면 이건 그저 나만의 억측일까?

심한 변형에도 불구하고, 우리는 사진 속 인물들의 원래 얼굴 모습을 알아볼 수 있다.

사진 속 그들은 아마도 높은 담장 뒤 커다란 주택에서 함께 살고 있을 것이다. 그곳에서 그들이 뭘 하는지 나는 모른다. 하지만 그들은 매일 아침식사 시간에 서로 만났을 것이다. 총상을 입어 턱과 입이 망가진 이들이 어떻게 식사를 했는지도 나는 모른다.

하지만 그 사진이 말해주는 가장 중요한 것은 그 사람들이 실제로 살아 있던 사람들이라는 것이다. 사진은 이렇게 말하고 있다. "어찌됐든 우리가 여기 있습니다. 그 모든 것에도 불구하고 여전히 살아 있습니다. 그 모든 것에도 불구하고, 점잖게 옷을 차려 입고 한순간을 포착하여 세계로 내보내는 카메라 앞에 진지한 모습으로 서 있을 용의가 있습니다."

사진 속 참전용사들의 부상당한 얼굴은, 고농도 방사능에 피폭되는 사고를 겪은 사람에게 나타날 수 있는 모습과 비슷하다.

러시아 핵잠수함에서 장비 오작동 사고가 일어난 원자로에 자원자들이 사고 수습을 위해 들어간다. 그들의 죽음은 고통스럽기만 한 것이 아니다. 그들의 몸은 말 그대로 다른 선원들 눈앞에서 무너져 내린다.

나는 자신들의 치아에 형광 안료를 칠했던 여공들과 카메라 앞의 참전용사들 간에 보이지 않는 연결고리가 있다고 생각한다. 양쪽 모두가 겪은 극도의 고통 말고는 그들 사이에 직접적인 연관성은 없다.

이 사람들과, 죽은 아이들도 함께 그려져 있는 슬랩의 교회에 걸려 있는 가족초상화 간에도 뭔가 연결된 것이 있다.

두 번째 사진은 원래 몇 분 사이에 연속 촬영된 사진 여러 장이다. 제2차 세계대전 당시 독일군 정찰대가 유고슬라비아 어딘가에서 매복해 있다가 독일군을 공격한 것으로 보이는 빨치산 용의자들을 체포했다. 그리고 이 빨치산들을 아무런 법적 절차 없이 처형하려고 한다. 전시법조차 제대로 적용되지 않은 것으로 보인다. 그들은 오로지 입증되지도 않은 혐의 때문에 처형되어야 한다. 대부분의 빨치산은 아주 젊다. 독일 군인들과 같은 나이 대이다.

빨치산들은 논밭 같은 곳에 세워졌다. 그들 뒤로 건초가 잔뜩 널린 건조대가 보인다. 따라서 당시의 계절이 여름이나 초가을이란 걸 알 수 있다. 독일 군인들은 두꺼운 군복을 입었고, 군복 상의는 규율에 따라 목까지 단추가 채워져 있다. 이와 달리 죽음을 기다리는 남자들은 허름한 바지와 단추가 풀어진 얇은 셔츠를 입고 있다.

독일 군인들은 사진사를 대동하고 있다. 이 경우에도 사진을 찍은 사람이 누구인지는 알 수 없다. 독일 종군기자였는지 아니면 유고슬라비아 측 부역자였는지 알 수 없다.

총살을 당할 남자들은 건초 건조대 앞에 줄을 지어 세워졌고, 독일 군인들은 총을 겨눈다.

이때 이상한 일이 일어난다. 독일 군인 한 명이 총을 내리고 군복 상의를 열어젖힌 후 처형될 사람들 쪽에 가 선다. 그가 차분한 상태인지 아니면 흥분한 상태인지는 사진으로 알아낼 수 없다. 어쨌든 그는 총살 명령을 듣지 않고 다른 편으로 자리를 바꿨다. 총을 쏘는 대신 총을 맞기로 결정한 것이다.

사진들만 봐서는 독일 군인들과 총을 던져버리고 다른 편에 선 그들의 전우였던 군인 사이에 어떤 흥분된 대화가 오갔는지 알 수가 없다. 말로든 아니면 유고슬라비아 빨치산 쪽에 가서 선 그를 자기들 쪽으로 끌어당기는 행동으로든 독일 군인들이 그의 마음을 돌리려 노력하고 있음을 암시하는 건 아무것도 없다.

그 점이 바로 이 사진들에서 우리의 마음을 어지럽히는 부분이다. 모든 일이 계획대로 진행되는 것처럼 보인다. 일단 시작한 일은 끝을 내는 것이다. 군사적 규율은 흔들리지 않는다.

마지막 사진은 빨치산들이 그 독일 군인과 함께 죽은 채 땅바닥에 누워 있는 모습을 보여준다. 독일 군인은 군복 상의와 철모를 벗어던졌기 때문에 사진에서 더이상 다른 사람들과 구별되지 않는다.

마지막 사진에는 다른 독일 군인들도 더이상 보이지 않는다. 사진사는 독일군보다 몇 분 더 현장에 남아 있었음이 분명하다. 독일 군인들이 죽은 전우의 시신을 돌봤는지를 보여주는 징표는 없다. 그가 편을 바꿈과 동시에 그들에게 그는 더이상 존재하지 않는다. 처형되어야 할 여러 명 중 하나일 뿐이다.

자연히 이 사진들은 여러 가지 의문을 품게 하고 많은 감정을 불러일으킨다. 그 독일 군인이 그의 주위에서 죽어간 사람들에게 별 도움이 되지 않는데도 자신의 생명을 바치도록 만든 것은 무엇일 까? 그가 차라리 죽기를 선택할 만큼 그 상황을 견딜 수 없게 만든 것은 무엇일까? 빨치산 용의자들의 일괄 처형에 참여하면 계속 자신의 삶을 영위하는 것이 불가능하게 보일 만큼 그 젊은 빨치산들과 자신을 동일시했던 것일까?

우리는 답을 알 수 없다. 마찬가지로 그의 독일군 전우들이 무슨 생각을 했는지도 알 수 없다. 그의 행동은 그들에게 무척이나 충격적이었을 것이다. 하지만 그들은 울려 퍼지는 총살 명령에 아무런 의문을 제기하지 않고, 방금 전까지도 함께 담배를 태웠던 전우에게 총을 겨눴다.

전쟁과 전쟁 피해자들에 대해 말해주는 두 사진이었다. 또한 양쪽 모두 용기에 대한 사진이기도 하다. 한 인간이 내릴 수 있는 가장 중요하고 가장 어려운 결정에 대한 사진이다. 사는 대신 죽기를 선택하는 것에 대한 사진이다. 전혀 모르는 사람들을 위해, 게다가 자신과 전우들에게 적대적 행동까지 한 사람들을 위해 자신의 생명을 희생하는 것에 대한 사진이다.

내가 그를 이해한다고 주장할 수 있을까?

이에 대해 대답하려면 내가 같은 상황에서 어떻게 행동할지를 알아야 한다.

그런데 그럴 수가 없다. 내가 할 수 있는 일은 그저 계속 그 사진을 보며 이해하려는 노력을 늦추지 않는 것이다.

31

해결책

내 삶의 다른 모든 것이 달라진 만큼 매일 아침 나는 새로운 도전에 직면한다. 암이 아닌 다른 것에 생각을 돌려야만 한다. 매일 일정한 시간을 내 자신에게 기분이 어떠냐고 묻는 데 쏟고 있다. 뭔가 새로운 부작용이 느껴지는지, 아니면 편안한 하루가 될 것 같은지. 암에 대한 생각을 뿌리치고 아이스하키에서처럼 사고의 방향을 급격히 전환시키는 데 성공하지 못하면 그날의 싸움은 패배한 것이다. 그렇게 되면 체념과 권태와 두려움이 승기를 잡게 될 위험이 커진다. 그런 상황이 되면 할 수 있는 일은 뭐가 남을까? 침대에 누워 벽 쪽으로 고개를 돌리는 일?

대략 3주 후 모래늪에서 빠져나와 암 진단이 내게 날린 로블로(low blow, 권투에서 벨트 아래를 치는 반칙─옮긴이)에 저항하기 시작했을 때 이미 내게 도움이 되는 수단은 존재하고 있었다. 바로 책이다. 책 한 권을 집어 들고 글 속으로 들어가 버리는 것은 내게 힘든 일이 있을 때면 항상 고통을 덜어주고 위로를 주고 숨을 돌릴 수 있게 해주는 방법이었다. 연극이 실패한 다음이나 글이 마음대로 써지지 않을 때면 책이 위로가 되었다. 위안이 되기도 했지만 그보다는 생각을 다른 방향으로 돌리기 위한, 다시 힘을 모으기 위한 도구였다.

암에 걸린 지금도 마찬가지다. 내 책상 위에는 항상 아직 읽지 않은 책들이 놓여 있다. 그런데 이번에는 지금껏 한 번도 겪어보지 못한 일이 벌어졌다. 내가 아직 읽지 않은 새로운 책을 읽을 수가 없었다. 내가 항상 좋아했던 작가들의 책이라 해도 마찬가지였다. 일체의 새로운 것, 모르는 것을 소화할 수가 없었다. 새로운 책을 읽는다는 것은 마치 탐험을 하듯 글 속으로 들어가는 것이다. 그러나 나는 글 속으로 들어가지 못하고 그저 이리저리 헤매기만 했다. 한 쪽을 읽으면 거기에 쓰인 내용을 받아들이지 못했다. 단어들이 마치 굳게 닫히고 빗장이 채워진 문들 같았다. 나에겐 열쇠가 없었다.

이것이 한순간 나를 두렵게 만들었다. 책들이 하필이면 지금, 여태껏 살아오면서 그 어느 때보다도 더 책이 필요한 이때 나를 버렸단 말인가?

하지만 그렇지 않았다. 이미 여러 번 읽은 책을 펼치자 단어들의 문이 다시 열렸다. 내가 들어갈 수 없었던 것은 새로운 것, 미지의 것이었다. 내가 예전에, 아마도 각각 다른 여러 상황에서 읽었던 글들은 여전히 언제나처럼 효과가 있었다. 나는 열심히 책을 읽었고 그렇게 암에게서 생각을 돌릴 수 있었다.

맨 먼저 손에 든 책은 지금껏 수집해온 대니얼 디포의 《로빈슨 크루소》의 수많은 판본 중 하나였다. 내가 순전히 우연하게 책장에서 꺼내든 판본은 예테보리에 있는 토르스텐 헤드룬드 출판사에서 나온 1892년판 《로빈슨 크루소》였다. 카를 바르부르크 교수는 그 책의 머리말에 대니얼 디포의 전기를 넣었다. 영문판을 장 로산데르가 스웨덴어로 번역했는데, 좀 둔중하지만 원문에 아주 충실한 번역이다. 게다가 이 번역판에는 월터 패짓의 고전적인 삽화들이 들어 있다.

나는 《로빈슨 크루소》보다 나은 소설을 본 적이 없다. 이 소설을 보면 좋은 이야기와 나쁜 이야기 사이의 구분이 분명해진다.

《로빈슨 크루소》는 외딴 무인도에 표류한 남자가 야생염소 몇 마리와 함께 몇 년을 지내는 이야기이다. 로빈슨 크루소는 식인종의 포로 상태에서 벗어나는 데 성공한 토착 원주민 한 명과 친해진다. 이 이야기의 틀에서 식민주의의 전조를 예감할 수 있다.

사실 로빈슨 크루소는 결코 혼자가 아니다. 보이지는 않지만 책을 읽는 독자가 항상 그의 곁에 있다. 이것이 바로 이 이야기를 그토록 매력적으로 만드는 점이다. 독자가 밖에 서 있어야 하고 그저 먼 거리에서 이야기를 들여다봐야 한다면 모든 소설들이 목표하는 이야기와 독자 간의 인접성이 결코 생겨날 수 없다. 하지만 로빈슨 크루소는 독자가 이야기에 참여하도록 이야기 속으로 초대한다. 독자는 로빈슨과 마찬가지로 표류하여 무인도 모래밭에 누워 있다.

스베그에서 초등학교 2학년에 다닐 때 담임이었던 만다 올손 선생님은 우리에게 조그만 회색 공책을 하나씩 나누어주었다. 그러고는 그 공책에 동화를 지어보라고 했다. 짧든 길든 중요하지 않으니 일주일 후에 제출하라는 말씀과 함께. 나는 집으로 돌아가서 화장실에 들어가 문을 잠그고 한 쪽 분량의 헤닝 만켈판 로빈슨 크루소 이야기를 지어냈다. 다음 날 나는 자랑스럽게 공책을 제출했다. 공책은 마지막 장까지 여러 동화와 모험담으로 가득 차 있었다. 나중에 올손 선생님은 내가 공책에 쓴 이야기들을 하나도 읽을 수가 없었다고 말했다. 글을 너무 빨리 성의 없이 썼다는 것이다. 내가 너무 서둘렀던 것이다. 나는 결국 새로운 공책을 한 권 더 받았고, 선생님은 이번엔 잘 알아볼 수 있게 쓰라는 다정한 경고의 말씀도 잊지 않으셨다.

나는 아직 읽지 않은 책들을 모두 옆으로 치우고 한 번 더 읽고 싶은 책들을 책상 위에 쌓았다. 이제 놀랄 일은 없다. 나는 친숙하고 안전한 지형에서만 움직이게 될 것이다.

익숙한 책 읽기는 첫 항암 화학요법을 시작할 때까지 별 문제없이 굴러갔다. 그런데 화학요법을 시작하면서 부작용의 하나로 안구 점막에 심한 자극성 염증이 나타났다. 계속 눈물이 났다. 책을 너무 많이 읽으면 글씨 앞에 엷은 안개가 낀 것같이 뿌옇게 보여 제대로 읽을 수가 없었다. 그런 증상은 한 시간 정도 쉬고 나면 사라졌지만, 안개는 곧 다시 나타났다.

그래서 나는 책읽기를 명화 감상과 조합하기 시작했다. 그림을 고를 때도 내가 이미 알고 있는 것들을 선택했다. 그리고 절대로 하루에 한 점 이상은 보지 않았다. 우선은 여전히 내게 가장 중요한 예술가인 카라바조와 오노레 도미에부터 시작했다. 이 두 예술가의 세계 안에서는 그 세계가 우리에게 아무리 낯설다 해도 마치 집에 있는 것처럼 편안함을 느낀다. 아주 다양한 모티프들을 선택했던 카라바조가 바다는 한 번도 그린 적이 없다는 점을 나는 가끔씩 생각한다. 도미에의 경우 많은 사람들이 그의 정치 풍자 캐리커처는 잘 알고 있지만, 그가 탁월한 화가이자 조각가였다는 사실을 아는 사람은 많지 않다.

그림은 글과는 다른 문들을 열어주지만, 내게 조금이라도 의미를 갖는 모든 그림은 항상 어떤 이야기를 들려준다.

나는 우리 인간이 이야기하는 존재라는 사실을, 생각하는 인간인 호모 사피엔스보다도 이야기하는 인간인 호모 나란스Homo narrans라는 사실을 계속 생각하게 된다. 우리는 다른 사람들의 이야기 속에서 우리 자신을 본다. 모든 진정한 예술작품은 한편으로 작은 거울 조각을 품고 있기도 하다.

암에게서 신경을 돌리기 위한 세 번째 수단 역시 내게 아주 당연한 것이었다. 바로 음악이다. 심한 고통에 시달리거나 깊은 슬픔에 잠긴 사람들에게 물어보면 대부분은 음악이 고통이나 슬픔을 완화시켜주는 가장 훌륭한 수단이라고 대답한다. 나는 내가 가진 모든 음반들을 살펴보기 시작했다. 재즈 · 클래식 · 아프리카 민속음악에서부터 전자음악까지 온갖 종류의 음악을 두루 섭렵하였다. 가장 즐겨 들은 건 마일스 데이비스와 베토벤이다. 아르보 패르트(Arbo Pärt, 1935~, 에스토니아 출신으로 고전음악과 종교음악을 주로 작곡한 음악가— 옮긴이)와 미국 남부의 블루스도 자주 들었다.

책·그림 그리고 음악, 이 세 가지를 번갈아가며 되풀이해 즐기는 방식으로 나 스스로가 병에 고착되는 것을 피하는 데 성공할 수 있었다. 그렇게 함으로써 암과 치료와 끊임없이 새로운 증상의 징조를 찾는 행위에 대한 견디기 힘든 집중에 저항할 수 있었다. 그럼으로써 또한 대체 내게 무슨 일이 일어난 건지 진짜로 생각해야 하는 순간에도 더 힘을 얻을 수 있었다. 나는 단지 중병에 걸린 사람이기만 한 것이 아니었기 때문이다. 병에 걸리기 이전의 나, 나로서의 나이기도 했다. 두 세계에서 동시에 사는 것이 가능했다.

하지만 이야기도 그림도 음악도 전혀 도움이 되지 않는 날들도 있었다. 그럴 때면 악성종양과 전이암 세포와의 싸움에서 급진적인, 그러나 바라건대 긍정적인 효과를 보이고 있는 세포독으로 인한 심한 피로 때문에 침대에서 몸을 일으킬 힘조차 없었다. 어떤 때는 완전히 무중력 상태인 것처럼 의미도 목표도 없이 춥고 공허한 우주를 떠돌았다. 그런 날이면 중환자들이 스스로 삶을 마감하기로 결심하는 것을 이해할 수 있었다.

이해할 수는 있었지만 동시에 내가 그런 해결책을 생각하지도, 그런 방법을 택하지도 않을 것을 나는 알고 있었다. 나와 가까운 사람들에게 그래도 뭔가 더 할 수 있지 않았을까 하고 끊임없이 자책하고 고민하는 고통을 주고 싶지는 않았다.

대략 두 달쯤 시간이 흘러 첫 번째 화학요법의 절반을 마치고 난 어느 날 아침, 나는 새로운 형태의 정상 상태가 내 삶에 자리했다는 사실을 깨달았다. 그 어떤 것도 더이상 암 진단을 받기 전과 같을 수는 없었다. 그럼에도 한편 삶이 내가 암흑의 순간에는 가능하지 않다고 여겼던 새로운 형태를 갖추기 시작한 것같이 느껴졌다.

세상이 더 밝아졌다. 많이는 아니지만, 어쨌든 한겨울은 지나갔다. 어느 날 아침 너무 이른 시간에 지빠귀 한 마리가 텔레비전 안테나 위에서 노래하기 시작했다. 새의 지저귐을 들으면서 나는 내 묘비명을 생각해냈다.

"지빠귀 소리를 들었다. 그러므로 나는 살아 있었다."

하지만 나는 죽음에 대해 점점 덜 생각하게 되었다. 죽음은 굳이 그늘에서 끌어내지 않아도 같은 곳에 있지만 말이다. 나는 이제 책을 읽고 그림을 감상하고 음악을 듣는다. 이 모든 것이 삶과 관계된 것들이다.

어느 날 다시 읽은 책의 마지막 책장을 덮고 나서—이번 책은 조지프 콘래드의 《암흑의 핵심》이었다—나는 거의 두 달 전 한쪽으로 치워 놓았던 읽지 않은 책들이 쌓인 곳으로 다가갔다.

아직은 아니었다. 하지만 그로부터 며칠 후 나는 그곳의 책들도 읽기 시작했다.

빛은 먼 곳에서 오랜 시간이 걸려 찾아왔다. 끝내는 나에게 찾아왔다. 적어도 이 순간, 당장은 그랬다.

32

1348년 파리를 뒤덮은 흑사병

어느 날 밤, 1960년대 파리에서 지내던 때 보았던 거대한 쥐들 꿈을 꾸다 잠에서 깼다. 늦은 밤 뤼 드 까디Rue de Cadix 거리에 있는 집으로 돌아가는 중에 기다란 뤼 드 보지라르Rue de Vaugirard 거리를 지나면서 특히 쥐들을 많이 보았다.

뚱뚱한 고양이만큼이나 컸던 그 쥐들은 질주하다시피 빠른 속도로 하수구를 찾아 들어갔다.

쥐를 생각하면 고양이를 생각하게 된다. 그리고 그렇게 밤의 어둠 속에 누워 있으면 1348년 겨울 파리를 덮쳤던 커다란 불덩이 때문에 생겨난 전설이 하나 떠오른다. 갑작스레 일어나는 모든 현상들이 그러하듯 그 사건 역시 곧바로 재앙을 예고하는 전조로 받아들여졌다.

1348년 여름 파리에 흑사병이 찾아왔다. 전염병이 닥칠 때면 언제나 그랬듯이 파리는 특히 위험했다. 파리 도심의 높은 인구밀도 때문에, 전염을 피하려면 이 도시를 떠나는 것 외에는 방법이 없었다. 하지만 파리 주민의 다수를 차지하던 가난한 사람들이 어디로 도망갈 수 있었겠는가? 그래서 그들은 도시에 남았고 결국 죽었다.

　　흑사병이 어디에서 시작되었고 어떻게 집에서 집으로, 사람에게서 사람에게로 전염되는지 아는 사람은 물론 아무도 없었다. 그러나 항상 그렇듯이 사람들은 이유를, 그리고 무엇보다도 희생양을 찾았다.

　　그래서 파리에 있는 수많은 고양이들이 많은 사람들의 죽음을 초래했다는 소문이 빠른 속도로 퍼져나갔다.

　　유대인이나 집시, 또는 다른 어떤 집단도 희생양이 될 수 있었다. 그러나 사람들은 이번엔 고양이에게 책임을 지웠다. 옛날부터 사람들은 고양이와 마녀가 같은 어둠의 비밀을 지니고 있다고 생각했다.

　　그래서 파리의 모든 고양이들에 대해 광포한 공격이 행해졌다. 맞아 죽거나 센 강에 던져질 운명을 피한 고양이는 거의 한 마리도 없었던 것으로 보인다.

　　이로써 결국 전염병의 진정한 유포자인 쥐와 벼룩의 유일한 천적이 사라지게 되었다. 쥐와 벼룩의 수는 빠르게 늘어났고 이와 함께 흑사병 전염율도 급속히 증가하였다. 머지않아 파리에서는 매일 같이 8백 명이 죽음을 맞게 되었다. 묘지는 시신으로 차고 넘쳤다. 더이상 죽은 자들을 장사지낼 사람들이 없었다. 집 안과 도로에 방

치된 시신들이 썩어갔다. 성직자들도 흑사병에 전염되었고, 그들은 자신의 죽음을 준비해야 한다는 사실을 깨닫는 순간 다른 죽어가는 사람들을 그냥 버려두었다.

도시를 떠날 수 있는 사람은 떠났다. 부유한 상인과 귀족과 고위 성직자 들이었다. 날마다 그들이 탄 마차가 악취와 궁핍으로 가득한 도시를 다급히 떠났다. 그럼에도 그중 많은 사람들이 결국 죽음을 맞았지만, 또한 그만큼 많은 사람들이 살아남았다. 전염병을 피해 도망갈 수 있는 수단과 가능성을 가지고 있었기 때문이다.

도시에 남았으나 전염되지 않았던 사람들은, 죽음을 피할 수 없는 상황에서 사람들이 종종 보이는 태도로 하루하루를 보냈다. 그들에게 남은 마지막 날들을 방탕한 생활로 보낸 것이다. 한 익명의 연대기 편찬자는 당시의 파리가 '도덕이나 예의범절이 완전히 붕괴된 도시'였다고 기술하고 있다.

흑사병은 8개월 동안 창궐했다. 전염병이 결국 서서히 소멸할 때까지 파리 시민의 절반이 흑사병으로 목숨을 잃었다. 시신으로 가득 찬 묘지마다 시체의 팔다리가 땅 위로 나와 있었고, 밤이면 개들이 묘지로 몰려와 얇은 흙으로만 덮여 있는 시체들을 먹었다.

시체 썩는 냄새가 일 년 동안 도시를 채우고 있었다. 1350년이 되어서야 상류사회 사람들은 주저하며 파리로 돌아오기 시작했다.

그럼 죽은 고양이들은 뭔가! 우리는 어쩌면 여기서, 고양이가 쥐를 잡게 하는 대신 그 고양이들을 죽였다는 사실에서 우리 역사의 보편적 상징을 발견할 수 있지 않을까?

인간은 모험을 감수한다. 결코 시들지 않는 호기심과 짝을 이룬 모험심이 바로 우리를 오늘 서 있는 이 자리까지 오게 만들었다. 그러나 세 번째 특징인 조심성이 없으면 위험해질 수 있다. 조심성 때문에 이 모든 것을 이루고 지금 이 지점에 도달하는 데 시간이 좀 더 걸렸을 수도 있다. 하지만 이는 또한 우리가 이룬 진보에 수반되는 끔찍한 결과와 재앙의 일부를 방지할 수 있었다는 것을 의미할 수도 있다.

조심성과 신중함의 결핍이 우리 인간 본성에 얼마만큼 뿌리를 내리고 있는지 궁금하다. 젊은 남자들은 운전면허 시험에 합격한 당일 과속과 난폭운전으로 목숨을 잃기도 한다. 마음 깊은 곳에서는 그들도 과속의 치명적 위험을 알고 있다. 그런데도 그들은 가속페달을 심하게 밟고, 앞 차를 추월하기 위해 충동적인 차선변경을 감행한다. 그러다보면 갑자기 그들이 탄 자동차나 오토바이 바로 앞에 그들의 죽음을 가져올 나무나 단단한 돌담이 서 있다.

같은 나이 대 여자들은 훨씬 조심스럽다. 그들도 운전면허를 따지만 그렇다고 곧바로 자신을 죽음으로 몰고 갈 위험한 주행을 하지는 않는다. 이 조심성의 근거는 물론 여성으로서 세상에 존재하는 생물학적 출발점이 출산이라는 사실에 있다. 보통 여자아이보다 사내아이가 더 많이 태어나는 것은, 사내아이들이 여자아이들보다 그만큼 더 많이 이른 나이에 죽기 때문에 균형을 위해 그럴 수밖에 없기 때문이다. 노르망디 상륙작전이 이루어졌던 1944년 여름 노르망디 해변에서, 1914년에서 1918년 사이 프랑스의 전장에서 기관총의 저지사격에 목숨을 잃은 것은 젊은 남자들이었다. 거기에 여자들은 없었다. 위생병이나 운전병 또는 병영의 사무인력 외에 다른 보직으로 여성을 전쟁터에 보낸다는 생각은 당시 아무도 하지 못했을 것이다. 여자가 할 일은 집에 남아 적이라고 부르는 반대편에서 싸우는 다른 젊은 남자들을 죽일 수류탄을 만드는 것이었다.

수류탄 공장을 떠나 캐나다 앨비다 주로 가보자. 기의 플로리다 크기 정도 되는 세계 최대 규모의 오일샌드 매장지가 그곳에 있다. 그곳에서는 원유를 시추하는 것이 아니라 석탄을 캐듯 노천광산에서 오일샌드를 채굴한다. 지난 10년 동안 미국은 사우디아라비아보다 앨버타에서 더 많은 원유를 수입했다.

세계를 단기적이고 단안적인 시각으로 보자면 이것은 물론 영리한 정치적 결정이다. 그러나 오일샌드에서 원유를 추출하는 것은 환경에 끔찍한 영향을 미친다. 앨버타에서 이뤄지는 원유 추출작업에서 발생하는 폐수는 사우디아라비아에서 발생하는 폐수보다 거의 두 배가 많다.

요즘에는 비용도 많이 들고 환경오염 문제에서도 자유롭지 않은 오일샌드 채굴을 우리가 지구온난화를 억제할 수 있을지 없을지 알아볼 시금석으로 생각하는 학자들이 있다. 이와 관련하여, 2013년까지 나사NASA에서 일했던 세계적인 기후학자 제임스 한센James Hansen은 '지구온난화 제어와 관련한 문제라면 이미 모든 게 끝나버렸다'라고 말했다.

가장 중요한 도전은 물론 화석연료 사용을 줄이는 것이다. 이것은 에너지 기업과 산업의 이익을 대변하는 지극히 무분별하고 타락한 기후전문가들을 제외하고 모든 이들에게 아주 당연한 사실이다. 그러나 앨버타의 오일샌드 채굴은, 우리가 인류에게 이득이 된다고 주장하는 프로젝트들을 실행하기에 앞서 우리의 행동이 가져올 결과에 얼마나 부주의하게 행동하는지 보여주는 유난히 뚜렷한 본보기에 지나지 않을 것이다.

제임스 한센은 이미 언급한 대로 나사에 재직했다. 그가 36년 전에도 나사에 있었는지는 나도 모른다. 그럴 가능성은 거의 없다고 본다.

1977년 미국 케이프커내버럴Cape Canaveral 기지에서 보이저 1호와 2호가 우주로 발사되었다. 이 두 무인우주탐사선은 아직까지도 인류사에서 가장 긴 여행을 계속하는 중이다. 현재 그들의 위치는 태양에서 대략 150억 킬로미터, 즉 지구에서 태양까지 거리의 백 배만큼 떨어진 지점이다. 보이저 1호와 2호는 지구로부터 받은 무선신호를 다시 지구로 보내는데, 보이저에서 보낸 무선신호가 지구에 닿는 데는 대략 열다섯 시간이 걸린다.

두 무인우주탐사선은 (나는 '보이저[Voyager, 여행자]'라는 이름의 이 두 우주탐사선을 250년 전 바다를 항해하던 스웨덴 전함의 이름을 따서 '레산데 만[Resande Man, 여행자]'라고 부르고 싶다) 현재 우리 태양계 외곽지역을 항해하고 있다. 두 탐사선은 여전히 지구에서 가장 가까운 우주 영역에 존재하는 자기장과 태양풍 데이터를 지구로 보내고 있다. 그러나 이두 '여행자'들은 언제든지 태양계의 바깥 경계를 넘어 다른 자기장이 우세한 우주의 다른 영역으로 사라질 수 있다. 언제 그런 일이 일어날지 정확히 말할 수 있는 사람은 아무도 없지만, 어쨌든 곧 그렇게 될 것이다. 여기서 '곧'이라는 것은 천문학적 관점에서 몇 달이나 몇 년이 될 수도 있다.

우리의 '여행자'들은 관측기구가 수명을 다할 때까지 외로운 항해를 계속할 것이다. 그러면서 계속 우리에게 신호를 보내고 우주라는 미지의 뱃길에 대해 보고할 것이다.

이 무인우주탐사선의 활동과 관련하여 지금까지 이루어진 모든 과학적이고 기술적인 성과들을 생각하면, 두 탐사선을 발사하기 전까지 극복해내야 했던 모든 장애물들에도 불구하고 우리가 이 과업을 완수해낸 것에 놀라움을 금할 수 없다. 그런 걸 보면 언젠가는 암도 완전히 극복되는 날이 올 것이라 믿게 된다. 그리고 우리가 쌓아두고 있는 핵폐기물 또한 합리적인 방식으로 처리할 능력이 우리에게 있다는 것 역시 믿게 된다.

'여행자'들이 계속 우리가 모르는 세계로, 어쩌면 우리가 영원이라 부를 수 있을 그 세계로 사라져가고 있는 동안 그 모든 일들이 이루어질 것이다.

33

영원은 얼마나 길까?

　십대 후반의 젊은 나이에 파리에서 살았던 그 기간이 내 인생에 얼마나 중요했는지 점점 깨닫게 된다. 그 기간은 여러 측면에서 나를 형성했다.

　그러나 모든 경험들이 다 긍정적이지는 않았다.

　예를 들어 내가 오랫동안 죽어버렸으면 좋겠다고 생각한 여자가 있었다.

　파리에서 살기 시작하고 한 달쯤 되었을 때 가지고 왔던 돈이 다 떨어졌고 나는 결국 클라리넷과 색소폰을 수리하는 공방에서 보조원으로 일하게 되었다. 공방 주인인 시몬 씨가 악기를 닦고 키들을 교체하면 내가 다시 악기를 조립했다.

　작은 공방은 벨빌Belleville의 노동자 거주 지역 맨 위쪽의 건물 뒷

마당에 위치하고 있었다. 다른 직원이 한 명 더 있었는데 나이가 좀 많고 뚱뚱하며 음흉하고 야비한 남자였다. 시몬 씨가 근처에 있으면 그 사람은 내게 아무 말도 하지 않았다. 하지만 시몬 씨가 가끔 악기를 배달하거나 가져오려고 악기점들을 방문하느라 공방을 비울 때면 그 작고 뚱뚱한 남자는 내가 하는 일에 대해 악의적인 말들을 내뱉었다. 내가 시간을 안 지킨다느니, 너무 느리다느니, 아무 짝에도 쓸모가 없다느니 하면서. 무엇보다도 내가 불법으로 일을 하고 있으며 언제든지 경찰에 잡혀갈 수 있다고 잔소리를 해댔다.

나는 그런 그의 말에 아무런 대꾸도 하지 않았다. 그의 비굴하면서 야비한 태도가 찰스 디킨스의 소설에 나오는 바보들 중 하나를 떠올리게 했기 때문이다. 나는 친절한 시몬 씨를 훨씬 더 신뢰했다.

당시 나는 포르트 드 베르사유 근처에 살았기 때문에 매일 아침과 저녁 아주 먼 길을 오가야 했다. 전철을 세 번씩 갈아타야 했다. 근무 시작 시간이 아침 일곱 시였고, 나는 거의 항상 전철에서 잠이 들었다. 그러다보니 환승을 하러 내려야 할 역을 지나쳐 잠에서 깨는 경우가 종종 있었다. 그래서 30분 지각을 하게 되면 시몬 씨는 음울한, 혹은 오히려 약간 애처로운 표정으로 나를 바라봤다. 하지만 지각한 것에 대해 한 번도 뭐라 말하지는 않았다.

내가 내려야 하는 역은 주르댕 역이었다. 공방은 역에서부터 걸어서 10분 거리에 있었다. 매일 아침 나는 공방으로 걸어가는 길에 이가 다 빠진 한 늙은 여인과 마주쳤다. 그 노파는 항상 나를 빤히 쳐다보았다. 그녀가 어디로 가는 길이었는지는 모른다. 나는 매일 다른 시간에 역에 도착했기 때문에 아침마다 그녀와 마주치지 않기를 바랐다. 하지만 그녀는 항상 있었다. 마치 내가 언제 오는지 알고 있는 것처럼. 그녀는 검은색 옷을 입었고 이가 하나도 없는 입으로 아랫입술을 잘근거렸다.

나는 그녀를 몰랐다. 누군지 몰랐으니 당연히 인사도 하지 않았다. 그녀도 나에게 별짓을 하지 않았다. 그럼에도 나는 그녀를 미워하기 시작했다. 그 노파는 매일 아침 내가 피곤에 절은 몸으로 흔들흔들 걸어오는 모습을 노려보면서 내게 뭔가 나쁜 일이 일어나기를 바라는 검은 고양이나 마녀 같았다.

얼마 후 나는 미친 듯이 그녀가 죽기를 바라는 마음에 사로잡히게 되었다. 머릿속으로는 몇 번이고 그녀를 죽였다. 칼로 찌르거나 돌로 머리를 내리치거나 목을 졸라서.

30년이 흐른 뒤 다시 벨빌을 찾았다. 다시 주르댕 역에서 내려서 시몬 씨의 공방이 있는 곳까지 예전에 걸었던 길을 걸었다. 나를 향해 걸어오고 있는 그 노파를 보았다고 생각한 순간 나는 소스라치게 놀랐다. 키가 작고 검은 옷을 입은 여자. 하지만 그 노인네는 아니었다. 당연히 오래전에 죽었을 테니까.

물론 다른 때에도 나를 모욕하거나 또 다른 방식으로 나쁘게 굴었던 사람들을 죽이고 싶거나 해치고 싶은 마음이 든 적이 있다. 하지만 대부분은 나중에 완전히 잊어버릴 정도로 그냥 빠르게 부풀어 올랐다 사라지는 감정들이었다. 내가 뒤끝이 없는 사람인 게 참 다행이라고 느낀다.

하지만 벨빌 거리에서 매일 마주쳤던 그 노파만은 30년이 지나서 그 거리를 방문했을 때까지도 지칠 줄 모르는 내 분노의 대상이 되었다.

그 감정을 이성적으로 설명하기는 어렵다. 어쩌면 파리에서 연명하기 위해 힘들게 일해야 했던 그때의 내 상황이 알지도 못하는 노파에게 증오를 돌리도록 만들었는지도 모르겠다. 요즘에는 그것이 유감스럽지만 지극히 인간적인 특성이라고 때때로 생각한다. 나는 희생양이 필요했던 것이고, 그녀가 우연히 내 시야에 들어왔던 것이다.

그럼에도 '악'이라는 개념을 입에 올리고 싶진 않다. 나는 '악'을 믿지 않는다. 아무리 사람들이 시대를 막론하고 나쁜 짓을 한다고 해도 그건 다른 얘기다. 인간이 본래 악하게 태어난다고 말하는 이는 사람들이 원죄를 믿던 시절과 관점으로 우리를 내동댕이치는 것이다. 마치 주근깨나 빨강 머리를 가지고 태어나는 것처럼 악한 본성을 가지고 세상에 나온다고 믿는 것이다.

나는 살아오면서 끔찍하고 참을 수 없이 야만적인 행동을 하는 사람들을 많이 봤다. 자기 부모나 형제를 죽인 소년병들을 본 적도 있다. 하지만 그들이 악하게 태어난 것은 아니다. 그들은 자신의 머리에 무기를 겨눈 사람들이 있었기 때문에 그런 잔인한 행위를 저지른 것이다. 그들은 자신의 생명과 그들이 죽이도록 강요받은 다른 사람들의 생명 사이에서 선택을 해야만 했다.

내가 만약 열세 살짜리 소년으로 그런 상황에 처했다면 어떻게 했을까? 내가 할 수 있는 유일한 솔직한 대답은 모르겠다는 것이다. 내가 다르게 행동했기만을 바랄 수밖에 없다. 그러나 확실하게 달랐으리라 말할 수는 없다.

발칸반도의 이웃국가들 간에 서로 학살이 일어난다고 해서 그들에게 내재되어 있던, 지금까지 가만히 잠자고 있던 악이 발현한 것은 아니다. 그런 일이 일어나게 된 건 다만 우위를 점하게 된 여러 가지 나쁜 상황들 때문이다.

그런 야만적인 침해행위에 투기해서 이득을 취하는 사람이 항상 있다.

"야만은 항상 인간적 특성을 갖는다. 그 점이 야만을 그렇게 비인간적으로 만드는 것이다."

나는 이 문장을 거의 40년 전에 썼다. 지금 이 문장을 바꿀 이유는 없어 보인다.

타인의 증오와 타인으로부터의 폭력을 나도 경험했다. 자주는 아니다. 하지만 인간에게 목숨이 여러 개라면 나머지 목숨을 다 소진했을 만큼은 충분히 자주 경험했다.

그렇다고 내가 서로 치고받는 싸움에 특히 많이 연루되었던 것은 아니다. 물론 학교 운동장에서 아이들과 싸움질을 한 적이야 있다. 대부분은 얻어맞았다. 내가 좀 날쌔긴 했지만 주먹이 센 편은 아니었기 때문이다. 게다가 내겐 불리할 게 불 보듯 뻔한 싸움에 끼어드는 안 좋은 습관이 있었다. 그러나 나는 상대방에게 제대로 한 방 먹일 수 있으리라는 기대로 싸움에 임했고, 가끔은 성공했다.

어릴 적의 그런 싸움은 순수했다. 코피나 흘리는 정도지 그 이상은 아니었다.

열다섯 살 때 잠시 스웨덴 상선대에서 일한 적이 있었다. 그 당시 여러 번 미들즈브러에 갔었다. 나는 스웨덴의 철광석을 세계로 운반하는 해운회사에 근무했는데, 항해 목적지가 미들즈브러인 경우가 종종 있었다. 어느 날 저녁 상륙 휴가를 받고 배에서 내려 술을 마시고는 취해서 우리 배를 찾지 못했다. 나는 한 소녀에게 길을 물었다. 그녀가 어쩌면 내 영어를 못 알아들었을 수도 있다. 어쨌든 갑자기 젊은 남자 몇 명이 득달같이 몰려와서는 내가 소녀를 매춘부 취급하며 말을 걸었다고 다그쳤다. 나는 그러지 않았다. 그런데도 그들에게 두들겨 맞았고 그 와중에 신발을 잃어버렸다. 나는 양말만 신은 채 배로 돌아왔고, 비가 내리고 있었으며, 내 눈썹과 입술은 피투성이였다. 하지만 그다지 심각한 문제는 아니었다. 배에 올랐을 때 노르웨이 출신인 3등 항해사와 마주쳤다. 그는 약간 빈정거리는 듯한 웃음을 띠고 나를 바라보더니 다음번에 비오는 날 상륙할 때는 신발을 신고 가는 게 어떻겠냐고 말했다.

그러나 심각한 상황도 몇 번 있었다. 한번은 내가 죽을 수도 있겠다고 확신했었다.

잠비아의 수도 루사카에서 있었던 일이다. 때는 1986년 봄. 어느 날 밤 식당에서 저녁식사를 하고 나와서 내 차로 숙소였던 '노르웨이 개발원조의 집'으로 가는 길이었다. 평소처럼 나는 신중하게 뒤쪽을 살폈다. 사륜구동 자동차들은 무장 강도가 탄 차에 의해 도로에서 밀려나서 무력의 위협을 받으며 약탈당하는 일이 비일비재했다. 주도로에서 내가 지내던 빌라 지역으로 접어들면서 뒤를 살폈지만 수상한 차량은 없었다.

하지만 그건 착각이었다. 내 차를 추월한 차들 중에 내 목적지를 아는 차가 있었다. 내가 머물던 집을 이른 저녁부터 관찰한 것이 틀림없었다.

평소처럼 나는 대문 앞에서 차를 세우고 두 번 경적을 울렸다. 차를 들여보내 달라고 경비에게 보내는 신호였다.

그런데 경비원들이 잠이 들었거나 문을 열어주기까지 시간이 좀 걸리는 경우가 종종 있었다. 이번에는 오히려 경비원들이 신속하게 움직이지 않은 것이 다행이었다. 막 대문을 열기 시작했던 경비원들은 밖에서 일어나고 있는 일을 본 순간 그들이 할 수 있는 유일하게 옳은 일을 했다. 행동을 멈추고 꼼짝 않고 가만히 있었던 것이다. 그들이 조금이라도 움직이거나 소리를 냈다면 총격전은 불가피했을 것이다.

차 한 대가 내 차에 바짝 붙어 서서 길을 막았다. 열린 차창으로 갑자기 권총이 들어와 내 관자놀이를 겨눴다. 나는 이런 상황에서 해야 할 일을 했다. 급한 움직임 없이 천천히 두 손을 들었다.

그러나 실제로 머리에 총을 맞을 위험이 아주 크다는 것을 나는 분명히 알고 있었다. 그건 강도들의 공격에서는 규칙과도 같았다. 당시 잠비아에서는 총알이 들어 있건 아니면 총 자체가 모조품이건 간에, 총을 꺼내 보이는 것만으로도 사형선고를 받았다. 또한 잠비아 법원은 사형을 선고만 하는 것이 아니라 실제로 판결을 집행했다. 그래서 가정집이나 자동차를 습격하는 강도들은 피해자를 사살하는 경우가 많았다. 총을 쏘았는지 안 쏘았는지가 전혀 중요하지 않다고 생각했던 모양이다. 잡히면 어차피 죽을 것이었기 때문이다. 내 관자놀이에 겨누어진 총은 진짜였다. 느낄 수 있었다. 총을 든 강도는 나를 차에서 끌어내렸다. 나는 권총을 손에 든 그 흑인의 잔뜩 충혈된 눈을 보았고 그에게서 강한 대마 냄새를 맡을 수 있었다. 그것 역시 전혀 이상한 일이 아니었다. 스웨덴의 강도들이 은행을 습격하기 전에 마약을 하는 것과 별반 다를 게 없다. 그들도 은행을 습격하기 전엔 겁이 나는 것이다.

강도들이 시키는 대로 바닥에 엎드리면서 나는 죽게 되리라고 확신했으며, 참 의미 없는 방식의 죽음이 되겠다고 생각했다. 게다가 너무 이르기까지 한 죽음이었다. 당시 내 나이 채 마흔도 되지 않았다.

그러나 그때 내가 온몸이 마비되는 듯한, 또는 다른 식으로 격렬한 죽음의 공포를 느꼈었는지는 기억이 나지 않는다. 그 상황에서는 그저 운명에 대한 순응만이, 그리고 내 얼굴이 닿아 있던 축축한 아프리카 흙의 향기만이 있었을 뿐이다.

어쩌면 나는 그것이 내가 지각할 수 있는 마지막 것이라고 생각했을지도 모른다. 축축한 아프리카 흙의 향기. 그런데 갑자기 강도들의 차가 찢어지는 타이어 소리와 함께 출발하더니 곧 사라졌다.

나중에야 내 몸에 반응이 나타났다. 내 온몸이 사시나무처럼 떨리기 시작했고, 맥박이 격렬하게 뛰었다. 나는 며칠 동안 잠을 자지 못했다. 그러나 내 머리에 총을 겨누었던 그 남자에게 증오를 느꼈던 기억은 없다. 총알이 발사되지 않은 것에 대한 감사가 증오를 압도했다.

이 사건에는 에필로그가 하나 있다. 한 달쯤 지난 어느 날 경찰에서 소식이 왔다. 콩고 국경을 넘어 그곳에서 팔릴 뻔한 그 차를 잡았다는 소식이었다. 강도들 중 한 명은 그 과정에서 사살되었다고 했다. 경찰은 내게 그 강도가 맞는지 사진을 확인해달라고 요청했다.

그의 얼굴을 단 몇 초밖에 보지 않았음에도 나는 사진 속 남자가 그 강도임을 곧장 알아보았다. 나는 경찰에게서 그 남자가 겨우 열아홉 살이었고 이미 서너 사람을 죽인 범인일 가능성이 크다는 이야기를 들었다.

인생은 짧다. 하지만 죽음은 아주, 아주 오래 걸린다.

"영원은 얼마나 길어요?" 아이가 묻는다.

누가 이 질문에 대답할 수 있을까?

34
1호실

화학요법은 항상 잘그렌스카 대학병원 종양학과의 같은 방에서 받았다. 그 방은 좀 낡았지만 항상 아주 깨끗하게 청소된 상태였다. 방이 워낙 작고 좁다보니 방문객용 의자는 방 한구석에 끼어 있었다. 의자엔 하늘색 천을 씌웠지만 팔걸이 부분은 다 해져 있었다. 벽 위쪽 높은 곳에 단 하나뿐인 창이 나 있었다.

침대에 누워 있으면 높은 창을 통해 하늘 귀퉁이를 볼 수 있었다. 지금 같은 겨울철이면 대부분 잿빛 하늘이었지만.

화학요법은 간호사가 내 팔이나 손에 주사바늘을 꽂는 것으로 시작되었다. 내 정맥이 워낙 깊이 있던 터라 채혈하기도 쉽지 않았고, 주사바늘을 찔러 넣을 때마다 거부라도 하는지 정맥이 쉽게 찾아지지 않았다. 그래서 세포독을 내 몸속으로 집어넣을 관을 제대로 삽입하고 고정하는 데 30분까지도 걸리곤 했다. 가끔 간호사 한 명이 시도하다 포기하고 다른 간호사에게 행운을 빌며 바통을 넘기기도 했다. 주사바늘을 넣으면 정맥은 도망가거나 터져버렸다. 하지만 결국엔 관이 제자리를 찾아 고정될 수 있었다.

항암제는 비닐주머니에 담겨 들어왔다. 대부분의 경우 비닐주머니는 다섯 개였다. 그중 하나는 빨간색이었다. 나는 이유를 물어보았지만 곧바로 나 스스로 답을 생각해낼 수 있다는 걸 알아차렸다. 빨간 비닐주머니에 든 내용물은 빛에 민감했던 것이다. 그래서 투명한 주머니를 사용할 수 없었던 것이다.

나는 열 시 반 조금 전 1호실에 들어갔고, 약 다섯 시간 후 모든 게 끝이 났다. 비닐주머니 다섯 개에 들어 있던 내용물은 내 혈액과 결합해 몸속을 순환하게 되었다. 그 다섯 시간 동안 나는 대부분 방에 혼자 있었다. 약제가 제대로 들어가고 있는지 점검하는 사람도 없었다. 그저 가끔 누군가 문을 열고 내가 화장실에 다녀왔는지 물었다. 신장이 제대로 기능하고 있는지가 중요했기 때문이다.

신장 기능은 괜찮았다. 주사를 맞는 동안 나는 물과 차를 마셨다. 한 시간쯤 후 일어나서 항암제 주머니가 걸려 있는 거치대를 밀며 화장실에 다녀왔다. 신장 기능엔 문제가 없었다.

가끔 창밖에 새 한 마리가 날아다니는 것이 보였다. 어쩌면 새들에게도 자기들만의 병원이 있겠다는 생각을 했다. 그런데 스웨덴의 평범한 작은 새도 암에 걸릴까? 그건 아직도 모르겠다.

3차 화학요법을 받을 때 나는 1호실에서 예상치 못한 손님을 맞왔다. 나는 침대에 누워서 깜빡 졸고 있었다. 방금 전에 간호사 한 명이 들어와 빛에 민감한 내용물이 든 세 번째 주머니를 연결해주고 나갔었다. 그런데 다시 문이 열리는 소리가 들렸다.

간호사는 아니었다. 문 앞에는 채 스무 살이 안 돼 보이는 젊은 여자가 서 있었다. 처음 보는 여자였기에 나는 내가 모르는 보조간호사가 아닐까 생각했다. 그러나 그 여자의 옷차림은 병원에서 근무하는 사람의 옷차림이 아니었다.

나는 그 여자가 나처럼 환자라는 걸 깨달았다. 그녀는 문 앞에 서서 나를 바라보았다. 눈은 반짝였고 움직임은 느렸다. 마치 걸음을 옮길 때마다, 손을 움직일 때마다 힘겨운 노력이 필요한 것 같아 보였다. 그녀의 몸은 깡말랐고 얼굴은 아주 창백했으며, 눈 밑은 피로를 마스카라처럼 바르기라도 한 듯 짙게 그늘이 져 있었다.

그리고 나는 그녀가 검은 가발을 쓰고 있다는 사실을 알아차렸다. 진짜 머리카락이 아니었다.

항암 화학요법이나 방사선 치료에서 거의 항상 나타나는 부작용이 탈모이다. 나는 다행히 심한 탈모를 겪진 않았다. 머리카락이 좀 빠지기는 했지만, 뭉텅이로 빠져서 아침에 일어나면 베개에 수북이 쌓여 있거나 하지는 않았다. 나는 내 병을 아는 사람들이 내 머리를 꼭 쳐다본다는 것을 느꼈다. 탈모 증상과 암은 떼려야 뗄 수 없는 관계였다.

그래서 나조차도 병원에 있을 때면 몰래 다른 환자들의 머리를 살피곤 했다. 가발을 쓴 사람들이 있는가 하면 머리카락이 다 빠진 머리를 아무렇지 않게 생각하는 사람도 있었다. 나는 암 때문에 나타나는 탈모 증상이 여자들에겐 좀 더 견디기 어려운 문제일 거라고 생각했었다. 하지만 그건 선입견이었다. 탈모를 가발로 감춘 사람은 여자보다 남자가 많았다. 그 여자는 문 앞에 선 채 마치 갑자기 잠에서, 그리고 꿈에서 깨어난 사람처럼 나를 바라봤다.

그 여자는 스웨덴 사람처럼 보이지 않았다. 그게 어떤 건지는 모르겠지만 말이다. 그녀의 얼굴은 셈족의 특징을 보였다. 물론 스웨덴에서 태어났을 수도 있다. 우리나라는 이민을 기반으로 한 나라니까. 우리는 모두 어디에선가 이주해 온 사람들이다. 나만 해도 최소한 프랑스와 독일계 조상을 가지고 있으니까.

나는 그 여자에게 고개를 끄덕이곤 미소 띤 얼굴로 누구를 찾고 있냐고 물었다. 그녀는 내 말을 못 알아듣는 것 같았고, 약간 비틀거리더니 팔걸이가 다 해진 방문객용 의자에 앉았다. 아니 앉았다기보다는 의자 위로 쓰러졌다. 그러더니 몸을 뒤로 기대고 눈을 감았다.

나는 갑자기 그녀의 병이 아주 위중하다는 걸 깨달았다. 아직 너무나도 젊은데 땅은 벌써 그녀를 부르고 있었다. 그녀는 그냥 피곤한 게 아니라 완전히 기진맥진한 상태였다. 의자에 앉아 있는 모습은 거의 살아 있는 사람 같지 않았다. 이미 반쯤 죽은 사람이었다.

문이 다시 열렸다. 50세쯤 돼 보이는 여자가 들어왔다. 그녀는 의자에 앉은 여자의 팔을 조심스럽게 잡기에 앞서 잠깐 내게 눈길을 던졌다. 그녀는 아랍어로 말했다. 무슨 말인지 이해할 수는 없었지만, 그녀가 젊은 여자의 어머니라는 건 확실히 알 수 있었다.

젊은 여자의 아버지도 왔다. 주름 많은 얼굴에 키가 작고 부끄럼을 타는 남자였다. 그 남자 역시 주사바늘을 꽂고 침대에 누워 있는 나는 거의 신경 쓰지 않았다. 중요한 건 오로지 자신들의 딸이었다. 그들은 한없이 조심스럽게 딸을 의자에서 일으키더니 부축하여 방에서 나갔다.

그들에게 나는 존재하지 않는 사람이었다. 그들의 사고와 행동의 중심에는 자신들의 아픈 딸만 있었다.

문이 닫혔다. 마치 육중한 교회의 문이 잠기는 것 같은 소리가 울렸다. 나는 죽음이 나를 방문했었다고 생각했으며, 젊은 여자와 그 부모와의 만남이 내게 두려움을 안겨주었음을 자인했다. 그 여자는 왜 1호실 문을 열었을까? 그 여자가 내게 준 메시지는 무엇일까? 죽음이 사방으로 파발꾼을 보낸 걸까?

다음 약주머니를 연결하러 간호사가 들어왔을 때 나는 예상치 못한 방문객에 대해 말하지 않을 수 없었다. 그 젊은 여자가 많이 아픈 것 같은 인상을 받았다고 말했다.

간호사는 주머니를 갈아 끼우고 약제가 제대로 떨어지는지 확인하면서 고개를 끄덕였다. 그러곤 그 여자의 병이 위중하다고 재차 말로 확인해주었다. 간호사의 말투에서 나는 그 여자의 삶이 얼마 남지 않았다는 걸 알 수 있었다.

나는 그녀가 어떤 암에 걸렸는지 묻지 않았다. 다른 환자들에 대해서는 묻지 않는 것이 예의다. 모든 환자는 생명의 불가침성을 누릴 권리가 있다.

하지만 나는 그녀의 병과 직접적인 관계가 없는 질문까지 참지는 못하고 간호사에게 물었다.

"그 환자는 왜 1호실에 온 겁니까?"

대답을 안 할 것이라는 예상을 깨고 간호사가 대답해주었다.

"그 환자가 원래 있었던 입원실 수도관에 누수가 생겨서 이 방에 잠깐 있었어요. 간호병동에 빈 방이 없었거든요. 그래서 원래 입원실로 돌아가기 전까지 일주일 동안 이 방에 있었죠."

그런 다음 간호사는 사실은 내가 알면 안 된다는 듯 속삭이듯이 말했다.

"병 때문에 정신적으로도 약간 문제가 생긴 것 같아요. 가끔 그냥 그렇게 사라져요. 그러면 그 부모가 찾으러 다니죠. 그런데 그 환자는 항상 이 방으로 와요. 그 환자가 유일한 자식이래요. 다른 자식들은 전쟁에서 다 죽었대요. 그 환자랑 부모는 전쟁을 피해 도망 온 거고요."

내가 들은 얘기는 이게 전부다. 그 젊은 여자가 뇌종양에 걸린 것인지, 아니면 그녀의 정신적 혼란에 다른 원인이 있는 것인지는 나도 모른다. 그건 중요하지 않다. 내 방에 왔을 때 그녀는 어디로 가는지도 모르면서 어디인가로 가고 있었다.

내가 침대에 누워 있었음에도 이 방은 그녀에게 완전히 빈 방이었다.

나는 그녀도 그녀의 부모도 다시 보지 못했다. 그녀의 이름이 무엇인지도 모른다. 그녀가 아직 살아 있는지도 나는 모른다.

하지만 항암 화학요법을 받으러, 아니면 제대로 균형을 잡고 서 있을 수 없을 정도로 혈액수치가 나빠져서 수혈을 받으러 1호실에 올 때마다 나는 팔걸이가 해진 방문객용 의자에 그녀가 앉아 있는 것 같은 생각이 든다.

죽음이 보낸 파수꾼인 그 여자에게는 뭔가 용무가 있었던 것 같다. 하지만 그녀가 전달하려고 했던 메시지가 무엇이었는지 나는 여전히 모른다.

35

살라망카로 가는 길 1

때는 1985년, 나는 서른일곱 살이었다. 이틀 전 새벽 네 시에 포르투갈 남부의 알가르베에서 차로 출발했다. 스웨덴으로 돌아가는 길이었다. 첫날밤은 리스본 북부의 한 주유소에 있는 자동차 정비소 위층 방에서 묵었다. 돈을 받고 빌려주는 방이었는데 안에서는 경유와 엔진오일 냄새가 났다. 내가 몰던 차는 경차라서 누가 훔쳐갈까봐 걱정하거나 밤새 차고에 넣어둘 필요가 없었다. 차 안에 아무것도 없었기 때문에 누가 창문을 깨거나 차문을 부수고 뭔가를 훔쳐갈 걱정도 없었다. 내 물건은 모두 가방에 들어 있었고, 그 가방은 내가 방으로 가지고 들어갔다.

다음 날 나는 계속 북쪽 방향으로 차를 몰았다. 때는 8월이었고 아주 더웠다. 유럽에서는 학교들의 방학이 막 시작됐던 터라, 그리고 대도시 사람들이 리비에라와 스페인의 코스타 델 솔과 알가르베 등 유럽 남부 해안으로 휴가를 떠나기 시작했던 터라 도로는 꽤 혼잡했다. 나는 거의 완성단계에 이른 신작 원고를 가지고 집으로 돌아가는 길이었다. 알부페이라에 있는 한 카페의 직원이 살던 집을 빌렸었는데, 그 집에서 바다를 바라보며 글을 쓸 수 있었다.

작업하기 좋은 기간이었다. 한 달 동안 근처에서 서커스단 공연이 있었다. 나는 서커스 공연 음악과 사람들의 박수 소리에 익숙해졌다. 나는 마지막 공연을 관람했다. 그 다음 날 서커스단과 나는 짐을 꾸려 그곳을 떠났다.

자동차 라디오의 뉴스 채널에서는 계속 이런저런 뉴스가 흘러나왔다. 큰 사건은 없는 것처럼 들렸으나, 동시에 모든 것이 다 비중 있는 사건처럼 들리기도 했다. 자주 그랬듯이 뉴스라고 나오는 소식들은 거의 이해할 수 없는 것들이었다.

나는 포르투 남부에서 동쪽으로 빠져 산간도로를 통해 스페인으로 들어가기로 계획했었다. 잠을 어디에서 잘지는 나중에 생각하기로 했다. 어쨌든 좀 멀리까지 갈 생각이었다.

그 당시 나는 극단을 이끌고 있었고 내가 어떻게 인생의 결정들을 내렸었는지 많은 생각을 하는 중이었다. 자동차 백미러에 검게 그을린 내 얼굴이 보였다. 하지만 내 머릿속은 하얬다. 창백했다고 하는 게 더 맞겠다. 여름 내내 나는 마음속을 괴롭히는 불안을 안고 다녔다. 극단이라는 조직이 원래 그렇고 또 그래야 하는 거지만, 그렇게 조종하기 어려운 조직의 리더 역할을 도대체 내가 어떻게 잘

해낼 수 있을까 하는 불안이었다.

　나는 포르투갈과 스페인 사이의 국경을 이루는 구불구불한 산간
도로를 달렸다. 오후에는 스페인 서부의 광활한 평야지대에 도달했
다. 메마른 들판에 일직선으로 끝없이 뻗어 있는 도로를 달렸다. 한
번은 거의 느끼기 힘들 만큼 아주 살짝이라도 운전대를 돌려야 하
는 지점이 나오기까지 30킬로미터 이상 운전대를 고정한 채 일직선
으로 달렸다. 그런 다음에도 직선주행은 계속 되었다.

　어디에선가 차를 멈추고 메마른 나무 그늘에 앉았다. 가져왔던
음식으로 요기를 하고 다시 차에 오르기 전에 손을 흔들어 파리를
쫓으며 잠깐 휴식을 취했다.

　살라망카에 도착했을 때는 이미 어두워진 다음이었다. 리스본 외
곽의 주유소에서 출발했으니 아주 먼 길을 온 것이었다. 그래서 살
라망카에서 숙박을 하기로 결정했다. 너무 비싸 보이지 않는 호텔
을 찾기까지 되는대로 이리저리 차를 몰고 시내를 돌았다. 호텔 가
까운 곳에 주차장도 있었다.

　방은 길고 좁은 형태로 아마도 어떤 부잣집의 복도였다가 나중에
호텔로 바뀐 듯했다. 그러나 침대는 편했다. 샤워를 하고 옷을 갈아
입고 침대에 누웠다. 어디에선가 비교적 차분하게 다투는 두 사람
의 목소리가 들려왔다. 드문드문 들려오는 단어들로 미루어보아 모
든 사람들의 싸움거리인 돈 때문에 다투는 것 같았다.

　나는 잠깐 잠이 들었고 내가 하루 동안 지나쳐온 긴 여행길에 대
한 꿈을 꾸었다. 그런데 꿈이 좀 이상했다. 정확히 내가 몇 시간 전

에 한 그 여행이 아니었다. 같은 자동차에 같은 풍경, 심지어 자동차 라디오에서 흘러나오는 뉴스들도 내가 들었던 뉴스들이었다. 하지만 나는 차 안에 혼자 있지 않았다. 누군가 내 옆자리에 앉아 있었다. 뒷자리에도 누가 있는 것 같았다. 그러나 그게 누구인지 확인하기 위해 돌아보지는 않았다.

나는 차를 운전하고 있었다. 그런데 조수석에 앉아 있는 사람도 나였다. 십대의 나. 둘 중 누구도 입을 열지 않았다. 나는 가끔씩 젊은 나에게 눈길을 던졌다. 물론 나는 그를 알아봤다. 사람들은 자신이 투영된 모습을 기억하는 법이니까.

잠에서 깬 나는 침대에 누운 채 꿈이 내게 말하려던 것이 무엇일지 이해하려고 애썼다. 내 생각에 사람들이 꾸는 꿈은 설사 다른 사람들이 나왔다 해도 모두 자기 자신에 대한 것이다. 내 꿈이 내게 말하고자 했던 것은 젊은이로서의 나도 나에게 중요했다는 것이었다. 나는 점점 자동차 뒷자리에 앉아 있던 사람도 역시 나였다고 확신하게 되었다. 혹시 늙은 나였을 수도 있어서 감히 뒤돌아보지 못했던 건 아닐까? 잘 모르겠다.

밤 아홉 시가 조금 안 된 시간이었다. 저녁을 먹어야 할 때였다. 나는 침대에서 일어나서 방을 나서면서 호텔 접수대에 있던 안짱다리 노인에게 근처에 식당이 있는지 물어봐야 할지 생각했다. 하지만 마침 접수대의 전화벨이 울리기에 그냥 아무것도 묻지 않고 거리로 나갔다. 따뜻한 저녁이었다. 남유럽과 아프리카에서만 경험할 수 있듯 어둠은 비단결같이 부드러웠다. 나는 무작정 거리를 걸었다. 저녁의 소리는 어디에서나 같았다. 웃거나 그냥 시끄럽게 떠드는 젊은이들, 자동차들, 개 짖는 소리, 바에서 흘러나오는 시끄러운 음악소리. 그리고 바닥에 깔려 있는 그런 소리들을 갑자기 뚫고 나오는 교회 종소리.

살라망카의 그 저녁에는 시간을 초월한 뭔가가 있었다. 내가 누구인지, 내가 어디에 있는지 아는 사람이 아무도 없는 곳에 있을 때면 느껴지는 가벼움을 나는 그때도 느꼈다.

스베그에서 살라망카로, 내가 이런 생각을 했었던 것이 기억난다. 눈으로 뒤덮인 우울한 노를란드에서 오래된 스페인 도시 살라망카로의 긴 여행. 이 여행이 실현되기까지 오랜 시간이 걸렸다. 내가 따뜻한 8월의 어느 저녁에 이곳을 산책하며 식당을 찾아다니고 있으리라고는 아무도 예측하지 못했을 것이다.

여러 식당 앞에서 잠시 걸음을 멈추었지만 결국엔 모두 지나쳤다. 그러다가 결국 한 식당에 들어갔다. 옆 테이블 사람들은 단골인 것 같았고 식당 안에 손님이 많았다. 관광객을 대상으로 한 식당은 아닌 것 같았다. 나는 구석에 있는 작은 테이블로 안내를 받았다. 내가 앉은 의자뿐 아니라 앞의 테이블도 흔들거렸다. 하지만 그냥 그대로 두었다. 검은색과 흰색 옷을 입은 웨이터가 다가와 송아지고기 슈니첼을 권했다. 그날 저녁 메뉴 중 최고라고 설명했다. 내가 스페인어를 못하지만 그래도 자기 말을 어느 정도 알아듣는다는 걸 눈치챈 웨이터는 일부러 천천히 또박또박 말을 했다. 웨이터는 그 지역의 와인도 추천했고, 나는 그의 제안을 모두 받아들였다.

웨이터는 60세쯤 돼 보였다. 그러니까 이 글을 쓰고 있는 지금의 내 나이 정도였다. 머리카락은 숱이 많지 않았고, 회색 콧수염이 있었으며, 코는 눈에 띌 만큼 크고 뾰족했다. 그는 해야 할 모든 일을 쫓기는 기색 없이 능숙하게 처리하면서 많은 테이블과 손님들 사이로 바삐 움직였다.

나는 슈니첼을 먹으면서 내 입엔 약간 신맛이 강했던 추천 와인을 마시고, 끝으로 커피를 마셨다. 시간이 흐르면서 손님들이 하나둘 떠나갔고 빈 테이블이 늘어갔다. 긴 시간 동안의 운전과 끝없이 이어지는 직선도로에 주의하느라 머릿속이 피로했다. 그래서인지 식사를 하면서 아무런 생각도 하지 않았던 것 같다.

갑자기 한 테이블에서 싸움이 일어났다. 나이든 남자 한 명과 젊은 여자 한 명이 큰 소리로 그 웨이터에게 항의하고 있었다. 웨이터가 방금 가져다준 후식에 무슨 문제가 있는 모양이었다. 남자 손님은 격분하여 웨이터를 밀치면서 후식을 먹을 수가 없다고, 어떻게 이런 걸 터무니없이 후식이라고 내올 수 있느냐고 말하는 것 같았다. 웨이터는 아무 말 없이 서서 듣고만 있었다. 그는 부끄러워하는 남학생처럼 고개를 숙인 것이 아니라 시선을 그 테이블의 남녀에게 그대로 고정한 채 서 있었다. 남자 손님이 더이상 이을 말을 찾지 못하는 것 같자 이제는 여자가 시작했다. 여자의 목소리는 날카로웠고, 내게 들려왔던 말들을 종합해보건대 기본적으로 그저 앞서 남자가 했던 이야기들을 반복하고 있었다.

웨이터는 손님의 불평을 듣는 내내 한 손에 쟁반을 들고 있었다.

쟁반 위에는 손님들이 나간 테이블에서 정리한 유리잔과 커피 잔들이 놓여 있었다.

그러다가 모든 게 순식간에 일어났다. 날카로운 목소리의 그 여자 손님이 화내기를 채 끝내기도 전에, 웨이터가 갑자기 쟁반을 머리 위로 들어 올리더니 그대로 바닥에 내리꽂았다. 쟁반 위에 있던 유리잔과 커피 잔 들이 박살났다. 웨이터는 차분하게 두르고 있던 흰 앞치마를 풀러 그대로 바닥에 떨어뜨리고 그 자리를 떠났다. 그는 셔츠바람으로 뒤도 돌아보지 않고 식당을 나갔고, 금세 사라졌다.

식당은 침묵으로 가득 찼다. 요리사가 주방에서 나와 있었고, 계산대에 앉아 있던 남자는 자리에 얼어붙은 듯 꼼짝 않고 있었다. 그러다 계산대에 있던 남자의 부름을 받고 고무장갑을 낀 채 주방에서 나온 흑인이 바닥에 흩어진 유리 파편을 치우기 시작했다. 계산대의 남자가 자리에서 일어나서 식당에 아직 남아 있던 몇 명 안 되는 손님들에게 방금 있었던 일을 사과했다. 남은 손님들은 모두 서둘러 남은 음식을 먹고 계산을 했다. 마지막에는 나만 혼자 남았다. 흑인 종업원은 마지막 남은 유리조각들을 빗자루로 쓸어 담았다. 나는 계산대로 가서 식대를 치렀다. 계산대의 남자는 체념한 듯한 손짓을 했지만, 아무런 말도 하지 않았다.

나는 카스티야의 밤공기 속으로 나왔다. 호텔로 돌아가는 길에 내가 그때껏 본 가장 큰 광장들에 속하는 마요르 광장을 가로질렀다. 여전히 많은 청년들이 길을 오가고 있었다. 살라망카 인구의 5분의 1이 대학생이니 놀랄 일도 아니었다.

호텔이 있는 샛길로 막 들어섰을 때, 식당에서 쟁반과 앞치마를 내던지고 나온 그 웨이터가 눈에 들어왔다. 그는 불이 환하게 켜진 한 여행사 쇼윈도 앞에 서 있었다. 담배를 피우면서 깊은 생각에 빠져 있는 것처럼 보였다. 나는 잠시 멈춰 서서 그를 바라보았다. 쇼윈도에는 세계 곳곳으로 가는 여행 광고판들이 걸려 있었다. 그가 광고편들을 보고 있었는지 아니면 그저 생각에 빠져 있었는지는 물론 알 수 없다.

그는 담배를 다 태우고 꽁초를 뒤꿈치로 밟아 끈 다음 자리를 떴고, 두 가로등 사이의 그림자 속으로 사라졌다. 나는 그를 다시는 보지 못했다.

그날 밤 나는 오랫동안 잠들지 못하고 깨어 있었다. 결심을 해야 한다는 욕구를 강하게 느꼈다. 더이상은 못 참겠다 싶었을 때 갑작스런 각성과 함께 자리를 박차고 식당에서 나간 그 웨이터의 결단이 나 자신을 새로운 도전에 직면하게 만든 것 같았다. 나는 한창나이였고 따라서 사람들이 흔히 말하는, 삶에서 위험뿐 아니라 가능성도 가장 큰 바로 그 단계에 있었다.

내 삶을 어떻게 만들어갈지 새롭게 결정해야 한다는 것을 나는 그 어느 때보다도 분명히 느꼈다. 과거와 미래라는 두 가지 영원, 두 가지 큰 어둠에 둘러싸여 있는 짧은 인생. 내게 남겨진 시간은 더이상 10년 전과 같지 않았다.

켈트의 영향을 받은 고대도시 살라망카에서 아침 해가 밝아올 때까지 잠에 들지 못하고 뜬눈으로 지새웠던 바로 그날 밤, 나는 내가 들고 있던 상징적인 쟁반을 바닥에 내동댕이치고 두르고 있던 앞치마를 벗어던진 채 따뜻한 밤공기가 가득한 밖으로 뛰쳐나갔다.

정말로 중요한 모든 이야기들은 각성을 다루고 있다는 생각이 들었다. 개인의 각성이든 아니면 전체 사회의 각성이든, 혁명에 의한 각성이든 아니면 자연재해에 의한 각성이든 간에. 글을 쓴다는 일은 내가 가진 손전등으로 어두운 구석들을 비추고 전력을 다해 다른 이들이 숨기려는 것을 밝히는 일이어야 한다고 나는 생각했다.

작가들에게는 항상 서로 다투는 두 유형이 있다. 한 유형은 삽질을 해서 자꾸 뭔가를 메우고 감추는 반면, 다른 유형은 감춰진 것을 밝히기 위해 자꾸 파헤친다.

여명이 터오기 시작할 때 몇 시간 잠을 잤다. 잠에서 깼을 땐 목구멍이 아팠고 열이 났다. 마드리드까지 2백 킬로미터, 거기서 또 북부 해안까지 그리고 계속해서 프랑스까지 차를 몰고 가야 한다는 생각을 하니 끔찍했다. 그래서 그리 비싸지 않은 그 호텔에서 하룻밤 더 묵기로 결정했다.

저녁에는 다시 전날 저녁의 그 식당에 갔다. 하지만 들어가지는 않았다. 창을 통해서 다른 웨이터가 일하고 있는 모습이 보였다.

그리고 다음 날 나는 다시 차에 올라 길을 떠났다. 스베그에서 살라망카까지는 아주 먼 길이었다. 그러나 살라망카에서 시작된, 그 끝이 어디인지 알 수 없는 여행도 하나 있었다.

쟁반이 바닥에 던져진다. 사기와 유리가 박살난다.

각성이 일어난다. 질문이 던져진다.

36

말에서 내린 남자

병이 나를 원래보다 더 부주의한 사람으로 만들었다. 안경과 종이와 전화, 알약이 든 상자와 책과 반쯤 먹다 놓아둔 사과를 찾느라 날마다 얼마나 많은 시간을 보내는지 모른다.

하지만 추호도 잊어버리거나 방심하지 않고 몇 년째 찾고 있는 나무도 있다.

그 나무는 케임브리지와 런던 사이 오래된 국도변 어딘가에 있다고 한다. 심지어 바로 그 자리에 옛날 한 젊은 사내가 자기 인생에서 중요한 결심을 하기 위해 말에서 내려 나무그늘에 앉았다는 내용을 담은 기념비도 있다고 한다.

나는 그 나무를 찾지 못했다. 주된 이유는 진지하게 그 나무를 찾으려고 제대로 시간을 낸 적이 없기 때문이다. 나는 그 사실을 후회

한다. 하지만 그 나무가 역사에서 거의 잊힌 한 사람을 위한 추모로서 여전히 그 자리에 서 있다는 것은 확실하다.

그의 이름은 토머스 클라크슨이다. 토머스의 아버지는 아들이 여섯 살 때 죽었다. 그때부터 토머스는 가난 속에 살아야 했지만 지원을 받아 케임브리지 대학에서 신학을 전공할 수 있었다. 그에게 뛰어난 재능과 깊은 신앙심이 있다는 것은 아무도 의심하지 않았다. 모두들 그가 영국 국교회 성직자의 길을 갈 것이라고 예상했다.

토머스가 받았던 최소한의 장학금으로는 정말로 꼭 필요한 것만 해결할 수 있었다. 그래서 그는 생계를 유지하기 위해 항상 새로운 돈벌이를 찾아야만 했다.

어느 날 토머스는 노예제도를 주제로 한 수필 공모전이 있다는 소식을 접했다. 그때가 1785년이었다. 머지않아 프랑스 혁명이 노예제는 비인간적인 제도라고 선언하게 될 터였다. 영국 곳곳에서, 특히 퀘이커 교도들은 인간이 다른 인간을 소유하고 가혹한 노동조건 하에서 끝까지 착취하는 노예제도에 반대하는 목소리를 더욱 높였다.

토머스 클라크슨은 수필 공모전에 참가하기로 결심했다. 그를 우선적으로 끌어당긴 것은 공모전의 주제가 아니라 대학공부를 계속하는 데 도움이 될 돈을 벌 가능성이었다. 클라크슨은 리버풀을 방문해서 노예선 선장들과 노예선을 운영하는 선주들을 인터뷰했다. 또 노예선을 탈출해 슬럼가에서 극히 어려운 상황 속에 목숨을 부지하고 있던 노예들을 몰래 만났다.

그와 이야기기를 나누는 데 모두가 똑같이 관심을 보인 것은 아니다. 노예무역은 매년 높은 수익을 거두었다. 노예무역으로 돈을 번 사람들은 그 큰 돈벌이를 모험에 처하게 만들 생각이 당연히 없었다. 한번은 낯선 사람들이 클라크슨을 방파제에서 바다에 던져 넣으려 했다.

그러나 클라크슨은 더이상 진실 앞에 눈을 감고 있을 수가 없었다. 유혹이 되기에 충분했던 상금에 대한 생각은 점점 뒤로 물러났다. 대신 그는 아프리카 노예들이 카리브 해 섬의 사탕수수 농장이나 미국 남부의 목화밭에서 얼마나 가혹한 삶을 살고 있는지 인식하게 되었다.

클라크슨은 저녁이면 작은 석유램프의 불빛에 의지해서 글을 썼다. 그림자 속에서 그가 들었던 목소리들이 들려오고 그가 보았던 얼굴들이 떠올랐다. 오만한 선주들은 아프리카인을 순전히 사고파는 상품으로만 바라보았다. 그들은 아프리카 흑인을 살아 있는 생명체로 보긴 했으나 염소나 이국적인 다른 동물과 다를 바 없이 취급했다. 클라크슨은 노예선 선장들이 한 이야기들도 떠올렸다. 노예선에서는 검둥이 화물들이 혼란을 일으키거나 질서를 망가뜨리지 않도록, 반란을 일으키거나 바다로 뛰어들어 집단 자살을 하지 않도록 무자비하고 가혹한 규율이 필요하다고 했다.

그러나 클라크슨은 다른 누구보다도, 탈출에 성공했지만 이제는 잡혀서 그들의 '주인'에게 다시 보내질 두려움 속에 살고 있는 노예들을 생각했다. 그리고 그들이 경매로 팔려나가게 될 목적지로 가는 새로운 배에 오르기 전에 얼마나 심하게 채찍질을 당했는지 생각했다.

클라크슨은 완성한 수필을 심사위원회에 제출했다. 얼마 후 그의 수필이 당선되었다는 소식과 함께 그가 쓴 수필이 소개될 행사에 초청을 받았다. 클라크슨은 그 행사에 가야 할지 고민이 되었다. 어쩌면 행사에 참여해 소감을 말하면서 인간에게 부당한 고통을 가하는 노예무역이 영국에 던지고 있는 어두운 그늘에 대해 언급해야 하는 건 아닐지 고민했다.

클라크슨은 상과 거기에 딸린 부상도 받았다. 그러나 그가 생각했던 것에 대해서는 하나도 말하지 못했다.

목사로서 토머스 클라크슨의 첫 번째 부임지는 런던이었다. 어느 봄날 그는 런던에 가기 위해 말에 올랐다. 날씨가 좋았다. 하지만 런던에 가까워질수록 그의 마음속 불안은 커져만 갔다.

정오쯤 그는 가던 길을 멈추고 말에서 내렸다. 허트퍼드셔 Hertfordshire의 웨이즈밀Wadesmill 근처였다. 그는 거기서 나무 그늘에 앉았다. 내가 2백 년 후 찾아다니게 될, 그러나 찾지 못한 바로 그 나무다. 말은 풀을 뜯었다. 평화로운 날이었다. 하지만 클라크슨의 마음속에서는 폭풍이 일고 있었다. 그는 결심을 해야 한다는 걸 깨달았다.

이후로 클라크슨은 그날 자기 인생의 중요한 결심을 하기까지 그 나무 그늘에 얼마나 오래 앉아 있었는지 글로든 말로든 이야기한 적이 없다. 케임브리지와 런던 사이의 거리는 대략 40킬로미터이다. 따라서 오랜 시간 나무 밑에 앉아 있지는 못했을 것이다.

결국 나무 그늘에서 일어나 다시 말을 타고 갈 길을 재촉했을 때 그는 결정을 내린 상태였다. 사실 결정은 이미 훨씬 오래전에 내렸다. 그러나 그 순간 토머스 클라크슨은 자기 자신에게, 그리고 그가 평생 믿은 하나님 앞에 그의 결심을 드러냈다.

그는 목사가 되고 싶지 않았다. 모든 힘을 다해 노예제 폐지와 모든 노예들의 해방을 위해 싸우는 일에 그의 인생을 쏟고 싶었다. 그가 수필 공모전에 참가하게 된 것은 우연이었지만 그러면서 그의 인생은 완전히 달라졌다.

토머스 클라크슨은 자신에게 한 약속을 한 번도 어기지 않았다. 그리고 대영제국에서 노예무역과 소유가 불법이라고 선언한 노예제 철폐령 발표를 직접 겪을 만큼 오래 살았다.

클라크슨의 생은 절대로 쉽지 않았다. 그는 자주 위험에 처했다. 리버풀의 노예 무역상 활동지역을 처음 방문했을 때 이미 맞닥뜨렸던 그 막강한 적들은 클라크슨에게 대항하는 싸움을 절대로 멈추지 않았다. 그는 여러 번 습격과 살인 미수를 당했다. 하지만 토머스 클라크슨은 나무 밑에서의 그 결심이 있은 뒤로 61년을 더 살았고 결국 자연사했다. 그는 자신의 생이 그가 했던 모든 노력을 기울일 가치가 있다는 걸 알았다.

오늘날 토머스 클라크슨은 거의 잊힌 존재이다. 내가 찾지 못한 그 기념비를 제외하면 그를 제대로 기억할 만한 장소가 없다. 흉상 몇 개, 여기저기 남아 있는 그림들, 그리고 물론 노예무역을 결국 철폐시킨 사람들에 대한 책에 적힌 기억 정도가 전부다.

토머스 클라크슨은 인류를 대표하는 영웅들에 속한다. 그 영웅들은 각자 상이한 분야에서 활동했고, 그중에는 성인 남녀뿐만 아니라 어린이와 청소년도 놀라울 정도로 많다. 그들은 큰 위험을 감수한 사람들이고, 그들 모두도 종종 느낄 수밖에 없었을 두려움을 극복한 사람들이다.

그런데 내가 쓴 이야기가 완전히 정확한 것은 아니다. 노예무역은 여전히 지구상에 존재한다. 토머스 클라크슨 그리고 그와 뜻을 같이한 사람들이 몇 가지 법적제도에 의해 허락되었던 노예무역의 뿌리를 끊었지만, 인신매매를 통해 돈을 벌려는 잔인한 유혹은 지금도 사라지지 않았다. 오늘날에도 노예무역은 세상에 넓게 퍼져 있다. 이제는 카리브 해 섬들에 있는 농장에서 사탕수수를 수확하거나 미국 남부의 태양이 작열하는 광활한 농장에서 목화솜을 채취해야 하는 건 아니지만. 현재 노예무역의 원동력은 돈이다. 매춘, 극한 조건의 아동 노동, 토마토나 베리나 견과류를 따는─경우에 따라선 노예노동을 떠올리게 하는─계절노동을 통해 버는 돈이 바로 현대판 노예무역을 가능하게 한다. 그런 노동을 하는 사람들은 아무런 권리가 없고 종종 임금을 사취당하며 가족들과도 떨어져 산다.

오늘날 세계에서 벌어지고 있는 매춘은 어쩌면 인류사의 그 어느 때보다도 심한 범위에 이르렀다. 매춘부로 착취당하는 여자들은 종종 미성년의 아주 어린 나이이거나 폭력으로 매춘을 강요당한다.

이제 다른 사람들이 앞에 나서고 있다. 폭력과 억압에 대항하여 싸우는 것은 우리가 가진 권리일 뿐 아니라, 부당한 행위를 어떤 경우에도 받아들이지 않기 위한 가능성이기도 하다.

오늘날도 우리에게는 나무 그늘에 앉아 중요한 결정을 내리기 위해 타고 있던 말에서 내리는 사람들이 필요하다.

그런 사람들은 어딘가에 항상 존재한다. 어떤 상황에도 불구하고.

37

아이가 노는 동안

나는 신을 믿지 않는다. 한 번도 신앙을 가졌던 적이 없다. 어렸을 때 잠자리에 들기 전에 저녁기도를 해본 적은 있지만 그럴 때마다 항상 거짓처럼 느껴졌다.

암에 걸린 지금, 믿음을 통해 위로받는 사람들을 보면 놀랍다. 그들을 존중하지만 그들이 부럽지는 않다.

그런데 막연하지만 어떤 경우에도 버리지 않는 어떤 종교적 신념처럼 한 가지 확신하는 것은 있다. 수천 년 후 길고 힘든 빙하기가 끝난 다음 지구에 살게 될 사람들에게 그래도 기본적인 생의 기쁨 하나는 있으리라는 것이다.

기본적인 생의 기쁨 없이 인간은 생존할 수 없다. 그것이 없다면 인류의 영혼은 절단되고 말 것이다.

우리가 아무리 많은 생존전략을 개발했다 하더라도, 기본적으로 우리를 성공하게 만드는 힘의 원천은 삶에 대한 애착과 생의 기쁨이다. 이런 생의 기쁨을 항상 생생한 호기심과 지식욕에 결합시키면 우리는 인간을 완전히 유일무이한 존재로 만들어주는 능력을 갖게 된다.

짐승은 자살을 하지 않는다. 인산은 심각한 육체적 혹은 정신적 고통으로 생의 기쁨이 사라지면 그런 선택을 하기도 한다. 스스로 목숨을 끊은 최초의 인간이 누구였느냐는 질문은 답을 할 수가 없으니 하나마나한 질문이다. 그러나 여러 문명이 생성되고 발전하고 몰락하는 동안 자살이 마치 그림자처럼 인간과 동행했음을 보여주는 여러 기록들이 있다. 클레오파트라가 일부러 뱀에게 물려 죽으려고 뱀을 사용했는지는 알 수 없지만 그녀가 자살을 했다는 건 확실하다. 역사를 보면 수많은 사람들이 스스로 목을 매 죽거나 물에 빠져 죽거나 자신에게 총을 쏘거나 음독자살을 했다. 한 인간이 왜 삶을 도저히 견딜 수 없다고 느꼈는지 이해할 수 있는 경우도 많지만, 갑자기 자살로 생을 마감한 사람을 보고 우리가 얼마나 그 사람에 대해 몰랐는지 어리둥절해 하거나 놀라는 경우도 많다.

알베르 카뮈는 한 유명한 단문에서 다음과 같이 말했다. "참으로 중대한 철학적 문제는 단 하나, 자살뿐이다. 인생이 살 만한 가치가 있는지 없는지를 결정하는 것, 이것이 철학의 본질적 질문에 대한 답이다."

이 질문에 대한 답이 바로 생의 기쁨이다.

생의 기쁨과 삶에 대한 애착이 원래 어떤 것들로 구성되는지 우리는 이제 30년 또는 40년 전보다 훨씬 더 잘 알고 있다. 근본적으로는 화학 작용이다. 우리가 원하든 원하지 않든 간에, 우리의 정신적 경험들도 측정 가능한 여러 가지 생리학 작용들이다.

앞에서 언급한, 뇌과학자가 되기로 결심한 젊은이는 앞으로 그 작용들을 이해하고 밝혀내려 노력할 것이다. 그것은 쉽지 않은 탐험이고 그 결과는 설명하기 어렵다. 그러나 우리를 인간으로 만드는 우리 내면의 여러 작용들에 관한 지식은 매일같이 늘어나고 있다.

열렬히 사랑에 빠지는 것조차도 결국엔 화학작용에 의한 것임을 믿고 싶어 하지 않는 사람들이 많다. 사랑과 정욕은 뭔가 달라야 한다고 우리는 생각한다. 사랑에 빠진 단계에서 마법의 원천으로서 표면에 드러나는 그 화학 작용은 선물을 건네는 것에서부터 시작해서 시를 쓰는 것과 같은 특정한 행위를 하게 만들고, 수많은 밤을 잠 못 들고 지새우게 하며, 질투를 느끼게 하거나 과도한 기쁨에 취하게 만든다. 그러나 처음에는 세포에서의 작용, 우리가 어떻게 느끼고, 어떻게 생각하고, 어떻게 사랑하고, 어떻게 질투의 감정에 시달리게 되는지 결정하는 화학 작용이 있다.

이런 화학 작용이 인간의 열정을 평가 절하하는 결과를 가져온다는 것을 나는 받아들이기 어렵다. 오히려 그 반대라고 하고 싶다. 오늘을 사는 현재의 우리가 생에서 가장 중요한 사건과 결정 들을 조종하는 놀라운, 눈에 보이지 않는 과정들에 대해 이미 알고 있는 것들을 옛날에 미켈란젤로가 알았다고 하더라도 그가 그림을 더 못

그리지는 않았을 것이다.

하지만 생의 기쁨과 삶에 대한 애착은? 다음과 같이 설명할 수 있을 것 같다. 어린아이가 혼자 앉아서 놀고 있다. 놀이와 자기만의 생각에 완전히 빠져 있다. 그러면서 혼자 노래를 부른다. 특별한 뜻이 없는 그저 단순한 흥얼거림이다.

그 아이는 파도가 해안으로 평화롭게 밀려오는 바다 위의 섬과 같다. 먹구름도, 그 어떤 위험도, 두려움과 고통도 없다. 삶은 그저 놀이와 흥얼거리는 노래를 편안하게 경험하는 것일 뿐이다.

시간은 멈춰 있다. 존재하지 않는다. 방을 둘러싼 벽은 부드럽고 평화롭게 출렁인다. 밖을 내다보든 자기 자신을 들여다보든 똑같다.

아이는 놀이를 하면서 노래를 흥얼거린다. 삶은 완벽하다.

어쩌면 너무나 강해서 단순히 말로 표현할 수 없고 노래로 표현해야만 하는 감정들이 있을까? 아이의 흥얼거림은 포르투갈의 파두 가수나 《마술피리》에서 밤의 여왕의 아리아를 부르는 소프라노와 같은 이야기를 하고 있는 것이다.

생의 기쁨과 삶에 대한 애착 없이는 인간도 없다. 자신의 존엄성을 박탈당하고 되찾기 위해 싸우는 사람은 다시 생의 기쁨을 얻기 위한 자신의 권리를 위해 싸우는 것이기도 하다. 내전 지역과 가난한 농촌 사회에서 더 부유한 유럽으로 오려고 시도하다가 결국 죽은 채 람페두사와 시칠리아 해안으로 밀려오는 사람들도 생의 기쁨을 되찾으려 했던 것이다.

유럽으로 들어오는 많은 불법 이민자들을 경멸하듯 '행복을 좇는 사람들'이라고 부르는 경우가 가끔 있다.

당연히 그 사람들은 행복을 추구하는 사람들이다. 우리 모두가 그렇다. '행복'이라는 말이 감정적이고 상업적인 방식으로 무가치하게 되어버린 후 약간 역겨운 단어가 되어버리긴 했어도 우리는 모두 번듯한, 삶에 대한 애착 위에 세워진 생을 살 수 있는 가능성을 좇고 있다.

수백만 명의 유럽인들이 왜 150년 전에 북아메리카와 남아메리카로 향했겠는가? 바로 똑같은 이유에서였다.

노래를 흥얼거리는 아이는 항상 거기에 앉아 있다. 해변이나 정원 아니면 보도 위에서 놀이를 하면서, 그리고 가사 없는 노래를 흥얼거리면서.

그렇게 흥얼거리는 아이 없이는 인간성이나 문명도 없다. 메마른 생물학의 세계에서는 오로지 계속 진행되는 세대들의 원무 속에서 번식해 나가는 데에 우리 삶의 의미가 있다. 삶의 의미를 조금 더 광범위하게 바라보자면 모든 세대는 아직 대답이 주어지지 않은 모든 문제들을 새로운 세대에게 전달해줄 책무를 가지며, 새로운 세대는 우리가 찾을 수 없었던 답을 나름대로 찾기 위해 노력해야 하는 것이라고 말할 수 있겠다.

우리가 침팬지를 넘어서 우리만의 길을 가기 시작했을 때 역사의 깊은 안개 속에서 시작된 그 원무는 당연히 언젠간 끝이 날 것이다. 모든 종은 언젠가는 멸종하거나 아주 다른 어떤 종으로 넘어가게 된다는 것을 우리는 역사를 통해 알고 있다. 우리 종은 그에 해당되지 않을 것이라고 생각할 근거는 아무것도 없다. 우리가 진화의 가장 성공적인 산물이라고 해서 언젠간 다가올 멸종을 피해 갈 수는 없다.

그게 언제가 될지 혹은 어떻게 일어날지는 아무도 모른다. 어쩌면 우리 안에 있는 파괴적인 힘 때문에 우리 스스로 생명의 불을 꺼뜨리게 될 것이라고 예상해볼 수도 있겠다. 하지만 확신하게 알 수 있는 것은 없다. 커다란 핵무기고에 출입할 수 있는 권한을 가진 어떤 미친 사람이 바로 오늘 단추 하나를 눌러 모든 것을 끝내버릴 수도 있다.

사람들은 내가 여기 쓰고 있는 내용에 반대하는 논거로 내가 '바리케이드의 역사'라고 부르고 싶은 것을 댈지도 모른다. 모든 폭동이나 혁명은 결국 한 사회의 바닥에 있는 사람들이 삶에 대한 애착과 생의 기쁨에 대한 권리를 요구하는 것에서 비롯된다. 그런 폭동은 종종 다른 사람들의 삶의 조건을 결정할 권리가 자기들에게 있다고 생각하는 사람들에 의해 무자비하게 진압당한다.

1968년 파리 학생운동 이후 프랑스 관청들은 소르본 대학 주변 도로에 아스팔트를 깔았다. 그래서 요즘에는 더이상 도로 포석을 뜯어낼 수가 없다. 하지만 항거하여 일어서는 사람들이 바리케이드를 세우기 위해 다른 가능성을 찾는 것을 그 무엇으로도 막을 수는 없다.

그동안 아이는 놀면서 가사 없는 자기만의 멜로디를 흥얼거린다.

38

엘레나

그러나 모든 아이들이 놀기만 하지는 않는다.

여기 그들이 가진 모든 시간을 생존을 위해 사용하는 두 아이의 이야기가 있다.

15년 전 쯤 내가 일하던 마푸투의 극장에서 아주 가까운 거리에 두 형제가 살고 있었다. 형은 다섯 살쯤 돼 보였는데, 누가 나이를 물어보면 정확하게 대답을 못했다. 그 형이 돌보던 동생은 계산해 본 결과 세 살이었다.

그러니까 다섯 살짜리가 세 살짜리를 돌보는 것이다. 둘은 한동안 직접 구한 기다란 냉장고 상자에서 잠을 잤다. 새로운 냉장고들이 종이상자가 아니라 비닐로 포장되어 배달되기 전까지는 그게 가능했다. 커다란 상자들이 사라지면서 많은 거리의 아이들이 집을 잃게 되었다.

　두 형제는 좁은 종이상자 안에서 딱 붙어 잠을 잤다. 아침이면 형이 동생을 씻겼다. 옷은 당연히 갈아입지 못했다. 나는 그 전에도 또 그 후에도 그렇게 완전히 아무것도 소유하지 못한 사람을 본 적이 없다. 형제는 아시시의 성 프란체스코의 발자취를 따라 살았다. 물론 두 아이는 그를 몰랐겠지만.

　낮에는 거리를 돌아다니면서 구걸을 했다. 많은 사람들은 두 어린 형제에게 당연히 마음이 흔들렸지만, 쥐나 길거리를 돌아다니는 주인 없는 개처럼 사는 집 없는 아이들로 도시가 차고 넘쳤기 때문에 그 형제는 구걸에 그다지 성공적이지 못했다. 저녁 해가 질 때쯤이면 형제는 다시 극장 앞에 나타나서 그들의 종이상자 안으로 사라졌다.

　형제는 몇 년 동안 그렇게 거리에서 살았다. 날씨가 궂을 때면 우리는 형제를 극장에서 자게 했다. 두 아이에게 옷을 주기도 했는데, 그러면 형제는 곧장 거리의 다른 아이들에게 빵 껍질을 받고 옷을 파는 방법으로 먹을 것을 장만하곤 했다. 두 형제가 온전히 사람들에게 구걸해서 받은 것들에 의존해 살았음에도 불구하고 최소한 둘 중에 형은 특유의, 그러나 아주 당연한 품위를 가지고 있었다. 둘의 나이를 합쳐봤자 여덟 살도 되지 않는데, 자기보다 어린 동생에게 아버지나 어머니 역할을 해야 하는 불가능한 과제를 훌륭하게 수행해내고 있음을 마치 스스로 잘 알고 있는 것 같았다.

　그런데 나는 그 두 아이가 놀이를 하는 것을 한 번도 보지 못했다. 둘의 생활은 오로지 살아남는 것, 그것뿐이었다. 어린 동생을 그래도 어느 정도 깨끗하게 씻기고 입히고 매일 뭔가 먹을 수 있게 하려는 형의 의지에는 음울하거나 어쩌면 심지어 완강하기까지 한 진지함이 서려 있었다. 그러니 놀이를 할 시간도, 그럴 기회도 없었다.

둘은 종종 과묵했다. 동생과 이야기할 때면 형은 마치 동생만 들어야 하는 아주 은밀한 이야기라도 되는 것처럼 아주 작은 소리로, 동생의 귀에 입을 가까이 대고 말했다.

어느 날 천주교 선교단체 사람들이 와서 두 아이를 데려갔다. 그러나 몇 주 되지 않아서 두 아이는 다시 거리로 돌아왔다. 하지만 두 아이가 잠을 자던 상자는 사라지고 없었다. 집 없는 다른 아이들이 가져간 것이다. 형제는 다른 상자를 찾을 때까지 잠시 어느 계단에서 잠을 잤다. 그러다가 구한 상자는 냉동고가 들어 있던 상자라 크기가 더 작았다.

어느 날 오후 형제가 털이 덥수룩한 강아지 한 마리를 끌고 왔다. 어디서 온 강아지인지는 아무도 몰랐다. 강아지는 두 형제와 함께 좁은 상자를 비집고 들어가 잠을 자야 했다.

강아지는 올 때도 그랬던 것처럼 어느 날 갑자기 사라졌다. 두 형제가 닭 반 마리에 그 강아지를 다른 집 없는 아이에게 파는 것을 보았다는 사람도 있었다.

나는 두 아이에게 말 걸기를 시도했다. 하지만 형은 마치 매처럼 자기 동생을 지켰다. 자기가 믿지 않는 사람은 누구도 동생에게 다가오지 못하게 했다. 그리고 형은 아무도 믿지 않았다. 거리의 아이들에게는 어른들을 믿지 못할 이유가 있다. 그 아이들이 괜히 부모와 헤어져 길거리 종이상자 안에서 사는 것이 아니니까.

집 없는 아이들은 초기 문명사회들이 부족사회의 틀을 깨뜨리기 시작하면서부터 이미 존재했다. 집 없는 아이들은 또한 지구상의 가장 가난한 도시와 국가 들에서만 나타나는 현상이 아니다. 세계에서 최고로 부유한 대도시들에도 집 없이 거리에서 사는 아이들이 있다.

마푸투에서 생활했던 시간 내내 나는 거리의 아이들과 친해지기 위해 끈질기게 노력했고 비교적 성과가 있었다. 가끔은 내 질문에 거짓대답을 하지 않는 그런 관계를 만드는 데 몇 년씩 걸리고는 했다. 그런 관계가 형성되기도 전에 죽는 아이들도 있었다. 그 아이들의 삶은 그만큼 처참했다. 과다한 환각제 흡입으로 죽는 아이들도 있었고, 말라리아나 다른 설사병으로 죽는 아이들도 있었다. 어떤 아이들은 맞아 죽었다.

그 두 아이와 언젠가 이야기를 나눈 적이 있었다. 그 대화를 통해 아이들이 참을 수 없는 가족형편 때문에 자발적으로 가족에게 등을 돌린 수많은 아이들에 속한다는 걸 알게 되었다. 새로 사자 무리의 우두머리가 되는 수사자가 이전 우두머리의 새끼들을 물어 죽이는 것과 비슷한 일은 인간사회에서도 일어난다. 어떤 남자가 이미 아이가 있는 여자와 결혼할 경우 그 아이들을 집에서 내쫓는 경우가 있을 수 있다. 아니면 그 아이들이 스스로 집을 나가도록 괴롭히기도 한다. 그리고 새로운 남편에게 종속된 어머니는 항의할 수가 없다. 그렇게 집에서 쫓겨나거나 스스로 집을 나간 아이들은 배를 곯거나 심지어 죽음에 이를 수도 있다. 아니면 매춘이 스스로를 구할 유일한 수단이 될지도 모른다.

나는 길에서 그 두 형제의 일가 같은 사람을 한 번도 보지 못했다. 두 아이는 과거도 미래도 없이 일종의 진공상태에 살고 있었다. 둘에게는 말 그대로 서로밖에 없었다. 그들이 사는 거리의 지평 저 너머에 곧바로 텅 빈, 그리고 황량한 우주가 있었다.

동시에 둘의 이야기는 위대하고 진실한 사랑 이야기이기도 했다. 동생이 배가 아프면 형은 더러운 동생의 머리를 부드럽게 쓰다듬었다. 사랑과 돌봄의 몸짓은 학습되는 것이 아니라 타고나는 것 같다.

아이들의 이름이 무엇인지 나는 알아낼 수 없었다. 형은 내게 자기 이름이 조아우라고 했다가 또 갑자기 아르만두라고 바꿨다. 마치 이름을 바꾸는 것이 세상에서 제일 쉬운 일이라도 되는 것처럼. 동생 이름은 조르주나 비토르였을 것이다. 확실하지는 않다. 그리고 성은 아예 없었다. 둘에겐 당연히 신분증 같은 것도 없었다.

어느 날 두 아이는 사라졌다. 종이상자는 비었고 젖어 있었다. 그리고 머지않아 다른 아이들 차지가 되었다. 두 아이가 어떻게 되었는지 나는 모른다. 사라졌을 때 큰아이는 아홉, 작은 아이는 일곱 살이었을 것이다. 걷거나 차로 마푸투를 돌아다닐 때 종종 그 아이들을 찾아보고는 했지만 다시는 보지 못했다. 두 아이가 어디로 갔는지 물어봐도 행방을 아는 사람은 아무도 없었다. 둘은 그냥 더이상 거기에 없었다.

하지만 두 아이가 아직 살아 있고 이제 어른이 되었다고 생각하게 만드는 점이 있다. 집 없는 아이들이 일찍 죽는 경우가 많기는 해도 나는 그 두 형제가 살아남았을 것이라고 믿는다. 둘에게는 서로가 있었기 때문이다.

그 밖에도 살아남는 거리의 아이들이 있다. 몇 년 전 나는 엘레나라는 이름의 소녀를 만났다. 소녀는 신생아 때 도로 옆 갓돌에서 천주교 수녀들에게 발견되었다. 거기에 30분만 더 있었더라도 그 아이는 죽었을 것이다. 아이 엄마는 동이 트기 전에 아이를 길가에 놓아두고 사라졌다. 그 엄마는 찾지 못했다. 그리고 아마도 찾아봤자 소용없다는 걸 알았기 때문에 굳이 열심히 찾지도 않았을 것이다.

고아원으로 보내진 엘레나는 그곳에서 자라고 학교에 다니고 번듯하게 살아갈 수 있는 기회도 얻었다.

내가 엘레나를 만난 건 그 아이가 열여덟 살이 되어 막 대학에 진학할 때였다. 뭘 전공하고 싶은지 내가 물었다.

엘레나가 대답했다. "난 변호사가 되고 싶어요. 그리고 아동권리 쪽을 전문분야로 하고 싶어요. 그쪽이라면 내가 꽤 아는 게 많거든요. 내 인생은 길가에서 시작되었으니까요."

나는 사라진 그 두 형제가 떠오를 때마다 엘레나 생각을 한다.

당연하다.

39

플라톤처럼 깨우기

신이 시계라고 생각하는 사람들이 있다.

그러나 멈춰 있는 시계다. 예전에는 움직였지만 이제는 멈춰버린 시계. 태엽을 감아주지 않았거나 추가 움직이지 않아서 멈춘 시계. 아니면 아주 간단하게, 신은 스스로가 시간이기 때문에 시계가 필요한 적이 없었기 때문일 수도 있다.

그런 사람들에게 신은 시계를 만드는 사람이다. 신이 있는 하늘 나라는 작은 스위스다. 그곳에서 신은 시계공방 안을 이리저리 오가며 천사들이 어떻게 시계를 만들고 있는지, 그렇게 만든 시계들을 어떻게 마법 같은 방법으로 인간의 영혼 속으로 옮기는지 지켜본다.

신은 시간이며, 인간에게는 그 시간을 재고 두려워하거나 숭배할 가능성이 주어진다.

시간을 측정하고, 계산하고, 정확한 시점을 정하고. 인간은 이미 아주 오랫동안, 최소한 수천 년에 걸쳐 이런 일을 해왔다. 그런 사실을 우리는 고고학적 발견물들을 통해 알아낼 수 있다. 그러나 뇌가 발달되면서부터 이미 인간은 '시간'이라는 것, 아마도 옛날엔 이름조자 없었던 그것에 항상 매료되어 있었을 것이다. 처음에는 자연 자체가 측정도구 역할을 했다. 해는 동쪽에서 떠서 서쪽으로 졌다. 그러나 한 달 전과 정확히 같은 자리 그리고 같은 시간은 아니었다. 사람들은 매년 반복되는 일치점과 차이점을 비교함으로써 시간을 측정했다. 해마다 가고 오는 그런 변화들이 신들의 호흡과 의지에 의한 것임을 의심하는 사람은 없었다.

인간이 처음 만든 시간 측정기는 해시계였다. 자연과 그림자의 이동은 태양과 세상이 보여주는 규칙성을 말해주었다. 바위에 원과 눈금을 새기면 그림자가 항상 같은 움직임을 보이는 것을 볼 수 있었다. 그런 다음 그 눈금은 다른 것들과 함께 날씨와 기온의 변화에 결합되었다. 사람들은 그것을 통해서 언제 씨를 뿌리거나 특정한 짐승을 사냥해야 할지 알 수 있었다.

사람들은 짐승에게는 해시계가 없다는 것도 알게 되었다. 짐승들은 신들의 호흡에 신경 쓰지 않았다. 그것은 짐승들에게 영혼이 없다는 의미이기도 했다.

오늘날에도 원숭이에게 손목시계를 채운다거나 말의 등에 뻐꾸기시계를 묶어 놓는다면 동물학대 행위로 간주될 것이다.

우리가 생각하기에 동물은 시간 제약을 전혀 받지 않고 사는 존재다. 우리 인간만이 시간과 공간을 분리할 수 없다는 사실을 인식하고 있다. 시간이란 본래 공간이다. 우리는 시간을 볼 수 없지만 시간은 존재하며 우리 존재를 관통하고 조종한다.

우리는 죽은 사람에 대해 가끔 그들이 '시간을 벗어났다'고 말한다. 물론 근본적으로는 말이 안 되는 소리다. 그 말은 그저 생물학적 시계로서 우리 안에 가지고 다니는 심장이 박동을 멈췄다는 사실을 시적으로 표현한 것일 뿐이다.

죽고 난 다음에 그런 말을 직접 들을 일이야 없겠지만, 어쨌든 내가 죽은 뒤 가족 중 한 명이 내가 '시간을 벗어났다'고 말한다면 왠지 좀 부끄러울 것 같다. 나는 결코 시간 안에서 산 적이 없으며 나자신의 삶, 그리고 다른 사람들의 삶 한가운데에서 살았을 뿐이다.

아프리카에서 지내는 동안 나는 예쁜 여자들이 손목에 고장 난 시계를 차고 다니는 것을 여러 차례 보았다. 그 여자들은 시계를 시간을 보기 위해서가 아니라 장식품으로 차고 다녔다.

그 사실 역시 내게 시간과 관련한 몇 가지 가르침을 주었다. 또한 시간이 항상 모든 것을 지배해서는 안 된다는 점도 가르쳐 주었다.

위대한 철학자 플라톤과 관련하여 그가 2천 년 전 아카데미에서 아침에 제자들을 제 시간에 깨우려고 정교한 장치를 생각해냈다는 이야기가 있다. 플라톤은 시간을 측정하는 가장 초기의 방법 중 하나였던 물을 사용했다. 그는 그릇 두 개와 약간의 고철 그리고 규칙적으로 떨어지는 물방울을 이용해서 아주 성능이 좋은 자명종을 만들었다. 첫 번째 그릇에 물이 가득 차면 고철덩어리가 들어 있는 두 번째 그릇으로 물이 떨어졌다. 두 번째 그릇이 물의 무게로 뒤집히면 고철덩어리가 밖으로 떨어지고 바닥에 부딪치며 시끄러운 소리를 냈다. 이 소리에 모두 잠에서 깨어났다.

그렇게 새로운 날이 시작되었다.

플라톤은 자명종을 만들었지만 한편으로 시간의 본질에 대해서도 많은 생각을 했다. 철학의 역사를 따라가보면 유명한 철학자들은 거의 모두 시간이란 현상을 숙고하는 데 많은 수고를 기울였다. 시간은 무엇인가? 시간이 간다는 것은 무엇인가? 시간의 의미는 무엇인가? 아리스토텔레스부터 비트겐슈타인까지 모든 철학자들은 그들이 시간에 대해 고찰한 내용을 아주 다양하게 밝혔다. 그러나 도대체 개개의 인간에게 시간이 무엇을 의미하는지는 아무도 설명할 수 없었다.

'시간은 당신에게 속한 것이다'라고 우리는 말할 수 있다. 다른 누구도 아닌 오로지 당신에게만 속해 있다. 따라서 당신이 그 시간으로 무엇을 하는지는 당신의 결정이어야 한다. 시간 따위는 무시하며 전혀 아쉬워하지 않을 수도 있다. 아니면 시간을 평생이라는 여행의 동반자로, 출발점이기도 했던 똑같은 어둠 속으로 돌아가며 끝나는 그 여행의 동반자로 삼을 수도 있다.

그러나 시간은 시계 바늘로만 측정된 것은 아니다. 저 유명한 '나이의 계단' 그림은 오늘날까지도 흔히 스웨덴의 여러 가정집에 걸려 있다. 스웨덴에서 가장 오래된 '나이의 계단' 그림들은 17세기에 제작되었다. 가장 많이 알려진 그림들은 18세기 후반 쿠르비츠 화풍(Kurbits Painting, 스웨덴 북부 달라르나 지역에서 전통적으로 사용된 장식적 회화기법—옮긴이)으로 그려진 것들이다.

'나이의 계단'은 다리처럼 생겼다. 맨 왼쪽에는 요람이 있고, 오른쪽 끝에는 백세 노인 두 명이 마지막 계단에서 죽음으로 발걸음을 옮기고 있다. 계단으로 된 다리의 중앙, 가장 높은 곳에는 완전한 성숙단계인 50세에 이른 사람이 서 있다.

물론 이 그림은 사회의 모습이 지금과는 완전히 달랐던 시절에 만들어진 그림이다. 따라서 우리가 사는 현재 사회의 모습을 보여주는 새로운 버전의 그림을 그릴 수 있겠다. 물론 그런다 해도 그 그림은 서로 손을 맞잡고 있는 삶과 시간에 대한 내용을 담고 있을 것이다.

심장 박동은 시간이 우리 모두의 몸속에서 째깍거리고 있음을 보여주는 가장 잘 알려진 상징이다. 심장이 1분을 이루는 60초보다 조금 더 많이 뛴다고 보면, 우리가 태어나서 죽을 때까지 수십억 번을 뛰는 것이다.

시간이 무엇이든 간에 우리가 사는 시간은 항상 과거이다. 내가 지금 여기 쓰고 있는 단어를 생각해내고 쓰는 바로 그 순간, 시간은 이미 그 단어를 과거로 보내버렸다. 우리가 무엇을 하든, 무엇을 기억하든, 혹은 무슨 꿈을 꾸든 지금이라는 건 없다. 이렇게 우리는 항상 이미 지나갔고 다시는 오지 않을 시간에 한 발을 걸친 채로 살고 있다.

시간과 시간을 측정하는 우리의 능력은 우리에게 비밀을 알려줄 수도 있다. 시간은 우리가 우리의 행동을 저울질해보는 저울일 수도 있다.

내가 이 글을 쓰는 사이 우리는 1,500년에 걸쳐 형성된 그린란드 빙하의 일부가 앞으로 25년 내에 녹아서 없어질 것이라는 신문기사를 접할 수 있다. 대기 중에 증가한 이산화탄소 양이 기후의 균형을 그만큼 심하게 깨뜨린 것이다. 지구가 더워졌다는 사실을 더이상 부인할 수 있는 사람은 아무도 없다. 빙하가 녹고 있다. 그리고 인간이 그렇게 만들었다는 사실 또한 아무도 부인할 수 없다.

그러니 시간은 우리 행동의 결과를 측정할 수 있는 도구가 되는 것이다.

그러면 미래는? 그때에도 과연 시간이 가는 것을 측정할 누군가가 존재할까?

아니면 시계는 영영 멈춰버렸을까?

40

겨울밤

두려운 것이 하나도 없다고 말하는 사람들을 난 믿지 않는다. 난 그 사람들이 거짓말을 하고 있다고 생각한다. 그들은 무엇보다도 자기 자신을 속이고 있는 것이다.

인간이 가진 가장 큰 두려움은 죽음에 대한 두려움이다. 내 생명이 위험하다고 느꼈던 순간은 꽤 많이 있다. 하지만 정말로 위험했던 순간은 기껏해야 두 손에 꼽을 정도일 것이다.

한번은 운전을 하다가 잠깐 졸았던 적이 있는데, 경적 소리에 놀라 정신을 차리면서 겨우 화물차를 피할 수 있었다. 그러지 않았으면 아마 그대로 화물차에 부딪쳤을 것이다. 그리고 나서 차를 도로 옆에 주차하고 차에서 내렸다. 겨울이었고 새벽 세 시 조금 안 된 시간이었다. 몇 안 되는 차들이 내 옆을 지나쳐 가는 동안 나는 가만히 서 있었다. 천천히 두려움이 엄습하면서 목덜미가 서늘해졌다. 정말 눈 깜짝할 새에 일어난 아슬아슬한 상황이었다. 서른여섯 살하고 몇 달밖에 안 된 나이에 저세상으로 갈 뻔했다.

그런데 그보다 더 심한 일도 있다. 사실 내 목숨이 직접 위험에 처했던 일은 아니다. 잠비아의 키트웨에 있었을 때 일인데, 어느 날 밤 한 인도 여자가 무전으로 집에 강도가 들었다며 급하게 도움을 청해왔다. 그 여자는 강도들이 자기를 죽일 것이라고 확신했다. 그 여자도 나도 경찰과 연락이 닿지 않았다. 격렬한 공포에 사로잡힌 그 여자의 목소리를 들어야 했던 것은 내가 겪었던 최악의 경험이었다.

지금도 기억나는 건 그때 떠올랐던 생각이다. 나는 그 인도 여자도 내가 강도를 만났을 때 느꼈던 것과 똑같은 것을 느꼈을 것이라고 생각했다. 그렇게 젊은 나이에, 그렇게 의미 없이 목숨을 잃어야 하다니. 겨우 잠비아 지폐 몇 장, 손목시계, 그리고 더이상 새 것도 아닌 도요타 랜드 크루저 한 대 때문에 목숨을 잃어야 하다니.

두려움은 우리를 보호해주고 우리에게 위험을 알려주며, 어쩌면 견디기 힘든 것을 견딜 수 있게 도와주기도 한다.

두려움과 망각은 하나의 짝을 이룬다. 그러나 기억과 두려움보다는 덜하다.

우리가 살아남기 위해 두려움이 필요하지 않다면 우리는 두려움을 느끼지도 않을 것이다.

역시나 훌륭한 생존 도구인 환상과 상상력도 마찬가지다.

41

안심

항암치료 초기 단계에서는 수많은 검사를 받아야만 했다. 머리 엑스레이 촬영도 그중 하나였다. 결과를 듣기 위해 에바와 함께 병원에 갔던 날은 암 진단을 받은 이후 가장 힘든 날 중 하나였다. 암이 뇌에도 전이되었을까? 그럴 경우 난 정말로 얼마 안 있어 죽음을 맞이하게 될 것이었다.

하지만 당시 내 주치의였던 모나는 내 뇌에서 아무런 이상을 발견할 수 없었다고 말했다. 에바는 잡고 있던 내 손을 더 꼭 잡으며 모나에게 말했다. "고맙습니다! 고맙습니다!"

나는 그 순간 한결 마음이 놓이는 것을 느꼈다. 보트를 타다가 하마에게 죽을 수도 있었던 예전 경험을 떠올렸다. 그보다 더 오래전에 있었던 일도 생각이 났다. 노르웨이 프레드릭스타드의 한 축구

경기장에서 일어난 일이다.

나는 관중석의 높은 자리에 앉아 있었다. 관중석 아래쪽에서 내가 앉은 위쪽을 바라보고 있는 작은 소년 하나가 갑자기 눈에 띄었다. 소년이 얼굴을 일그러뜨리더니 금세 울기 시작했다. 난 곧바로 왜 그런지 알아챘다. 소년은 아이스크림인지 소시지인지를 하나 사러 갔었는데 돌아왔을 때 경기장에 같이 온 아버지나 다른 보호자를 찾을 수가 없었던 것이다. 수많은 사람들 속에서 그 아이는 갑자기 완전히 혼자가 되어버렸으며 그 사실에 놀라고 당황한 것이다. 나라도 도와야겠다는 생각에 아이에게로 내려가려고 했을 때, 마침 아이 아버지가 아이를 발견하고 일어나서 손짓을 보냈다.

그때 아이의 얼굴에 번지던 안도의 표정을 나는 절대 잊을 수가 없다.

1972년 나는 첫 번째 책을 탈고했고 한 출판사에 보내야겠다고 생각했다. 그전에 세 가지 원고를 썼었는데 셋 다 마음에 들지 않았다. 그러고 나서 출판사가 채택하여 출판할 것이라고 스스로 확신이 들지 않는 작품은 절대 출판사에 보내지 않기로 결심했다. 그 결심은 당연히 교만일 뿐 아니라 만용이기도 했다. 누가 그것을 처음부터 알겠는가!

나는 완성한 원고를 들고 우체통 앞에서 한참 망설이다가 결국 우체통 안으로 밀어 넣었다. 어느 봄날 저녁이었다. 그때의 장면이 아직도 눈앞에 생생하다. 나 혼자 우체통 앞에 서 있는 모습. 갈색 봉투에 든 원고. 캄캄한 우체통 속으로 떨어진 미래. 그 미래는 과연 어디로 가게 될까?

나는 여름이 끝날 때까지 기다렸다. 몇 달이었지만 그보다 훨씬 더 길게 느껴졌다. 하지만 침묵은, 기다림은 끝날 줄 몰랐다. 그러다가 팔월 어느 날 문의 편지투입구를 통해 시인 단 안데르손의 사진이 박힌 엽서 한 장이 집 안으로 떨어져 들어왔다. 내가 원고를 보냈던 출판사에서 온 엽서였다. 내 원고를 읽고 출판하기로 결정했다는 소식이었다.

나는 그때 어떤 기분이었을까? 옷도 안 입은 채 편지투입구 앞에 서 있었고 맨발 아래 바닥이 차갑게 느껴졌었던 게 기억난다. 나는 기뻤을까? 환호성을 질렀을까? 따뜻한 물줄기처럼 내 몸을 적시던 큰 안도감이 기억난다. 그래, 내 생각이 틀리지 않았어! 내 원고는 출판될 수 있을 만큼 좋았던 거야!

나는 바닥에 주저앉아 깊게 숨을 들이마셨다. 그리고 숨을 내뱉었다.

그때의 안도감이 평생 나와 동행했다. 그 느낌은 최소한 기쁘다는 느낌만큼 중요했다. 준비한 연극의 초연이 어느 정도 괜찮은 반응을 받을 때마다 나는 우선 안도감을 느꼈다. 기쁨이나 자부심 같은 건 안도감보다 덜 중요했고 게다가 그 느낌도 안도감처럼 길지 않았다.

새로 낸 책의 서평이 나오기까지의 시간은 힘들다. 평가가 어느 정도 좋으면 안도감이 다시 찾아온다. 평이 좀 좋지 않으면 하루나 이틀 정도 기분이 좋지 않을 수 있다. 하지만 그러고 나면 불편한 기분은 사라진다. 그런 때에도 결국엔 일종의 안도감이 찾아온다.

1797년에 엄청난 안도감을 느꼈어야만 했던 사람이 있다. 영국 글로스터셔에서 태어나 고향마을에서 개업의가 된 에드워드 제너 Edward Jenner다. 초상화에 표현된 제너의 얼굴을 보면 입술이 두껍고 눈은 크고 선명했으며 코가 컸다. 얼굴표정은 뭔가 확신에 차 있다. 자신감 있어 보이는 얼굴이다.

그 초상화는 1797년에 그려졌다. 그때 제너는 마흔일곱 살이었고 이미 인생을 결정하는 큰 안도감을 경험한 후였다.

제너는 글로스터셔 버클리에서 태어났고 성인이 된 후로는 고향에서 평생을 보냈다. 그는 그 지역의 의사 밑에서 견습했고 이후 런던에서 의학교육을 받았다. 스물세 살에 의사 자격시험에 합격하자마자 아버지가 목사로 재직하고 있던 고향마을로 돌아왔다.

시골동네인 버클리에 병원을 개업한 제너는 모든 종류의 사람들을 만났다. 환자의 대부분은 농사와 목축에 종사하는 사람들이었다. 제너는 그들의 병을 알게 되었고, 왜 어떤 사람들은 병에 걸리고 다른 사람들은 걸리지 않는지에 대한 그들의 지식도 자기 것으로 만들었다.

특히 사람들이 계속 되풀이하던 한 가지 이야기가 그의 기억 속에 자리 잡았다. 소젖 짜기는 대부분 젊은 여성들이 맡아 하던 일이었는데 그 일에 종사하던 많은 여자들이 예전에 우두에 걸렸고, 그 뒤엔 전염성이 강하고 치명적인 천연두에 걸리지 않는다는 이야기였다. 그 이야기를 곰곰이 생각해본 제너는 이유가 무엇인지 어렴

풋이 알게 되었다. 그리고 시간이 지나면서 그의 확신은 점점 더 커져갔다. 그렇다면 확신하게 된 가정을 실험을 통해서 확인해보는 과감한 시도를 해야 할까? 만약 그의 생각이 틀렸다면? 그러면 한 사람의 생명을 위험에 빠뜨리게 될 수도 있다. 게다가 그 사람은 어린아이가 될 가능성이 높다. 자꾸 재발하는 천연두의 가장 큰 희생자는 아이들이었으니까.

제너는 1796년 제임스 핍스라는 여덟 살 소년에게 실험을 감행했다. 소년의 팔에 우두환자의 고름을 접종한 것이다. 이후 소년에게 천연두 균을 접종했는데, 소년은 완전히 면역이 생긴 상태였다.

소년이 천연두에 걸리거나 죽지 않았을 때 제너가 느꼈던 것은 아마 사람이 느낄 수 있는 가장 드높은 안도감이었을 것이다. 제너는 옳았다. 게다가 소년에게 예방접종을 처음 시도하는 모험을 감행했다.

제너는 나중에 쇼펜하우어가 '진실의 세 가지 단계'라고 기술한 것을 직접 경험했다. 처음에는 비웃음을 당했고 그 다음엔 격렬한 반대에 부딪혔지만, 결국에는 그의 진실이 자명한 것으로 받아들여졌다.

19세기 초에 나온 풍자적인 그림에는 제너의 '예방접종(Vaccination, 암소를 뜻하는 라틴어 vacca에서 유래)'을 받은 후 머리가 소로 바뀐 사람들의 모습이 그려져 있다.

제너는 이미 1797년에 소년 제임스 핍스의 접종에 관한 보고서를 왕립협회에 보냈다. 하지만 그 보고서는 논거가 불충분하다며 거부당했다. 제너는 예방접종을 계속 실시했다. 심지어 채 한 살이 안 된 자기 아들에게도 접종을 했다. 1798년 제너는 그 결과들을 담은 보고서를 다시 왕립협회에 제출했다. 하지만 그의 혁명적 연구와 시도 들이 선입견과 의심의 벽을 깨뜨리게 되기까지는 시간이 더 걸렸다. 결국엔 예방접종이 많은 사람들의 목숨을 구했다는 사실을 더이상 부인힐 수 없게 되었고 제너는 유명해졌다. 진실이 승리한 것이다. 제너는 또다시 큰 안도감을 느꼈을 것이다. 이후로 그는 다른 예방접종 가능성들에 대한 연구에 전념하였으며, 뿐만 아니라 예방접종과 관련된 위험성 연구에도 몰두하였다.

에드워드 제너는 1823년까지 살았다. 나는 그가 천연두에 걸려 죽는 대신 살 수 있는 가능성을 선물했던 제임스 핍스를 살아가면서 가끔 만나지 않았을까, 아니면 최소한 그를 가끔씩 생각하지 않았을까 하고 상상해본다.

안도감은 우리 인간이 가진 강한 감정들 중 하나이다.

42

길을 잃다

베스테르예틀란드에 있는 울창한 숲에서 길을 잃은 적이 있다. 저녁 어스름이 깔려오기 시작할 시간에 나무들 사이에서 나 혼자 유령 같이 발레를 췄다. 그때 나는 열세 살이었고 헤리에달렌에서 보로스로 이사 온 지 몇 달밖에 되지 않았을 때였다.

보로스는 내게 대도시였다. 이사 오고 처음 맞는 일요일 아침 나는 일찍 집을 나섰다. 그날의 목표는 두 가지였다. 우선 그 도시에 극장이 몇 개 있는지 알아보는 것, 그런 다음 그 당시 내가 살았던 쇠드라 키르코가탄 거리까지 돌아오는 것이었다. 그날 아침 내가 발견한 극장은 여섯 개였다. 다섯 개의 이름은 아직까지도 기억하고 있고, 여섯 번째 극장 이름은 잊어버렸다. 팔라디움이었던가?

이후 그해 봄에 학교 소풍이 있었다. 4월 말 아니면 5월 초였을 것이다. 저녁에는 아직 추웠지만 그래도 어둡지는 않았다. 소풍을 간 이유가 무엇이었는지는 이제 정확히 기억이 나지 않는다. 우리는 버스를 타고 이동했다. 당시 학교 친구들의 얼굴이 반쯤 희미하게 기억이 난다. 숲 한가운데 있던 노란색 연수원 같은 곳에 버스가 멈췄다. 동그란 안경을 쓴 키가 아주 작고 뚱뚱한 남자가 날카로운 목소리로 베스테르예틀란드의 역사에 대해 이야기했다. 오래된 화살촉 하나가 손에서 손으로 전달됐다.

그런 다음 우리는 무슨 폐허 같은 곳을 견학하기 위해 숲속을 걸었다. 그 부분에 대한 기억은 매우 부정확하다. 동그란 안경을 쓴 남자 대신 머리가 희끗한 여자가 우리와 동행하면서 바른헴에 대해 이야기했다. 그런데 우리가 있던 곳이 바른헴은 아니었다. 그 점은 확실하다. 바른헴은 스카라와 리드쾨핑 방향으로 한참을 더 가야 했다.

그러고 나서 끝이었다. 우리와 함께 있었던 선생님 한 분이 우리에게 30분 후 연수원에 모이라고 말했다. 가장 좋은 방법은 왔던 길을 따라 그대로 돌아가는 것이라고 했다. 용기 있는 사람은 지름길을 택해도 좋다고 했다.

물론 마지막에 한 말은 농담이었다. 베스테르예틀란드에 있는 숲에는 맹수가 살지 않았다. 곰이나 늑대는 백 년도 훨씬 더 전에 사라지고 없었다.

나는 지름길로 가기로 결정했다. 노란 연수원 건물까지는 아마 2킬로미터 정도 될 터였다. 방향은 알고 있었다. 일등으로 도착해서

반 친구들이 오기를 기다리고 있을 생각에 신이 났다. 그래서 빠른 속도로 걸음을 재촉했는데, 몇 미터 못 가서 숲에 삼켜지고 말았다. 숲은 내가 생각했던 것보다 훨씬 울창했고 비탈이 많았다. 그러나 내가 가야 할 길은 그리 멀지 않았다. 나는 작은 언덕 몇 개를 돌아 갔고, 숲 여기저기 흩어져 있는 바위덩어리들 사이에 사람이 밟은 흔적처럼 보이는 빈 곳들을 보았으며, 그래서 곧 나무들 사이로 노란색 건물이 보이리라는 걸 알았다.

그런데 노란색 건물은 나타나지 않았다. 처음에는 뭔지 모를 불확실한 느낌이 나를 덮쳤고, 그 다음에는 내가 길을 잃었다는 깨달음이 찾아왔다. 내가 있는 곳이 어딘지 도통 알 수가 없었다. 숲속은 고요했다. 저녁 어스름 속에서 나뭇잎 흔들리는 소리만 살며시 들려왔다. 멀리서나마 학교 친구들의 목소리가 들려오길 바랐지만 들리지 않았다. 자동차 소리도, 사람과 관련된 그 어떤 소리도 들리지 않았다. 하늘엔 구름이 끼었고 공기가 비를 머금고 있었기에 해가 어느 쪽에 있는지 알 수도 없었다. 나는 일단 길을 찾기 위해 내 발자국을 따라서 돌아가려고 했다. 하지만 땅바닥에는 아무런 발자국도 보이지 않았다. 내가 어느 쪽에서 왔는지 알 수가 없었다. 나무들과 바위들은 모두 똑같아 보였고 그래서 아무런 암시도 주지 못했다.

내가 왔던 길에서 아주 가까이 있을 수도, 아주 멀리 떨어져 있을 수도 있었다. 악마가 몰래 뒤따라오면서 내 발자국을 모두 지워버린 것 같았다.

나는 여러 방향으로 차례차례 가보면서 특징이 있는 바위나 쓰러진 나무들의 뿌리가 꼬인 모양을 머릿속에 새겼다. 그러나 아무런 도움이 되지 않았다. 나는 내가 길을 잃은 사람들의 일반적인 실수를 저지르고 있다고 추측했다. 앞으로 똑바로 간다고 생각하면서 사실은 같은 자리를 맴돌고 있는 것이다.

내가 얼마 동안 헤매고 다녔는지는 모른다. 사람들이 나를 찾기 시작했을지 궁금했다. 아니면 인원 점검을 정확하게 하지 않아서 내가 없다는 걸 전혀 모르고 있을 수도 있었다. 내 부재를 눈치챌 만한 친한 친구는 없었다. 극장이 여섯 개인 이 도시로 이사 온 지 얼마 되지 않았기 때문에 아직 그렇게 친한 친구를 만들 기회가 없었다.

그날 저녁에 정말로 두려움을 느낀 시점이 있었던 것 같지는 않다. 어쩌면 저녁 어스름이 시작될 시간이 무서웠는지도 모르겠다. 그렇게 되면 올바른 길을 찾을 시간이 점점 줄어들 터였으니까. 하지만 확실하지는 않다. 나는 계속 길을 찾았다. 그게 그 상황에서 내가 할 수 있는 유일한 일이었다.

갑자기 사람 목소리가 들려왔다. 나는 가만히 서서 귀를 기울였다. 남자와 여자가 이야기를 나누고 있었다. 핀란드 말이었다. 목소리가 점점 더 가까워졌다. 그때 길이 하나 눈에 들어왔다. 내가 서 있던 곳 바로 옆을 지나는 길이었다. 나는 쓰러져 반쯤 썩은 나무 뒤에 쭈그리고 앉아서, 식료품이 든 종이봉투를 들고 가는 마흔 살가량의 남자와 여자를 보았다. 그때서야 우리가 연수원으로 가는 길에 마치 숲속에 던져 놓은 것처럼 보이는 신축 임대주택들 옆을 지나갔던 것이 생각났다. 그 임대주택에 알고츠Algots 기성복 공장에서 일하는 핀란드 여자 재봉사들이 살고 있다는 생각이 머리를 스쳤다.

핀란드 남녀가 사라진 후 나는 길을 따라 걸었고 연수원을 찾았다. 버스는 이미 출발하고 없었다. 노란색 건물엔 아무도 없는 것 같았다. 그런데 남자 한 명이 계단에 나타났다. 파이프 담배를 피우고 있었다. 자갈을 밟는 내 발소리를 들었는지 내 쪽으로 고개를 돌렸다.

"돌아온 탕자로군." 그가 말했다. "길을 잃었던 거니?"

"네, 그랬어요."

"지름길로 가려다 그런 거지?"

"길을 잘못 들었어요."

"지름길은 위험할 수 있단다." 그가 말했다. "지름길로 가면 빨리 도착할 수는 있지. 그런데 길을 잃으면 영영 도착하지 못하게 될 수도 있거든."

"날 찾는 사람이 있었나요?"

"모두들 한참 기다렸단다. 그래서 내가 널 찾겠다고 말했지."

남자는 물고 있던 파이프를 입에서 떼고 나직이 휘파람을 불었다. 건물에서 개 한 마리가 나왔다.

"스텔라는 뭐든 찾을 수 있단다." 남자가 말했다. "후각이 끝내주게 발달했거든. 삼십 분만 더 기다려보다가 널 찾으러 스텔라를 보낼 생각이었는데, 이렇게 네 힘으로 찾아왔구나. 그럼 선생님께 전화를 걸고 택시를 불러주마. 택시비는 학교에서 낼 게다."

나는 그 숲에서 있었던 사건을 금세 잊어버렸다. 같은 반 친구들이 몇 번 내가 길 잃은 사건에 대해 농담하며 나를 놀렸고, 담임선생님이 눈썹을 치켜 올리고 심각한 표정으로 나를 한 번 바라보신 것, 그게 다였다. 나 자신은 한 번도 그 일이 굳이 기억할 만한 사건이라고 생각지 않았던 것 같다.

그런데 그로부터 몇 년이 지난 후 나는 갑자기 노란색 연수원과 숲에서 길을 잃고 헤매던 일에 대한 꿈을 꾸기 시작했다. 꿈에서는 그 일이 무서운 사건으로 바뀌었다. 숲속 길에서 핀란드어를 하던 남자와 여자는 나를 발견하고 해코지를 하려는 위협적인 인물들이 되었다. 숲속 나무들과 무른 땅바닥은 언제든 아가리를 벌리고 나를 삼켜버릴 함정들을 숨기고 있었다. 내가 연수원에 도착했을 때 그곳은 텅 비어 있었다. 문이란 문은 다 잠겨 있어서 나는 안으로 들어갈 수가 없었다. 그리고 날씨는 너무나 추웠다. 봄이 아니라 모든 것이 다 꽁꽁 얼어버린 한겨울 같았다.

그 꿈은 몇 번씩 반복이 되었다. 그런 걸 보면 아무래도 그때 숲에서 길을 잃었던 사건이 내게 어느 정도 트라우마가 될 쇼크를 준 것이라는 해석이 가능하다. 하지만 내 마음 깊은 곳에서는 그런 해석을 믿지 않는다.

암에 걸린 지금은 방향을 잃었다는 것이 어떤 느낌인지 이해가 된다. 나는 입구도 출구도 없는 미로 속에 있다. 중병에 걸렸다는 것은 자기 몸에서 더이상 스스로 제자리를 찾지 못하고 있음을 뜻한다. 스스로 통제할 수 없는 뭔가가 일어나고 있는 것이다.

몇 년 전 나는 옛날의 그 연수원을 찾아보았다. 그곳을 찾는 데 몇 시간이 걸렸다. 그 건물은 이제 부분적으로 색이 떨어져나가기는 했지만 여전히 노란색인 모습으로 거기에 서 있었고, 이제 한 자유교회의 건물로 바뀌어 있었다. 나는 잠시 근처를 돌아봤다. 좁은 숲길은 이제 없었다. 그 길은 다른 방향으로 가는 더 넓은 길로 바뀌어 있었다. 그러나 나무들과 바위들은 그때와 똑같아 보였다. 그리고 숲속에 있던 임대주택들도 역시 옛날과 같았다.

핀란드에서 온 여자 재봉사와 그 남편은 어떻게 됐을지 궁금했다. 아직 살아 있을까?

물론 알 수 없다.

궁금한 것은 많은데, 답은 별로 없다.

43
살라망카로 가는 길 2

아직도 포르투갈과 스페인 사이의 국경을 이루는 산악지대를 지난 다음 끝도 없이 긴 직선구간을 운전하는 꿈을 꿀 때가 있다.

살라망카로 가는 길은 꿈속에서도 참 멀다. 꿈이라고 거리가 줄어드는 것은 아닌가보다.

살라망카에서 보낸 낮과 밤의 기억 속에 갑자기 모든 게 지겨운 듯 앞치마를 벗어던진 그 웨이터의 에피소드만 있는 것은 아니다. 그것 말고도 그만큼 이상했던 기억이 하나 더 있다.

그 일은 그 다음 날 일어났다. 그 일 역시 한 카페에서 벌어졌다. 벽이 온통 멋진 순종 말들의 컬러사진으로 장식된 별실에서 몇 가지 음식을 주문할 수 있는 카페였다.

나는 길가에 놓인 테이블에 앉았다. 아침식사 때가 조금 지난 시간이어서 자리가 많이 비어있었다. 나는 커피 한 잔을 주문하고 머 릿속으로 이후 여정에 대한 계획을 세우기 시작했다. 가능하면 그 날 안으로 리옹까지 가볼까 생각했다. 하지만 그러려면 이미 몇 시 간 전에 출발했어야 한다는 사실을 곧바로 깨달았다. 그래서 국경 을 넘어 프랑스로 들어가는 것까지만 하기로 결정했다. 그런다면 서두르지 않아도 되었다.

조급함은 거의 항상 주제넘은 인간적 욕구의 표현이다.

갑자기 테이블에 혼자 앉아 있는 60세가량 된 여자가 눈에 들어 왔다. 여자 앞에는 우유가 담긴 큰 유리잔과 셰리주 한 잔이 놓여 있었다. 나는 여자가 우유에 셰리주를 붓고 긴 숟가락으로 젓는 것 을 바라보았다.

여자의 옷차림은 우아했다. 반짝거리는 팔찌와 목걸이를 하고 있 었다. 진짜 금인지는 내 판단력 밖의 일이었다. 그러나 그 여자가 겁먹은 상태라는 것, 두 손이 떨릴 정도로 뭔가를 두려워하고 있다 는 것은 딱 봐도 알 수 있었다. 여자는 내가 앉은 테이블에서도 보 일 정도로 떨고 있었다.

만약 그 떨림이 두려움 때문이 아니라면 굉장히 심한 통증을 느끼 는 게 분명하다고 생각했다. 그녀를 불안하게 하는 뭔가가 있었다.

여자는 자신의 감정에 완전히 얽매어 있었다. 길에 있는 자동차 와 사람 들은 전혀 인식하지 않는 것 같았다. 그녀의 떨리는 두 손 은 그녀의 세상이 아닌 다른 세상과의 경계를 표시했다.

여자는 우유 잔에 손도 대지 않았다. 그 여자의 어떤 점이 그렇게 나를 사로잡았는지는 지금도 모르겠다. 어쩌면 범접할 수 없을 것 같은 그녀의 분위기와, 무엇이 그녀를 세상과 담쌓게 했는지에 대한 호기심 때문이었을지도 모르겠다.

경찰차 한 대가 사이렌을 울리며 도로를 지나갔다. 그 소리에도 그녀는 아무런 반응을 보이지 않았다.

내가 거기에 앉아서 그녀를 관찰하기 시작한 지 아마도 10분쯤 지났을 것이다. 웨이터가 그녀에게 다가와 뭔가 말을 건넸다. 그녀가 갑작스럽게 일어섰다. 그러면서 우유 잔을 건드렸고, 넘어질 뻔한 우유 잔을 웨이터가 겨우 붙잡았다. 여자는 이미 카페 안쪽으로 사라지고 없었다. 나는 뒤를 돌아봤다. 유리창을 통해 그녀가 서둘러 카운터로 가는 모습, 카운터에 앉아 있던 남자가 건네는 수화기를 받는 모습을 볼 수 있었다. 그녀는 아무 말 없이 듣고만 있었다. 사람들이 유리창 앞을 지나갈 때마다 여자는 내 시야에서 사라졌다 나타났다.

통화는 짧았다. 여자는 수화기를 내려놓고 앞에 있던 의자에 쓰러지듯 앉았다. 나는 이제 어떻게 된 일인지 감이 왔다. 여자는 두려운 소식을 기다리고 있었던 것이다. 이제 그 소식이 왔고, 내용은 여자가 두려워했던 그대로였다.

그러나 내 생각은 틀렸다. 그곳 살라망카의 카페에서 나는 기쁨의 표현과 슬픔의 표현이 가끔 똑같을 수도 있다는 사실을 배웠다. 기쁨은 안도감으로, 슬픔은 체념으로 표현될 수 있다. 그 두 경우에 사람이 보이는 몸짓은 똑같을 수 있다.

여자는 셰리주를 섞은 우유 잔이 놓인 테이블로 돌아왔다. 자리에 앉은 다음 잔을 들어 반을 마셨다. 그녀의 두 손은 더이상 떨리지 않았다. 얼굴은 온통 안도감으로 밝게 빛났다. 그렇게 평온하고도 동시에 환희 넘치는 행복을 표출하는 사람은 거의 보지 못했다. 아마도 예상하고 있던 누군가의 죽음에 관한 소식이 오지 않았을지도 모른다. 어떤 병의 진단이 내려질 것에 대한 두려움이 병에 걸리지 않았고 건강하다는 기쁜 소식으로 멀리 날아가 버렸을 수도 있다.

여자는 갑자기 서둘렀다. 돈을 테이블에 올려놓고, 반 남은 우유를 그냥 둔 채 자리에서 일어나 길 아래쪽으로 사라졌다.

그때 나는 지금 생각해도 참 의아한 행동을 했다. 물론 나와 전혀 상관이 없는 일도 궁금해 할 수 있다는 것은 인정한다. 호기심은 내 영감의 원천이다. 나는 손짓으로 웨이터를 불러서 서툰 스페인어로 그 여자가 누군지 아느냐고 물었다. 웨이터는 고개를 끄덕였다.

"세뇨라 카르멘입니다." 웨이터가 대답했다. "보통은 항상 부군과 함께 오시는데, 부군이 많이 편찮으신 상태입니다. 그런데 방금 전화로 부군이 죽지 않을 거란 소식을 들으신 모양입니다. 카르멘 여사는 모자가게를 운영하시는데 이제 가게를 열러 가신 겁니다. 저도 좋은 소식을 듣게 돼 참 기쁩니다. 두 분은 자제가 없으세요. 두 분에게는 서로밖에 없는 거죠."

나는 돈을 내고 카페를 나섰다. 한 시간 후에는 살라망카의 복잡한 도로망에서 성공적으로 벗어나 북쪽을 향해 차를 몰았다.

거의 30년 전에 있었던 일이다. 나는 그 후로 다시는 살라망카에 가지 않았다. 하지만 가끔씩 가봐야 하지 않을까 생각을 한다. 성지 순례랄까! 우리 모두에게는 종교적인 사상이나 감정과 반드시 상관 있는 것은 아닌 각자의 성지가 있다.

살라망카에서 나는 반항하고 궐기를 감행한 사람을 보았다. 그러나 또한 자기 혼자 남지 않아도 된다는 사실을 알게 된 여자의 조용하고 겉으로 서의 드러나지 않는 기쁨도 보았다.

그 당시 나는 서른일곱 살이었다. 지금은 그때보다 거의 두 배 가까이 나이를 먹었다. 내 인생의 많은 부분은 아직 불확실하다. 물론 내가 이미 인생의 반 이상을 살았다는 데는 의심의 여지가 없다. 또한 내 인생의 가장 중요한 결정들이 이미 내려졌다는 것 역시 의심할 나위가 없다. 나는 더이상 새로운 인생 항로를 선택하지는 않을 것이다. 물론 다양한 각성의 기회가 있으리라고 생각할 수는 있다. 하지만 나는 아주 평온하게 자신에게 말할 수 있다. 그것이 내 인생이었고 지금의 내 인생이라고.

나는 다시는 살라망카에 가지 않을 것이다. 내 대신 다른 사람들이 카페 테이블에 앉아서 셰리주와 우유를 마시는 누군가를 바라볼 것이다. 혹은 갑자기 모든 게 지겨워진 웨이터가 앞치마를 벗어던지는 작은 식당을 방문할 것이다.

나이가 든다는 것은 뒤를 돌아본다는 것을 의미한다. 우리는 과거에 있었던 사건들과 사람들에 관한 기억을 여러 방식으로 경험할 수 있다. 이미 여러 번 읽은 책을 다시 읽는 것과 마찬가지다. 우리는 항상 새로운 것을 발견한다.

암에 걸린 이후로 머릿속에 떠오르는 기억의 장면들 속에서 뭔가 예상치 않았던 것을 점점 더 자주 발견하고 있는 것 같은 생각이 든다. 이제야 그때의 웨이터와 우유 잔을 앞에 놓고 있던 세뇨라 카르멘이 완전히 뚜렷하게 기억난다. 전에는 기억 속 그들의 윤곽이 흐렸다. 그런데 이제는 그렇지 않다.

그때의 두 사람은 아주 선명도 높은 스냅사진이 되었다. 스냅사진 속에서 웨이터의 앞치마는 떨어져나간 날개처럼 공기 중에 떠 있다. 세뇨라 카르멘의 떨리는 두 손은 갈고리 발톱처럼 벌려져 있다.

인생은 우리를 무섭게 하는 것과 우리에게 기쁨을 주는 것 사이에서 끊임없이 왔다 갔다 하는 커다란 혼란이다. 최선의 경우, 우리는 살아가면서 좋은 기억들을 만드는 데 성공할 수 있다. 물론 이 세상에는 우리가 살려면 잊어야만 하는 사람들이 너무 많긴 하지만 말이다.

나는 다시는 살라망카에 가지 않을 것이다. 그럼에도 불구하고 계속 그리로 가는 길 위에 있는 것 같은, 남몰래 그곳으로 가고 있는 것 같은 생각이 든다.

3부

꼭두각시

44

진흙바닥

한번은 죽어가는 열일곱 살짜리 소녀의 병상을 지킨 적이 있다.

소녀가 누워 있던 침대는 더러운 침대보가 덮인 매트리스였다. 방이 아주 더웠기 때문에 소녀는 얇은 천 하나만 덮고 있었다. 매트리스는 그냥 진흙바닥에 놓여 있었다.

전기는 들어오지 않았다. 방에 들어갈 때 나는 깜빡거리는 초 하나를 손에 들고 있었다.

소녀의 어머니와 형제들은 작은 집 앞에 피워진 모닥불 주위에 앉아 있었다. 모닥불 위에는 식사로 준비한 쌀과 채소가 들어간 냄비요리가 끓고 있었다.

형제들 중 누구도 방 안에서 그들의 맏누이가 죽어가고 있다는 사실을 제대로 깨닫지 못하는 것 같았다. 그들은 내가 소녀를 들여다보고 나서 소녀가 금방 다시 건강해질 것이라고 그들에게 말해주기를 바라고 있었다.

소녀는 HIV 감염자였다. 그리고 이제 에이즈 환자였다. 소녀와 내가 살던 가난한 아프리카의 나라에는 소녀를 구할 수 있는 방법이 없었다. 그때는 프로테아제 억제제가 나오기 전이었다.

소녀에게는 남아프리카에서 일하는 남자친구가 있었고, 병은 그 남자친구에게서 감염되었다. 그리고 이제 소녀는 죽을 것이었다.

나는 소녀 앞에 쭈그리고 앉았다. 소녀는 눈을 뜬 채 어둠 속에 누워 있었다. 소녀의 시선은 먼 곳을 바라보고 있었다. 어쩌면 아무것도 보고 있지 않았을지도 모른다. 소녀는 화장실에 갈 때 어머니와 형제들이 안고 가야 할 정도로 힘이 없었다.

나는 소녀를 처음 봤을 때를 생각했다. 그때로부터 3년 전이었다. 소녀는 열네 살이었고 그때도 이미 아주 아름다웠다.

그러나 이제는 더이상 아름답지 않았다. 소녀는 쇠약해질 대로 쇠약해져 있었다. 얼굴은 헤르페스 바이러스 감염이 남긴 수많은 상처로 뒤덮여 있었다. 머리카락은 빠지기 시작한 상태였다.

소녀가 진흙바닥 위에 누워서 알 수 없는 먼 곳을 바라보고 있었던 그때로부터 이제 20년이 지나갔다. 내 기억 속에서 그 장면은 빛바랜 흑백사진이다. 그 사진 속 소녀의 얼굴 모습은 천천히 허물어지고 있다.

세월이 흐르는 동안 나는 가끔 그 소녀를 생각했다. 아직 살아 있었더라면 몇 살이 되었을지, 무슨 일을 하고 있을지, 어떤 모습일지.

나는 다른 죽은 이들을 생각하는 것과 마찬가지로 그 소녀를 생각했다. 어째서 단지 죽은 사람들이 더이상 살아 있지 않다는 이유만으로 더이상은 그들과 교제하거나 친하게 지낼 수 없다는 것인지 납득할 수 없었다. 내가 그들을 기억하는 한 그들은 살아 있는 것이다.

홀륭한 아프리카 언론인이었던 카를로스 카르도주는 15년 전 마푸투 거리에서 총에 맞아 숨졌다. 카를로스는 고위 정치인들과 협력관계에 있던 범죄조직에 정면으로 맞섰고, 그들은 카를로스에게 사형을 선고하고 집행했다.

나는 카를로스와 거의 매일 이야기를 나눈다. 대화는 내 머릿속에서 진행된다. 나에게는 카를로스가 여전히 존재하는 인물이고 나와 가장 친한 친구 중 한 명으로 여전히 큰 의미를 갖는다.

첫 번째 항암 화학요법을 받았던 올봄에도 나는 진흙바닥 위에서 죽은 그 소녀를 자주 생각했다. 예전보다도 더 자주. 비록 내가 그 소녀처럼 진흙바닥 위에서, 빛이라고는 촛불 하나 밖에 없는 어두운 방에서 삶을 마감하지는 않겠지만 그래도 그 소녀의 죽음에서 내 죽음을 본 것이 아닐까 자신에게 묻곤 했다.

기억 속에서 나는 계속 그 소녀를 마지막으로 본 그날 저녁으로 돌아갔다. 어쩌면 내 자신에게 뭔가 이야기하고 싶었던 걸까?

누가 나에게 그 소녀가 살던 마푸투 근교의 작은 마을을 방문해달라고 부탁한 적은 없다. 내가 그 소녀와 그녀의 가난한 가족을 알게 된 것은 우연이었다. 소녀의 여동생 한 명이 부주의로 일어난 끔찍한 갱내 사고로 두 다리를 잃었고, 나는 우연히 그 동생을 만나게 되었다. 그 여동생의 이름은 소피아였으며 나는 이후 소피아에 대해 책을 몇 권 썼다. 그 당시 죽어가고 있던 언니 로사는 내가 소피아 가족을 방문했던 때엔 대부분 집에서 멀리 떨어진 들에 나가 채소 키우는 일을 하고 있었고, 그것으로 가족을 부양하고 있었다.

그날 저녁, 나는 온통 곰팡이가 핀 마푸투의 내 거처에서 다음 날 극장에서 있을 리허설을 준비하고 있었다. 우리가 연습하고 있던 작품은《리시스트라테(Lysistrate, 기원전 411년경 그리스 극작가 아리스토파네스가 지은 희곡—옮긴이)》를 변형시킨 작품이었다. 원작에서 그리스적인 요소를 다 지웠지만, 남편들이 전쟁을 끝내고 평화조약을 맺게 하려고 잠자리를 거부하는 여자들에 관한 기본 플롯은 아리스토파네스가 그 독창적인 작품을 썼던 2천 년 전이나 오늘날이나 똑같이 현실성이 있었다.

두려움은 갑자기 찾아왔다. 나는 갑자기 그날 저녁 꼭 마을에 가야 한다고 느꼈다. 그리고 그렇게 했다. 그러고 보니 내가 왜 지금 이렇게 자주 로사 생각을 하는지 알겠다. 로사가 누워 있는 매트리스 옆에 앉아 흙바닥에 초를 눌러 세웠던 일이 생각난다. 우리는 아무 말도 하지 않았다. 그저 오두막 앞 모닥불에 둘러앉아 있던 가족들의 웅얼거리는 소리, 그리고 로사의 헐떡이는 숨소리만 들려왔다. 로사에겐 숨을 들이마시고 내뱉는 일이 정말 큰 노력을 요하는 것 같았다. 로사가 무슨 생각을 하는지, 맑으면서도 동시에 피로한 두 눈으로 어둠 속에서 뭘 보고 있는지 나는 머릿속으로 상상해보려 애썼다.

로사가 마침내 내게로 얼굴을 돌렸다. 내 시선과 로사의 시선이 마주쳤을 때, 나는 내가 "앞으로 다가올 일이 두렵니?"라고 묻는 소리를 들었다.

난 입을 꽉 다물고 있었어야 했다. 제대로 살아볼 가능성조차 가져보지 못하고 죽어가는 열일곱 살짜리 아이에게 어떻게 무섭냐고 물어볼 수가 있었을까!

로사는 대답하면서 미소를 띠었던 것 같다.

"아니요. 무섭지 않아요. 제가 뭘 무서워해야 하나요? 전 곧 다시 일어날 거예요. 곧 건강해질 거예요."

로사는 일주일 후 죽었다. 로사의 여동생 한 명이 지나가던 화물차에 히치하이킹해서 시내까지 왔고, 내가 리허설을 끝내고 나왔을 때 극장 앞에 서 있었다. 그녀는 작고 수줍고 웅얼거리는 목소리로 내게 로사의 죽음을 알렸다.

나는 물론 충격을 받을 만큼 놀라지는 않았다. 로사가 죽으리라는 걸 알고 있었으니까. 그래도 눈물이 쏟아졌다. 극장 입구에서 나오던 배우 몇 명은 겁먹은 얼굴을 했다. 내가 우는 걸 한 번도 본 적이 없었기 때문이다. 어쩌면 백인 남자들은 울지 않는다고 생각했는지도 모르겠다.

암과 싸우고 있는 지금, 그 당시 로사에게 했던 것과 똑같은 질문을 스스로에게 던져보게 된다. 나는 지금 얼마만큼 무서운가? 그리고 암 진단을 받은 이상 죽음의 가능성이 항상 가까이 있다는 것을 나 역시 스스로 부인하고 있는가?

모르겠다. 하지만 난 적어도 자신에게 솔직하고자 한다. 무서운 건 사실이다. 아무것도 없는 데서 갑자기 거친 파도가 일어나더니, 내 내면과 외면이 만나는 해안선에 와서 부딪힌다.

나는 나를 두렵게 만드는 것에 저항하려고 노력했다. 암세포가 계속 퍼져서 더이상 막을 수 없게 되면 일어날 수 있는 최악의 상황은 죽음이다. 그에 대항해서 내가 할 수 있는 일이라곤, 번듯하게 살아갈 때도 마찬가지로 필요한 용기를 죽음에 대해서도 의연하게 보여주는 것 말고는 없다. 이처럼 품위와 평온을 유지하려는 노력을 설명해줄 수 있는 가장 중요한 근거 하나는, 어쨌든 나는 열일곱 살이 아니며 제대로 살아보지도 못하고 죽는 것은 아니라는 점이다. 예순여섯 살이면 이 세상 사람들 대부분이 꿈에서라도 바라는 것보다 더 오래 살았다. 현재의 예순여섯이라는 나이가 과거의 예순여섯과는 다르다 하더라도, 나는 오래 살았다.

1964년 연감에서 '사망자' 부문을 살펴보면 대다수의 나이가 예순에서 일흔 사이다. 여든 넘은 나이에 사망한 사람들도 있긴 하지만 오늘날처럼 많지는 않다.

나를 두렵게 만드는 것은 물론 죽음이 고통스러울지도 모른다는 사실이다.

하지만 오늘날에는 그런 가능성을 두려워할 이유가 10년 전보다 더 적어졌다. 이제는 통제 불가능한 통증이 그다지 많지 않으니까.

게다가 생각해보면 어느 정도 안심이 되는 마지막 방책도 있다.

통증이 참기 어렵고 가라앉힐 방법도 없으면 진정제를 투여받을 수도 있다. 그러면 잠에 빠져서 고통스런 삶과 세상으로부터 빠져나올 수 있다. 자살을 하는 것보다는 그게 더 낫다. 내 주변 사람들을 생각해서라도 자살은 선택하고 싶지 않다. 내가 만약 완전히 홀몸이라면 자살이 하나의 대안이 될 수도 있겠지만, 그렇지 않은 이상 자살은 대안이 될 수 없다.

내 두려움은 사실 아주 다른 것이다. 부조리하고 유치한 두려움이다. 나는 그렇게 오래 죽어 있어야 하는 것이 두렵다. 이것은 사실 어리석은, 창피하기까지 한 두려움이다. 죽고 나면 시간도 공간도, 아무것도 없다. 죽음과 함께 생의 원무에서 내가 맡은 역할은 끝나는 것이고, 나는 '나이의 계단'의 마지막 계단에서 떨어지는 것이다. 그러면 이것이 최후의 분명한 사실일까? 내 두려움이 죽은 후에도 살아 있던 시간을 기억하게 될 것이라는 무의미한 상상에 기초하고 있다는 것? 사후세계에서도 똑같은 법칙들과 똑같은 의식이 적용될 것이라는 사실이 아닌 사실?

로사가 정말로 전혀 두렵지 않았는지 나는 결코 알 수 없을 것이다. 내가 그 뻔뻔하고 무감각한 질문을 던졌을 때 로사가 솔직히 대답했는지도 결코 알 수 없을 것이다. 로사가 자기 자신에게조차 두렵지 않은 척한 것인지 아니면 진심으로 대답했는지, 나는 절대로 알 수 없을 것이다.

마치 그 열일곱 살짜리 아프리카 소녀가 내게 주어진 질문들에 대답하고 삶과 죽음 사이의 험한 물길을 헤쳐 나가는 데 도움이 되는 것처럼 느껴진다.

이 글을 쓰는 동안 나는 소위 기본 치료라고 하는 것에 속하는 네 번째 화학요법을 마쳤다. 내 몸속에 들어간 세포독이 과연 효과가 있었는지 며칠 후면 알게 될 것이다.

물론 나는 불안하고 잔뜩 긴장한 상태다. 가끔씩, 특히 밤이 되면 거의 패닉에 사까운 불안을 느끼며 잠에서 깨곤 한다. 그러면 일어나서 추운 봄밤의 어둠 속으로 나간다. 날이 밝기를 미처 못 기다린 검은머리물떼새 한 마리의 날카로운 울음소리가 해변에서 들려온다.

보통은 잠깐만 있으면 다시 안정이 된다. 물론 언제 다시 깨질지 모르는 안정이지만 그래도 안정은 안정이다. 그리고 가끔은 로사가 나와 아주 가까운 곳에 있는 것 같은 느낌이 든다. 유령이나 원귀, 좋거나 나쁜 귀신 따위로서가 아니라, 오로지 기억으로서 그리고 내가 충분히 아파하고 극복하지 못한 추모의 대상으로서.

그리고 무엇보다도, 당시에 그 진흙바닥 위에서 있었던 일에 대한 기억으로서.

45

어둠 속에서 나와 어둠 속으로
조용히 걸어 들어가기

우리는 지나간 과거의 일만 기억할 수 있다. 미래는 우리에게 기억을 주지 않는다.

그것은 누구도 의심할 수 없는 당연한 사실이다. 시간은 한 방향으로만, 앞을 향해서만 쏘아지는 화살이다. 우리는 시간을 되돌려 화살이 뒤를 향해 날도록 요구할 수 없다. 타임머신은 존재하지 않는다. 수학적이고 이론적인 명제들이 가끔 과거로 회귀하는 문제에 모형의 형태로 철학적으로 접근하기도 한다. 할머니와 할아버지가 만나는 걸 막는, 그래서 본인이 태어나지 않게 되는 일. 하지만 이런 건 단지 사고의 유희일 뿐이다. 실제로 나를 태어나지 않은 사람으로 만들 수는 없다.

내가 생각하는 것, 즉 사고는 만약 시간여행이 가능하다면 존재하지 않을 것이다. 내 기억들은 존재하지 않았을 것이고, 따라서 결코 지워질 수 없을 것이다.

시간과 우주에 관련된 문제들은 가장 크고 가장 어려운 문제들이다. 세상에서 가장 똑똑한 두뇌를 가진 사람들이 그 문제들을 연구하고 고민하는 중이다. 우리의 뇌 속에서는 생각의 본질을 이루는 화학작용들이 활발하게 일어나고 있으며, 때때로 새롭고 훌륭한 발견들이 이루어진다.

내가 어렸을 때는 아직 알려져 있지 않았지만 지금은 알려진 사실들이 많다. 예를 들어 우주에 있는 블랙홀의 의미는 예전에는 알려지지 않았던 아주 새로운 것이다. 인간의 DNA 지도를 만드는 일 역시 75년 전에는 아무도 상상할 수 없었던 과학적 성과이다.

모든 사고는 결국 번식하려는 단순한 생물학적 요구 뒤에 숨겨진 의미를 발견하려는 시도와 관련된 것이다. 한편으로는 인류가 존속할 수 있게 하기 위해서고, 다른 한편으로는 우리가 아직 답을 발견하지 못한, 어쩌면 아직 표현조차 하지 못한 질문들이 후대의 과학자들에게 전달될 수 있게 하기 위해서다.

우리는 모두 자신에게 질문을 던진다. 그것이 우리가 가진 공통점이다. 추운 겨울밤 별들을 바라보며 인생의 의미와 진행에 대해 자문해보지 않은 사람은 아무도 없을 것이다. 그렇게 보면 빅토르 뤼드베리의 시 〈톰텐 요정〉이 위대한 사상가들의 이야기와도 우열을 다툴만한 철학적 고찰이라고 충분히 주장할 만하다.

많은 사람들은 묻기를 포기하거나 중단하고, 마치 더이상 알고 싫거나 궁금한 것이 없는 듯이 어깨를 한번 으쓱거리고는 일상을 이어나간다. 어떤 사람들은 어린 나이에 이미 질문을 그만두고, 어떤 사람들은 늙어서까지 고집스럽게 묻기를 계속한다. 그러나 결국엔 잘 모르겠다는 듯 어깨를 움츠리며 철학적 사고를 포기하게 된다. 이해가 된다. 지구상에 사는 수십억 명의 사람들 대다수에게 사고할 시간을 갖는다는 것은 도저히 이룰 수 없는 사치이기도 하다.

이것이야말로 우리가 사는 이 세계에 존재하는 가장 통탄스러운 불공평에 속한다. 어떤 사람들에게는 생각할 시간이 있고, 다른 사람들에게는 그럴 가능성도 주어지지 않는다는 것. 삶의 의미를 찾는 것은 당연한 권리로서 세계인권선언에 들어가야 한다.

어떤 사람들은 종교에서 그들의 진실을 찾는다. 또 다른 사람들은 진실을 찾기 위해 별을 쳐다본다. 어린 시절 잠이 오지 않던 어느 추운 겨울밤, 나는 외로운 개 한 마리가 흔들리는 가로등 불빛 안으로 걸어 들어갔다가 다시 어둠 속으로 사라지는 모습을 본 적이 있다. 나는 가끔 삶과 죽음, 과거와 미래에 대한 내 모든 의문이 조용히 어둠 속에서 나와 어둠 속으로 걸어 들어가던 그 외로운 개와 관련이 있다고 생각한다.

우리를 인간으로 만들어주는 것은 자신에게 물음을 던지는 능력이다. 그렇게 보면 별이 빛나는 밤하늘은 우리 자신의 얼굴을 들여다보는 거울이기도 하다. 나는 질문으로 가득할 때 내 얼굴이 가장 진실하다고 생각한다.

나의 세계에서 진실은 항상 일시적이다. 내가 살아오면서 가졌던 생각 중에 전혀 움직이지 않은 부동의 사고는 하나도 없다. 진실은 바다 위에서 흔들리는 배와 같다. 우리는 그 배를 올바른 방향으로 조종해야 한다. 물이 너무 얕은 곳이나 암초가 있는 곳을 피해 배를 몰아야 하고 배의 속도나 올린 돛의 수도 조정해야 한다.

여행에서 돌아오는 배는 여행을 시작할 때의 배와는 다르다. 진실도 내 머릿속에서 그리고 내 삶 속에서 함께 여행을 한다. 그 진실들이 살아남을 수 있도록 나는 가끔 진실들에 물음을 던지고 변화를 찾아야 한다.

내가 스무 살이었을 때 일어났던 미국의 베트남 침략전쟁은 여러 측면에서 내게 방향을 제시해주는 중요한 결정을 하게 만들었다. 나는 당시 미국의 베트남 전쟁을 반대하는 것이 옳다고 보았고 그 생각을 바꾸지 않았다. 그러나 전쟁이 끝나고 미군들이 철수하자 베트남은 이웃나라인 캄보디아를 공격했다. 그렇다면 그 전에 전쟁을 일으킨 미국을 비판한 것이 당연했듯이 베트남을 비난하는 것도 당연한 일이었다.

그러나 놀랍게도 그 순간 많은 사람들의 이성적 관점이 감성적 관점으로 바뀌어버렸다. 어떻게 저 용감한 베트남 국민들을 비판할 수 있겠어? 사람들은 눈물을 흘리고 소파에 몸을 던지면서, 베트남 사람들이 당연히 캄보디아를 공격할 권리가 있다는 의견을 보였다.

나는 그 당시 근본적인 깨달음을 얻었다. 진실은 다시 제대로 서기 위해 가끔 뒤집혀야 한다는 것.

베르톨트 브레히트가 이런 글을 쓴 적이 있다. "생각하는 것은 인간이 가진 가장 큰 즐거움에 속한다." 나는 브레히트의 의견에 동의한다. 산책을 하거나 책상에 앉은 채로 생각을 집중해서 문제를 푸는 일은 사람을 자유롭게 해주고 에너지를 요구한다. 그뿐만 아니라 기분 좋게 해준다.

모든 생각이 가능하다. 사고의 세계에는 울타리도, 구덩이도, 지뢰밭도 없다. 그저 시원하게 펼쳐진 자유로운 들판일 뿐이다.

전제 군주들과 독재자들은 그것을 알고 있다. 그들은 생각의 자유를 두려워한다. 그래서 사람들이 어느 정도 의식적으로 자기검열을 하지 않을 수 없도록 만들기 위해 다양한 방법들을 사용한다. 머릿속에 예전에는 없었던 구덩이를 만드는 것이다.

자기검열이 의미하는 것이 무엇인지 나는 안다. 25년 전, 우리는 마푸투 극장에서 여러 번의 토의를 거친 끝에 한 작품을 무대에 올리는 것을 포기하기로 결정을 내린 적이 있다. 거기에는 이성적인 근거들이 있었다. 관객들이 그 작품을 보러 오지 않을 것이고, 그 작품의 역할에 딱 맞는 배우들이 없었고, 게다가 그 작품과 주제가 우리가 생각했던 것만큼 그렇게 중요하지 않았다. 우리는 관객들이 우리가 내린 결정이 현명하다고 여겨질 수 있도록 작품을 포기해야 할 많은 이유들을 모았다. 하지만 우리 모두는 가장 깊은 내면에서부터 우리가 자기검열을 하고 있다는 것을 알고 있었다. 권력자들이 우리 작품에 부정적인 반응을 보일 위험이 있었다. 그러면 극장이 어려움에 처할 가능성이 있었고, 최악의 경우 극장이 문을 닫게 될 수도 있었다. 나 개인적으로는 모잠비크를 24시간 내에 떠나야 하고, 짐의 무게가 20킬로그램을 넘어서는 안 된다는 소위 '24/20 규정'을 적용받게 될 수도 있었다.

우리의 결정이 옳았는지 아닌지는 논의의 여지가 있다. 나 역시 아직까지도 그때의 결정이 옳았는지 스스로 묻곤 한다. 하지만 극장은 여전히 존속하고 있다. 위험에 처하거나 문을 닫아야 했던 적도 한 번도 없다. 오늘날에는 우리가 당시 내렸던 결정이 아무런 속박을 받지 않은 창의적이고 자유로운 의지가 아니라 자기검열 때문이었다고 솔직하게 말할 수도 있다.

가장 큰 도전은 새로운 생각들을 시험해보고자 하는 의지이다. 다른 사람들이 진실이라 말하는 것들에 의문을 던지고 나만의 길을 가는 데 주저하지 않는 것이다.

예를 하나 들어보자. 내가 한 극단으로부터 파업에 관한 작품을 하나 써 달라는 주문을 받는다면 아마도 파업을 준수하지 않는 사람에 관한 이야기를 쓸 것이다. 사람들의 예상과는 다른 측면에서 파업이라는 주제에 접근하겠다는 뜻이다. 파업과 관련된 문제들은 기껏해야 다른 종류의 고찰로 다시 연결될 수 있는 접근방법으로 이용될 것이다. 새로운 사고를 통해 새로운 결론을 끌어낼 것이다.

다양한 산업분야에서 중요한 발견이 이루어지는 곳은, 문제의 해결방법을 생각해내는 일을 하고 월급을 받는 엔지니어들이 근무하는 사무실보다도 작업장일 때가 많다. 어느 날 공장노동자가 소장 사무실의 문을 두드리고 들어와 생산 공정 속도를 높이고 비용을 줄일 수 있는 개선방안을 제안한다.

우리가 사고능력을 발전시킨 것은 물론 생존 문제와 연관이 있다. 생존이 우리가 궁극적으로 목표하는 것이기 때문이다. 우리는 죽고자 하지 않는다. 살고자 한다. 쓰레기통을 뒤지는 사람을 볼 때마다 나는 우리가 무슨 대가를 치루더라도 목숨을 부지하고자 한다는 그 단순한 기본원칙을 확인한다.

어쩌면 생각의 방향을 뒤집어볼 수도 있지 않을까? 우리 사고의 중심에는 기본적으로 어떤 대가를 치루더라도 죽음을 피하고자 하는 생각이 놓여 있다. 산다는 건, 우리도 그게 무엇인지 잘 알고 있다. 하지만 죽음은, 비록 우리가 죽고 나면 우리의 몸이 썩고 결국엔 뼈만 남게 된다는 것을 알고 있어도 우리에게 낯선 것이다.

그러나 우리는 죽는다는 게 무엇을 의미하는지도 생각한다. 사후세계라는 것이 있을까? 아니면 죽은 후에는 어둠만이 존재할까?

그렇다면 우리가 언제가 됐든 내가 앞서 이야기했던 그 벽 앞에 서게 될 것이라는 걸 의미한다. 시간과 공간이 있기 전에는 무엇이 있었을까? 그 무엇이 있기 전에는 과연 무엇이 있었을까?

'무'와 '영원'은 같은 것일까?

내 친할머니는 거의 백 살까지 살았다. 돌아가시기 전 몇 해 동안 그분은 때때로 강한 죽음의 공포에 사로잡혔다. 그럴 때면 침대에 누워 눈을 감았다. 투명인간처럼 자신을 안 보이게 만들 수 있다고 믿는 어린아이마냥 눈을 꼭 감았다.

한번은 내가 할머니 침대 모서리에 앉자 할머니가 조심스럽게 눈을 떴다. 나는 이미 알면서도 할머니를 괴롭히는 게 무엇인지 물었다.

할머니가 대답하셨다. "죽음. 죽음이 내 눈앞에 보인단다. 그러면 아무 생각도 하지 말아야 해. 모든 생각들을 밀어내고 그저 이 순간을 견뎌내기 위해 노력하는 것. 그게 내가 할 수 있는 유일한 일이란다. 다음 발작이 찾아올 때까지 말이다."

아무 생각도 하지 않는 것, 어쩌면 바로 그런 생각이 무엇보다도 어려운 것 아닐까?

46

만토바와 부에노스아이레스

오래전 이탈리아 만토바에 간 적이 있다. 문학축제에 참석하기 위해서였다. 때는 따뜻한 봄날이었다. 나는 약간 멍한 채로 식당을 찾고 있었다. 그렇게 식당을 찾아 돌아다니다가 갑자기 만토바에서 가장 큰 광장에 이르렀다. 많은 사람들이 둥글게 원을 그리고 모여 있었고, 그 중앙에서는 곧 거리극 공연이 시작되려 하고 있었다. 나도 사람들 옆에 서서 공연 시작하는 걸 보고 가야겠다고 생각했다.

그런데 나는 결국 공연이 끝날 때까지 자리를 뜨지 못했다. 공연은 50분이 걸렸다. 공연이 끝나고 주위를 돌아보니 연극이 시작될 때 있었던 사람들 대부분이 끝까지 남아 있었다는 걸 확인할 수 있었다. 그 사람들도 모두 나처럼 큰 감동을 받은 모양이었다. 광장 돌바닥에 놓인 모자는 금방 관객들이 넣은 돈으로 가득 찼다.

배우 두 명이 공연 전체를 이끌었다. 젊은 남녀 배우였다. 둘은 중세시대 광대 의상을 입고 있었다. 그 의상을 처음 봤을 때는 좀 회의적이었다. 중세 마술사를 표현하려 했지만 창피한 수준의 모방에 불과했던 공연들을 나는 이미 너무 많이 봤다.

하지만 극이 시작되고 얼마 안 있어 두 젊은 배우가 그들이 입은 의상의 부족한 부분을 충분히 채울 줄 아는 사람들이라는 것을 알 수 있었다. 두 배우는 일종의 시간을 초월한 무인도에서 비극적이면서도 희극적인 사랑이야기를 보여주었다. 광장이 자동차의 소음으로 둘러싸여 있었기 때문에 두 인물의 대사는 많지 않았다. 게다가 광장 주변에 있는 카페들에서도 음악소리가 크게 흘러나왔다. 그러나 두 배우는 풍부한 기지와 놀라운 상상력으로 소음을 극복하고 관객과의 거리를 현저히 좁히는 데 성공했다. 공연은 끊임없이 긴장을 놓지 못하게 만드는 놀라운 순간들로 가득했다. 나는 그저 그곳에 서서 극이 끝나기만을 기다린 것이 아니라 공연 내내 그 다음엔 무슨 일이 일어날지 궁금해 했다. 젊은 두 배우는 등장인물들의 사랑을 그들의 모든 고난과 함께 아주 감동적으로 그려냈다. 둘의 연기에서는 전혀 과시나 자만이 느껴지지 않았다. 두 사람은 극이 진행되는 내내 관객이 그들을 믿게 만들었다.

공연이 끝났을 때 나는 평생 본 가장 훌륭한 연극 공연 중 하나를 관람했다는 사실을 깨달았다. 관객들이 흩어지는 동안 나는 자리에 그대로 서서 젊은 두 배우가 얼마 안 되는 그들의 소품을 챙기는 모습을 지켜보았다. 그런 다음 둘은 나무 그늘에 쭈그리고 앉아 모자에 들어 있던 동전들을 세었다. 그들은 실제로도 연인이었다. 모자 안에 든 내용물의 액수에 기뻐하며 그들은 서로 껴안았고 잠시 그렇게 포옹한 채 있었다.

그들에게 다가가서 내가 공연에 얼마나 감명받았는지를 말해야 할지 망설였다. 하지만 내가 광장을 가로질러 둘이 있는 곳으로 움직이기 시작했을 때는 이미 늦어버렸다. 그들도 자리에서 일어나 여기저기 찌그러진 작은 자동차를 향해 걸어가고 있었다. 나는 두 사람이 길모퉁이를 돌아 사라지는 것을 지켜보았다.

그때 그 배우들에게 감사인사를 하지 못한 것이 오랫동안 화가 났다. 사실 별 감동을 받지 못했지만 그럼에도 불구하고 속마음을 숨기며 배우들에게 공연 잘 봤다고 감사인사를 전했던 일이 얼마나 많았던가. 하지만 그때 그 공연은 정말 좋았다. 그러나 감사인사를 하려고 했을 때 두 배우는 이미 가버리고 없었다.

그 두 배우가 누군지, 작품 제목이 뭔지, 누가 쓴 작품인지 나는 모른다. 내가 아는 것은 그 두 배우가 아주 젊었고 아주 재능이 있었다는 것뿐이다. 둘의 공연은 여전히 내가 겪어본 가장 위대한 예술적 경험 중 하나이다.

15년 전부터 기억 속에 남아 있는 훌륭한 연극공연이 또 하나 있다. 그 공연 역시 우연히 보게 된 것이었다.

내 소설들에 대해 이야기하기 위해 부에노스아이레스를 방문한 적이 있다. 그 도시에 간 것은 두 번째였고, 첫 번째 방문은 아주 짧았다. 처음 부에노스아이레스에 갔을 때도 당시 쓰고 있었던 책

때문에 조사를 하러 간 것이었다. 두 번째 갔을 때에는 좀 더 시간이 많아서 하루 저녁을 온전히 자유롭게 보냈다.

나는 그날 저녁 도심에 있는 호텔을 나서서 남아메리카의 가을 속으로 발을 내딛었다. 늦은 시간이었지만 아직 식사를 할 수 있는 식당을 찾기 위해서였다.

호텔에서 나와 몇 걸음 가지 않아서 발견한 사실은 집 입구마다, 그리고 불 켜진 쇼윈도 아래마다 노숙자들이 누워있거나 웅크리고 있다는 것이었다. 노숙자들은 개인뿐 아니라 한 가족인 경우도 많았다. 그러니까 나는 사람들의 침실과 거실 사이로 걸어가고 있던 것이다. 아르헨티나가 금융위기를 겪는 중임을 물론 알고 있었지만, 금융위기가 이미 그 전에도 최저생활비로 살고 있었던 사람들에게 그렇게 무자비한 타격을 가했을 것이라고는 예상하지 못했다.

그 광경을 보는 것은 침울한 경험이었다. 나는 보도가 너무 좁아서 사람들이 누워 잘 수 없는 작은 골목길로 들어갔다. 뚜렷한 목적지 없이 그냥 걷다가 결국엔 주로 아르헨티나 사람들이 많이 가는 자그마한 식당에 들어갔다.

거기서 무엇을 먹었는지는 이제 기억나지 않는다. 기억나는 것은 여종업원이 다리를 절었고, 아주 효율적으로 일했으며, 그렇게 효율적으로 일하는 종업원은 그때까지 본 적이 없었다는 사실이다.

밤 열한 시경 계산을 하고 식당에서 나왔다. 호텔 방향으로 걷다 보니 잠시 후 코리엔테스 대로와 칼라오 대로의 교차로 근처에 도착했다. 사람들이 모여들어서 길이 막혀 있었다. 사람들은 원을 그리고 서서 그 중앙에서 일어나는 어떤 일을 구경하고 있었다. 스피커에서 아르헨티나 탱고 음악이 들려왔다. 나는 사람들이 구경하고 있는 게 뭔지 보려고 사람들 무리를 힘겹게 뚫고 들어갔다.

교차로에서 네 커플이 탱고를 추고 있었다. 그들은 20세기에 유행했던 여러 옷차림을 하고 있었고, 춤을 아주 잘 췄다. 춤만 춘 것이 아니라 동시에 질투와 그 밖의 격렬한 감정들이 섞여 있는 어떤 작품을 공연하고 있었다. 댄서 중 두 명은 최소한 일흔은 돼 보였다. 다른 한 커플은 스무 살도 채 안 된 것 같았다. 그들은 파트너를 바꿔가며 춤을 췄고, 파트너가 바뀌면 춤 스타일도 바뀌었다. 흔들리는 가로등 불빛이 공연을 비추는 유일한 조명이었다. 댄서들은 그들의 공연에 딱 맞는 자리를 고른 것이다. 관객들은 불빛 바깥에 서 있었고, 댄서들은 극적이고 변화무쌍한 조명 아래에서 춤을 췄다. 춤을 통해 무엇을 얘기하고 싶은지에 따라 댄서들은 불빛이 가장 밝은 곳에서 조금 어두운 곳으로 움직여가며 춤을 췄다.

아무도 입을 열지 않았다. 가끔 그들은 마치 얼어붙은 것처럼 움직임을 멈춘 채 꼼짝하지 않았다. 그러다가 다시 춤을 췄고, 파트너를 바꾸었고, 그러면서 춤으로 정열의 저주와 기쁨에 대한 이야기를 들려주었다.

공연은 아주 훌륭했다. 댄서들은 기술적으로도 빛났을 뿐 아니라 탱고의 변화무쌍한 감성 안에서 움직이는 훌륭한 연기력까지 지니고 있었다.

댄서들 중 가장 어려 보이던 한 여자 댄서에게는 특히 더 사람들의 시선을 끌어당기는 뭔가가 있었다. 처음에는 그게 무엇인지 몰랐다. 그러다가 그녀가 앞을 보지 못한다는 것을 깨달았다. 그런데도 남자 파트너가 눈을 감으면 그녀도 눈을 감았다.

공연이 끝나자 나는 얼굴의 땀을 닦고 있는 그녀에게 다가갔다. 그녀는 다른 댄서들과 똑같이 지치고 땀에 젖은 얼굴로, 그녀를 제외한 모든 동료들이 차례로 들고 온 모자 속에서 동전이 딸랑거리고 지폐가 바스락거리는 소리를 들으며 동료들과 함께 기뻐하고 있었다.

만토바에서와 마찬가지로 그날의 댄서들 역시 관객들이 모자에 넣어주는 돈으로 생활하는 사람들이었다. 그날 저녁 나는 거리의 예술가들이 매일 땅바닥에 내려놓고 다시 수거하는 수천 개의 모자들을 생각했다. 그들 중에는 만토바 광장의 젊은 배우들과 여기 부에노스아이레스의 댄서들처럼 훌륭한 재능을 지닌 정말 위대한 예술가들이 있다.

공연이 끝났을 때는 이미 자정이 지나 있었다. 남자 댄서 한 명이 어린아이를 안은 자기 아내와 이야기를 나누고 있었다. 댄서들은 모두 피곤한 상태였다. 한 시간 이상 집중적으로 탱고를 추는 데는 좋은 체력과 잘 단련된 근육이 필요하다. 그날 저녁 그들이 공연을 몇 번이나 했는지 나는 모른다. 두 번? 어쩌면 내가 본 것이 세 번째 공연일지도 모른다.

나는 몸을 웅크린 채 보도 위에서 잠자는 가족들 옆을 지나 밤길을 걸어 호텔로 돌아왔다. 밤공기는 시원했다. 나는 그 탱고 댄서들 덕분에 부에노스아이레스를 기억하게 되리라는 걸 알았다. 그러나 마찬가지로 거리에서 잠자고 있던 많은 가족들도 기억하게 될 것이다.

탱고 댄서들이 공연을 한 교차로는 마치 동굴 같았다. 어둠 속으로 뻗어 올라가 있는 건물 벽들, 가로등의 창백한 불빛, 건물 벽들 사이에서 울리는 음악소리.

어떤 경험은 영원히 기억 속에 남아 있으리라는 걸 느낄 때가 있다.

어떤 것으로도 대체될 수 없는 그런 기억이 있다.

47

멍청한 새

1980년대 중반에 타자기를 구하러 다닌 적이 있다.

그때 나는 잠비아에 살고 있었는데, 타자기를 구하기 위해서 내가 살던 앙골라 국경 인접 지역에서 모리셔스까지 먼 길을 가야 했다.

그곳에 노르웨이 작가 한 명이 두고 간 타자기가 있었다. 내 타자기는 고장이 났는데, 수리할 사람이 아무도 없었다. 나는 내가 찾는 타자기가 '식민지의 야자열매'라는 이상한 이름의 호텔에 있다는 걸 알고 있었다. 그 호텔은 옛날에 미셀 푸코와 함께 파리에서 철학을 전공했던 한 프랑스인의 소유였다. 바다를 향한 내리막길에는 세상에 존재하는 모든 종류의 야자나무가 견본처럼 하나씩 심어져 있었다. 그래서 호텔에 그런 이름이 붙은 것이다.

호텔 주인은 내가 도착한 날 저녁에 바로 나타나 나를 맞아주었으며 자신이 옛날 식민 질서의 옹호자임을 드러냈다. 그 사람이 진심이었는지 아니면 반어적으로 그렇게 말한 것인지를 알아낼 기회는 없었다. 그는 호텔 옆에 있는 집에 혼자 살았는데 이런저런 기회가 있을 때마다 나를 자기 집으로 초대했다. 항상 자정이 지난 시간이었다. 그는 철학적 토론을 좋아했다. 우리는 새벽이 밝아올 때까지 함께 앉아서 이야기를 나눴고, 내가 기억하는 한 한 번도 어떤 주제에 대해 같은 의견이었던 적이 없었다. 하지만 다투지는 않았다. 한밤중의 그 대화에는 뭔가 평화롭고 비현실적인 분위기가 있었다.

녹색 타자기는 실제로 그곳에 있었다. 나는 그 타자기를 잠비아로 가지고 갈 계획이었다. 그런데 타자기가 너무 무거웠다. 그래서 결국 모리셔스에 머물렀던 열흘 동안만 사용했다.

나는 자동차를 한 대 빌려서 팜플무스 지역으로, 그리고 그 지역에 있는 큰 식물원으로 나들이를 다녔다. 짙고 습한 녹색이 모리셔스 섬을 뒤덮고 있다. 여러 곳에 광대한 사탕수수농장이 펼쳐져 있다. 모리셔스의 인종은 아프리카계와 인도계가 섞여 있다. 물론 식민지 시절부터 백인, 특히 프랑스계도 있다. 모리셔스는 50여 년 전 영국에게서 독립하여 모리셔스 공화국으로 자리를 잡았다.

마지막으로 나는 모리셔스의 수도인 포트루이스를 방문해서 그 도시의 거리들을 두루 구경하고 다녔다. 모리셔스 사람들의 생활이 궁금하기도 했지만, 아주 특별한 목표가 하나 있기도 했다. 멸종한 조류인 도도새의 뼈대를 볼 수 있다는 박물관에 가보고 싶었다.

내가 제대로 기억하는 거라면 그곳에는 살과 깃털이 붙은 도도새의 모습을 재현해놓은 전시물도 있었다.

한때 존재했으나 지금은 멸종된 동물 앞에 서 있는 건 이상한 경험이다. 그러나 도도새는 공룡처럼 수백만 년 전에 죽은 것이 아니다. 4백 년 전만 해도 도도새는 살아 있었다.

'도도Dodo'라는 이름은 영이에서 온 것이지만, 그 이진에 '어리석다'는 뜻의 포르투갈어 '도도'에서 유래한 것이다. 포르투갈 선원들은 날개가 퇴화된 도도새가 살던 모리셔스에 다다랐고, 그 새가 두 발로 걷는 생물체를 이전에 본 적이 없었기 때문에 인간을 전혀 무서워하지 않는다는 것을 알게 되었다. 그래서 그들은 그 새를 쉽게 때려잡을 수가 있었다. 사냥을 하거나 올가미로 잡거나 총으로 쏠 필요가 없었다. 그냥 조용히 도도새에게 다가가 몽둥이로 머리를 때리거나 목을 비틀면 됐다. 도도새는 자신에게 뭐가 좋은지 알지 못했다.

도도새는 아주 컸다. 다 자란 도도새의 무게는 20킬로그램 이상 나갔다. 선원들은 식량이 부족하면 그냥 배에서 내려서 끼니에 필요한 만큼 도도새를 잡아갔다. 도도새 고기는 아주 맛있지는 않았지만 다른 먹을 게 없으면 그냥 먹을 만했다. 게다가 알을 먹을 수가 있었고 솜털도 쓸모가 있었다.

도도새는 모리셔스에만 살았다. 고립된 섬에 그곳에만 사는 동물 종이 생기는 것은 세계적인 현상이다. 인간이 모리셔스 섬에 발을 들여놓기 전에는 천적이 없었기 때문에, 도도새는 나는 능력을 잃게 되었다.

도도새는 아주 짧은 시간 안에 멸종했다. 16세기 말까지만 해도 모리셔스에 상당히 많은 도도새가 서식했던 것으로 알려져 있다. 그로부터 2백 년 후 도도새는 거의 멸종되고 없었다. 살아 있는 몇 마리는 영국으로 보내졌고, 나머지는 그림을 그릴 줄 아는 선원들이 남긴 그림 속에만 존재한다.

공룡의 멸종에는 인간이 아무런 역할을 하지 않았다. 그때는 인간이 없었으니까. 도도새의 경우는 달랐다. '어리석은' 그 새의 씨를 말린 건 인간이었다.

오늘날 수천 종의 동물들이 멸종 위기에 처해 있다. 인간은 더이상 두꺼비나 사슴이나 호랑이를 말살하려고 몰이사냥을 하지는 않는다. 하지만 동양인들이 무소의 뿔을 갈아 먹으면 성욕 항진 효과가 있다고 믿는 바람에 무소는 거의 멸종 상태에 이르렀다. 무소의 뿔을 잘라버려서 아예 밀렵이 아무 의미가 없게 만드는 것이 어쩌면 무소를 멸종 위기에서 구할 수 있는 영리한 방법일지도 모르겠다. 뿔을 잘라도 무소는 그다지 큰 고통을 느끼지 않는다. 지금 단호하게 대응하지 않으면 우리의 손자 세대는 무소를 동물원에서만 보게 될 것이다.

동물의 멸종은 우리 종이 생존하는 것에 대한 대가이다. 그리고 지구의 착취는 현재 그와 관련된 문제의식이 10년 전이나 20년 전보다는 훨씬 강함에도 불구하고 전혀 줄어들지 않은 속도로 계속 진행되고 있다.

물론 저항의 움직임도 있다. 사람들은 집단을 이루어 종의 다양성을 보호하자고 호소한다. 그들의 주장은 아주 간단하다. 우리가 지구상에서 함께 살아가는 다양한 동물들의 종수를 감소시키면 우리 자신을 더 가난하게 만들고 인류의 발전을 가로막게 된다는 것이다.

하나의 조류나 어느 특별한 두꺼비가 그렇게 중요할까? 그렇다. 중요한 것이 다양성이라면 그것에 제한은 없다. 물론 다양성 보호란 이름으로 이루어지는 일들이 모두 다 좋은 것은 아니다. 그중 많은 것들은 세밀한 부분까지 고려하지 못했고 비생산적이다. 스웨덴의 밍크농장들이 폐쇄되면서 농장에서 풀려난 밍크들은 솜털오리나 검둥오리사촌과 같이 발트 해에 살던 바닷새 대부분을 말살시켰다. 밍크는 그 새들의 알을 먹어치운다. 밍크는 외스테르예틀란드와 스몰란드 군도의 동물상에 속해 있는 구성 요소가 아니다. 아무리 좁은 우리에 갇힌 밍크를 구하기 위한 것이었다고 하더라도, 그 이유만으로 봄과 가을 사냥을 통해 개체수가 조절되는 바닷새들을 한꺼번에 죽음으로 몰고 갈 권리를 갖는 것은 아니다. 어떤 동물에게 자유를 주기 위해 다른 동물을 말살할 수는 없다. 어느 누가 그런 생각을 할 수 있겠는가? 바로 인간이다!

바위섬 이야기를 더 해보자. 이미 언급한 대로 나는 어린 시절에, 그리고 이후에도 오랫동안 외스테르예틀란드의 수많은 바위섬 중 하나에서 매해 여름을 보냈다. 내가 그때 가장 좋아했던 일 중 하나가 낚시였다. 어느 날 그 바위섬들 주변에서 농어가 완전히 사라지게 된다는 생각은 상상도 못할 만큼 생소한 생각이었다. 농어가 사라진다고? 그 말은 더이상 밤에 달이 빛나지 않게 된다는 말과 다름없었다.

2013년 여름에 나는 농어를 딱 한 마리 보았다. 길이가 채 5센티미터도 안 되는 놈이었다. 그 전해에는 한 마리도 보지 못했다.

가장 큰 딱정벌레인 사슴벌레도 마찬가지다. 내가 말한 그 섬에는 거의 떡갈나무만 자란다. 사슴벌레는 개체수가 아주 많지는 않았지만 어쨌든 있었다. 아주 오래 찾지 않아도 사슴벌레 한 마리는 쉽게 찾을 수 있었다. 하지만 지금은 사슴벌레가 없다.

전 세계에서 우리는 이렇게 살금살금 멸종되어가는 동식물들을 볼 수 있다. 호랑이와 무소는 많은 주목을 받지만 사슴벌레는 그렇지 않다. 하지만 동물들은 그들의 크기나 야생성이나 아름다움과 상관없이 같은 원인 때문에 희생되고 있다. 그 책임은 우리 인간에, 지구가 실제로는 아주 제한되고 정확히 정해진 양만 우리에게 줄 수 있는 것을 몽땅 소비하고자 하는 인간의 끝없는 욕구에 있다.

두 진영의 결투가 진행되고 있다. 한쪽은 동식물을 멸종 위험으로부터 지키고 지구를 비이성적으로 착취하는 것을 멈추고자 여러 방식으로 노력하고 있는 사람들이고, 다른 한쪽은 그런 노력을 외면한 채 자동차 한 대를 소유하고 싶어 하는, 그리고 자동차를 살 돈을 가진 지구상의 모든 사람들이 그렇게 해도 된다고 생각하는 사람들이다.

중국에서 매일 새로 도로에 나오는 자동차는 얼마나 될까? 4만

대? 아니면 그보다 더 많을까? 하지만 고속도로에 차선이 여러 개임에도 불구하고 차가 거의 전진하지 못할 정도로 꽉 막혀 있다면 자동차를 사봤자 무슨 소용이 있겠는가?

우리가 살고 있는 이 끔찍한 세상을 가장 분명하게 묘사해주는 모든 비유와 이미지 중에서 내가 항상 생각하게 되는 사진이 하나 있다. 비행기 혹은 헬리콥터에서 로스앤젤레스 외곽의 고속도로망을 찍은 사진이다. 상하이나 상파울로나 멕시코시티 등 세계의 모든 대도시 근처에서 똑같은 사진을 얻을 수 있을 것이다. 구불구불 뻗쳐 있는 동시에 서로 복잡하게 엮인 차선들은 찰리 채플린의 영화 〈모던 타임즈〉에 나오는 컨베이어 벨트를 연상시킨다. 개미같이 작은 자동차들이 꼬리에 꼬리를 물고 길게 늘어서 있다. 그리고 그 모든 것 위에 현대 도시의 악취 나는 입김이 깔려 있다.

그 고속도로들과 매연과 멸종된 도도새는 어떤 측면에서 서로 연관되어 있다.

우리는 엄청난 발전을 이루어냈다. 하지만 양쪽 접시에 각각 건설적 내용물과 파괴적 내용물이 놓인 저울의 평형은 점점 더 깨져가고 있다.

오늘날 사람들은 현대의 DNA 기술로 멸종된 동물들을 복원할 수 있다고 말한다. 하지만 그런 게 이미 일어난 일과 계속 다시 일어나고 있는 일을 감추려는 절망적인 꿈과 다를 게 뭐가 있을까?

죽음은 존재한다. 소멸도 마찬가지다. 이성적 세계에서 죽은 사람이 살아 돌아오는 일은 없다.

선원들이 처음 모리셔스에 발을 디딘 이후로 도도새에겐 더이상 생존가능성이 없었다. 도도새가 우리에게 남긴 것은 그 뼈대뿐이다.

도도새는 천적이 무엇인지 알지 못했다. 그리고 물론 그렇기 때문에 도도새는 어리석은 바보였다.

48

남아서 메아리를 들을 사람은?

동굴에 들어가는 것은 나무가 빽빽하게 들어찬 숲속으로 사라지는 것과 마찬가지다. 빛이 달라진다. 점점 어두워진다. 동굴 끝에는 완전한 암흑뿐이다. 이전에 주위에서 들려오던 소리들이 점점 작아지고, 결국엔 고요해진다.

그러나 동굴 내부에서는 모든 시대에 걸쳐 우리의 상상력을 자극해온 또 다른 현상이 생기기도 한다.

바로 메아리다. 목소리를 죽여서 속삭이면 메아리는 그보다 훨씬 큰 소리로 돌아온다. 이 방향이나 저 방향으로 몇 발짝만 움직여도 메아리가 바뀐다. 여러 방향에서 동시에 메아리가 올 수도 있다. 아니면 나를 중심으로 둥글게 원을 그리며 움직이기도 한다. 메아리는 살아 있다.

4만 년 전쯤 살던 사람들이 메아리를 어떤 초자연적인 존재의 목소리로 여겼다는 사실은 놀랄 만한 일이 아니다. 동굴 안의 깊은 어둠 속에서 암벽들이 말을 하기 시작한 것이다. 어떤 몸체도 얼굴은 보이지 않는데 목소리만 존재했고, 게다가 그 목소리는 사람과 똑같은 언어로 말을 했다.

하지만 메아리는 그보다 더 놀라운 존재다. 30여 년 전 고고학자들은 놀라운 발견을 했다.

고대 음악 전문가인 이에고르 레즈니코프Iégor Reznikoff는 1980년대 중반에 프랑스 부르고뉴 지방에 있는 아르시쉬르퀴르Arcy-sur-Cure 동굴을 혼자 여러 번 탐사했다. 그 동굴에는 최소 2만 8천 년은 된 벽화들이 많이 있었다. 레즈니코프는 대부분의 벽화가 동굴 안 깊숙한 곳, 가장 어둡고 가장 접근이 어려운 곳에 그려져 있다는 사실을 깨달았다. 여러 다른 동굴들에서도 마찬가지였다. 당시에 벽화를 그린 사람들은 어째서 좀 더 밝고 작업환경이 더 좋은 곳을 선택하지 않았을까?

레즈니코프는 어두운 동굴 속을 돌아다니면서 크고 작게, 가끔은 속삭이고 가끔은 노래를 부르면서 계속 이야기했다. 그러는 동안 내내 메아리 소리에, 그리고 그 변화에 귀를 기울였다. 메아리가 아주 색다른 특징을 보이는 지점에서는 램프를 켰고, 바로 그런 지점들에 벽화들이 많이 그려져 있다는 사실을 알아냈다. 그것이 우연일 수는 없었다. 레즈니코프는 여러 동굴들을 조사했고, 어둠 속에서 특별한 성질의 메아리가 있는 지점들을 찾았고, 뭔가 발견했다는 생각이 들면 램프를 켰다. 그가 이후 발표한 결과들에 따르면 이러한 방식은 매번 성공했다. 메아리와 암벽화는 서로 관계가 있었다.

레즈니코프는 벽화에 그려진 대상과 메아리의 특수한 음향적 형태가 연관되었을 가능성이 있다는 사실 또한 확인했다. 반향이 크거나 여러 방향에서 오는 많은 메아리들로 이루어져 있을 경우 암벽의 좁은 면에 물소 떼나 매머드 무리가 모여 있는 것을 확인할 수 있었다. 마치 짐승 무리가 그 좁은 면을 부수고 나가기라도 할 것 같은 모양이었다.

메아리가 달라진 다른 곳에서는 암벽에 색깔 있는 몇몇 점들 혹은 점으로 이루어진 선이 그려져 있거나, 아니면 손자국이 찍혀 있기도 했다.

이러한 현상은 유럽에만 국한된 것이 아니다. 유타 주나 애리조나 주의 여러 협곡에도 같은 무늬의 벽화들이 있다. 암벽화들은 각각 메아리의 성질에 맞게 그려져 있다.

동굴벽화가 왜 생겨났는지, 그리고 동굴벽화에서 메아리가 왜 그렇게 중요한 역할을 했는지 우리는 확실히 알 수 없다. 당대의 동굴벽화는 동물·손·배와 같은 현실의 모사이다. 그러나 사자인간상과는 비교할 수 없다. 동굴화가들은 우리가 알고 있는 예술가라는 표현과는 어울리지 않는다. 그들은 전혀 존재하지 않는 대상을 만들어내기 위해 창의력을 사용하진 않았다. 암벽화들은 예술작품의 관찰자 스스로가 작품의 의미와 관련된 연상을 할 수 있는 능력을 가지고 있음을 전제하는 추상화일 뿐이다.

동굴화가들은 메아리에 영향을 받았다. 어디에 무엇을 그릴지에 관한 그들의 결정은 다양하게 변화하는 메아리 소리와 직접 관계되어 있었다. 그렇다면 이는 동굴화가들이 메아리를 음악의 한 형태로 이해하고 있었음을 의미하는 걸까? 우리는 이 질문에 답할 수 없다. 하지만 동굴화가들이 그들의 메아리를 들었던 그 시대에 또 다른 사람들은 자기들이 연주할 수 있는 피리를 만들었다는 사실은 알고 있다.

4만 년 전에 살았던 사람들은 메아리를 설명할 수 없었다. 탁 트인 평지에서는 메아리가 생기지 않았다. 메아리가 생기게 하려면 암벽이나 동굴이 필요했다. 그들은 아마도 메아리가 어떤 불가사의한 존재라고, 바위 속에 앉아서 그들이 내는 소리를 일그러뜨리고 변화시키고 어떨 때는 알아듣기 힘들 정도로 왜곡시켜서 다시 내보내어 그들에게 말을 거는 귀신이라고 믿었을 것이다.

당시 사람들은 소리가 물 위에서 먼 거리를 나아갈 수 있다는 것도 알았을 것이다. 거기에도 인간의 목숨을 결정하는 보이지 않는 존재들이나 어떤 마법과 같은 연관이 있었다.

메아리는 마법과 신성을 의미했다. 증명할 수는 없지만 그 안에 혼이 들어 있다고 믿어 바위나 나무를 숭배했던 것처럼, 소리도 숭배 대상이 되었으리라고 생각해볼 수 있다. 인류사의 아주 초기에는 메아리를 섬기는 임무를 가진 사제들이 있었을 수도 있다.

이런 생각을 따라서 한 걸음 더 나아가 보자. 메아리가 특별히 달랐던 동굴들은 대사원이나 심지어 이런저런 형태의 극장으로 이용되었을 수도 있다. 그런 극장은 횃불로 환히 밝혔을 것이고, 그래서 빛과 그림자의 움직임이 벽화의 동물 그림들을 살아 움직이게 해서 마치 동물들이 벽에서 뛰쳐나올 것 같은 느낌을 주었을 것이다. 사람들은 그곳에 모여서 메아리가 여러 목소리들을 특이하고 신성한 합창으로 변화시키는 동안 살아 움직이는 벽화 속 동물들을 숭배했을 것이다. 어쩌면 율농석으로 춤추며 몸을 움직였을지노 모른나. 모두 함께 춤을 추거나, 아니면 의식을 진행하는 사람들만 췄을 수도 있다.

그러나 그런 의식들이 음울한 엄숙함 속에 진행되지는 않았을 것이다. 숭배 의식은 아마도 삶에의 애착과 생의 기쁨이 가득한 순간이지 않았을까? 우리 조상들은 생존을 위한 끊임없는 싸움 속에 식량도 보장되지 않은 채로 힘들게 지내야 했기에 어둡고 우울한 일상을 살았을 것이라고 쉽게 상상해볼 수 있다.

동굴에는 벽화들과 마찬가지로 메아리도 여전히 존재하고 있다. 마법의 기운이 느껴진다. 오늘날에는 그런 음향 현상이 설명 가능하지만, 그렇다고 해서 당시 사람들이 경험한 것이 가치가 덜해진다고 주장할 수는 없다. 어쩌면 그와 정반대가 아니었을까? 메아리가 암벽들 사이에서 울리는 마법의 순간에 그들은 현재 우리가 상상할 수 없는 방식으로 생존하기 위한 힘과 용기를 얻었을 것이다.

동굴 속에서 무슨 일이 일어났을지 우리는 그저 추측할 수밖에 없다. 그런 마법적이고 종교적인 의식들은 우리가 오늘날 '축제'라고 부르는 것에 더 가깝지 않았을까?

아마도 당시 사람들은 우리와 많이 다르지 않았을 것이다. 어쩌면 오히려 이 문장을 거꾸로 돌려서 우리가 그들과 같다고 말할 수도 있을 것이다. 우리는 한 가족이고 앞으로도 그럴 것이다.

우리 조상들은 소리와 메아리의 반대인 침묵에 대해 어떤 태도를 취했을까? 침묵은 안정을 주는 방식으로서 의미가 있었을까, 아니면 조상들을 놀라게 했을까? 우리가 살고 있는 세상보다 훨씬 더 조용한 세상에서 살았기 때문에 어쩌면 고요함을 당연한 것으로 받아들였을까? 그때는 도시도, 기계도, 자동차도, 음악증폭기도 없었다. 바람소리, 폭풍우의 포효, 새의 지저귐, 이런 자연의 소리를 제외하면 그때의 세상은 조용했다.

오늘날에는 고요가 점점 드물어지고 있다. 나는 가끔 고요도 멸종 위기에 처해 있는 것이 아닌가 생각한다.

그러나 메아리는 우리 인간보다 더 오래 살아남을 것이다. 우리의 목소리가 사라지고 나서도 돌들은 큰 소리를 내며 떨어질 것이고, 그 소리는 메아리를 통해 퍼져나갈 것이다.

그때 남아서 메아리를 들을 사람은 누구일까?

49

소금물

한번은 어떤 섬에 우물을 파게 한 적이 있다. 백 년 전에 팠던 우물이 있었는데, 더이상 충분히 물이 나오지 않았다. 담수가 있는 내륙호의 섬이 아니고 바다에 둘러싸인 섬이었기 때문에, 나는 우물을 전문으로 파는 숙련된 기술자들을 동원하기로 결정했다. 그 기술자들은 암초투성이 바위섬의 지형적 특성을 파악하고 우물을 판 구멍에서 바닷물이나 바닷물 섞인 강물이 올라올 위험 없이 정확하게 담수가 있는 지점을 찾는 데 놀라울 정도로 능숙했다. 그들은 기계장비 대신 오로지 자기들의 경험만을 믿었다.

그들은 9월의 어느 이른 아침 개조한 낡은 소달구지에 천공기를 싣고 섬으로 왔다. 바람 한 점 없었고 하늘은 맑았으며, 하루하루 서리가 내릴 날이 가까워왔고, 마지막 철새떼들이 따뜻한 나라를 향해 떠나고 있었다. 철새들은 대부분 밤에 길을 떠났기에 사람들에게는 그저 새들의 날갯짓 소리만 들렸다. 철새들은 보이지 않게 이 나라를 떠나고 있었지만 그들의 날개는 노래를 했다.

그 섬은 두 높은 암벽 사이의 협곡으로 나뉘어 있었다. 걸어서 섬을 한 바퀴 도는 데 30분이면 충분했다. 어린 시절 그 섬에서 놀던 때 그곳은 나에게 바위 절벽, 급경사 비탈길, 동굴, 개밋둑이 있고 사슴벌레와 상상 속에 존재하는 이런저런 살무사가 돌아다니는 끝없는 황무지였다. 그 섬은 무민 계곡이었고 동시에 곰돌이 푸가 사는 곳이었다. 그러나 오스트레일리아나 메마른 아프리카의 대지같이 내가 잘 모르는 대륙을 뒤덮은 황량한 황무지이기도 했다.

두 기술자는 우물을 팔 지점을 정했다. 이제 바위를 뚫고 내려가면 되었다. 우선은 해수면 아래까지 뚫었다. 두 사람은 물이 나오려면 얼마나 더 파야할지 알지 못했다. 그러나 그들이 확실하게 아는 것이 있었다. 바로 실패할 수도 있다는 것. 바위에 금이 갈 수도 있는 것이었고, 어디에 우물을 파면 가장 좋은지와 관련하여 그때까지 그들이 쌓아온 경험 외에는 우물을 파서 식수를 얻을 수 있다는 그 어떤 보장도 없었다.

오랜 시간이 흘렀다. 천공기는 계속 돌을 뚫고 들어갔다. 10미터, 20미터, 지하수를 찾아서.

오후가 되어서야 천공기 끝부분이 물에 닿았다. 약간 소금기가 있는 정도가 아니라 완전히 짠 바닷물이었다. 하지만 두 기술자는 아무 걱정도 하지 않는 눈치였다.

"소금물 주머니예요." 그들이 말했다. "주머니가 다 비면 식수가 올라옵니다. 소금물을 펌프로 퍼내기만 하면 돼요."

한 명이 자기 배낭에서 컵을 꺼내 오더니 흰 손수건으로 닦았다. 가을의 태양을 향해 컵을 들어 올리고는 컵이 깨끗한지 살폈다. 그런 다음 땅을 판 구멍에서 나온 소금기 있는 물을 컵에 담더니 내게 건넸다.

"마셔보세요." 그가 말했다.

"소금물을요?" 내가 물었다.

"혀를 담가보세요. 그리고 몇 방울 삼켜보세요. 안 죽어요. 지금 마신 게 뭔지 나중에 알려드릴게요."

처음에는 그 사람이 농담을 하는 줄 알았다. 하지만 곧 농담이 아니라는 걸 깨달았다. 나는 컵을 받아들고 그 안에 든 물을 한 모금 마셨다. 말 그대로 짠 소금물이었다. 바닷물보다는 조금 덜 짠 것 같기도 했다. 그 기술자는 내게서 컵을 도로 건네받았고, 그런 다음 말했다.

"방금 마신 물은 땅 속 40미터 아래에 있는 바닷물 주머니에서 나온 거예요. 이 물은 10만 년 전의 마지막 빙하기 때부터 바위 저 아래에 갇혀 있었어요. 빙하가 녹았을 때 짠 바닷물 일부가 땅 아래에 있는 그 주머니에 모인 거죠. 그 바닷물 주머니는 10만 년 동안 그 자리에 있었던 거구요. 10만 년이면 3백 세대에 이르는 시간이죠. 그 물이 이제야 다시 땅 위로 올라오게 된 겁니다."

나는 빙하기의 물을 몇 방울 마셨던 그 순간을 자주 기억하곤 했다. 암에 걸린 이후로는 더 많이 생각했다. 많이 힘들 때는 내가 얼마 동안 살았고, 여러 전제 하에 얼마나 더 살 희망을 가질 수 있을지 계산해보았다. 장기 생존자가 될까, 아니면 앞으로 몇 년밖에 못 살게 될까? 일 년을 날짜로, 시간으로, 분으로 따지면 얼마나 될까? 초로 환산한다면 나는 앞으로 몇 초를 더 살 수 있을까? 이런 계산들은 아무런 의미도 없다. 마치 현실을 수학 공식으로 바꿔줌으로써 살아 있는 시간과 죽음의 순간을 사람이 연장하거나 연기할 수 있다고 믿는 대책 없는 주문에 지나지 않는다.

그러나 삶도 죽음도 프랙털이나 2차 방정식으로 치환될 수 없다. 심장 박동 수와 백혈구나 적혈구 숫자를 셀 수는 있다. 하지만 삶은 절대 수학적으로 정확한 측정 결과로서 표현될 수 없다.

그럼에도 불구하고, 나는 우물 파는 기술자들에게서 받았던 빙하기의 물이 담긴 컵에 대한 기억에서 일종의 위로를 찾았다. 인간의 삶이 무엇인가 하는 관점은 여러 다양한 방식으로 축소되거나 확장될 수 있다. 스칸디나비아 반도의 시간은 마지막 빙하기로부터 3백 세대가 흘렀다. 빙하가 다시금 우리의 땅을 뒤덮고 지각을 눌러 내리게 되기까지 내 앞에는, 또는 내가 죽은 이후에는 아마도 3백 세대보다 더 긴 세월이 기다리고 있을 것이다. 새로운 바닷물 주머니가 형성될 것이고, 어쩌면 어느 날 다른 우물기술자들이 천공기로 바위에 구멍을 뚫게 될 것이다.

내가 이 글을 쓰고 있는 책상 옆 창밖에는 서양물푸레나무가 한 그루 서 있다. 늦은 봄 떡갈나무에 눈이 튼 다음에야 서양물푸레나무가 발아한다. 나는 서양물푸레나무가 다른 나무들의 잎이 푸르러질 때까지 지켜본 후에야 스스로 발아하는 목동이라고 생각한다.

창밖의 나무는 내가 태어나기 전부터 그 자리에 있었다. 내가 죽고 난 다음에도 계속 거기에 서 있을 것이다. 줄기가 가늘고 어린 자작나무 몇 그루를 제외하고는 거의 모든 나무가 내가 태어났을 때 이미 그 자리에 있었고, 내가 더이상 이곳에 있지 않아도 계속 거기 서 있을 것이다.

이제 나는 내가 오래전 마셨던 빙하기의 소금물 몇 방울 속에 영원이 들어 있다고 생각한다. 삶은 그 삶이 유지되는 만큼의 길이를 갖는다. 시간의 개념은 우리가 자신의 삶이나 다른 사람들의 삶과 관련하여 사용할 때마다 달라진다. 어떤 사람들은 오래 산다. 우리는 삶을 영위할 가능성을 갖기도 전에 이르게 죽는 사람들을 안타까워한다. 그러나 죽은 사람에게는 시간이 존재하지 않는다. 신앙을 가지고 있어서 부활하거나 뭔가 다른 존재 또는 다른 사람으로 다시 태어날 것이라 믿는 사람들을 제외하고, 사람은 죽으면 죽은 것이다.

죽음은 삶의 가장 큰 불가사의다. 나는 지금 우물기술자들에 대해, 암반 아래에 있는 바닷물 주머니가 삶에 대한 그들의 관점에 어떤 영향을 미쳤는지에 대해 궁금해 할 수 있다. 어떤 이들은 대부분의 사람들이 자기를 기다리는 피할 수 없는 죽음에 대한 생각을 일체 억압한다고 주장한다. 나는 그들을 믿지 않는다. 나는 그들이 틀렸다고 생각한다. 여덟아홉 살 나이에 나는 수평선 저 너머 어딘가에서 기다리고 있는 죽음에 대해 주기적으로 거의 매일 생각했었다. 그런데 나 혼자만 그 나이에 그런 생각을 한 것은 아니다. 그런 생각은 모든 아이들이 했었고 지금도 하고 있다.

오늘날 스웨덴 사람들이 평생 동안 텔레비전 화면이나 극장 스크린 밖에서 죽은 사람을 한 명도 보지 않을 수 있다는 사실이 나는 좀 걱정스럽다. 죽음을 감추면 결국엔 삶도 이해할 수 없다. 물론 학습 목적으로 미취학 아동들에게 영안실을 견학시켜야 한다고 생각하는 것은 아니다. 하지만 죽음이 장의업체와 병원에서만 만나볼 수 있는 존재가 되어버렸다면 우리는 어떻게 젊은이들이 생명을 존중하도록 만들 수 있겠는가? 스웨덴 같은 나라에서 죽음을 볼 수 없게 된 것은 큰 문화적 실패이고 미래를 위해서도 좋지 않다.

우물 기술자들은 가져왔던 기계를 챙겨서 섬을 떠났다. 소달구지는 통통거리는 낡은 엔진이 달린 어선에 실려 사라졌다. 기술자들은 내게 바닷물을 계속 펌프로 퍼내야 한다고, 그런 다음 전혀 소금기 없는 담수가 나올 때까지 계속 물을 틀어놓아야 한다고 일러주었다.

"얼마나 걸릴까요?" 내가 물었다.

두 기술자 중 더 나이 많은 사람은 전에도 그런 질문을 많이 들었던 모양이었다. 그가 말했다. "그건 알 수 없어요. 그때그때 다르니까. 물을 먹어봐야 해요. 물이 마실 만하면 더이상 틀어놓지 않아도 됩니다."

물에서 소금 맛이 사라지기까지 약 일주일이 걸렸다. 그런 다음부터는 물이 물맛 그대로였다. 쉼 없이 세탁기를 돌렸던 시기에도 물은 절대 마르지 않았다.

이 모든 것에 어떤 연관성이 있는지 나도 모른다. 하지만 큰 불안이 나를 덮쳐올 때 우물 기술자들과 그들이 가져온 기계, 그리고 빙하기의 물이 든 컵을 생각하면 미음을 가라앉힐 수 있었다. 거기에는 어떤 합리적 근거도, 감정적 근거도 없다. 그냥 그렇다는 것이다. 빙하기의 얼음장이 녹은 이후로 그 물은 암반 저 아래 갇혀 있었다.

나는 두 빙하기 사이에 살고 있다고 할 수 있겠다. 내가 태어나기 전부터 있었고 내가 죽은 후에도 같은 자리에 서 있을 저 나무들도 영원히 존재하지는 못할 것이다. 모든 섬, 모든 심연, 모든 모래톱, 내가 살아오면서 경험한 모든 것들처럼 저 나무들도 언젠가는 사라질 것이다.

삶은 바로 이것이다. 컵에 든 짠 바닷물 몇 방울.

50

다리가 여덟 개인 물소

깊은 동굴 속에서 암벽화를, 무엇보다도 동물 그림을 그렸던 그 사람들은 무슨 생각을 했을까? 그 동굴들은 그들이 궂은 날씨와 생명을 위협하는 맹수들을 피해 몸을 숨긴 곳이었지만, 동시에 자연이 만들어준 대사원이기도 했다. 그들은 그림으로 사원을 꾸몄을 것이다.

그들은 자기들이 그린 그림이 오랜 세월 살아남아 후대에 의해 평가받게 되리라고 생각해보았을까? 아니면 그 그림들은 그저 그들이 살아 있는 동안, 그들의 시간 속에서만 특정한 기능을 충족시키면 되는 것이었을까? 인간은 두뇌의 발전과 함께 미래를 생각하고 계획하는 능력을 갖게 되었다. 이는 암벽에 그림을 그렸던 이들에게도 중요한 역할을 했을 것이다. 그런데 과연 어떤 역할이었을까? 그 그림들은 한 시대가 다른 시대에게 보내는 안부 인사였을까? 아니면 암벽에 그린 동물들이 언젠가 벽에서 살아 나와서 동굴 밖으로 나오길, 기아와 질병과 맹수들이 찾아오지 않도록 가수면 상태의 샤먼이 불러내는 어두운 그림으로만 존재하는 것이 아니라 사람들의 먹이가 될 수 있도록 현실 세계로 뛰어나오길 꿈꿨을까?

동굴벽화는 혹시 일종의 세물이었을까? 황소나 순록을 도살해 제물로 바치는 대신 그림을 제물로 바치고 진짜 짐승은 식량으로 사용했을지도 모른다. 프랑스 남부 아르데슈 지방의 쇼베 동굴에는 다른 동물 그림들과 아주 다른 동물 그림이 하나 있다. 그 그림에는 지금까지 인간들이 조사한 동굴들에서 발견된 모든 동물 그림들과 극적인 차이가 있다.

그림 속의 들소는 다리가 여덟 개다.

들소는 그 주변의 다른 동물 그림들과 마찬가지로 세밀하게 표현되어 있다. 다리가 여덟 개 그려져 있다는 어이없는 사실을 제외하면 말이다.

들소의 다리가 왜 여덟 개인지 이해하는 데는 그리 오랜 시간이 걸리지 않는다. 화가의 생각은 뚜렷하고 명백하다. 그는 움직이고 있는 동물을 표현하고자 했다. 영화가 발명되기 3만 년도 전에 그는 나름의 방식으로 달려가는 동물의 다리 움직임을 표현하려고 했다. 실제의 빠른 움직임을 느린 움직임으로 바꾸어 재생해서 각 다리 사이의 거리와 다리의 다양한 각도를 볼 수 있게 만드는 슬로비디오처럼 표현한 것이다.

다리가 여덟 개 그려진 들소그림은 그것 딱 하나뿐이다. 물론 움직이는 동물의 다리를 표현한 동굴벽화들이 아직 발견되지 못했을 가능성도 충분히 있다. 하지만 일단 지금까지는 그런 동굴벽화가 또 발견된 적이 없다.

어쩌면 익명의 그 화가는 갑자기 떠오른 영감에 따라 그에게도 낯선 어떤 것을 탐구해보고자 했을 수도 있다. 이전에 한 번도 시도해보지 못한 그것, 바로 원래의 움직임 속에 있는 다른 움직임을 포착하려고 했는지도 모른다. 현실에서 인간의 눈으로 포착할 수 없을 정도로 빠르게 진행되는 움직임.

화가가 그림을 완성했을 때 어떤 일이 벌어졌을까? 다리가 여덟 개인 들소를 본 사람들은 무슨 말을 했고 무슨 생각을 했을까? 이유를 궁금해 했을까, 아니면 화가가 금기를 깬 것에 화를 냈을까? 우리가 확실하게 알 수 있는 유일한 사실은 벽화가 보존되었다는 것이다. 긁혀버리지도, 위에 덧칠이 되지도 않았다.

들소 그림은 더 많은 것을 이야기하고 있다. 그림을 자세하게 살펴보면 빠르게 움직이는 다리와 눈이 뭔가 다른 이야기를 하고 있다.

들소는 도망치고 있다. 암벽에 그려진 들소 옆에는 맹수가 한 마리 있다. 어쩌면 사냥하는 인간들일 수도 있다. 들소는 목숨을 걸고 달리고 있는 것이다. 그 그림은 위험과 죽음으로부터 스스로를 구하려는 짐승의 본능적 노력을 포착하고자 했다.

공포에 휩싸여 죽음의 위험에서 도망치는 그 들소를 누가 그렸을지는 모르지만. 어쨌든 그 사람은 재능이 있었고 위대한 작업을 한 것이다. 다리의 움직임을 잘 포착하였고, 눈은 비길 바 없이 명확한 방식으로 들소가 느끼는 공포를 드러내고 있다. 목숨을 걸고 달리는 들소가 느끼는 죽음의 공포에서 나오는 힘으로 그림 전체가 폭발한다. 더 빨리 달리기 위해, 맹수나 인간들을 멀리 따돌릴 수 있기 위해 들소가 암벽에서 뛰쳐나올 것만 같다.

선 하나도 수정된 것 같지 않다. 벽화의 색은 덧칠하지 않은 여러 층으로 이루어져 있다. 이 그림의 화가는 자신이 원하는 것이 무엇인지 알고 있었고 주저하지 않았다.

초보자의 그림이 아니다. 당시 사람들은 30년 넘게 사는 경우가 드물었다. 하지만 이 그림을 그린 사람은 몇 년 동안 그림을 그렸던 게 분명하다.

모든 그림에는 시간과 노력이 필요하다. 사자인간 조각상을 만든 예술가처럼, 동굴벽화를 그린 이 화가도 그림 그리는 일에 집중할 수 있도록 기꺼이 그의 식량을 책임져준 사람들의 도움을 받았을 것이다.

같은 동굴의 벽화에 등장하는 동물들 중에는 사자와 코뿔소도 있다. 그 그림들을 보면 한 사람이 혼자서 동굴 전체 공간을 채운 것 같다고 느껴진다. 다른 동굴들에서는 여러 화가들이 작업한 표가 난다. 하지만 쇼베 동굴에서는 한 사람이 우리가 오늘날 볼 수 있는 모든 벽화를 혼자서 그린 것으로 보인다.

역사의 어둠 속에서 갑자기 첫 개체들이 나타난다. 그들은 인간이 아니라 짐승이다. 머지않아 인간의 얼굴을 한 최초의 조각상들이 만들어지고 수천 세대가 지난 뒤 발견될 것이다.

몇 년 전 슬로바키아에서는 5센티미터 높이의 상아 조각이 발견되었다. 여성의 얼굴 조각상인데 때로는 '원시 모나리자'라고 불린다. 제작 시기는 대략 3만 5천 년 전이다. 그 조각은 어느 특정한 개인의 특징을 모두 보여주고 있다. 가장 눈에 띄는 것은 왼쪽 눈이다. 눈꺼풀이 아래로 처져 있다. 다친 눈이다.

입은 미소를 살짝 머금고 있는 것처럼 보인다.

실제 모델이 있었으리라는 생각이 든다. 아마도 조각을 만든 예술가의 일가권속이나 씨족 중 한 명이었을 것이다. 어쩌면 예술가의 어머니나 여자형제, 함께 살던 아내였을 수도 있다.

여기 역사의 어둠 속에서 한 개인이 나타난다. 우리가 정말로 알아볼 수 있는 가장 초기의 인간 중 한 사람이다.

자신의 얼굴이 묘사된 그 작은 조각을 보고 그녀는 무슨 생각을 했을까? 아마도 누군가 그렇게 작은 자신의 복제품을 만든 데 대해 놀랐을 것이다. 그 작은 상아 조각 속에 자신을 닮은 귀신이 들어 있는 건 아닌지 궁금했으리라.

그 작은 조각상을 처음 본 뒤로 조각상의 입에 담긴 옅은 미소가 뇌리를 떠나지 않는다. 여자의 눈빛은 생각에 잠긴 것같이 보이며, 동시에 누가 자신을 바라보고 있다는 사실을 확실히 인지하고 있는 것같이 보인다.

그러고 보니 또 다른 생각이 떠오른다. 거의 40년 전 처음으로 아프리카에 갔을 때, 나는 아프리카인들과 나 사이의 차이점을 찾으려는 완전히 잘못된 생각을 가지고 있었다.

내가 찾아낸 유일한 것은 공통점들이었다. 나는 우리가 모두 같은 가족임을 알게 되었다. 종으로서의 인간은 아프리카 대륙에서 왔기 때문에, 우리를 낳은 인류 최초의 어머니는 검은 피부를 하고 있었다.

3만 년 전에 만들어진 그 조각을 바라보면서 나는 그 조각의 모델이 된 여자도 내 가족에 속한 사람이었다는 생각을 한다. 그녀는 이방인이 아니다. 그녀의 보일 듯 말 듯한 미소에는 내가 이해하고 새삼 알아볼 수 있는 뭔가가 보인다.

우리가 똑같은 이유로 웃고 또 울리라는 것을 쉽게 상상해볼 수 있다.

동굴벽화 화가들에게서 나는 집과 같은 익숙함과 편안함을 느낀다. 그들 역시 나에게 같은 느낌을 받을 것이다.

51

동굴화가들의 비밀

작년 봄 새로운 항암 화학요법을 시작하기 하루 전날, 나는 서점에 가서 책을 몇 권 샀다. 그것은 내게 위안이 되기도 했고, 어쩌면 내가 겪어야 할 일에 대한 보상이기도 했다.

첫 번째 화학요법 주기의 마지막 치료를 받기 위해 1호실의 침대에 몸을 뉘었을 때 나는 《인류의 가장 오래된 수수께끼》라는, 곧 드러나겠지만 좀 헷갈리는 제목을 단 작은 책을 손에 들고 있었다.

나는 깊은 회의를 품고 책의 첫 장을 펼쳤다. 그러나 책을 읽으면서 제목이 어처구니없다는 것과 그저 책을 잘 팔기 위해 그런 제목을 선택했다는 것을 깨달았다. 훌륭한 책이었다. 사람의 발길이 닿기 어려운 동굴들에 숨겨진 선사시대 미술작품과 관련하여 많은 질문들을 근본적으로 새로운 시각에서 다루고 있었다.

프랑스의 화가 베르트랑 다비드Bertrand David는 동굴화가들의 기법에 관해 중요한 질문을 몇 가지 던졌다. 특히 동굴화가들은 일을 가능한 한 어렵게 만들려고 한 것같이 보인다는 점. 그들은 왜 어둡고 좁은 통로를 통해서만 겨우 들어갈 수 있는 동굴 속 방을 작업공간으로 선택했을까?

베르트랑 다비드가 품은 또 한 가지 수수께끼는 벽화에 그려진 동물들의 다른 신체 부위는 구조적으로 정확하게 표현되었는데 왜 눈만 종종 엉뚱한 자리에 위치하고 있는가 하는 점이었다. 다비드는 어느 날 자기가 동굴화가들의 비밀을 알아냈다고 생각했다. 그는 자기 집 지하실에서 여러 차례 실험을 했고 어린이들을 비롯한 다른 사람들을 초대하여 실험에 참여하도록 했다. 그 결과는 놀라우면서도 납득이 갔다.

다비드는 먼 옛날 동굴화가들이 아주 특별한 이유 때문에 가장 어두운 곳을 골랐다는 결론에 도달했다. 그들에게 중요한 것은 바로 어둠이었다.

원시시대의 궁색한 조명 상태에서 그들은 벽에 그리고자 했던 동물들의 모양을 작은 크기로 조각했다. 그런 다음 동굴 벽에 비치는 그 조각들의 그림자를 보고 동물의 윤곽을 그럴 듯하게 그릴 수 있었던 것이다.

그러나 황소나 사자나 말의 눈은 벽에 그림자를 만들지 않았다. 눈은 화가가 알아서 그려 넣어야 했다.

이 기술은 누구나 적용해볼 수 있다. 어두운 겨울밤 집 밖으로 나가서 문에서 나오는 빛을 등지고 서보면 된다. 그러면 큰 그림자가 생기는 걸 볼 수 있다. 광원에서 멀어지거나 그 쪽으로 가까워지는 데 따라 그 앞에 선 사람의 그림자는 거인처럼 커질 수도 있고 반대로 작아질 수도 있다.

세포독이 팔에 꽂힌 주사바늘을 통해 몸속으로 천천히 흘러들어 갈 때 내가 손에 들고 읽었던 그 책은 베르트랑 다비드와 장자크 르프레르Jean-Jaques Lefrère라는 문학사가가 함께 쓴 것이었다. 나는 마리가, 혹은 다른 간호사가 들어와서 새 약주머니를 달아주고 나가는 것도 모를 정도로 책에 빠져 있었다.

집에 돌아온 다음 나는 오래전 아프리카에서 가져온 작은 코끼리 조각상을 가지고 지하실로 내려갔다. 지하실 벽에 흰 종이 한 장을 붙인 다음 석유램프를 켜고 코끼리를 그 앞에 놓았다. 코끼리는 몸이 종이 밖으로 삐져나갈 만큼 거대하게 변했다. 램프를 움직여서 조각상과의 거리가 더 멀어지게 하자 먹물을 묻힌 붓으로 종이에 그림자의 윤곽을 따라 그릴 수 있었다. 그런 다음 지하실의 원래 조명을 켜자, 코끼리는 동굴의 동물벽화에서 종종 볼 수 있는 것처럼 바닥에서 떨어진 채 벽에 매달려 있었다.

나는 내 마음대로 눈을 하나 그려 넣었다. 아마도 정확한 자리는 아니었을 것이다.

동굴화가들은 어쩌면 단순히 모사하는 사람들이었을 수도 있다. 그래서 굳이 예술적 재능을 가질 필요가 없었을 수도 있다. 그랬을 가능성이 많지는 않지만, 어쩌면 벽에 투사된 그림자의 윤곽을 따라 그리는 일에 아이들이 참여했을 수도 있다.

나에게 그 책은, 동굴의 가장 어두운 방에 그려진 동물 그림들 말고는 우리가 더이상 아는 것이 없는 그 세계로 한 걸음 더 들어갈 수 있는 중요한 경험이었다.

프랑스 화가와 그의 공동저자는 동물 그림들이 무엇을 의미하는지에 대해서도 대담한 아이디어를 내놓았다. 그들은 무속적·종교적 상징 세계를 그 배경으로 추측하는 대신, 동물 그림들이 죽은 친척을 추모하는 용도로 쓰였을 것이라고 간주한다. 그 당시 사람들이 이름을 가지고 있었는지는 알려져 있지 않지만 그랬으리라고 가정할 수 있다. 어쩌면 동물의 이름이었을 가능성이 크다. 그 동물 그림들은 정말로 부족이나 집단이나 씨족이 추모하고자 했던 고인의 무덤그림 같은 것이 아니었을까? 그렇다면 많은 동물 그림들 위에 수천 년에 걸쳐 다른 그림들이 덧그려진 이유를 설명할 수 있다. 공원묘지를 정기적으로 파 뒤집어 정비하고 그래서 오래된 묘석과 십자가들이 사라지는 것을 생각해보면 된다.

동굴벽화들에 대한 이런 설명은 충분히 가능하지만 물론 매력적인 추측에 불과하다. 그러나 동굴화가들이 사용한 기법의 비밀을 알려주는 투사기술과 관련한 주장은 제법 일리가 있다.

다른 아이들과 마찬가지로 나 역시 한동안 여러 가지 모양을 따라 그리는 일에 몰두한 적이 있다. 물론 그렇다고 해서 내게 미술적 재능이 있었다고 주장할 수는 없다.

알려지지 않은 익명의 동굴화가들에 대한 예술적 판단은 사실 그들이 어떻게 자신의 생각대로, 예를 들어 동물의 눈을 그릴 수 있었는지에 관해서만 내릴 수 있다. 어떤 눈에는 다른 눈보다 더 많은 미술적 재능이 들어가 있다. 위치가 신체 구조적으로 더 정확할 뿐만 아니라 좀 더 살아 있는 것처럼 표현되어 있다.

서로 같은 눈은 없다. 눈을 그린 화가는 자기만의 선택을 한 것이다.

그림자 투사를 발견했다고 해서 수천 년이 지난 현재 사진집에서건, 영화에서건, 아니면 실제 동굴에서건 간에 우리의 눈길을 붙잡는 모든 매력적인 동물 그림들의 가치가 줄어들지는 않는다.

인간이 발전해오는 동안 미술은 항상 오늘을 향한 길 위에 있었다.

내일 더 발전하기 위해서. 뭔가 새롭고 예상하지 못한 존재로 발전하기 위해서.

52

어린 시절의 행복
– 봄에 찾아오는 서커스단

헤리에달렌에서 보낸 내 어린 시절, 봄의 시작은 무엇보다도 서커스단이 오는 꿈을 꾸는 것과 연결되어 있었다.

나와 같은 세대에 속하고 별다른 구경거리가 없는 작은 동네에서 자란 사람들 대부분은 눈이 녹고 마침내 서커스단이 찾아왔을 때의 감격이 어땠는지 잘 기억하고 있다. 긴 겨울 동안 때때로 서커스단 차량에 그려진 그림들, 큰 망치로 원형무대와 텐트 설치를 위한 말뚝을 박는 근육질 남자들의 모습이 머릿속에 떠오르곤 했고, 신비스럽고 우리와는 동떨어진 곡예사들의 일상이 펼쳐지는 서커스 차량들 사이에서 들을 수 있던 이상하게 낯선 언어들의 울림이 귓속에서 들려오곤 했다.

물론 이것은 순진하고 낭만적인 상상이었고, 지금도 그렇다. 그러나 동시에 실제이기도 했다. 놀라운 세계가 손님처럼 우리를 찾아왔던 것이다. 내가 살았던 얼음처럼 차가운 물이 흐르는 작은 계곡을 중심으로 끝없이 펼쳐진 숲 저 너머의 나라들과 사람들이 보내온 인사처럼.

여기저기 찌그러지고 덜컹거리며 종종 배기관이 고장 난 화물차가 마을로 들어오고, 몇몇 남자가 되직한 흰색 풀이 든 양동이와 자루가 긴 솔을 들고 다니며 화려한 색깔로 장식된 큰 포스터를 마을 곳곳에 붙이는 것으로 서커스의 계절은 시작되었다. 그 남자들은 올 때도 갈 때도 항상 바쁘게 서둘렀다. 급하게 양동이에 든 흰색 풀을 자루가 긴 솔로 찍어 벽에 뿌리고 포스터를 붙였다.

며칠 후에는 긴 차량 행렬이 마을로 들어온다. 대규모 서커스단들만 기차를 타고 다녔는데, 내가 자란 동네는 그런 대규모 서커스단이 들어오기에는 너무 작았다. 그래서 우리는 좀 덜 유명한 서커스단들의 공연으로 만족해야만 했다. 그들은 캠핑카와 화물차, 그리고 연기를 내뿜는 트랙터가 끄는 다른 차량들을 타고 마을에 들어왔다.

그 놀라운 세계는 항상 배기관에 문제가 있었다.

그중에는 스칼라라는 이름의 서커스단이 있었고, 이젠 이름을 잊어버린 다른 서커스단들도 있었다. 그 서커스단들이 보여주는 프로그램은 서로 아주 비슷한 경우가 많았다. 꼭 같은 거푸집으로 찍어낸 것 같았다.

운이 좋아서 서커스 공연을 볼 수 있게 된 사람에게는 은혜로운 한두 시간이 약속된 것이었다. 모든 일반적이고 정상적인 상태가 사라지는 시간이다. 둥그런 텐트 지붕 바로 아래 저 높은 곳에 곡예사가 거의 무중력 상태인 것처럼 공중에 떠 있다. 곡예사들이 공중에 매달려 있는 다른 곡예사의 손에 잡힐 수 있도록 몸을 날리면서 외치던 소리를 나는 아직까지도 기억할 수 있다.

아래쪽 원형무대에서는 다른 곡예사들이 수많은 공과 곤봉을 던지며 묘기를 부린다. 정상 상태를 깨고 그것에 의문을 제기하는 도전이 계속된다. 광대들은 보통사람들과 가장 가까운 존재였다. 뭔가에 걸린 것처럼 비트적거리고, 소리치고, 울고, 자기 자신에게 물을 뿌리며 그들이 보여주는 모든 웃기고 어리석은 행동은 원형무대를 둘러싸고 앉은 우리와 아주 닮아 있었다. 하지만 그들은 결코 채플린같이 훌륭한 배우는 되지 못할 터였다.

개가 말 등에 서 있고, 물개가 포복으로 돌아다니고, 서커스단 단장은 가끔 우리에게 침묵이나 박수를 요구했다. 단장은 단호한 손짓으로 작은 서커스단을 지휘했고, 자신이 들어 올린 채찍과 흰 장갑을 낀 손의 아주 작은 움직임에도 모든 사람들이 따르도록 객석을 제어했다. 단장은 서커스단 공연에서 내가 살짝 두려워했던 유일한 사람이었다. 다른 모든 사람들이 현실을 빛나는 낙원으로 변화시켰던 반면, 단장은 우리가 속해 있었으며 곧 돌아가게 될 현실과의 연결고리였다. 그는 엄한 선생님이나 가끔씩 길거리에서 비틀거리며 자신에게 너무 가까이 다가오는 아이들을 짜증스럽게 쫓아버리는 술꾼 같았다.

봄이나 여름에 한 번씩 작은 지역들을 찾아다니며 중력과 정상 상태의 지루한 법칙들을 무력하게 만드는 유랑 서커스단이 아직도 있는지는 모르겠다. 그들이 더이상 없다면 그것은 모든 물질적 풍요와 격동하며 우리를 계속 놀라게 하는 기술 발전 속에서도 우리 안에서 슬며시 궁핍화가 진행되고 있음을 증명하는 것이다. 설사 우리가 인터넷이나 텔레비전으로 서커스 예술의 최고봉을 접할 수 있다고 해도 그것은 한낱 희미한 복제에 지나지 않을 것이다. 서커스는 우리가 현장에 자리하고 있으면서 현실이 낙원으로 변하는 사건의 증인이 되는 것을 전제로 한다. 우리는 곡예사들과 저글링의 달인들과 같은 공간에 있어야 한다.

우리는 서커스를 공연하는 그 공동체의 일부이며, 그들과 함께 중력을 거스르고 시간을 멈추고, 더 나은 표현이 없기에 행복 도취감이라고 부르고 싶은 숨 막히는 흥분 상태 속에서 하나가 된다.

서커스가 위대한 모험인 이유는 바로, 곡예사들이 보여주는 묘기들이 실제로 가능한 것임을 우리 눈으로 본다는 데 있다. 고무인간은 뼈가 있는데도 자기 몸에 매듭을 만들 수 있다. 눈 끝이 올라간 동양에서 온 여자곡예사는 가느다란 막대 위에 올려놓은 모든 접시를 정말로 하나도 톱밥이 깔린 바닥에 떨어뜨리지 않고서 계속 돌린다.

서커스는 엄격한 규율과 훈련을 통해 익히고 유지되는 인간의 능력을 보여주는 것과 다름이 없다.

봄과 여름이면 서커스의 원형무대가 준비되는 곳에 매일 수천 톤의 톱밥이 뿌려졌다. 텐트를 받치는 기둥들이 세워지고 그 위에 천막이 덮였다.

수년 전 포르투갈 남부 알부페이라에서 여름을 보낸 적이 있다. 조금 음산한 느낌의 임대주택 건물에 있는 집 하나를 빌렸다. 그곳에 도착한 날 저녁, 근처에서 유랑 서커스단이 첫 공연을 가졌다. 나는 매일 저녁 음악소리와 박수소리를 들었고 관객들이 오고가는 모습을 보았다.

오래된 고전적인 서커스였다. 알부페이라에서 열렸지만 스베그에서 열렸어도 전혀 어색할 것이 없을 전통적인 서커스 공연이었다.

그러나 서커스 예술은 계속 발전한다. 2, 30년 전 갑자기 새로운 종류의 서커스가 등장했다. 그래서 이름도 '새로운 서커스Cirque Nouveau'였다. 당시에, 물론 지금도 그렇지만, 새로운 서커스의 선두주자는 계속 전 세계를 돌아다니며 투어를 하고 있는 '태양의 서커스'였다. 그들의 공연은 잘 알려진 서커스 예술 형태들을 기반으로 하고 있어서 곡예사들과 저글링의 달인들과 광대들이 출연한다. 새로운 것은 그 공연이 하나의 이야기를 이루고 있다는 점이다. 더이상 예전 서커스 공연에서처럼 각각의 묘기들이 차례로 선보이고 피날레에 모든 출연진이 함께 등장해서 관객들의 박수를 받는 식이 아니다. 이 새로운 서커스에서는 지속적으로 하나의 러브스토리나 그 밖의 이야기를 관객들에게 들려준다. 배우들 대신 서커스 곡예사들이 공연하는 동화라고 생각하면 된다.

물론 서커스 곡예사들도 배우다. 그들은 연극 무대의 배우들이 가진 것과 같은 진짜 능력으로 우리를 유혹한다. 나는 가끔 두 무대의 차이점은 톱밥밖에 없다는 생각을 한다.

정말 좋은 서커스 예술을 볼 때면 나도 그 자리에서 참여하고 싶은 충동을 느낀다. 물론 공중을 날거나 곤봉 열 개로 숨 막히는 묘기를 부릴 수는 없다. 그저 여러 곡예사들의 공연에 필요한 소품들을 무대로 운반하는 일만 도울 수 있어도 충분할 것이다.

연극의 경우도 마찬가지다. 극장에 앉아서 나를 감동시키지 못하는 공연을 보고 있으면 가능한 한 빨리 극장을 떠나고 싶다. 하지만 공연이 좋으면, 서커스에서와 마찬가지로 자리에서 일어나 무대 위로 올라가서 극중에서 배우들이 막 저녁식사를 한 식탁에 함께 앉고 싶은 욕망을 참기가 어렵다.

새로운 서커스 공연들은 아주 짧은 시간 동안 서커스 예술을 놀랄 정도로 크게 발전시켰다. 그 공연들은 대부분 감상주의에 빠지지 않으면서도 감동적인 이야기들을 우리 눈앞에 펼쳐놓는다. 주로 젊은 축에 속하는 서커스 예술인들이 보여주는 창의성이 나를 놀라게 하고, 또한 뭔가를 만들어내는 인간의 능력에는 한계가 없다는 나의 확신을 그 어느 때보다도 뚜렷이 뒷받침해준다. 상아로 사자 인간 조각상을 만들어냈던 예술가로부터 텐트 지붕에 닿을 것처럼 높은 공중에 매달려 있는 곡예사들에게 이르는 걸음은 어쩌면 그렇게 크지 않을 수도 있다.

크노소스 궁전 벽화의 돌고래들은 물마루 위로 날고 있다. 스웨덴 북부 헤리에달렌의 작은 마을을 찾은 스칼라 서커스단의 곡예사들은 무중력 상태인 것처럼 텐트 지붕 바로 아래의 공중을 날고 있다.

객석에 앉은 우리는 그 광경을 바라본다. 그러나 우리도 공연에 참여하고 있다. 우리는 동시에 두 가지를 다 하고 있다.

53

부다페스트의 상이군인

1972년 이른 봄 어느 날 에위빈드와 나는 코펜하겐 중앙역에서 만났다. 우리는 젊은 극작가이자 연출가 동료였다. 우리의 기차여행 목적지는 밀라노였다. 다리오 포(Dario Fo, 이탈리아의 극작가이자 연출가/배우/작곡가—옮긴이)와 그의 부인 프랑카 라메Franca Rame가 만든 '라 코무네 극단'을 견학하고 그 연극인 부부의 작업을 보고 배울 수 있도록 초청받아서 가는 길이었다. 우리는 기차가 서독을 지나는 동안 잠을 잤고, 스위스를 지날 때 아침식사를 했고, 저녁때 밀라노 중앙역에 내렸다. 첫날밤은 싸구려 호텔에서 보내고, 다음 날 밀라노에서 머무는 동안 지낼 숙소를 찾아 나섰다. 우리는 돈이 많지 않았다. 우리 형편에 맞춰 처음에 찾은 곳은 곧 철거될 집의 차고였는데, 침대는 없고 쥐는 분명히 있을 법한 곳이었다. 그런 곳에서 지낼 수는 없어서 거절하고 계속 다른 곳을 찾아보았다.

같은 날 우리는 '라 코무네'에서 다리오 포를 만났다. 포는 우리가 온다는 것을 까맣게 잊어버리고 있었다. 당시 그의 극단은 대체로 혼란스럽게 보였다. 그곳에 들어가는 데만 해도 엄격한 보안 검사를 거쳐야만 했다. 다리오 포와 프랑카 라메는 당시 끊임없이 살해 위협을 받았다. 두 사람은 막 연극 한 편을 연습하는 참이었는데, 이후에 〈어느 무정부주의자의 우연한 죽음〉이라는 제목을 얻게 된 연극이었다.

그날 저녁 에위빈드와 나는 한 노천카페에 앉아 커피를 마셨다. 다음 날까지 저렴한 숙소를 찾지 못하면 밀라노에서 적당히 긴 기간 체류하고자 했던 우리의 계획이 경제적 문제로 실패하게 되리라는 것을 우리는 분명히 알고 있었다. 어떤 사람이 우리 테이블로 와서 시계를 사라며 들이밀었다. 당연히 거절했다. 누구였는지는 이제 기억이 안 나지만 우리 둘 중 한 명이 아마도 웃었던 것 같다. 시계를 팔러 왔던 사람의 친구 몇 명이 갑자기 어둠 속에서 나타났다. 스무 살 가량 된 젊은이들이었는데, 시계 판매상을 조롱했다며 우리에게 비난을 퍼부었다. 에위빈드는 코뼈가 부러졌고 나는 아랫배에 발길질을 당했다. 하지만 다행히 그 후로 며칠 동안 맞은 곳이 좀 아팠던 것 말고 더이상의 피해는 입지 않았다.

뜬눈으로 밤을 지새운 에위빈드는 다음 날 비행기로 집으로 돌아갔고 말뫼의 한 병원에서 부러진 코뼈를 바로 세우는 수술을 받았다. 나는 그냥 밀라노에 남았지만, 무엇을 해야 할지 결정을 내리지 못했다. 아마도 다리오 포는 한 달 동안 극단에 나와 작업을 구경하겠다고 했던 두 열정적인 젊은 스웨덴 연출가들이 대체 어디로 가버렸는지 궁금했을 것이다.

나는 결국 밀라노를 떠났다. 기차를 타고 빈으로, 그리고 부다페스트로 넘어갔다. 헝가리라는 나라도 부다페스트라는 도시도 모두 처음이었다. 그러나 곧장 스웨덴으로 돌아가기는 좀 창피하고 내키지 않았다.

부다페스트 역에서 나는 상이군인으로 보이는 한 남자를 보았다. 그는 술에 취해서 구걸을 하고 있었다. 갑자기 헝가리 철도의 직원으로 보이는 경비원이 나타났다. 경비원은 그 남자의 목발을 발로 걷어찼고 남자는 넘어졌다. 목발은 멀리 날아갔고, 남자가 들고 있던 모자 안에 든 동전들이 더러운 돌바닥 위로 굴러가버렸다.

상이군인이 바닥에 쓰러져 있는 동안 철도직원은 자기 모자를 바로잡고 그 자리를 떠났다.

모든 일이 너무나 순식간에 벌어져서 조금 비현실적인 느낌이 들었다. 나는 주위를 둘러보았다. 사람들이 바쁜 걸음으로 이리저리 오가고 있었고, 스피커를 통해 흘러나와 역사 안에 울리고 있던 헝가리어 안내방송은 내 귀에 마치 화내는 소리처럼 들렸다. 그러나 불구의 몸을 끌고 목발이 있는 곳으로 기어가면서 동시에 동냥해 얻은 동전들을 주워 담는 그 상이군인을 도와주는 사람은 아무도 없었다.

그것은 나를 그 자리에 얼어붙게 만드는 경험이었다. 난폭한 행동은 너무나 당연한 것처럼 보였고, 거기에서 벌어진 사건을 직접 목격한 모든 사람들이 그 난폭한 행동을 그냥 받아들이고 있었다. 무자비한 폭력의 대상이 된 그 남자조차 아무런 항의를 하지 않았다. 그는 자신에게 일어난 일이 마치 아주 당연한 것처럼 행동했다.

그가 그렇게 바닥에 넘어져 있던 것은 당연한 일이었다. 그런데 과연 누구에게 온당한 일이었을까? 그 상이군인이 구걸로 다른 사람의 권리를 침해했기 때문에 그에게 행해진 폭력은 온당한 처사가 되는 걸까?

아무도 그를 도와주지 않았다. 나도 마찬가지였다. 끔찍한 순간이었다. 상이군인을 넘어뜨린 경비원이 다시 돌아왔을 때 나는 모든 일이 다시 반복될까봐 두려웠다. 그러나 상이군인은 목발을 짚고 절뚝거리며 역사를 떠났다. 그러니까 그 사람이 잘못한 일은 역사 안에서 구걸을 한 것이었다. 역사 문 밖에서 일어나는 일은 경비원의 관심 밖이었다.

부다페스트에서 보낸 날들은 내가 젊은 시절 아무런 계획 없이 어느 곳에 가서 여행하던 것과 같은 방식으로 흘러갔다. 여기저기 그냥 발길 닿는 대로 돌아다니고, 싼 카페에 앉아 시간을 보내고, 강에서 보트를 타고, 서점에 가고, 지나가다 마주친 극장 앞에 걸린 포스터를 이해해보려 했다. 그러나 여행지에서 보내는 날들은 주로 언제가 됐든 결국 오르게 될 귀향길을 기다리는 것으로 채워졌다.

어느 날 저녁, 내가 지금 어디에 머물고 있는지 알리려고 스톡홀름에 계신 아버지에게 전화를 했다. 누가 나를 찾을 경우를 대비해

머물던 호텔의 전화번호를 알려드렸다.

통화는 아주 짧았다. 그 통화가 아버지와 내가 나눈 마지막 대화였다. 물론 그때엔 둘 다 그 사실을 알지 못했다.

그날 밤 아버지는 임종했다. 사람들이 내 소재를 알아보기 시작했을 때는 내가 머물던 호텔 전화번호가 적힌 쪽지가 아버지의 바지 주머니에 들어 있다는 것을 아무도 몰랐다.

하지만 나는 그 상이군인을 한 번도 잊은 적이 없다. 그리고 나를 포함해 주변에 서 있던 사람 그 누구도 곧바로 반응을 보이지 않았다는 사실도. 마치 모든 사람들이, 심지어 목발을 짚고 있던 그 걸인까지도, 그가 역사를 떠날 때까지 각자의 역할을 잘 알고 충실히 수행한 역할극이었던 것처럼 말이다.

그 사건은 완전히 공개된 날것의 잔인함이었다. 당시 나는 현실에서 그와 비슷한 어떤 경험도 한 적이 없었다. 스크린이나 텔레비전 화면에서 그런 일을 보는 것과는 아주 달랐다. 영화나 텔레비전에서는 역할극이 다른 차원에서 이루어졌고, 사람들은 높은 출연료를 받고 서로를 때려죽였다.

그 일이 있고서 한참 세월이 흐른 뒤 나는 부다페스트 중앙역에서 상이군인에게 일어났던 사건을 기억나게 만드는 다른 종류의 잔인함을 경험했다. 1990년대 말 마푸투에서 일어난 일이지만, 그 이야기를 하는 건 여전히 마음이 불편하다.

나는 도심에 있는 삼층 건물에 살고 있었다. 1970년대 모잠비크 해방전선 프렐리모Frelimo가 북쪽으로부터 내려오고 있던 시기 대충 지어진 건물이었다. 몇 달 후 포르투갈에서 장교들이 쿠데타를 일으켜 파시스트 독재정권을 무너뜨리고, 그것은 또 아프리카 식민지에서 포르투갈의 패배를 가속화하게 될 것이었다. 사람들은 계속 건물을 지었지만 시멘트가 제대로 마르기를 기다릴 시간이 없었다. 내가 그 건물에 입주했을 때는 벽에 누수가 있었다.

같은 거리에 있는 오래된 빌라에는 이미 오래전부터 모잠비크에 살아온 한 포르투갈인 부부가 살고 있었다. 그 집에는 출퇴근하는 하인들이 있었는데, 그중에는 스무 살 가량 된 젊은 흑인 여자가 한 명 있었다. 그녀의 일은 매일 아침 여섯 시 아침식사를 식탁에 올리는 것으로 시작되었다. 그러기 위해서 그녀는 새벽 세 시 반에 일어나야 했다. 그녀가 사는 빈민가에서 빌라까지는 그 정도로 거리가 멀었다. 몇 시간 잠을 자기 위해 다시 집으로 돌아가기까지 그녀 앞에는 길고 고된 하루가 기다리고 있었다. 그녀의 출퇴근 길 일부 구간에는 미니버스가 운행되고 있었지만, 그녀가 받는 임금은 매일 차표를 살 만큼 많지 않았다.

어느 날 그녀는 임신한 사실을 주인 부부에게 알렸다. 여주인은 그녀를 곧장 해고하려 하였다. 그러나 남자 주인이 그 하녀가 깔끔하고 커피를 아주 잘 끓인다고 얘기한 덕에 그녀는 해고되지 않고 계속 일할 수 있었다.

아이가 태어났다. 젊은 하녀는 출산 후 일주일 정도만 자기 집에서 조리를 했고, 그 다음에는 다시 매일 긴 시간 포르투갈인 주인집에서 일을 하기 시작했다. 그녀는 아기를 업고 일하러 왔다. 그러자 다음과 같은 일이 일어났다. 여주인은 그녀가 아이를 빌라 안으로 데려오지 못하게 했다. 그녀는 아기를 빌라 계단에 뉘어놓아야 했다. 아기에게 젖을 주려면 밖으로 나가는 수밖에 없었다.

나는 그런 사실에 격분한 다른 이웃들을 통해 그 이야기를 듣게 되었다. 이웃들은 그런 인종차별적인 행동, 젊은 엄마에 대한 모욕이 계속되어서는 안 된다는 의견을 피력했다. 모잠비크는 거의 25년 전부터 독립국가가 아니었던가! 어떻게 그 같은 낡아빠진 식민 지배의 잔혹성이 계속 유지될 수 있었던 걸까?

우리는 함께 항의하기로 의견을 모았고, 그 젊은 하녀가 아이를 집 안으로 데리고 들어가지 못하게 하면, 경찰에 신고하겠다는 내용의 편지를 써서 포르투갈인 부부에게 전달했다.

그 일은 하녀가 곧바로 해고되는 결과를 가져왔다. 우리는 그럴 위험이 있다는 것을 알고 있었기 때문에 이미 그녀를 위해 다른 일자리를 찾아놓은 상태였다.

물론 이후에도 나는 더욱 끔찍한 일들을 겪었다. 자기 부모를 죽인 어린 병사들도 있었다. 그들이 악해서가 아니라, 누군가 그들의 관자놀이에 총을 겨누고 그들의 귀에 부모를 죽이지 않으면 네가 죽게 될 거라고 외쳐댔기 때문이다.

내가 어린아이로서 같은 상황에 처했더라면 어떻게 했을까? 영웅적 용맹을 상상하기란 쉽다. 무자비한 생존의지를 상상하는 건 그보다 어렵다.

그럼에도 불구하고, 부다페스트에서 있었던 사건과 마푸투의 하

녀에 대한 기억은 지옥의 경험들을 모아놓은 나의 개인적 기록저장
소로 들어가는 문 위에 걸린 현판이 되어버렸다.

54
시작이자 끝인 장소

외스테르예틀란드의 그뤼트 암초군이 있는 먼 바다에 뢰크스케르라는 바위섬이 있다. 나는 매년 한 번씩은 그 바위섬에 가려고 노력한다. 대부분 가을에 갈 때가 많다. 그 바위섬은 거의 항상 접안이 불가능하다. 그래서 토미 융의 보트에서 섬으로 뛰어내려야 하고 미끄러지지 않도록 조심해야 한다. 토미 융이 몇 시간 후에 다시 나를 데리러 온다.

뢰크스케르는 어느 쪽에서 오느냐에 따라 스웨덴이 시작되기도 하고 끝나기도 하는 바로 그 지점의 바다에 솟아 있는 외로운 바위섬이다.

바위섬은 고요하고 말이 없다. 돌은 말하지 않는다. 바위섬은 자기 역사를 무겁게 내리누르고 있다.

새들이 둥지를 트는 기간에는 바위섬에 가는 것이 금지되어 있다. 그 섬은 육지에서 아주 멀리 떨어져 있기 때문에, 새들은 한 번 물면 놓아주지 않는 밍크가 헤엄쳐 올 위험에서 안전하다. 육지에 가까운 다른 섬들에서는 종종 그런 일이 벌어지곤 한다.

그렇게 멀리 떨어진 바위섬의 고독과 침묵 속에서 사람이 살았던 적이 있다. 그 사람들이 그렇게 척박한 곳에서 어떻게 살 수 있었는지 도저히 이해가 되지 않는다. 갑자기 폭풍우가 다가오면 그들은 노를 젓는 조그만 배를 타고 바다로 나가 그물을 걷어야 했다. 그러다가 익사한 사람들도 많다. 죽음이 자신의 무자비한 포획 능력을 보여주기라도 하려는 듯 때때로 그물에 사람의 시신이 걸려 있기도 했다. 그렇지 않은 경우, 물에 빠져 죽은 사람들은 그냥 사라져버렸고 시신으로라도 다시는 돌아오지 않았다.

그 사람들은 18세기 중에 섬에 들어왔다. 어쨌든 그때 처음으로 교회 명부에 '뢰크스케르 거주'라는 기록이 나타난다. 19세기 중반, 1850년대까지 그곳에 몇몇 사람들이 거주하고 있었다. 이후에 그곳은 부모 잃은 섬이 되었다. 어쩌다가 섬을 찾는 방문객들도 왔던 것처럼 말없이 다시 사라졌다.

혹시 바위섬이 작별의 인사로 돌로 된 손을 들어 흔들었을까?

내가 그 섬에 가는 것은 일종의 반복되는 순례여행 같은 것이다. 바람과 추위를 무릅쓰고 섬을 걸어 다니면서 지나간 한 해와 다가올 한 해를 생각한다. 아무것도 자랄 수 없는 척박한 벼랑들 사이에는 핑계도 변명도 있을 수 없다. 이곳에서는 자신을 속일 수 없다.

바다로 나 있는 절벽들은 모든 진실을 갈아서 날카로운 날로 만들어버린다.

때때로 나는 언젠가 그곳에 살았던 사람들의 그림자를 느낄 수 있을 것 같기도 하다. 그들은 아직 그곳에 있고 내 걸음을 지켜보고 있다. 그들의 얼굴은 군데군데 연한 적갈색을 띤 회색빛 암벽에 새겨져 있다.

섬 이곳저곳에서 아직도 그때의 가난한 어부들이 생활했던 집들의 흔적이 발견된다. 목재는 물론 전부 풍화되었다. 그러나 바위섬 북서쪽에 있는 작은 분지에 세워졌던 집들의 경계석을 발견할 수 있다. 거기는 지대가 낮아서 사람들은 사방에서 불어오는 바람을 피할 수 있었다. 그 움막들은 기껏해야 작업도구 같은 것을 넣어놓는 광이나 아이들의 놀이방만하다. 그들은 오로지 바다가 줄 수 있는 것에만 의존한 채 그런 좁은 집에서 살았다. 그곳은 암소 한 마리 이상은 절대로 키울 수 없는 환경이었다. 소에게 먹일 만한 풀은 절대적으로 부족했으며, 히스는 붉은색이었고 먹을 수 없었다.

나는 가끔 걸음을 멈추고, 사람도 많고 먹을 것도 부족한 암초군 중심부의 바위섬들에서 스웨덴의 바다 끝에 있는 이 먼 바위섬까지 옮겨온 이주민들이 살 집을 짓기 위해 놓았던 그 돌들을 바라본다. 한참 서서 그 돌들을 보고 있으면 때로 그 돌들이 천천히 내가 알지 못했던, 지금 있는 위치로 옮겨지기 전에 원래 있었던 자리로 움직이는 것처럼 느껴지곤 한다.

바람을 피해 그들의 배가 정박했던 좁은 만이 있는 곳까지 가시

나무 덤불이 자란다.

그들의 삶이 남긴 다른 흔적은 없다. 암벽에는 아무것도 새겨져 있지 않고, 만 안쪽을 향해 있는 바위에는 쇠로 된 갈고리나 배를 계류하기 위한 그 어떤 고리도 없다. 향토연구가들이 금속 탐지기를 가지고 이곳에 왔었지만, 내가 아는 한 그들은 아무것도 발견하지 못했다.

이곳에는 사람들의 무덤조차 없다. 사람이 죽으면 얼음이 얼었거나 바다가 고요할 때 그뤼트에 있는 교회로 시신을 운반해 그곳에 묻었다. 그러나 그뤼트 공동묘지에는 뢰크스케르 주민의 묘비는 하나도 없다.

교회 장부에는 그래도 여기저기 뢰크스케르 섬에 살았던 사람들에 대한 기록이 보인다.

1837년 어느 날 어린 남자아이가 끓는 물이 든 주전자를 쏟아서 크게 데었다. 목사는 큰 글씨로 아이가 '아주 빨리' 죽었다고 적었다.

몇 줄 아래에는 엠마 요한네스도테르가 익사했다고 적혀 있다. 멀고 외로운 바위섬에서의 삶은 항상 고달팠다.

그러나 그곳에 살던 사람들은 그래도 가끔씩 애정을 가지고 그 바위섬을 바라보았던 모양이다. '이곳이 나의 집이다. 나는 여기서 기쁨을 얻게 될 것이다!'라는 기록도 있다.

사람이 살기 힘든 그 바위섬에서도 가끔은 기뻐하고 즐거워할 일이 있었을 것이다. 사랑을 나누고 편안히 잘 수 있는 밤들이 있었을 것이다. 가끔은 바위틈에 몸을 누인 채 햇빛에 팔을 드러내놓고 있는 젊은 여자가 눈에 보이는 것 같기도 하다.

짧지만 평화로운 순간들. 언젠가는 삶이 더 나아질 거라는 희망. 그러나 그것은 비옥한 다른 섬으로 옮겨갈 수 있을 때에만 가능하다. 아니면 다른 나라, 다른 세계로 가거나. 그런데 그건 어떤 세계였을까?

19세기 미국으로의 대규모 이주 물결이 일었을 때에도 해안 주민들 중에는 스웨덴을 떠난 사람이 많지 않았다. 스웨덴 남부의 스몰란드 지역 주민들과 달리, 그들에게는 심지어 극심한 흉년에도 잡을 물고기가 있었다.

날씨가 맑고 좋았던 초가을 어느 날 나는 노 젓는 배를 타고 바위섬 주변을 돌다가 먼바다를 향해 천천히 흘러가고 있는 찢어진 유망을 보았다. 햇빛이 바닷물 깊숙이까지 비추고 있었고, 그물에 걸려 있는 죽은 물고기 몇 마리와 바다오리 한 마리가 보였다.

나는 내가 상상하는 자유란 그런 것이라는 생각을 했다.

자유. 자유를 제한하려고 하는 것들로부터 계속 도망치는 것.

바위섬을 마지막으로 떠난 사람이 누구였는지 나로서는 확실히 말할 수 없다. 그러나 그에 대해 잘 알고 있는 사람들은 한 늙은 여자였다고 말한다. 그 여자의 죽음과 함께 바위섬 뢰크스케르에서 척박한 생계유지 조건을 극복하며 어떻게든 살아남으려 끊임없는 노고를 겪고 견뎠던 몇 세대가 사라졌고, 그 섬은 다시 온전히 섬 자신에게로 돌아갔다.

섬에 살았던 사람들의 노고와 수고가 남긴 것은 아무것도 없다.

쌀쌀한 그 가을날 섬에 갔을 때, 나는 섬이 150년 전에도 똑같은 모습이었을 것이란 생각이 들었다. 돌들, 키 작은 나무들, 히스 그리고 절대 침묵하지 않는 물결 소리. 상승기류를 탄 바닷새들은 날갯짓 없이 활강하면서 혹시라도 내가 먹이를 던져주지 않을까 기다리고 있다.

바위섬에서 가장 높은 언덕 위에 앉아 교회 탑에 올라왔다고 상상했다. 서쪽으로 고개를 돌리면 수많은 섬들과 작은 바위섬들이 있어서, 멀리서 보면 육지가 하나로 죽 이어져 있는 것처럼 보인다. 다른 방향을 보면 바다뿐이다.

내가 지금 보고 있는 것이 언젠가는 사라지고 없으리라는 걸 상상하기란 쉽지 않다. 수백만 년 후도 아니고 겨우 10만 년쯤 후에 제대로 된 빙하기가 다시 찾아와서 자연을 부서뜨리고 절벽을 가루로 만들어버리고 바다가 말라버린다는 것. 그러면 지금은 푸르스름한 잿빛을 띠고 있는 것들이 흰색으로, 혹은 얼음이 지저분할 경우 베이지색으로 변할 것이다. 바다의 물결 소리는 얼음이 위로 밀고 올라오고 구부러지고 부서지며 내는 소리로 대체될 것이다. 결국엔 모든 게 조용해질 때까지.

얼음이 녹으면 뢰크스케르 바위섬은 아마 다시 나타나지 않을 것이고, 그 대신 그 자리에 우리가 지금은 그 모습을 상상조차 할 수 없는 다른 풍광이 펼쳐질 것이다. 바다 혹은 육지? 육지 혹은 섬? 심해, 아니면 담수 석호? 이 질문들에 정확한 대답은 없다. 얼음의 움직임은 결코 정확하게 예보할 수 없다.

하지만 인간이 존재하는 한 새로운 지도가 만들어질 것이 분명하다.

섬의 동쪽에 있는 급경사면 바로 옆에 등받이가 높은 의자처럼 생긴 바위가 하나 있다. 나는 뢰크스케르 바위섬에 갈 때마다 그곳에 잠시 앉아 있곤 한다. 항상 차가운 바람을 맞으며 그곳에 웅크리고 앉아 있는다.

저 멀리 육지 쪽에 내가 잘 모르는 항구를 향해 가는 돛단배 하나가 갑자기 눈에 들어온다. 겨울이 오기 전 가을의 마지막 항해를 즐기고 있나보다.

곧 겨울이 올 것이고, 이 바위섬은 겨울 동안 출입이 금지된다. 지나간 것의 박물관인 이 섬은 그렇게 겨울잠에 들어간다.

55

시멘트 포대를
머리에 인 여자

　내 인생 중 얼마나 많은 시간을 여자와의 관계에 쏟았는지는 잘 모르겠다. 내 경우에는 그다지 시작이 좋지 않았다. 나는 열다섯 살이 되어서야 처음 내 어머니를 만났다. 어머니는 원래 남자들이 종종 하는 행동을 했다. 가족을 버리고 떠난 것이다. 그런 일은 1950년대에는 아주 드물었다. 반면 아버지가 집을 나가 돌아오지 않는 경우는 자주 있었다. 우리는 여전히 셀 수 없이 많은 아버지들이 자기가 함께 만든 가정을 지키지 않는 세상에 살고 있다.

　내가 자란 북부의 작은 마을에서는 어머니가 가정을 버리고 떠난 것을 거의 무슨 추잡한 일처럼 여겼다. 내가 처한 상황이 굉장히 이례적이라는 걸 물론 나도 알고 있었다. 집 안에서 소리도 안 내고 조용히 움직이며 양말을 깁는 데 대부분의 시간을 보내던 친할머니가 우리 집에서 일종의 균형을 유지해주었다. 하지만 나는 사라진 어머니를 당연히 항상 마음에 두고 있었다.

어머니와 내가 함께 있는 사진이 한 장 있다. 아마 사진사 파레우스가 찍어준 사진인 것 같다. 사진 속에서 나를 무릎에 앉히고 있는 아름다운 어머니의 모습이, 마음 같아서는 나를 내려놓고 그 자리에서 일어나 도망가 버리고 싶어 하는 사람처럼 보인다고 나는 생각했다. 물론 머지않아 실제로 그런 일이 일어났다. 나의 아주 어린 시절에는 어머니에 대한 기억이 전혀 없다.

자기 어머니에게서 버림받는다는 건 당연히 한 아이에게 일어날 수 있는 가장 힘든 일이다. 내가 조금만 더 예민한 사람이었다면 아마 어머니가 떠난 책임이 나 자신에게 있다고, 내가 아무 쓸모없는 사람이라고 여겼을 것이다.

그러나 나는 그 문제를 그런 식으로 바라본 적은 없었다. 나는 무엇보다도 놀라고 의아했다. 어떤 이유에서인지 나는 그 놀람과 의아함을, 항상 가지고 있던 풍선이 갑자기 큰 소리를 내면서 터지고 초라한 고무조각으로 변해버릴 때 어린아이가 느끼는 그런 놀람과 의아함이라고 생각한다. 그것은 아침에 잠에서 깨어나거나 저녁에 잠들 때 있어야 할 어머니가 없는 것에 대해 느끼는 일종의 어리둥절함이다.

나는 어머니를 스톡홀름에 있는 한 식당에서 처음 만났다. 그 식당은 스투레플란 거리에 있었는데 지금은 없어졌다. 하지만 그곳을 지나갈 때마다 그때의 만남이 떠오른다. 어머니는 창가 테이블에 앉아 있었다. 어머니의 사진들을 봤기 때문에 얼굴·머리카락·눈 등 내가 어머니를 많이 닮았다는 걸 알고 있었다. 호기심 어린 기대를 잔뜩 품고 그녀에게 다가갔다. 어머니는 자기가 앉은 테이블로 다가오고 있는 나를 보고 거부하는 동작으로 두 손을 뻗더니 말했다.

"너무 가까이 오지 말거라. 감기에 설렸거든."

나는 그때 일을 결코 잊지 못한다. 연극 극본이나 영화 시나리오를 쓸 때면 항상 그 상황과 그 문장을 능가하는 어떤 것을 생각해내려 애쓴다. 그러나 과연 한 번이라도 성공할 수 있을지 모르겠다.

우리는 그녀가 죽기까지 대략 10년 동안 약간 주저하고 조심성 있는 친구 사이로 지냈다. 우리 둘 다 서로에 대한 불신을 숨기고 있었다고 생각된다. 여러 번 기회가 있을 때마다 나는 어머니에게 내 어린 시절에 대해 이야기하려고 노력했다. 하지만 그럴 때마다 어머니는 부엌으로 사라졌고, 어머니가 부엌에서 돌아왔을 땐 항상 위스키 냄새가 더욱 짙게 풍겨왔다. 그러면 나는 더이상 그 얘기를 하지 않았다. 우리는 한 번도 내 어린 시절에 관해 대화한 적이 없다. 어머니는 자기 자식들을 버렸다는 사실에 직면하게 되는 것이 부끄럽고 견딜 수 없었던 모양이다.

그녀의 배신이 이미 풍화되어버린 지 오래인 지금, 나는 그녀를 이해할 수 있다. 그녀는 아이를 넷 낳았지만 사실 어머니라는 역할에 맞지 않는 사람이었다. 그녀는 너무 조바심을 냈고 인내심이 없었으며 항상 다른 곳에 있고 싶어 했다. 나는 그녀의 많은 부분을 나에게서도 발견하곤 한다. 여러 측면에서 그녀의 생은 커다란, 그리고 분명히 불필요한 비극이었다. 하지만 그 당시 결혼해서 아이들을 낳은 여자에게는 선택의 가능성이 많지 않았다. 지금은 그녀가 당시 행동으로 보였던 각성에 어느 정도 경의를 표할 수 있다. 그 각성은 어렵고 많은 측면에서 고통스러웠을 것이다.

어머니를 생각하면 동시에 시멘트 포대를 머리에 이고 있는 한 아프리카 여자의 모습이 떠오른다. 물론 그 모습은 시간적으로나 공간적으로나 어머니의 사진과 완전히 다르다. 그럼에도 불구하고 두 사람은 각자 자기가 속한 삶과 죽음의 강변에 서서 서로에게 손짓한다.

나는 자동차를 타고 가다 잠비아의 수도 루사카 근처에서 그 장면을 보았다. 도로변에 한 아프리카 여인이 무릎을 꿇고 있었다. 그녀 옆에서 남자 두 명이 힘을 모아 바닥에서 시멘트 포대를 하나 들어 올려 그녀의 머리에 올렸다. 포대의 무게는 50킬로그램이나 되었다. 두 남자는 여자가 일어설 수 있게 도왔다. 나는 여자가 무거운 짐을 이고 힘겹게 비틀거리며 걸어가는 모습을 보았다. 마치 그녀 주위로 피어오르는 흙먼지를 뚫고 태양 속으로 걸어 들어가는 것처럼 보였다.

나는 그때서야 정신을 차리고 골함석으로 지은 창고의 그늘 아래 앉아 있는 두 남자에게 다가갔다. 그리고 그렇게 무거운 짐을 여자의 머리에 이게 하면 머잖아 허리가 다 망가지게 될 것을 모르느냐고 물었다. 두 남자에게 나는 마치 잔뜩 거들먹거리는 백인 남자처럼 보였을 것이다.

두 남자 중 하나가 전혀 빈정거리는 기색 없이 대답했다. "우리네 여자들은 강합니다. 그 정도는 전혀 문제없이 옮길 수 있어요."

그 아프리카 여인은 우리가 살고 있는 세상에 대해 한 가지 진실을 알려주었다. 그녀가 진 짐은 그녀 머리 위에만 놓인 것이 아니었다. 그 짐은 그녀의 머릿속에도 뚜렷하게 자리하고 있었다.

내 청소년기를 보자면 딱히 몸가짐이 단정한 여성상을 추구했다고는 할 수 없다. 육체관계가 있었던 모든 초기의 연애 경험에서 혹시나 있을지 모르는 임신 가능성에 대해 신경을 써야 할 사람은 항상 상대 여자였다. 피임에 대한 걱정은 나와는 전혀 관계없는 일이었다.

제2차 세계대전 이후 최소한 서방세계에서 이루어진 가장 중요한 정치적 성과 중 하나가 여성 지위의 상승이었음은 분명하다. 개발도상국에서는 여성 지위 향상이 여전히 가장 큰 정치적 도전 과제 중 하나지만 그 나라들에서도 이미 많은 변화가 일어나고 있다는 사실을 부정할 순 없다. 아직도 극복해야 할 어려운 과제는 특히 이슬람교와 유대교 등 종교의 율법을 잘못 해석한 데서 기인한 기존 인식들을 깨부수는 것이다. 이스라엘에서 정통파 유대교가 득세를 하면 여자들은 여전히 버스 맨 뒷좌석에 앉아야 한다. 이슬람교가 지배적인 나라에서는 여성들이 여전히 기본적인 인권을 위해 싸우고 있다. 거기에는 특히 자신의 몸에 대한 권리도 포함된다.

한번은 노를란드의 한 작은 동네에서 나이가 아주 많은 여성을 만난 적이 있다. 그 여성은 내게 자신의 인생에서 아주 결정적이었던 한 사건에 대해 이야기해주었다. 그녀는 가난한 집에서 자랐고, 한 나무꾼과 결혼을 했고, 스물여섯도 채 되기 전에 아이를 일곱 낳았다. 일곱째 아이를 낳은 후 그녀는 더이상 출산을 못하겠다고 느꼈다. 하지만 남편의 유일한 즐거움을 거부한다는 건 불가능하다고 생각했다.

그러다가 나라 이곳저곳을 돌아다니며 사랑에 대해서 이야기한다는 이상한 여자에 대해 알게 되었다. '사랑'은 그녀 인생에서 사용해보지 않은 말이었다. 어쩌면 아이들에 대해 이야기하거나 아이들과 이야기를 나눌 때 그 단어를 이래저래 썼을 수도 있다. 그러나 그녀와 남편의 관계에서 사랑이라는 말은 너무 고상하고 너무 낯선 단어였다. 그 단어를 입 밖으로 내면 창피했을 것이고 그 말을 뱉음으로써 마치 자신이 상대보다 더 나은 사람인 척 하는 게 될 터였다.

한겨울 어느 날 그녀는 사랑에 대해 이야기한다는 그 여자의 이야기를 듣기 위해 왕복 20킬로미터 거리에 있는 난방도 되지 않는 주민회관을 찾았다. 그 여자의 이름은 오타르였고, 그 여자의 말은 노르웨이어와 스웨덴어가 묘하게 섞여 있었는데 이상하게도 모두 다 알아들을 수 있었다. 가장 중요한 메시지는 겨울밤이 아무리 길다 하더라도 원하지 않는 임신을 해서는 안 된다는 것이었다. 오타르는 이루 말할 수 없이 추운 야외 간이화장실에서 그녀에게 페서리 사용법을 알려주었고, 그녀는 더이상의 임신을 피할 수 있었다.

그녀의 남편은 성생활의 즐거움을 포기하지 않아도 되게 되었으며, 이제는 그녀 자신도 마음 놓고 그것을 누릴 수 있었다.

"오타르가 내 인생을 바꿔주었어요." 그녀가 말했다. "이전에는 그저 아프기만 한 고통이었던 것이 이후에는 내가 진정 존엄한 존재로서 느낄 수 있는 즐거움이 되었죠. 그 전에는 나와 남편의 사랑에는 항상 절망이 함께 따라다녔어요."

오늘날 우리가 직면한 가장 큰 도전 중 하나는 여성에게 더 큰 영향력을 주는 것이다. 이 세상 대부분의 여성들은 가사를 돌보고 가족의 식사를 준비하는 데 큰 책임을 지고 있지만 정치적·경제적 영향력을 갖지 못한다.

나는 남자들과 여자들이 아주 다른 생각을 가지고 있다고 생각하지 않는다. '남성적/여성적 사고'에 대해 말하는 것은 그저 하나의 미신일 뿐이다. 세상을 힘들게 하는 것은 여자들의 목소리를 전혀 듣지 않는 일방적인 남성적 사고이다.

그 결과는 부조리한 세상이다. 남자들은 저녁식사 후 자기들만의 공간으로 물러나고 여자들은 자기들끼리 남아 있는, 낡아빠진 고전적이고 시민적인 관습이 여전히 남아 있는 그런 세상이다. 그런 도식을 깨려는 여자가 있으면 그 여자는 곧바로 언동을 신중히 하라고 경고를 받았다.

그러나 새로운 질서가 생기려면 남자가 한 걸음 물러나서 여자에게 자리를 내주어야 한다.

그렇게 될 것을 믿지 않는 사람은 변화가 원래 무엇을 의미하는

지 제대로 이해하지 못한 것이다.

시멘트 포대를 이고 있는 사람들과 그들의 머리에 그 짐을 얹어 주는 사람들 간의 싸움은 여전히 계속되고 있다.

56

이라클리오의 겨울

나는 1978년 겨울 몇 개월을 크레타의 가장 큰 도시 이라클리오에서 보냈다. 그것이 제대로 긴 기차여행을 했던 마지막 시간이었다. 어느 추운 겨울 아침에 당시의 오슬로 동부역에서 출발해서 며칠 후 아테네에 도착했다. 당시에는 아직 하나의 국가였던 유고슬라비아를 지날 때는 우리가 타고 있던 열차를 증기기관차가 끌었다. 그리스 국경에 가까워지고 있던 날 아침에 나는 마침내 겨울의 손아귀에서 벗어난 공기를 마시기 위해 기차 창밖으로 머리를 내밀었다. 그때 기관차에서 날아온 석탄가루가 눈에 들어갔고, 그 때문에 크레타에서 보낸 첫 주에는 눈이 불편해 앞을 보는 데 문제가 있었다.

내가 묵은 호텔은 소박했고 별 매력이 없었다. 내가 거의 유일한 손님이었다. 아침식사는 보통 끓여놓은 지 한참 된 커피와 말라버린 빵, 약간의 잼이 전부였다. 프론트에 앉아 있는 남자는 항상 호텔 편지지에 이상한 수학 문제를 끄적거려놓고 푸는 데 몰두해 있었다.

나는 크노소스를 보기 위해서, 그리고 위대한 그리스 작가 니코스 카잔차키스Nikos Kazantzakis가 살았던 집에 가보려고 크레타를 찾았다. 그러나 무엇보다도 조용한 나만의 시간을 갖고 싶었다.

내가 가진 짐은 배낭 하나와 여행가방 하나였고, 두 가방 다 책으로 가득 차 있었다. 그 책들을 모두 가지고 가려면 어떤 책들은 두꺼운 겉표지를 찢어낼 수밖에 없었다.

주로 문화사와 관련된 책들이었는데, 유럽 고전 문명의 태동에서 시작해서 내가 지금 서 있는 현대 그리스에 이르기까지 문화사 전반과 좀 더 특수한 주제들을 다룬 책들이었다. 크레타 여행을 감행하기 직전 가을, 나는 유럽 문화의 생성에 관한 내 지식에 큰 빈틈이 많다는 사실을 깨달았다. 볼테르와 디드로와 루소 이전의 모든 것들이 연관성 없이 막연하고 산만하게 느껴졌다. 그래서 꼼꼼하게 관련 도서들을 읽고, 내가 살고 있으며 그 변화에 일조하기를 바라는 세상을 만들어낸 중요 사건들과 과정들에 대한 통찰을 얻고자 했던 것이다.

크레타가 그런 역사적 발전의 중심이었다는 사실이 여행지를 선택하는 데 크게 중요하지는 않았다. 여행지 선택에 결정적인 영향을 미친 것은 어느 좋은 친구가 알려준, 크레타의 호텔들이 겨울에는 거의 공짜나 마찬가지라는 정보였다.

나는 매일 아침 일찍 호텔에서 나와 산책을 했다. 산책은 보통 항구의 부두 끝에서 끝났다. 아무 카페에나 들어가 호텔의 형편없는 아침식사를 상쇄해주는 식사를 하고 나면 방으로 돌아와 책상 옆 거울에 셔츠를 걸쳐놓고 책을 펼쳤다. 전날까지 모르던 것을 날마다 새로 배우면서 느꼈던 그때의 기쁨이 아직도 생생하게 기억난다. 열한 시쯤 메이드가 방문을 두드리면 그때서야 책상에서 일어나 밖으로 나갔다. 종종 비가 왔다. 나는 우산을 하나 사서 몇 시간씩 돌아다녔다.

그런 다음 찾을 수 있는 가장 싼 식당에서 점심을 먹었다. 메뉴는 거의 항상 방금 잡은 생선으로 만든 요리였다. 점심식사 후에는 다시 책속에 파묻혔고, 저녁을 먹고는 다시 늦은 밤까지 책을 읽었다.

매일 뭔가 새로운 것을 배웠다. 침대가 아주 불편했는데도 그 방에서처럼 잠을 잘 잤던 적은 없는 것 같다. 지식은 편안한 밤의 휴식에 도움을 주는 아주 좋은 수단이다.

12월 31일 저녁에는 호텔에 돌아갈 때 비틀거릴 정도로 오랫동안 주점에서 와인을 마셨다. 내가 호텔에 들어섰을 때 프론트에서 근무하는 남자는 잠들어 있었다. 간신히 열쇠 수납장에서 내 방 열쇠를 낚시하듯 건져 올릴 수 있었다.

다음 날 아주 일찍 심한 숙취와 함께 잠에서 깼다. 머리는 망치로 두드리는 것 같았고, 자꾸 구역질이 일었다. 싸구려 레치나(송진 맛이 나는 그리스 백포도주—옮긴이)를 너무 많이 마셔본 사람이면 누구나 그게 어떤 결과를 가져올지 안다.

그날은 책을 전혀 읽지 않았다. 대신 일기장(일기 쓰는 일이 야심 찬 계획 단계 이상을 넘어선 적은 한 번도 없지만)에 '문명'이라는 개념에 대해 당시 내가 가지고 있던 생각을 적었다. 두통에도 불구하고, 아니 어쩌면 바로 두통 덕분에 내가 곰곰이 숙고해오던 문제들을 글로 아주 잘 표현해낼 수 있었다.

'문명'이란 개념은 뭔가 잘못 적용되고 있었다. 많은 글 속에서 소홀하게 다루어지고 있었다. 명확한 이유도 없이 때때로 '문명' 대신 '문화'나 '전통'이란 단어가 사용되고 있었다. 나는 혹시 문명이라는 개념 자체가 잘못된 것 아닌가 자문하기 시작했다. 내가 읽은 정의와 분석에서는 그 개념이 대부분 '야만'의 반대 개념으로 사용되었다. 문명인은 원시인을 뛰어넘었다.

그런데 정말 그게 맞을까? 고대 그리스는 노예국가였다. 사고와 행동의 자유가 제한되었고, 스파르타가 됐든 아테네가 됐든 도시의 완전한 시민이 될 수 있는 조건에 부합하는 선택받은 일정 수의 남성만 그 자유를 누렸다. 문명화된 것과는 전혀 거리가 먼 사회들에서 위대한 철학적 사고와 위대한 행위가 이루어졌다. 그곳에는 항상 음식을 준비하고 아이들을 돌보고 더러워진 바닥을 청소하는 여자들이 있었다. 그들은 종종 형편없는 대우를 받았다. 하등한 존재로 여겨졌을 뿐만 아니라 나아가 육체적·정신적 폭력의 대상이 되었다.

그런데 그런 것을 이젠 더이상 존재하지 않는, 역사에서 이미 완결된 부분으로 볼 수도 없다. 오늘날에도 극심한 굴욕과 공포 속에 누군가의 시중을 들며 살고 있는 얼굴과 이름이 알려지지 않은 많은 사람들이 있다. 그것도 모든 대륙에.

예를 들어 아랍권 국가들을 여행하다 보면 화려하고 새하얀 전면 뒤에 그렇게 시중드는 그림자들을 느낄 수 있다. 그들은 잠깐씩 보이다가 금세 다시 사라져버린다. 거의가 아시아나 아프리카의 가난한 나라에서 온 사람들이다. 그들은 쉴 새 없이 일한다. 종종 아주 젊은 사람들도 있다. 가족들과 연락을 유지할 가능성은 제한되어 있다. 게다가 그들에게 권리라고는 전혀 없다. 매일 힘들게 일을 하면서도, 조금이라도 항의를 하거나 불만을 표현하면 곧장 그 나라에서 추방될 수도 있다. 그러면 다시 가난 속으로, 어쩌면 쓰레기장에서의 생활로 돌아가야 한다.

그렇다면 '문명'이란 개념은 어떻게 정의해야 할까? 문명화된 인간이란 어떤 인간일까? 역사가 진행되면서 이 질문들에 많은 답이 나왔다. 그리고 그 답들은 항상 멍청하거나 기회가 부족하여 '문명화될' 행운을 갖지 못한 비문명인들과 달리, 문명은 교육을 통해 도달할 수 있는 것이라는 생각에 기반을 두고 있다.

문명이라는 개념은 종종 부당한 침략을 위한 알리바이로 사용되었다. 19세기에 아프리카의 자원 착취가 시작되었던 때 특히 대규모로 그런 경우가 발생했다. 아프리카의 자원을 약탈하는 데 참여했던 유럽 국가들은 세 가지 무기를 준비하고 있었다. 세 가지 무기는 모두 알파벳 C로 시작한다.

첫 번째 무기는 대포cannon, 즉 군사력이었다. 대포는 위협 수단으로 항상 준비되어 있었으며 합당하다고 여겨지는 상황에서는 실제로 사용되었는데, 완전히 자의적으로 사용되는 경우가 많았다.

문명인에게 최선으로 보이는 것을 거역하는 사람들을 멸절하는 것, 그것이 문명인의 권리였다.

문명과 야만 사이에는 죽음만 있을 뿐이었다. 그것 말고는 없었다.

두 번째 무기는 십자가cross였다. 아프리카를 식민지화할 때 그리스도의 머리에는 투구가 씌워지고 손에는 검이 들려졌다. 아프리카의 식민지화에 참여한 유럽 국가들은 모든 흑인들, 미개인들과 야만인들을 문명의 수준으로 끌어올릴 권한이 자신들에게 있다고 생각했으며 그 근거를 자신들이 올바른 믿음을 가지고 있다는 확신에 두었다. 아프리카인 대부분이 수백 년에 걸쳐 추종해온 신들과 정령숭배 사상은 근절 대상이었다. 아프리카에 파견된 선교사들은 자기들이 하나님의 병사라고 생각했다. 그들은 총 대신 흰색 사파리 헬멧과 성경책을 든 전사였고, 언제든 마구잡이로 그것들을 사용할 준비가 되어 있었다.

세 번째 무기는 현금출납부cashbook였다. 서방세계의 경제 법칙들과 자본주의 시장에 깃들어 있는 잔인성을 따르지 않는 자는 바라던 문명에 도달할 수 없었다.

식민주의의 알려지지 않은 무기는 거짓말이었다. 19세기 아프리카 대륙에 대해 진행된 모든 침략 과정에서만큼 많이, 그리고 체계적으로 거짓말을 한 경우가 과연 또 있을지 궁금하다. 문명에 대해 이야기하면서 그들이 사용하는 단어 하나하나를 굳게 믿었던 유럽인들도 물론 많았다. 그러나 잔인한 침략을 결정했던 사람들은 무엇보다도 식민지화 과정을 간소화하고 싶었다. 그들은 자기들이 아프리카의 자원을 약탈하는 동안 예전에 아프리카인들을 약탈했을 때처럼 안녕과 질서가 유지되기를 원했다.

1978년 겨울 나는 크레타에서 이런 문제들을 생각했다. 그리고 세상에 여전히 예속과 압제가 있는 한 문명이라는 이름에 걸맞은 문명을 만드는 것이 과연 가능할지 의심하기에 이르렀다. 문명이 단지 세상의 제한된 일부 지역에만 적용된다면, 노예제도와 겉으로 드러나지 않고 어느 정도 알아챌 수 없게 숨겨져 있는 다른 형태의 침략들 없이 과연 진정한 문명이 기능할 수 있을까?

누군가가 억압당하는 것을 기반으로 하지 않는, 전 세계를 포괄하는 문명을 만드는 것이 가능하리라는 생각은 어쩌면 좀 주제넘은 꿈인 걸까? 주제넘든 아니든, 그것은 필요한 꿈이다. 그러나 우리 바로 다음에 오는 세대는 아마도 우리보다 훨씬 더 많이 똑똑하지는 않을 것이다.

하지만 우리 다음에 오는 세대는 아마도 우리가 그랬던 것보다, 그리고 지금도 그런 것보다는 덜 어리석을 것이다.

지금 바다를 헤엄치는 고래들은 인간이 보내는 온갖 전파와 전기 자극 때문에 점점 더 혼란스러워지고 방향감각을 잃고 있다.

지구상에 사는 수십억 명의 사람들은 자신이 살아야 한다고 생각하는 삶과 다른, 그보다 더 바람직한 삶이 있다는 것을 믿지 못한다.

나는 크레타에서 보낸 그 겨울을 기억한다. 독서에 집중했던 시간, 그리고 아무런 방해도 받지 않았던 커다란 고독을.

57

독일 고속도로에서
발생한 사고

1980년대 중반의 어느 여름, 나는 자동차를 몰고 유고슬라비아로 가고 있었다. 하지가 되기 몇 주 전이었다. 이른 아침 스웨덴 림함과 덴마크 드라괴르를 오가는 페리에 올랐다. 당시 내 차는 아주 오래되고 낡았었다.

그때는 내 인생에서 별로 좋은 시기가 아니었다. 극단 운영자였던 나는 극단을 운영하는 일과 계속 책과 극본을 쓰는 일을 조화롭게 결합시키고자 했던 생각이 참으로 순진하며 무모한 생각이었다는 것을 너무 늦게 깨달았다. 게다가 그해는 극단에서 끊임없이 인사 문제로 갈등이 있었고, 그래서 나로서는 꼭 필요하지만 동시에 불편한 결정들을 내려야만 했다. 어쨌든 나는 그런 일들을 뒤로 하고서 내 차를 몰고 남쪽으로 달아났다. 나는 쉬지 않고 차를 몰았다. 가능한 한 오래 운전하고, 잠은 뒷좌석을 떼어낸 자리에 깔아놓은 매트리스에서 자기로 계획을 세웠다.

도망가고 있다는 느낌은 주행 킬로미터 수가 하나씩 올라갈 때마다 약해졌다. 오래된 내 시트로엥의 마력이 높지 않았기 때문에 내 차는 계속 추월당했다. 급할 건 없었다. 유고슬라비아 국경까지는 갈 수 있을 거라 생각했다. 그 다음은 어떻게 할지 별 생각이 없었다. 아마도 대충 크르크 섬에 가서 머물다가 다시 북쪽으로 돌아가겠다는 생각을 하고 있었던 것 같다. 그때까지는 앞으로 다가올 극단의 새로운 일 년을 어떻게 보낼지 밑그림이 그려지리라 생각했다. 지난 일 년 동안 경험했던 일들이 다시 반복되어서는 안 된다. 나는 저지를 수 있는 모든 실수를 저질렀다.

오후에 하노버 남쪽까지 온 나는 큰 안도감을 느꼈다. 내 앞에는 최소한 30일이라는 시간이 있었고, 그 기간 동안은 내 사무실 문 앞에 서서 새로운 문제들을 꺼내놓는 사람이 아무도 없을 것이기 때문이었다. 연출자와 맞붙어 싸운 후 잔뜩 화가 난 배우도, 식권 배부에 관한 새로운 규정들에 항의하는 노조위원장도 없을 것이다. 머릿속이 갑자기 가벼워진 것 같은 느낌이 들었다. 예전에 읽었던 금언이 하나 생각났다. '삶을 너무 중요하게 생각하지 마라. 어차피 거기에서 살아서 빠져나가지는 못할 테니.'

버스 한 대가 나를 추월했다. 시선을 돌려 그 버스를 보니 청소년들로 꽉 차 있었다. 아마도 수학여행을 가는 학생들이거나 스포츠 클럽 학생들 같았다. 버스는 내 앞에서 오른쪽으로 차선을 변경했다. 버스 지붕의 통풍창 하나가 열려 있었다. 갑자기 십대 남자아이 하나가 통풍창으로 머리와 상체를 내미는 것이 보였다. 소년이 내게 손을 흔들었다. 나는 미소를 지었다. 하지만 나도 손을 흔들었는지는 이제 기억이 나지 않는다. 소년은 몸을 창밖으로 더 내밀었다. 밖으로 떨어질 위험은 없었다. 넓적다리 밑은 통풍창 아래에 단단히 지탱되어 있었다.

소년은 버스가 나아가는 방향을 바라보지 않고 있었다. 버스 안에 있는 사람 누구도, 운전기사도 다른 학생들도 위험을 인식하지 못했다. 사고가 일어났을 땐 이미 늦은 상태였다.

다리가 낮았다. 그래도 버스는 문제없이 그 아래를 지나갔을 것이다. 그러나 상체를 벌거벗은 소년 하나가 버스 지붕 통풍창 밖으로 몸을 내밀고 있다는 것을 아무도 알아채지 못했다. 콘크리트 다리의 아래쪽 모서리에 소년의 목이 부딪혔고 그 아이의 머리가 박살났다. 뼈와 피부와 산산조각 난 뇌 조각들이 내 차의 앞 유리로 날아왔다. 나는 그다지 속도를 내고 있지 않은 상태여서, 앞 유리가 피와 다른 것들로 완전히 범벅이 된 상황에서도 브레이크를 밟고 도로 가장자리로 옮겨갈 수 있었다. 버스가 끽 소리와 함께 급정거를 하더니 미끄러지면서 갓길에 멈췄다. 곳곳에 자동차들이 멈춰섰다. 대부분의 사람들은 무슨 일이 일어났는지 몰랐다. 나중에야 내가 소년이 어떻게 죽었는지 상황을 알고 있는 유일한 목격자라는 걸 깨달았다.

버스 지붕 통풍창에는 여전히 머리가 떨어져나간 소년의 몸뚱이가 매달려 있었다. 정신을 차렸을 때 내 손이 와이퍼 스위치에 올라가 있었던 것이 기억난다. 나는 그대로 차 안에 앉아 있었디. 충격은 어마어마했다. 심장이 두방망이질했다. 나는 울기 시작했다. 내가 경험한 것은 상상할 수도 없는 일이었고 동시에 정말로 일어난 일이었다. 가장 비통한 건 소년이 무슨 일이 일어날지를 전혀 의식하지 못했다는 게 아니었을까? 그 아이가 창 아래로 몸을 굽힐 수 있었을 텐데 못했기 때문이라기보다도, 자기 생이 거기서 그렇게 끝나리라는 걸 단 한 순간도 생각하지 못했기 때문이다. 그 아이는 그걸 모르고 죽었다.

구급차와 경찰차가 소방차와 함께 도착했다. 나는 차에서 내려 경찰관 한 명을 손짓해 불렀다. 경찰은 내 차 앞 유리에 붙어 있는 것이 무엇인지 알아채고 몸을 움찔했다. 나는 더듬거리지만 어느 정도 알아들을 수 있는 독일어로 경찰에게 내가 본 것을 말했다. 그는 수첩에 메모를 하고는 막 도착한 범죄수사관을 불렀다. 범죄수사관은 앞 유리창에 묻어 있던 것 일부를 긁어내서 조그만 플라스틱 관에 담았다. 그런 다음 내게 앞 유리를 닦으라는 신호를 했다.

나는 다시 여행길에 올랐고 새벽 네 시까지 쉬지 않고 달렸다. 그렇게 하여 예상했던 것보다 더 남쪽 아래까지 내려갈 수 있었다. 전부 똑같이 생긴 독일 아우토반의 휴게소 중 하나로 들어갔다. 커튼이 닫혀 있고 안에서 코고는 소리가 작게 새어나오는 화물차 두 대 사이에 차를 세우고 몸을 구부려 뒷자리에 깔아놓은 매트리스로 넘어갔다. 아우토반을 달리는 차 소리에 다른 소리들은 거의 모두 묻혀버렸다. 두 사람이 내 차 옆을 지나갔다. 그중 한 명은 내가 알 수 없는 이유로 웃고 있었다.

그러다가 나도 모르게 잠이 들었다. 그제야 버스 지붕 통풍창으로 몸을 내밀고 내게 손짓하던 소년의 모습이 사라졌다.

결국 나는 크르크 섬에 도착했고 화장실 불을 켤 때마다 바퀴벌레들이 우르르 도망가는 싸구려 호텔에 심을 풀었다. 더이상 운전을 할 힘이, 그리고 나조차 뭔지도 모르는 무언가를 찾아다닐 힘이 없었기 때문에 여름 내내 그 호텔에 머물렀다. 그 여름은 불안했다. 나는 충분히 자기비판을 했고, 계획했던 대로 앞으로 일 년 동안 극단 운영자로서의 역할을 어떻게 더 잘 수행할 것인지 결심을 하는 데 성공했다. 극단 운영자로서의 활동은 딱 일 년 남아 있었다. 7월 말 크르크 섬을 떠나 북쪽으로 돌아가게 되었을 때 나는 다시 한 번 잘해봐야겠다는 전투력을 되찾은 상태였다.

두 번째 해는 훨씬 더 괜찮게 흘러갔다. 나는 후임자에게 자리를 내주기까지 거의 일 년 더 극단 운영을 책임졌다. 마침내 자리에서 물러나려 했을 때는 놀랍게도 더 남아달라는 간절한 부탁을 받았을 뿐 아니라 몇몇 다른 극단으로부터 운영을 맡아달라는 제안까지 받았다. 그러나 거절했다. 이제는 의도하지 않았던 3년이라는 휴식을 끝내고 무엇보다도 가능한 한 빨리 다시 작품을 쓰는 데 전념해야 할 시간이었다.

극단과의 계약은 6월 30일이 만기였다. 그해에는 다른 나라로 도망치지 않았다. 게다가 자동차도 팔아버리고 없었다. 극장은 여름에는 문을 닫았지만, 나는 공식적으로 극단 운영에서 물러나는 그 날 저녁 스코네에 있는 집에 있다가 벡셰에 있는 극장으로 갔다. 사무실 문을 열고 아무도 없는 그 방 안에 앉았다. 그리고 책상을 정리하기 시작했다. 더이상 필요 없는 물건들은 모조리 버렸다. 검정색 책상 위에는 앞으로 그 책상에 앉아 일하게 될 여성 후임자에게 내가 직접 쓴 편지 외에는 아무것도 없었다. 편지에서 나는 그녀에게 행운을 빌었고 극단 운영자에게 최고의 업무일은 첫날이라는 불문율을 상기시켰다. 첫날이 지나고 나면 항상 불만을 갖기 시작하는 사람이 있기 때문이다. 그렇다는 사실을 알고 있으면 계속 직면하게 되는 이런저런 공격을 막아내기가 더 쉬워진다.

편지 옆에 작은 샴페인 병 하나도 놓아두었다. 그런 다음 내 손목시계를 앞에 내려놓고 불을 끈 후 늦은 여름밤의 어둠이 내려앉은 그곳에 앉아 있었다. 극단 운영과 관련된 내 활동은 정확히 자정에 종료될 예정이었다. 감옥에서 석방된 것같이 홀가분하고 자유로운 기분이 들지는 않았다. 극단 운영주로 보내야 했던 시간이 그렇게 끔찍하지는 않았다. 특히 후반기에는. 심지어 우리 극단이 공연했던 작품 하나는 상을 받기도 했다. 텅 빈 사무실까지 이렇게 찾아온 것이 살짝 창피했다. 하지만 나는 그렇게 그곳에 앉아서 시계바늘이 자정에 가까워지기를 기다리고 있었다.

그때 갑자기 버스 지붕에서 머리가 잘려나간 소년이 떠올랐다. 크르크 섬에서 돌아온 다음에는 그 소년 생각을 한 적이 거의 없었다. 그런데 지금 다시 눈앞에 그 아이가 자기 삶의 마지막 몇 초 동안 나에게 유쾌한 얼굴로 손을 흔들던 모습이 보였다.

왜 하필이면 이 순간에 그 소년이 생각난 걸까? 이해할 수 없었다. 하지만 시계가 자정을 쳤을 때 내 옆에 그림자로 앉아 있던 유일한 사람은 그 소년이었다.

임기가 끝난 것에 대해서는 아무런 느낌이 없었다. 홀가분하지도, 자유로워진 느낌이 들지도, 미래에 대한 기쁨을 느끼지도 않았다. 오히려 이제는 다시 처음부터 시작해야 할 것 같은 느낌이었다. 갑자기 내가 다시 글을 쓸 수 있을지 의심이 생겼다. 어쩌면 극단을 운영했던 몇 년 사이에 글 쓰는 능력이 없어진 건 아닐까?

사무실을 나설 때, 버스 지붕의 그 소년에 대한 기억을 빈 사무실에 가둬놓고 나오는 것 같은 생각이 들었다.

나는 다시 렌터카를 타고 극장을 떠났다. 어딘가를 마지막으로 떠날 때 흔히 사람들이 말하는 것처럼, 나는 뒤를 돌아보지 않았다.

그로부터 오랜 시간이 흘러, 치유되기 어려울 것으로 보이는 위중한 암에 걸렸다는 진단을 받은 지 대략 한 달쯤 지났을 때 우편으로 두꺼운 봉투 하나가 도착했다. 보낸 사람이 누구인지는 알아볼 수 없었다. 보낸 사람의 이름이 이니셜로 적혀 있긴 했지만 내가 모르는 이니셜이었고, 보낸 곳은 사서함번호나 우편번호나 도로명도 없이 그냥 스톡홀름이라고만 적혀 있었다.

봉투 안에는 수신인 이름이 헤닝 만켈로 적힌 편지 몇 통이 들어 있었다. 하지만 그 편지들은 내게 온 것이 아니었다. 전부 열한 통이었는데 1899년, 1900년 그리고 1901년에 쓰인 편지들이었다. 편지들의 수신인은 1899년에 서른 살이었던, 나와 이름이 같은 내 할아버지 헤닝 만켈이었다. 할아버지는 당시 스톡홀름 카르델가탄 거리에 살고 있었고, 그로부터 몇 년 후인 1905년 아그네스 린드블롬과 결혼하여 플로라가탄 거리로 이사한 뒤 1930년 세상을 떠날 때까지 그곳에서 살았다.

나는 편지들을 읽었다. 전부 다 하랄드라는 이름의 남자가 쓴 편지였는데, 하랄드라는 이름 말고 성은 한 번도 언급되지 않았다. 편지를 읽어보면 그는 웁살라에서 대학을 다녔고 그곳에 살았다. 나이가 스무 살쯤이라는 것도 편지에서 드러났다. 그러니 하랄드는 할아버지보다 열 살 어렸다. 둘이 어떤 관계였는지는 편지에서 나타나지 않았다.

이상한 편지였다. 일상적인 정보는 거의 담겨 있지 않았고, 안부를 묻거나 서로 아는 친구들에게 전하는 인사 같은 것도 없었다. 하랄드는 헤닝에게 자신이 삶에 대해 느끼는 두려움, 존재의 의미를 찾기 어렵다는 이야기, 그리고 다양한 도덕적 문제들에 관해 자신이 항상 골똘히 생각하던 내용을 썼다. 종종 그가 전혀 연애 감정을 느끼지 않지만 그럼에도 불구하고 그에게 성욕을 일으키는 여자들에 대한 이야기를 적기도 했다. 생각을 한창 전개하던 중에 그냥 편지를 끝내버리고는 다음 편지에서 처음부터 다시 이야기를 시작하고 똑같은 문제를 제기한 경우도 적지 않았다.

하랄드의 편지만 봐서는 할아버지가 어떤 답장을 했는지 알 수 없었다. 그의 편지들은 그저 서로 연관 있는 하나의 독백처럼 읽힐 수도 있었다. 전공이 뭔지는 알 수 없지만 움살라 대학을 다니고, 꽤 자주 대학 친구들과 주점에서 펀치를 마시는 젊은 남자. 그는 종종 친구들의 상스러운 수다에 질려 주점에서 나와 집으로 가서 한밤중에 헤닝에게 편지를 썼다.

나는 편지들을 읽고 한쪽으로 치워놓았다. 할아버지는 내가 태어나기 18년 전에 세상을 떠났다. 할아버지에게 편지를 쓴 하랄드가 누구였는지 내게 말해줄 사람은 이제 아무도 없다. 게다가 그의 성이 뭐였는지도 알 수 없고 사진도 전혀 없다. 오로지 누군지 모를 사람이 나에게 보낸 이 편지들뿐이다.

놀라운 것은 익명의 누군가가 내게 보낸 그 편지들을 읽는 동안 내가 내 병에 대해 전혀 생각하지 않았다는 점이다. 나는 하랄드에게, 그리고 그가 가지고 있던 사고에 나와 비슷한 점이 아주 많다는 사실을 발견했다. 하랄드는 내가 그의 나이였을 때 가졌던 것과 비슷한 생각을 하고 있었다.

다음 순간 나는 기억 속에서 죽어야 했던 버스의 그 소년을, 끔찍한 사고로 갑자기 끝나버려야 했던 소년의 마지막 손짓을 생각했다. 극장 사무실에 영원히 가두어버렸다고 생각했던 소년이 그곳에서 빠져나온 모양이었다. 그때서야 내가 그 소년에게서도 나 자신을 볼 수 있다는 것을 깨달았다. 하랄드가 가지고 있던 많은 두려움도, 죽는 순간 손을 흔들며 웃고 있던 소년도 둘 다 나의 일부이다. 어쩌면 내가 그들의 일부라고 말하는 것이 더 낫겠다. 우리는 단순히 다른 사람들에게서 자기를 보는 것이 아니다. 우리는 모든 다른 사람들에게서 자기 자신을 본다.

이 글을 쓰고 있는 지금은 5월 말이다. 항암 화학요법을 시작하기 전에 수많은 검사들을 받기 위해 매번 잘그렌스카 대학병원에 가야 했던 1월과 2월의 끔찍한 오전 시간들은 이제 과거가 되어버렸다. 1차 집중치료가 끝났다. 다행히 심한 부작용은 겪지 않았다. 구토증은 없었으나 피로감은 있었다. 하지만 마비된 것처럼 아무것도 못할 정도의 피로감은 아니었다. 몸무게도 몇 킬로그램 정도만 빠졌다. 두 번은 혈액수치가 너무 떨어져서 혈액을 몇 봉지 수혈받아야 했다. 하지만 치료를 받는 동안 내 면역체계는 제대로 기능했다.

지금은 3주마다 소량의 항암제 주사를 맞는다. 병원에서 머무는 시간은 한 시간 정도다. 치료가 얼마나 오래 계속되어야 하는지는 순전히 내 암세포가 어떻게 반응하는지에 달려 있다. 종양이 계속 작아지거나 최소한 자라기를 멈춘다면 치료는 수개월, 또는 심지어 수년까지 걸릴 것이다.

이 글을 쓰는 동안 갑자기 사진 한 장이 생각났다. 그 사진을 찾느라고 앨범과 상자 들을 한참 뒤졌다. 스베그 초등학교 4학년 때, 그러니까 1957년에 찍은 흑백사진이다. 나는 윗줄 가운데에서 심각한 표정으로 앞을 바라보고 있다.

맨 아래 오른쪽 구석에 남자아이 세 명이 앉아 있다. 세 명이 붙어 앉아 있는 것은 순전히 우연이다. 셋은 친한 사이가 아니었고 쉬는 시간이나 방과 후에도 서로 별 접촉이 없었다. 그냥 우연히 옆에 앉게 된 것이다.

그런데 세 명 모두 지금은 죽고 없다. 한 명은 술을 너무 마셔서 죽었는데, 마지막에는 에탄올까지 마셨다는 얘기를 들었다. 또 한 명은 몇 년 전 산탄총을 얼굴에 대고 쏴 자살했다. 나머지 한 명은 병에 걸려 죽었다. 무슨 병이었는지는 모른다.

오래전에 거기 사진사 앞에 앉아 있을 때, 그들은 자기들이 그 반에서 맨 먼저 죽게 되리라는 걸 몰랐다. 사진의 어디를 봐도 그런 건 알 수 없다.

그러나 나는 그들에게서도 나를 발견할 수 있다. 나는 내 안에 산 자와 죽은 자를 함께 지니고 있으며, 다른 사람들 또한 똑같은 방식으로 내게서 그들 자신의 모습을 발견할 수 있을 것이라고 생각한다.

그들 역시 살아 있을 때 내게서 자신의 모습을 보았을 것이다.

58
질투와 수치

오래전 어느 봄날 밤 나는 노를란드의 어느 작은 도시를 걷고 있었고, 질투로 불타오르고 있었다.

나를 둘러싸고 있는 그 도시가 모든 색을 잃어버린 것 같은 느낌이 들었다. 모든 것들이 갑자기 투명한 흑백이 되어버렸다. 발밑의 보도는 이리저리 흔들리고 있었다. 도처에 언제 입을 열어 나를 삼킬지 모르는 텅 빈 구멍들이 숨어 있는 것 같았다.

그때로부터 얼마 전 나는 다른 나라에서 한 여자를 만났고 그녀와 열렬한 사랑에 빠졌다. 우리는 매일 저녁 전화통화를 했다.

그런데 그날 저녁 그녀가 갑자기 전화를 받지 않았다. 나는 불안감에 거리로 나가 공중전화마다 돌아다니며 그녀에게 전화를 걸었다. 10분마다 전화를 했지만 그녀는 받지 않았다.

마치 예전에 한 번도 경험하지 못한 저주를 받고 있는 것 같은 기분이 들었다. 그날 밤 내가 겪은 것에 비하면 어린 시절 친구들의 배신이나 어른들이 지키지 않은 약속 같은 건 아무것도 아니었다.

40년도 더 전에 있었던 일이다. 하지만 나는 그때가 여전히 내 인생에서 있었던 일들 중 내가 완전히 뚜렷하게 재구성할 수 있는 순간들 중 하나라고 생각한다. 삶이 오로지 한 가지를, 누군가 수화기를 들고 사랑이 여전히 그대로라고 말해주기를 바라는 바로 그 한 가지만을 중심으로 돌았던 순간.

중간중간 비가 내렸지만, 봄밤은 밝았다. 새벽 세 시쯤에는 온몸이 젖어 있었다. 하지만 나는 공중전화 부스를 찾아 돌아다니는 굴욕적인 방랑을 멈추지 않았다. 순찰차가 가끔 내 옆을 지나갔고, 순찰차 안에 타고 있는 경찰관들이 나를 의심스런 눈빛으로 관찰했다. 그러나 나는 술에 취해 비틀거리지도 않았고 훔친 물건을 가지고 있지도 않았다. 그래서 그들은 나를 건드리지 않았다.

많은 세월이 지난 지금은 그때의 일을 충분히 거리를 두고 바라볼 수 있고, 그래서인지 그때의 내 자신이 도스토옙스키의 소설에서 튀어나온 검은 그림자처럼 느껴진다. 나는 한밤중에 스웨덴의 어느 도시를 헤매고 다닌 것이 아니었다. 그곳은 모스크바나 상트페테르부르크였다.

질투는 마치 병처럼 나를 덮쳤다. 나는 말 그대로 아팠다, 정신이 아픈 상태였다, 하지만 육체적으로도 통증이 있었다. 위장은 단단히 매듭을 지어놓은 것 같았고, 숨을 쉴 때마다 고통스러웠다. 머릿속으로는 그녀가 왜 전화를 받지 않는지 이유를 찾아보려 애썼다. 그러나 찾지 못했다. 그래서 바로 그 순간 벌거벗고 흥분한 몸으로 그녀를 끌어안고 있는 다른 남자를 상상할 수밖에 없었다.

강 위를 가로지르는 긴 다리를 건너가다 나는 갑자기 걸음을 멈추고 무작정 소리를 질렀다.

에드바르트 뭉크의 그림 〈절규〉는 인간의 깊은 진실을 묘사한 것이다.

동틀 때가 되어서야 그녀는 전화를 받았다. 마침내 수화기 너머에서 들리는 그녀의 목소리를 들었을 때, 나는 울기 시작했다. 그녀의 설명은 간단했다. 저녁에 수화기를 잘못 올려놓고 아무것도 모른 채 밤새 잘 잤다는 것이다.

안도감은 말도 못하게 컸다. 질투는 흔적도 없이 사라졌다. 내 뱃속에 있던 두꺼운 매듭은 한 올 한 올 가는 실로 풀려 날아가 버렸다.

이후에도 살면서 가끔 질투에 사로잡힌 적이 있지만, 그날 밤처럼 강한 질투심이 나를 덮친 적은 없다. 그 대신 다른 사람들이 언제 질투심에 괴로워하는지 알 수 있게 되었다. 종종 질투의 원인이 되는 것은 사랑, 사랑하는 사람의 배신, 사랑하는 사람이 자기를 떠날지도 모른다는 두려움이다. 그러나 질투는 아주 의외의 상황에서도 나타날 수 있다. 예를 들어 극단에서도 나타날 수 있다. 역할 분배 때문에 다른 사람을 미워하는 일이 생길 수도 있는데, 그 미움의 정체는 바로 질투다. 문학 중에는 셰익스피어의 비극《오셀로》가 질투에 대한 뛰어난 묘사를 담고 있다.

그 외에도 수없이 많은 상황들이 있다. 작가들 사이에서는 무엇보다도 서평과 판매 부수 때문에 질투가 일어나곤 한다. 나는 자기 밭의 작황이 이웃의 것만큼 좋지 않아서 적의에 가득 찬 시선으로 이웃의 밭을 바라보는 농부들을 보았다.

한번은 택시정류장에서 서로 싸우는 택시기사 둘을 본 적이 있다. 나중에 들은 바에 따르면 싸움의 원인은 상대의 택시보다 좀 널좋은 택시를 가진 기사의 질투였다.

그런데 질투는 어디에서 오는 걸까? 그리고 왜 우리는 질투를 하는 걸까?

에이즈가 알려진 지 얼마 안 되고 그 병에 대한 사람들의 공포가 아주 컸던 1980년대에 몇몇 친구들에게 자신이 에이즈에 감염됐다는 사실을 알게 된다면 어떻게 반응할지 물어본 기억이 난다. 그 당시 에이즈 감염 진단은 사형선고나 마찬가지였다. 그때는 항抗레트로바이러스 치료제가 나오기 전이었고, 에이즈 바이러스가 숙주가 될 새로운 인체에 침입하면 그 사람이 죽기까지 인체에서 어떻게 작동하는지도 아직 알려지기 전이었다.

예상대로 나는 매번 다른 대답을 들었다. 그런데 그중에서 한 가지 대답이 여러 번 나왔는데, 끔찍한 대답이었다. 그들이 만약 기자나 의사에게서 질문을 받았다면 절대 공개적으로 하지 않았을 표현이었다. 하지만 그들은 내겐 아주 솔직하게 말했다. "다른 사람들한테도 병을 옮길 거야. 나 혼자 죽고 싶진 않아."

그러자 나는 또 당연히 다음과 같은 질문을 던졌다. "왜 다른 사람들까지 죽게 만들려고 해? 사람은 어차피 혼자 죽는 걸."

"다른 사람들이 나보다 더 오래 사는 걸 견딜 수 없을 거야."

그 대답에는 질투의 극단적 형태가 들어 있다. 내가 죽고 난 뒤에도 다른 사람들은 계속 살아 있을 것이다. 내가 숨을 거두면 다른 사람들도 이 세상에 존재하지 말아야 한다.

이상할 뿐 아니라 비인간적인 일이다. 하지만 나는 자기 자식들에게까지 질투를 느끼고 그 질투심을 잘 감추지 못하는 사람들도 보았다. 부모가 죽어도 아이들은 계속 살아 있을 것이기 때문이다. 자기 위에 머물고 있는 죽음의 그림자를 쫓아버리기 위해 50세가 되어서도 아주 젊은이처럼 몸에 딱 붙는 청바지를 입는 사람들을 자주 본다.

영생을 누릴 수 있는 영약의 꿈을 포기할 수 없는 사람들이 있다. 그 사람들에게는 우리가 일반적으로 우리 부모 세대보다 더 오래 산다는 것만으로는 부족하다. 우리가 가진 유전적 유산을 우리가 바꿀 수는 없다. 어쨌든 지금까지는 그랬다. 하지만 사람들이 DNA 프로필에서 특정 결함을 제외하고 자기 자식들을 자신의 복사판으로 만들기 시작했으니, 어쩌면 그런 시대는 우리가 생각하는 것보다 빨리 올지도 모른다.

남자와 여자의 질투에는 차이가 있다. 암사자 무리를 차지하는 수사자를 보면 인간세계의 남성과 별로 다르지 않다. 새로 암사자 무리를 차지한 수사자는 기존 수사자의 새끼들을 물어 죽인다. 자기 새끼들의 자리를 만들기 위해서다. 물론 다른 남자의 여자를 차지하는 남자가 전 남자의 아이들을 때려죽이는 일은 없다. 하지만 그 아이들을 집에서 쫓아내는 일이 아주 이례적인 것은 아니다. 아프리카에서 그런 경우들을 봤다. 아프리카 대도시에 있는 수많은 거리의 아이들은 아마도 과부였던 그들의 어머니가 자기를 먹여 살릴 수 있는 새로운 남자를 만난 후 집에서 쫓겨나게 된 것이었다. 아마도 그 여자들이 새로운 남자를 만나야만 할 상황에 치했다는 게 더 사실에 가까울 것이다. 가난한 나라들에서는 무엇보다도 여자들에게 스스로 어떤 선택을 할 가능성이 주어지지 않는다.

질투는 생존과 관계가 있다. 생물학적 존재가 자신의 번식에 대해 갖는 전적인 관심과 연관이 있다. 아이를 갖기 위해 어떤 상대를 선택하는지는 생물학적 측면에서 별 상관이 없을 수 있다. 하지만 여기에 복잡한 사회적·경제적 법칙이 영향을 미친다.

사랑은 현대사회의 발명품이다. 이전 세대들은 무엇보다도 자기 자식에게 경제적·사회적으로 유리한 상황을 만들어주는 데 관심이 있었다.

물론 아직도 그런 곳이 많다. 아이가 태어나자마자 결혼시키는 나라도 있다. 그런 경우 우리가 사랑이라고 부르는 것은 운이 좋으면 결혼한 후에나 생길 수 있다. 그 전에는 아니다.

남자에게 권력이, 여자에게는 책임이 있는 세상에서 남자와 여자의 질투에 차이가 있는 것은 당연하다. 애인이나 약혼녀가 다른 남자의 아이를 낳을지도 모른다는 불안을 느끼면 남자들은 질투를 한다. 자기들은 평생 통상적 규범을 벗어나서 그런 행동을 하면서도 말이다.

반대로 여자들은 다른 여자가 자기 남자를 빼앗으려 한다고 생각하면 질투를 느낀다. 그러면 아이들을 혼자서 책임져야 하기 때문이다.

물론 아주 단순화한 이야기다. 그러나 여자들과의 관계에서 내가 느꼈고 알고 있는 유일한 질투는 어느 봄밤 노를란드의 한 도시에서 경험한 바로 그것뿐이다.

질투는 참기 어렵다. 프랑스 법률에 '치정 범죄'에 관한 특별법이 있다는 것도 이해가 간다. 인간적인 일이다. 프랑스와 같은 법이 없는 다른 국가들에서도, 어떤 범죄 동기에 질투가 관련되어 있는지는 재판에서 항상 고려 대상이 된다.

우리는 사람들이 질투하는 것을 수치스러워한다고 말한다. 질투를 하는 건 대상에 대해 어떤 소유권을 주장하기 때문이거나 미심쩍고 나약한 성격에 기인한 시기 때문이라고 말한다. 나는 그런 말을 이해할 수 없다. 왜 내가 인간적인 행동을 하는 것을 부끄러워해야 하는가?

질투는 결국 내가 나의 매우 인간적인 감정을 드러낼 수 있다는 것을 의미한다.

내가 아는 사람 중에 올로프라는 이름의 남자가 있었다. 여든일곱 살 나이에 올로프는 여든여섯 살 먹은 아내 이르마가 그들이 지내던 양로원에서 다른 남자와 바람이 났다고 의심했다. 올로프의 질투는 옛날의 내 질투만큼 광적이었고 굴욕적이었다.

나중에 아내가 자기를 배신하지 않았다는 사실을 남편이 깨달은 후 두 사람은 화해했다.

이르마는 백한 살까지, 올로프는 아흔아홉 살까지 살았다. 올로프가 죽은 후 이르마는 그녀가 오랫동안 기다려왔던 일을 했다. 이르마는 60년 동안 그녀를 괴롭힌 질문에 대한 답을 찾기 위해 올로프가 남긴 서류들을 샅샅이 살폈다. 그녀가 둘째 아이를 임신했을 때 남편이 바람을 피웠는가 하는 질문이었다. 이르마는 남편의 서류에서 찾던 증거를 찾았다.

이르마는 그것이 마치 커다란 파도처럼 자기를 덮쳤다고 했다. 검고 진득진득하고 기름 같은 파도, 바로 질투가.

그러나 질투는 지나갔다. 올로프는 그래도 결국 그녀를 떠나지 않았으니까. 이르마는 남편을 용서할 수 있었다. 그리고 2년을 더 살다가 반쯤 푼 십자낱말풀이를 가슴에 얹은 채 잠자던 중에 숨을 거두었다.

59

스물여덟 번째 날

이상할 만큼 날씨가 서늘했던 2013년의 어느 날 나는 마푸투에서 스위스 출신의 의사와 함께 식사를 하고 있었다. 쉰 살쯤 된 그의사의 이름은 르네였고, 의사생활을 하는 동안 4천 건에 달하는 소아 심장수술을 집도했다. 르네는 자신이 성취한 것에 대해 야단법석을 떨지 않는 조용한 사람이었다. 마침 그날 르네는 소위 '블루 베이비' 병에 걸린 아기를 세 시간에 걸쳐 수술하였다. 수술을 받지 않았다면 그 아기는 분명 늦어도 다섯 살이 되기 전에 죽었을 것이다.

나는 르네에게 수술을 받지 않으면 말 그대로 더 자랄 수도, 산다는 것이 어떤 의미일 수 있는지 경험해볼 기회도 전혀 없을 어린아이들의 목숨을 구하기 위해 매일 일하러 가는 느낌이 어떤지 물었다.

르네는 약간 머뭇거리다가 당연히 항상 큰 기쁨을 느낀다고 대답했다. 그러나 자기는 다른 사람들처럼 그저 자기에게 주어진 일을 할 뿐이라는 말도 덧붙였다.

그런 다음 자기가 실패했다고 생각하는 세 가지 사례를 이야기했다. 아이들이 죽었고, 그가 직접적인 잘못을 하진 않았음에도 불구하고 죽음에 책임이 있었던 사례들이었다.

나는 그의 이야기에 귀를 기울였고, 그가 개인적으로 그 죽음들에 책임이 있는 것은 아니라는 의견을 갖게 되었다. 여러 사례들에 대한 그의 설명을 듣다보니 일련의 불운한 상황들과 예상치 못한 합병증이 그 아이들의 죽음으로 이어졌다는 인상을 받았다.

그런 다음 르네는 그 아이들의 부모와의 만남에 대해 이야기했다. 무엇보다도 아이들의 죽음이 가져온 충격 때문에 부모들이 의사인 그에게 느꼈던 분노를 떠올렸다. 부모들은 소리를 지르며 그에게 책임을 물었다. 물론 부모들에게 희생양이 필요했다는 것을 르네도 충분히 이해할 수 있었다. 그럼에도 불구하고 그 고통을 지니고 살기가 많이 힘든 모양이었다.

르네가 많이 피곤해 했지만 대화는 길어졌다. 소아 심장수술 부문에 특화된 수련을 받은 간호사들로 이루어진 르네의 수술팀도 스위스에서 함께 왔고, 그 팀과 함께 르네는 여드레 동안 열네 건의 수술을 했다. 그리고 그날 저녁에 로잔으로 돌아가 이틀 후 다시 자기가 근무하는 병원에서 수술을 할 예정이었다.

4천 건의 수술. 아주 작은 심장들이 어쩌면 80년 동안 혈액을 펌프질할 수 있도록 만들어주는 것이 바로 그가 하는 일이다.

르네는 갑자기 자기가 심장을 얼마나 사랑하는지 말하기 시작했다. 그가 그 이야기를 하는 방식은 거의 시적인 느낌을 주었다. 하지만 그는 근본적으로 아주 객관적이었다.

심장은 근육이다. 그뿐이다. 허벅지근육이나 허리근육처럼 심장근육도 특유의 기능을 가지고 있다. 혈액을 펌프질한다.

그런 다음 르네는 내가 전혀 몰랐던 심장의 비밀에 대해 아주 흥미롭게 설명했다. "아이가 태어났을 때, 심장은 이미 그보다 훨씬 전부터 뛰고 있어요." 그가 말했다. "심장은 아이가 태어나기 전에 긴 준비시간을 갖습니다. 수정 후 28일째 되는 날 심장근육은 천천히 움직이기 시작하고, 사흘 동안 워밍업 시간이 지난 후 30일째 되는 날 심장이 뛰기 시작합니다." "그렇게 정확해요?" 내가 물었다.

"아주 정확합니다. 가끔 32일이나 33일인 경우도 있을 수 있어요. 하지만 35일 안에 심장이 뛰지 않으면 아기는 살 수 없습니다."

그 다음은 굳이 말하지 않아도 알 수 있다. 아이가 태어날 때 심장은 이미 8개월 이상 뛰고 있다. 모든 중요한 생리학적 과정은 처음부터 혈액을 펌프질하고 또 펌프질하는 그 끈기 있는 근육에 의해 결정된다.

르네는 집중적으로 수술에 몰두해야 했던 한 주를 끝내고 적포도주 한 잔을 마시며 긴장을 풀었다. 입가에는 줄곧 친절한 미소를 머금고 있다. 심장은 그에게 항상 흥미로운 대상이다. 그 남자 심장이 어떻고, 내 심장이 어떻고 하며 계속 심장에 대해 이야기한다. 추측건대 그는 분명히 언젠가 재미삼아 1분이나 한 시간 동안 이 세상에서 뛰고 있는 심장 박동 수가 얼마나 될지 계산해보았을 것이다. 어림 계산해보면, 한 사람이 여든 살까지 살면 그 사람의 심장은 평생 동안 열두 자리 숫자, 즉 수천억 번을 뛴다.

심장은 매일매일 바쁘게 움직이는 근육이다.

나는 르네에게 150년을 사는 거북이에 관해 물었고, 거북이의 심장은 더 단순하게 생겼다는 것을 알게 되었다. 거북이는 아주 천천히 살고 유유하게 움직이기 때문에 거북이의 심장은 아주 천천히 일한다. 그에 반해 심장 박동 수가 높은 다른 동물들은 1년이나 2년밖에 살지 못한다.

르네는 경이로운 심장근육의 또 다른 이상한 특징 한 가지에 대해서도 이야기해 주었다. 심장근육은 원래 대략 35년에서 40년까지 작동하도록 프로그래밍이 되어 있다. 몇 세대 전만 해도 그 정도 수명이면 유럽에서도 꽤 오래 사는 것이었다. 수많은 가난한 나라들에서는 여전히 그 정도가 평균 수명이다. 그러나 심장근육은 예상 외로 더 오랜 시간 견디는 것으로 드러났다. 원래 예정되어 있는 것보다 두 배 이상 펌프질을 해야 함에도 불구하고 심장근육은 계속 일을 한다.

르네는 심장근육이 어떤 과제를 수행하는지 아무런 의심을 제기할 일이 없기 때문에 심장은 완벽하다고 말한다. 우리 몸의 다른 근육들은 많은 다양한 움직임들을 이행하거나, 힘든 과제들을 처리하거나 스포츠와 관련된 훈련들을 수행할 수 있다. 하지만 심장은 단한 가지 기능만 한다. 쉬지 않고 산소를 싣고 있는 혈액을 온몸에 뿌려주는 일이다.

나는 르네에게 왜 자연은 하필이면 이런 혈액순환 시스템을 선택했는지 물었다. 지구상에 살았던 초기 단계의 생명체에게는 다른 대안들이 있었을 것이다.

심장이 그렇게 끈기 있게 일할 수 있게 만들어주는 것은 바로 심장의 단순한 작동방식이라고 했다. 단순성이 심장근육의 강점이다. 그래서 우리는 여전히 많은 부분이 알려져 있지 않아 계속 연구하고 탐구해야 할 대상이 되는 뇌와 달리, 심장의 구조와 기능에 대해서는 이미 모든 것을 알고 있다.

심장이 애국심에서부터 뜨겁게 달아오른 사랑에 이르기까지 모든 것의 상징이 된 사실이 르네에게는 전혀 놀랍지 않다. 르네는 '생명을 측정하는 눈금'으로서 계속 일하고 또 일하는 시계장치 같은 심장, 배고픔과 궁핍이라는 가장 고통스러운 인간적 경험을 결국은 심장도 포기할 수밖에 없는 때가 되기 전까지는 그래도 끝까지 견뎌낼 수 있는 심장이 정말 놀랍지 않느냐며 '경이로운 심장'이라는 표현을 썼다.

심장은 충직한 하인이다.

심장은 사랑의 척도다. 사랑이 시작되면 심장은 박동 수를 높이고, 뺨은 붉어진다. 총살형을 집행하는 사격대는 심장을 조준한다. 누군가 죽어야 할 때 심장에 흰 천을 올려놓으면, 그 천이 표적이 된다.

옛날에―어쩌면 요즘에도 아직 그럴지 모른다―사람들은 적이 가지고 있던 힘을 자기 것으로 만들기 위해 적의 심장을 먹었다.

사람이 심한 과체중이 되거나 몸을 움직이기를 멈추면 심장은 혈액을 그 기형적인 몸 이곳저곳으로 보내느라 마지막까지 일을 한다. 심장은 우리의 마지막 영웅이다. 그러나 동시에 심장은 물론 유일무이한 능력을 가지고 있긴 하지만 그저 아주 평범한 근육일 뿐이다.

르네는 스위스에서 가져왔던 수술도구들을 챙기고 아프리카 동료들과 작별하기 위해 병원으로 돌아갈 준비를 했다. 곧 다시 충분한 돈이 모이면 소중한 생명을 구하는 수술을 하기 위해 아프리카에 올 것이다.

작별하기 전에 나는 르네에게 100만 년 후 인간의 심장은 어떤 모습일지 물었다. 심장은 계속 진화할까?

르네는 그렇지 않을 것이라고 생각한다. 심장근육은 생명에 중요한 혈액순환을 위한 완벽한 펌프이다. 모든 인간의 심장은 살아 있는 동안 빅토리아 폭포가 몇 시간 동안 그 거대한 아프리카의 골짜기로 퍼붓는 물만큼 많은 피를 펌프질한다. 인체의 다른 근육들은 아주 오래 걸리긴 하겠지만 분명히 변화할 것이다. 그러나 물론 점점 더 많은 사람들이 오랜 시간 앉아서 생활하는 세상은 우리의 근육체계를 변화시킬 것이다. 그것도 끝없이 오래 걸리긴 하겠지만.

"그럼 10만 년 후에는?" 헤어지기 전에 내가 물었다.

"만약 이 식당이 그때도 존재한다면, 여기서 서빙을 하거나 식사를 하는 사람들은 피부 아래로는 우리와 완전히 똑같을 겁니다." 르네가 설명했다. "10만 년은 아주 짧은 시간이거든요."

병원의 수술실을 향해 르네가 사라지고 난 다음 나는 '10만 년은 아주 짧은 시간이거든요' 라는 그의 말을 생각했다.

이해하기 어렵지만, 물론 완전히 옳은 말이다.

60

고대 극장에서의 만남

1982년 8월 나는 큰 기대를 갖고 불가리아 항공의 비행기를 타고 아테네로 향했다. 내 기억이 맞다면 베를린과 프라하 그리고 소피아도 중간 기착지였다. 비행기는 매번 연착을 했다. 기내식은 매번 말라버린 샌드위치였다. 하지만 괜찮았다. 별로 급할 게 없었다. 나는 가을의 일부를 그리스 북부 카발라에 있는 스웨덴식 게스트하우스에서 보낼 생각이었다. 그곳에 머물면서 주문받은 극본 한 편을 쓸 계획이었다.

그해 가을 어느 날 나는 시대를 초월하면서 동시에 역사적인 사건에 참여한다는 것이 무슨 의미인지 이해했다. 삶에 결정적인 영향을 미치는 거의 모든 큰 사건들이 그렇듯이 그 사건 역시 예상치 못하게 갑자기 일어났다.

나는 카발라에서 타소스 섬으로 가는 페리를 탔다. 날씨는 여전히 아주 더웠다. 그러나 내가 얘기를 나눈 모든 사람들은 날씨가 곧 달라질 것이라고, 가을 날씨가 될 것이라고 말했다.

쓰려고 했던 작품의 1막을 이미 완성했기에 나는 그날 하루를 쉬고 나들이를 가기로 했다.

내게 하루의 휴식을 선사한 데는 또 한 가지 이유가 있었다. 그 전날은 일요일이었다. 내 방에는 발코니가 있었다. 바로 그 일요일 아침에 나는 발코니에 나가 맞은편에 있는 교회의 앞뜰을 내려다보았다. 그때 뚜껑이 열린 관 안을 들여다보게 되었다. 관 안에는 검은색 양복을 입은 한 젊은 남자가 누워 있었다. 내 나이 또래의 남자였다. 관 주위에는 거의 병적으로 심하게 우는 사람들이 있었다.

나는 방으로 들어와 문을 닫았다. 죽은 사람은 그 전에도 봤었지만, 그럼에도 불구하고 큰 불쾌감에 휩싸였다.

그때는 죽음에 대한 내 입장을 아직 완전히 정리하지 못했었다. 아마 그러는 중이었을 것이다. 그때보다 더 나중에, 아프리카에서 지내기 시작한 초기 몇 년 동안 나는 진지하게 죽음을 삶 속에 받아들일 수 있었고, 더이상 죽음을 삶의 바깥에 자리한 뭔가 소름끼치고 끔찍한 것으로 바라보지 않을 수 있었다.

저녁에 카발라 항으로 내려가서 페리 출발시간을 알아보았다. 그날 밤에는 잠을 설쳤다. 나는 새벽 일찍 일어났고, 페리는 제시간에 정확히 출발했다.

타소스 섬에 들어갔을 때까지도 나는 그곳에 고대 원형극장이 있다는 것을 몰랐다. 그때까지 내가 본 건 아크로폴리스 언덕 아래에 있는 원형극장과 모든 원형극장의 어머니 격인 에피다우로스의 원형극장이 다였다. 디오니소스 신전의 흔적들을 지나고 돌이 깔린 길을 따라서 타소스의 원형극장으로 올라갔을 때, 그리고 눈앞에 있는 그 옛날 극장을 봤을 때, 그것은 내 인생에서 경험한 가장 큰 계시 중 하나였다.

스베그 마을회관 앞에 서서 나는 나이고 다른 누군가와 바뀔 수 없다는 사실을 발견했던 어린 시절의 그날과 같은 경험이었다.

그때 나는 나 자신을 보았다. 그 순간 타소스에서 나는 내 정체성이 나를 앞서간 사람들과 내 뒤에 올 사람들의 정체성에 연관되었다는 건 완전히 자명한 사실임을 발견했다.

물론 그것이 새로운 생각은 아니었다. 그러나 그 생각의 더 깊은 뜻을 나는 그 순간에서야 깨달았다. 내가 예전에 정말로 이해하지 못한 채 보았던 것들이 눈에 들어왔다. 나는 그 의미를 정확하게 알지 못하고 그런 생각을 했던 것이었다.

나는 처음으로 세대들의 원무가 무슨 뜻인지 이해했다.

키 큰 나무들이 드문드문 극장을 둘러싸고 있었다. 저 먼 아래에는 바다가 있었다. 공연이 끝나갈 때쯤이면 관중석에서 저녁 해가 지는 것을 볼 수 있었으리라.

내가 극장에 갔을 때는 아침이었다. 점심을 먹으러 조그만 식당에 갔을 때를 제외하고는 거의 하루 종일 그곳에 머물렀다. 대부분의 시간을 무대와 합창대석을 돌아다니거나 관중석의 여러 자리에 앉아보면서 보냈다.

극장에 나타난 어린 남자아이가 극장의 음향을 시험해보는 데 도움을 줬다. 내 부탁에 따라 아이는 작은 소리로 속삭이거나 큰 목소리로 소리를 지르거나 평상시 크기의 목소리로 말했다. 나는 그리스어를 전혀 할 줄 모르는데도 마지막에는 그 아이가 동요를 부르게까지 할 수 있었다. 나는 제일 높은 곳에 앉았다. 그 아이는 나보다 훨씬 아래, 합창대석 중간에 작은 점처럼 서 있었다. 그 아이의 노래 소리는 특별히 크게 부르지 않았는데도 아주 선명하게 내가 있는 위쪽까지 들렸다.

화가 난 것인지 걱정이 된 것인지, 아이 어머니가 언덕길을 올라 극장까지 그 아이를 찾으러 오는 바람에 아이는 노래를 멈췄다. 내가 마지막으로 들은 그 아이의 소리는 울음소리였다. 그 울음소리와 함께 아이의 귀를 잡고 끌고 간 어머니의 잔소리도 들려왔다.

짧은 시간 동안은 나 자신도 공연의 일부가 되었다. 아이 어머니가 나를 보고 화난 목소리로 내가 알아들을 수 없는 질문 몇 가지를 던졌기 때문이다. 나는 그저 고개를 흔들면서 두 손을 펼쳐보였다.

나는 나중에 그 극장에서 2천 년도 더 전에 아리스토파네스뿐 아니라 에우리피데스의 작품도 공연되었다는 사실을 읽었다. 아리스토파네스가 그 극장을 방문한 적이 있다는 것을 보여주는 기록들도 있다.

내가 아주 예기치 않게 원형극장을 발견했던 그날은 먼 옛날 그곳에서 무슨 일이 일어났는지 상상할 수 있게 해주었다. 배우들의 모습, 그들의 열정, 그들이 쓴 가면과 그들의 움직임. 나는 관객석 맨 위나, 맨 아래 무대 바로 앞 귀빈석에 앉아서 어떤 사람들이 내 주위에 앉아 있을지 상상의 나래를 펼쳤다.

다른 시대를 사는 사람들이 인간으로서 갖는 연관성을 생각했다. 바로 이런 모습이다. 먹을 것을 구하기 위해 그리고 생존하기 위해 우리는 같은 일을 한다. 우리는 같은 직업들을 수행하고 연극이라는 예술형태 속에 들어 있는 같은 비밀들을 가지고 있다.

이런 생각을 하게 된 이유는 아주 단순했다. 그 옛날 이 극장에서는 현재까지도 공연되고 있는 작품들이 공연되었고 그 작품에 배우들이 출연했다. 그 옛날 공연됐던 작품들 중에는 내가 연출했던 작품들도 있다. 그 작품들과 나 사이에는 절대 끊어질 수 없을 정도로 강한 보이지 않는 실이 연결되어 있다. 왼팔을 뻗으면 그 당시 이곳에서 무대에 올랐던 배우들 중 한 명의 손을 잡을 수 있다. 오른팔을 뻗으면 미래에 무대에 오르게 될 다른 배우들 중 한 명의 손을 잡는다.

그것은 아주 마법 같은 순간이었다. 갑자기 관객석 곳곳에 사람들이 앉아 있는 모습이 보였다. 합창대석에는 고대의 합창단이 가면을 쓰고 서 있었다.

그런데 모두가 나를 바라보고 있었다. 그리고 나는 그들을 바라보았다.

우리는 서로를 바라보았다.

태양은 떨어질 바다의 지점을 향해 움직이고 있었고, 관객은 박수를 치며 다시 시내로 내려가기 시작했다.

나중에 극장을 둘러싸고 있는 키 큰 소나무들 중 하나의 그늘에 자리를 잡고 앉아 있을 때 나는 그때까지 한 번도 겪지 못한 안도감을 느꼈다. 긴장이 완전히 풀린 것 같은 느낌이었고, 노래를 하고 싶은 마음이 들었다.

나는 다시 한 번 합창대석으로 갔고 고대의 합창대가 다시 돌아왔다고 생각했다. 그 순간은 내가 살아온 삶의 모든 순간으로 연결되어 있었다. 갑자기 눈이 내리기 시작했다. 겨울아침이 다시 돌아왔다.

내가 경험한 안도감은 삶이 새로운 방식으로 연관성을 갖는 것처럼 보인 데서 온 것이었다. 갑자기 발견하게 된 그 연관성은 분명한 의미를 담고 있었다. 내뻗은 손들이 시간과 공간을 뛰어넘어 만나는 것.

2천 년 전 원형극장에 출연했던 합창대 속에서 나와 아주 다른 조건 하에 살고 있던 누군가가 나와 같은 질문을 던졌을 수도 있다는 생각이 들었다. 그리고 고대 그리스 연극이 생기기 전에도 이미 극장과 배우가 있었다.

누가 최초의 배우였는지는 역사의 안개 속에 가려져 있다. 그것은 대답 없는 질문일 뿐이다. 하지만 우리는 자료들로 증명될 수 없는 모든 것에 적용되는 막연한 확신을 통해, 최초의 배우가 종교의식의 세계에 속한 사람이었다는 걸 알고 있다. 그는 인간들이 삶의 불가사의한 여러 차원들에 대해 상상하고 생각하는 것들을 더욱 잘

해석할 수 있는 사람이었다. 생명의 탄생과 죽음, 자연재해, 끊임없이 동쪽에서 서쪽으로 움직이는 태양 등.

최초의 배우는 앨런 에드월(Allan Edwall, 1924~1997, 스웨덴 배우이자 감독—옮긴이)과 비슷한 남자였을 것 같다. 초기 배우들이 모두 남자였다고 믿기 때문에 여배우의 이름을 언급하지 않는 것이다. 배우들이 성직자 계급에 속해 있었으리라는 게 내 견해이기 때문이다. 하지만 내 생각이 틀릴 수도 있다.

앨런 에드월은 비극적인 것도 희극적인 것도 훌륭히 연기할 능력이 있는 배우였다. 에드월은 감정의 단절이 거의 드러나지 않게 울부짖음과 웃음 사이를 오갈 수 있었다. 물론 그는 항상 관객의 존재를 의식하고 있었다. 완전히 다른 사람이 될 수 있었지만 결코 시선에서 관객을 놓지 않았다. 관객을 변신시키지는 않았다. 자기 자신만 변신시켰다.

인간들의 시대를 뛰어넘는 연관성을 나는 바로 그날 타소스 섬에서 분명히 깨달았다. 해가 지기 시작하자 나는 극장을 떠났다. 그 직전에, 그림자가 점점 길어질 때 합창대석에 있는 앨런 에드월을 본 것 같다.

그날 밤은 타소스의 한 게스트하우스에 머물렀다. 다음 날엔 카발라로 돌아갔고 계속 작품 쓰는 일에 매진했다.

타소스에 갔던 그날부터 나는 팔과 손을 양쪽으로 내뻗고 산다.

61

도둑과 경찰

암에 걸려 산다는 것은 아무런 보장 없이 산다는 걸 의미한다. 밤에 캄캄한 거리를 돌아다니는 고양이들의 목적지를 알 수 없듯이, 암세포 역시 조명이 어두운 길을 돌아다닌다.

우리는 많은 것을 알고 있다고 믿는다. 그러나 세상에 대해 우리가 안다고 믿었던 것들을 우리는 끊임없이 수정해야만 한다. 나는 진실이라는 것이 항상 잠정적이라고 확신하는데, 그렇다면 역사의 진행 속에서 이루어지는 현실의 역사적 발전에 관한 우리의 생각 또한 잠정적이다.

나는 살면서 오랜 시간 범죄와 범죄수사라는 주제에 몰두했다. 그러면서 악이라는 건 항상 사람이 처한 여러 상황의 결과이며 결코 그 사람이 가지고 태어나는 것은 아니라고 생각하게 됐다. 범죄는 그 밖의 어떤 것들보다도 분명하게 우리 인간의 삶이 가지고 있는 모순들을 조명해주기 때문에 나는 범죄에 관한 작품들을 써왔다.

우리가 행하는 모든 것들은 우리 안에 모순되는 힘들이 있다는 사실에 기반을 둔다. 꿈과 현실 사이에, 지식과 망상 사이에, 진실과 거짓 사이에, 내가 원하는 것과 행하는 것 사이에 모순이 있다. 그리고 무엇보다도 내 자신과 내가 살아가는 사회 사이에 모순이 있다.

시작은 상당히 일렀다. 나는 재판소 건물 위층에서 자랐다. 매주 목요일이면 재판이 열렸다. 나는 재판을 방청하기에는 아직 너무 어렸음에도 가끔 법정에 숨어들어갔다. 재판소 집행관 스벤손은 알면서도 모른 척해주었다. 어쨌든 우리 아버지가 재판장이었으니 그랬을 것이다.

한번은 스톡홀름에서 스웨덴 북부까지 다니며 도둑질을 한 도둑 세 명이 기소되었다. 그들은 엘브로스에서 체포되었다. 그 도둑들이 수많은 물건들 외에 노점에서 연필을 훔쳤다는 사실에 내가 많이 놀랐었던 것이 여전히 기억난다.

그들은 그 도둑질은 시인했다. 하지만 남성복 가게에서 허리띠 두 개를 훔친 것에 대해서는 끝까지 부인했다.

그 재판을 보면서 방청객으로서 재판정에 앉아 있던 어린아이가 얻은 간단한 교훈은, 범죄를 저지르면 벌을 받는다는 사실이었다.

이미 수천 년 전에도 작가들은 사람들 사이의 대립되는 요소들, 그리고 그들 안에 자리 잡은 모순을 조명하려고 했다. 한 사람을 신빙성 있게 보이게 만들려면 대립의 법칙을 사용해야 한다.

우리는 남자경찰관이나 여자경찰관이 어떤 사람들인지 안다고 생각한다. 우리는 제복이나 사복을 입은 그들의 모습을 본다. 그리고 그들은 항상 어딘가를 향해 움직이고 있거나 진지한, 가끔은 격렬한 회의를 하고 있는 걸로 보인다.

나는 좀 다르게 생각한다. 25년 전의 한 에피소드가 내 생각을 근본적으로 바꿔놓았다.

나는 잠비아의 수도인 루사카의 어느 교차로에 서 있었다. 밤새 비가 내린 터라 차도와 인도가 다 젖어 있었다.

나는 약속시간에 늦은 누군가를 기다리고 있었다. 차차차 로드 쪽을 보고 있었지만 기다리는 사람은 보이지 않았고, 내가 혹시 약속장소를 착각한 게 아닐까 하는 생각이 들었다. 그가 혹시 카이로 로드에서 만나자고 한 건 아니었을까? 아니면 카톤도 로드? 나는 전자라고 결론을 내리고 한 지선도로로 빠져서 카이로 로드를 찾아갔다.

거기서 다시 기다렸다. 일요일이라 상점들은 문을 닫은 상태였고 거리를 오가는 사람들은 손가락으로 셀 수 있을 정도로 적었다. 밤에 내린 비의 후위처럼 나타난 얇은 구름이불이 하늘을 덮고 있었다.

갑자기 어떤 남자를 끌고 가는 정복 차림의 젊은 경찰관이 눈에 들어왔다. 끌려가는 남자는 도둑인 것 같았다. 내가 서 있던 곳에서 멀지 않은 곳에 24시간 영업을 하는 암시장이 하나 있었다. 그곳에는 종종 도둑들이 머물곤 했다.

경찰은 몸에 맞지 않는 제복을 입고 있었다. 바지는 너무 길었고 상의는 너무 작았다. 그러나 내 눈에 들어온 모습은 전혀 우스꽝스럽지 않았다. 경찰이 되기로 결심한 젊은이가 그가 입어야만 하는, 하지만 몸에 맞지 않는 그 제복을 바꿀 수는 없지 않겠는가.

경찰은 곤봉과 권총을 하나씩 가지고 있었다. 곤봉과 권총 역시 제복만큼이나 그에게 어울리지 않았다. 곤봉은 너무 길었고, 권총은 너무 무거워 보였다.

도둑은 스무 살가량 돼 보였다. 맨발이었고, 아랫단이 잘린 바지를 입고 있었고, 두피에 큰 습진 자국들이 있었다. 영양실조와 가난이 두피 습진의 원인인 경우가 많았다.

경찰관은 도둑의 낡아서 해진 셔츠 깃을 움켜잡고 있었다.

그 모습은 뭔가 의도치 않은 감동을 주는 부분이 있었다. 경찰관도 도둑도 앞으로 벌어질 일에 대해서 불안해하지 않는 것 같았다.

나는 둘이 근처에 있는 경찰서로 가는 길이라고 생각했다. 누가 내 자동차를 훔쳐갔을 때 그 경찰서에 간 적이 한 번 있다. 경찰서 한쪽 벽에 많은 범죄자들의 사진이 걸려 있던 것이 기억난다. 그 위쪽에는 '이제는 더이상 이들 때문에 염려할 필요가 없습니다!'라는 글이 인쇄체로 적혀 있었다.

나는 자동차 도난 신고를 받던 경찰관에게 그 글귀가 무슨 뜻인지 물었다. 경찰관은 이해할 수 없다는 듯 놀란 눈으로 나를 바라보았다.

"죽었다는 뜻이죠. 그래서 저들에게서 우리가 자유로워졌다는 말입니다."

도둑을 끌고 가던 경찰관이 갑자기 바로 내 옆에 멈춰 섰다. 여전히 도둑의 셔츠 깃을 움켜잡고 있었지만 눈은 자기가 신은 갈색 구두를 보고 있었다. 구두는 아주 더러웠다. 도로변에 다리가 마비된 구두닦이가 한 명 앉아 있었다. 그는 살갗이 다 까진 무릎과 손을 보호하기 위해 비닐장갑을 낀 두 손을 이용해 몸을 움직였다. 예전에도 본 적 있는 구두닦이였다. 그 구두닦이는 필요하면 아주 빨리 움직일 수 있었다.

경찰관은 도둑에게 뭔가 말하더니 그를 잡고 있던 손을 놓고 자기 발 한쪽을 구두닦이 앞에 놓인 통나무에 올렸다.

모든 게 아주 흥미로워지기 시작했다. 도둑은 꼼짝 않고 서 있었고, 구두닦이는 자기 일을 하기 시작했다. 경찰관은 도둑을 보지 않고 있었다. 나는 도둑이 도망가기를, 차차차 로드로 접어들어 경찰의 시야에서 사라지기를 기다렸다.

그때 갑자기 경찰이 움직였다. 도둑에게 몸을 돌리더니 뭔가 말을 했다. 그때 마침 시끄러운 엔진 소리를 내며 버스 한 대가 지나가서 내용을 알아들을 수는 없었다. 놀랍게도 경찰관은 도둑에게 지폐 한 장을 건넸다. 그 돈을 받아든 도둑이 몸을 움직였다. 뛰지 않았다. 도둑은 걸어서 길모퉁이를 돌아갔다.

경찰관은 이제 반짝반짝 윤이 나는 자기 구두 한쪽을 바라보았다. 그사이 나는 누구를 기다리고 있다는 사실을 까맣게 잊어버렸다. 눈앞에 벌어지고 있는 장면이 점점 더 나를 매혹시켰다.

몇 분 후 도둑이 돌아왔다. 나는 그 사실에 많이 놀랐다. 도둑의 손에는 〈잠비아 타임스〉 신문 한 부가 들려 있었다. 도둑은 경찰관에게 신문을 건넸고, 경찰관은 구두닦이의 통나무 위에 두 번째 발을 올리면서 그 신문을 읽기 시작했다. 도둑은 신문을 사러 가기 전과 똑같은 자세를 취한 채 서 있었다. 도망을 칠 생각은 추호도 없어 보였다.

결국 양쪽 구두가 다 닦였다. 경찰관은 돈을 냈다. 그런데 아마도 구두닦이가 요구한 금액이 아니었다보다. 구두닦이가 불만을 표현하자 경찰관은 그에게 소리를 지르며 곤봉에 손을 뻗었다. 구두닦이는 바로 꼬리를 내렸다.

경찰관은 신문을 가방에 넣었다. 그런 다음 다시 도둑의 옷깃을 잡고 그를 경찰서로 끌고 갔다. 나는 어안이 벙벙하여 그들의 뒷모습을 바라보고 있었다.

그러다가 나는 내가 방금 본 것이 아주 자연스러운 일이었다는 걸 깨달았다. 오랜 시간 영국의 식민지로서 오로지 옛날 영국식 식민지 경찰 구조만 알고 있던 나라는 모든 것을 새로 배워야 했다. 이는 경찰뿐만 아니라 도둑에게도 똑같이 적용되는 것이었다. 나는 역할극을 본 것이다. 경찰과 도둑이라는 두 위치에서 어떻게 행동해야 하는가에 대한 하나의 연습 같은 것을 본 것이다.

우리는 쉽게 경찰이 항상 있어왔던 것이라 생각할 수 있다. 하지만 물론 잠비아에서는 그렇지 않았다. 옛날에는 군인과 용병과 간수가 있었다. 그들은 벌금형을 받거나 처형당할 죄인들을 체포했다. 감옥에 갇히는 금고형은 아주 특별한 경우에만 있었다.

도시들이 더 많아지고 더 커진 후에야 경찰의 필요성이 대두되었다. 경찰의 역할은 일차적으로 하류층을 통제하고 당국의 기본질서를 깨뜨리는 범죄를 막는 것이었다. 대부분의 유럽국가에서는 18세기에 경찰이 구성되었다. 지구의 다른 곳에서는 아직 우리가 현재 알고 있는 경찰이 존재하지 않을 때였다.

우리는 양극화가 점점 더 극심해지는 세상에 살고 있다. 부자들은 점점 더 부자가 되고 있고, 동시에 그 부에 도달할 수 있는 사람들과 아무것도 갖지 못한 사람들 사이의 틈은 점점 더 넓어지고 깊어지고 있다. 그래서 점점 더 강력해지고 특수화된 경찰력의 필요성은 계속 커질 것이다.

경찰은 미래에도 살아남을 수 있는 직업이다.

채플린 영화를 연상시키는 제복을 입은 젊은 아프리카 경찰관과, 도둑이라는 자기 역할을 수행하는 법을 막 배우고 있던 도둑을 목격한 그 에피소드에서 내가 얻은 가장 큰 교훈은 바로 이것이리라.

도둑은 단순히 도둑이 아니었다. 그는 우리가 보도에 서서 관객으로 함께했던 공연에 참가한 출연자이기도 했다.

62

청춘

해방의 시간이었다.

나는 스무 살이 채 안 된 나이였다. 나는 시를 썼고, 밤이면 스톡홀름을 누비고 다니며 내가 쓴 시들을 가정집 담벼락과 콘크리트 기둥에 붙였다.

그렇게 붙인 시들은 때때로 누가 떼어가고 없었다. 그것이 나를 기쁘게 했다. 독자가 반응을 보인 것이다. 물론 그것이 존중의 의미를 갖는 반응은 아니었지만.

1960년대 말이었다. 나는 극본을 쓰고 연출도 한 첫 작품으로 8월에 순회공연을 앞두고 있었다. 《놀이공원 뇌예스펠테트》란 제목의 그 작품은—내 관점에서 본—스웨덴 사회와 세계의 상태에 관한 기이한 이야기를 담고 있었다. 그 작품에는 당시 재무장관이던 군나르 스트렝Gunnar Sträng, 조아우라는 이름을 가진 라틴아메리카의 가난한 농부, 그리고 배우 비에른 게다가 연기한 '핑크 팬더'가 등장한다.

우리는 가을 동안 여러 도시에서 수많은 공연을 해야 했다. 우리 작품이 사회민주주의 정부에 대해 아주 비판적이었고 공연을 주최하는 곳이 하필 사민당 관련 단체인 경우가 많았기 때문에 연습이 어려울 때가 많았다.

순회공연이 끝난 후 나는 관객들이 공연을 어떻게 받아들이는지 알아보려고 주최자들이 기회가 있을 때마다 공연장에 첩자들을 들여보냈다는 사실을 알게 되었다.

나도 순회공연에 함께 다녔다. 실무 부분에 힘을 보태기 위해서였다. 내가 담당한 건 음향과 조명이었는데, 실력이 그다지 좋지는 않았다. 내 손가락이 녹음기 버튼을 잘못 누른 경우도 꽤 있었다. 그러면 음악이 나가야 할 시점에 정해진 것과 다른 음악이 나가거나 아예 아무 음악도 나가지 않기도 했다. 공연이 끝나면 배우들의 적의에 찬 시선을 한몸에 받아야 했다. 물론 나도 그들을 충분히 이해한다.

게다가 우리 공연에 재정지원을 해달라고 어떤 극장을 설득하려는 필사적인 노력의 일환으로 공연이 끝나고 공연에 대한 토론에 참여하겠다고 약속하기도 했다. 이후에 적어도 부분적으로는 그 약속을 후회할 수밖에 없었다. 토론은 자정이 훨씬 넘은 시간까지 진행되기도 했고 때로는 거의 싸움으로 끝나기도 했다. 칼스타드에서

는 우리 공연에 대해 갑자기 커진 관심에 부응하기 위해 특별공연
을 하나 더 잡아야 할 정도로 큰 소란이 일기도 했다.

나는 대중매체의 공격을 많이 받은 사람이지만 그때만큼 심했던
적도 없었다. 그때 받은 질책의 원인은 내 낡은 구두였다. 한 신문
기자가 내 구두창에 난 구멍이 내가 극좌파라는 증거라고 쓴 것이
다. 8월 초의 일이었다.

그 전해 12월 31일에 내가 전혀 모르는 사람들의 파티에 가게 되
었다. 거기에서 젊은 여자 무용수이자 안무가인 G를 만났다. G는
동거 중이던 J와 함께 왔는데 나는 둘이 동거하는 것을 알지 못했
다. G와 나는 파티에서 즐겁게 이야기를 나눴다. 우리 둘 사이에 불
꽃이 튀었고, 우리는 서로 주소를 교환했다. 아주 추웠던 새해 첫
날인 다음 날 나는 레예링스가탄 거리에 있는 그녀의 집을 찾아갔
다. 대략 현재의 관광안내소가 있는 곳이다. 그녀의 집으로 들어갔
을 때 내가 전혀 모르는 남자 한 명이 나타났다. 그 남자는 내게 신
발 한 짝을 던졌고 G의 팔을 꺾었다. 나는 그 집에서 나왔다. 상당
히 충격을 받은 상태였고, 무엇보다도 화가 났다. 그녀와 나 사이에
는 아무 일도 없지 않았던가! 분노가 점점 커졌다. 나는 그 집으로
돌아가서 남자에게 대체 무슨 생각을 한 것인지 물었다. 그 남자의
질투를 이해할 수 없었다.

그런데 이해할 수 없기는 내 분노도 마찬가지였다.

그 해프닝은 이상한 화해로 끝이 났다. G는 팔이 탈골되어 병원
에 있었고, J와 나는 차가운 겨울날씨가 기승을 부리는 바깥으로 나

갔다.

"이 도시에는 이상한 밀도가 있어요." 내가 말했다.

"무슨 개 같은 말입니까?" 자동차에 그림을 그리는 예술가였던 J가 물었다. 내 기억에 그는 아주 재능 있는 예술가였던 것 같다.

우리는 더 가까워지진 않았다. G와 내가 연인이 될 것임을 그도 나도 분명히 알고 있었다.

그리고 그렇게 되었다.

G가 내 첫사랑은 아니었다. 그 전에 L이 있었다. 그러나 G와의 사랑은 정말 크고 격정적인 사랑이었다. 새로운 차원의 사랑, 나를 놀라게 하고 계속 더 깊어지는 무엇이었다.

반년 후, 장기 순회공연을 떠나기 몇 주 전 G는 내게 함께 노르웨이의 리우칸(Rjukan, 노르웨이 텔레마르크 주에 있는 산골마을—옮긴이)에 가서 트레킹을 하자고 제안했다. 우리 둘 다 악셀 산데모제(Aksel Sandemose, 1899~1965, 노르웨이 작가—옮긴이)의 작품을 읽었었다. 텔레마르크 지방이 산데모제가 그린 바로 그 풍경은 아니었지만, 그럼에도 불구하고 그 작가는 우리 여행의 보이지 않는 동반자가 되었다.

우리는 스톡홀름에서 밤기차를 탔다. G는 기차역에서 지갑을 도둑맞았다. 그 바람에 우리가 함께 여행에 쓸 돈이 급격하게 줄었다. G는 울었고 집으로 돌아가고 싶어 했지만, 우리는 결국 여행을 실행했다.

노르웨이 국경 근처 어딘가에서 기차가 잠깐 멈췄다. G는 우리 둘만 있던 객실 의자에 누워 자고 있었다. 바깥은 캄캄한 밤이었고,

나는 살짝 초가을의 기운이 느껴지는 밤풍경을 내다보았다. 내 옆에서 자고 있는 G도 바라보았다. 성인이 된 이후 처음으로 내가 혼자가 아니라고 느꼈다. 거기 열차 객실의 어둠 속에서 아주 새로운, 내가 알지 못했던 기쁨이 밀려왔다.

우리는 오슬로에서 기차를 갈아탔다. 서부역에서 출발해서 리우칸에 도착했다. 토요일 오후였다. 문을 열고 있던 유일한 식당에서 일단 식사를 했다. 그런 다음 마을에서 출발해 걷다가 한 헛간 앞에 2인용 침낭을 깔고 그 안에 누웠다. 아름다운 저녁이었다.

그런데 비가 오기 시작했고, 우리는 헛간으로 들어갔다. 우리가 트레킹을 하면서 처음으로 다른 사람 소유의 건물에 침입한 사건이었다. 우리는 산데모제에 관해 이야기를 나눴다. G는 밤에 연습하고 있는 춤에 대해 이야기했다. 스톡홀름 블라지홀멘 지역에 위치한 안무 연구소의 방 열쇠를 몰래 구해서 밤이면 거기서 춤을 연습한다고 했다. 나는 곧 시작될 순회공연 이야기를 했다. 첫 번째 공연은 트롤헤탄에서, 마지막 공연은 말름베리에트에서 하게 될 거라고 이야기했다.

우리는 보슬비만 내리던 새벽에 출발해서 넓은 산 정상에 도착할 때까지 가파른 산비탈을 올랐다. 내가 아는 산꼭대기 풍경은 눈과 추위에 연결되어 있었다. 하지만 그곳에는 돌 사이에 히스와 회색 풀들이 자라고 있었다. 땅은 질척하고 물렀으며, 지평선에 안개가 조용히 흐르고 있었다.

어디로 가는지도 모른 채 우리는 산 정상에 나 있는 길 표시를 따라갔다. 우리는 산악 트레킹을 할 준비가 제대로 되어 있지 않았다. 먹을 것도 거의 없었고, 날씨가 정말 안 좋아질 경우 우리를 보호할 아무런 장비도 없었다.

우리는 대부분의 시간을 아무 말도 없이 침묵 속에 걸었다. 민물도요 한 마리가 우리 뒤를 따라왔다. 우리 둘이 같이 호흡하는 것 같은 느낌이 들었다. 우리의 사랑은 우리 스스로가 놀랄 만큼 컸다. 우리의 사랑에는 굳이 말이 끼어들 자리가 없었다. 우리는 나름대로 우주만큼이나 끝이 없는 영원 속에 있었다.

오후가 되자 날씨는 정말로 더 나빠졌다. 그러더니 세찬 빗줄기가 퍼부었다. 게다가 바람까지 불었다. 어디에도 바람을 피할 만한 은신처가 없었다. 그저 계속 걷는 것 외에는 방법이 없었다. 그러나 그리 춥지 않았기 때문에 별로 걱정은 하지 않았다.

마침내 분지로 향하는 내리막이 나타났다. 분지에는 공사장이 있었는데, 변전소가 세워지고 있었다. 그날이 일요일이었기 때문에 공사장은 텅 비어 있었다. 나는 가건물 창문의 고리를 벗기는 데 성공했고, 우리는 안으로 들어가서 젖은 옷과 물건 들을 말릴 수 있었다. 그리고 그 안에 있던 담요 몇 장으로 우리 몸을 감쌌다.

추운 그 가건물 안에서 나는 육체적 사랑이라는 것이 무엇을 줄 수 있는지 진지하게 깨닫는 순간을 경험했다. 그 공간의 차가운 공기와 얼어버린 우리 몸을 생각하면 아무것도 우리를 도와주지 않는 것 같았다. 그러나 어쩌면 정반대였을지도 모른다. 모든 것이 우리를 도와주고 있었다.

그때 당시에도 공사장 가건물에서의 그 시간을 평생 잊지 못하리라고 생각했던 것이 지금까지 기억난다. 그리고 실제로 나는 그 시간을 잊지 않았다.

저녁이 되자 경비원이 나타났다. 우리가 실내에 불을 켰기 때문에 경비원은 뭔가 문제가 있다고 생각해서 온 것이었고, 그래서 만일의 사태에 대비한 채 가건물의 문을 열어젖혔다. 우리는 이미 옷을 입고 있었고 그에게 믿을 만한 인상을 주었다. 나는 경비원에게 사실대로 비를 맞아 몸이 다 젖고 얼었었다고 이야기했다. 도둑도 부랑자도 아니고 그저 트레킹을 하는 중이었다고.

경비원은 잠시 우리를 이리저리 살피더니 우리 얘기를 믿기로 결심한 듯했다. 그러고는 옆방을 살피러 갔다. 아마도 우리가 옆방 책상에서 뭔가 훔치지는 않았는지 알아보려고 했던 것 같다.

공사장에서 20킬로미터쯤 떨어진 곳에 게스트하우스가 하나 있었고, 경비원은 우리를 그리로 데려다주었다. 거기에서 잠자리와 식사를 해결할 수 있었다.

다음 날엔 벌써 가지고 있던 돈이 거의 다 떨어졌다. 그래서 우리는 버스를 타고 오슬로로 가서 다시 밤기차를 타고 스웨덴으로 돌아갔다.

돌아가는 기차 안에서도 내가 깨어 있는 동안 G는 잠을 잤다. 어쩌면 내가 지금까지 이야기한 내용이 과거의 일을 마음대로 덧붙여 재구성한 것처럼 들릴지도 모르겠다. 하지만 그렇지 않다. 나는 정말로 내가 경험한 것이 부디 모든 사람들에게 앞으로 일어났으면,

또는 과거에 한 번쯤 일어났었다면 좋겠다고 생각한다. 또한 오늘날만이 아니라 과거의 모든 시대에도 그랬기를 바란다. 지금 머릿속에 떠오르는 두 가지 예만 들자면, 원시 동굴에 살던 우리들의 선조나 19세기 초 영국의 가난한 광부들도 뭔가 비슷한 경험을 했기를 바란다.

그 당시에는 사랑이 은총이라는, 어쩌면 한 사람이 경험할 수 있는 가장 큰 은총이라는 생각을 하지 못했다. 그런 사실을 깨닫기까지는 이후로 상당한 시간이 걸렸다.

1960년대 말 어느 밤에 내가 탔던 그 열차 객실은 나에게 대성당과도 같은 공간이 되었다.

기차 창가에서 나는 내게 환상적인 비밀들을 밝혀줄 새로운 삶이 막 시작되었다는 사실을 예감하였다.

63
피고석의 시체

욕지기를 느낄 정도로 불쾌한 것이 때로는 사람을 끌어당길 수 있다. 끔찍하고 위협적이면서도 매혹적일 수 있다. 어떤 물건이 악취가 나기는 하는데 그래도 왠지 자꾸 그 위로 몸을 구부려 냄새를 맡게 되는 그런 경우 말이다.

낭트 미술관에는 프랑스 화가 장폴 로랑Jean-Paul Laurens이 1870년에 그린 특이한 그림 한 점이 있다. 그 유화는 역사적 사건을 어느 정도 제한된 정확성으로 표현하던 당시의 전통을 따르고 있다. 그림의 양식은 게오르크 폰 로젠Georg von Rosen이 대략 비슷한 시기에 스웨덴에서 그렸던, 스웨덴의 국왕 에리크 14세와 카린 몬스도테르, 그리고 에리크 14세에게 사형판결에 서명하라고 독촉하는 음흉한 외란 페르손을 그린 그림을 연상시킨다. 두 그림 모두 낭만

주의적 시선을 기초로 하고 있다. 세부 표현들은 사실적이지만, 두 그림이 이야기하고 있는 내용은 근본적으로 달랐다.

낭트 미술관에 있는 그림에는 교황이 대례복을 입고 옥좌에 앉아 있다. 교황 옆에는 검정색 옷을 입고 얼굴에 수염이 난 젊은 신부가 서서 교황에게 비난을 퍼붓는 듯 보이는 격분한 한 남자의 이야기를 듣고 있다.

이 그림은 897년 로마의 극도로 추운 어느 겨울날 현재의 라테란 성 요한 대성당에서 열린 소위 '카데바 시노드'에 관한 그림이다. 이 사건은 '시체재판'이라고도 불리는데, 그림의 내용을 알면 그 명칭을 충분히 이해할 수 있다.

로랑의 유화를 좀 더 자세히 들여다보면 교황이 이미 부패한 시신이라는 것을 알 수 있다. 이미 9개월 전에 선종한 포르모소 교황이다. 수많은 교황들 중 유일하게 포르모소라는 이름을 가진 이 교황은 후임자인 스테파노 6세의 지시로 관에서 꺼내어졌다. 죽은 교황의 옆에 서 있는 이름이 알려지지 않은 검은색 옷의 신부는, 재판 결과가 이미 처음부터 정해져 있었음에도 죽은 교황의 변호인으로 세워졌다.

교회에 퍼진 악취는 끔찍했다. 이미 아홉 달 동안 부패된 시신이 내뿜는 악취를 우리는 상상할 수 있다.

그 당시에는 시체를 방부 처리하는 것이 흔한 일이 아니었다. 로마의 전통은 시신을 석관sarcophagus에 안치해 땅에 묻지 않고 지상에 두는 것이다. 'Sarcophagus'란 낱말은 그리스어에서 유래한 것으로 '살을 먹다'라는 뜻이다. 석관은 석회석으로 만들어졌는데, 사람들은 벌레들이 시신의 살을 깨끗하게 발라내서 해골이 되는 백골화 과정을 석회석이 가속화한다고 믿었다.

보통 시신은 9개월 정도 지나면 완전히 분해된다. 그러나 아주 잘 닫힌 석관 안에 안치되었던 포르모소 교황의 시신은 추측대로 석회석이 작용을 했다고 하더라도 석관을 열었을 때 여전히 어느 정도 본래 모습을 갖추고 있었을 것이다. 로마의 건조한 기후는 시신을 빨리 마르게 하고 피부를 마치 검은 껍질이 씌워진 것처럼 딱딱하게, 거의 가죽처럼 만들었을 것이다. 그러나 진득진득하게 뒤범벅된 부패 중인 내장들은 아마 고약한 냄새에 익숙한 사람들조차도 참기 힘든 악취를 뿜어냈을 것이다. 옥좌에 앉은 시신에 대한 고발 내용을 반박하는 임무를 띠고 그 옆에 서 있어야 했던 불쌍한 신부는 지옥 같은 고통을 겪었을 것이다.

그림의 배경에는 이 음산한 재판의 배심원이 된 주교들과 신부들이 앉아 있다.

무슨 문제였을까? 수백만 명에 달하는 가톨릭 신자들의 수장이 어떻게 진정한 광기의 표출 그 이상도 이하도 아닌 그런 재판을 열 수 있었을까?

역사는 '이해할 수 없는 인간에 대한 이야기들'의 예로 넘쳐난다. 이 외에 어떤 다른 표현을 써야 할지 모르겠다. 로마에서 있었던 '카데바 시노드'와 유사한 사건의 예도 쉽게 들 수 있을 것이다. 인간은 그가 가진 모든 이성에도 불구하고 갑자기 비이성적으로 행동하는 일을 항상 반복해왔다.

포르모소 교황과 후임자 스테파노 6세의 경우에는 과연 무엇 때문에 살아 있는 교황이 이미 죽어 시신이 반 이상 부패한 전임자를 석관에서 꺼냈는지 상상해보기가 쉽지 않다. 스테파노 6세가 죽은 전임 교황에게 대례복을 입히고 머리에 주교관을 씌우고 더구나 교황의 옥좌에까지 앉힌 것은 더 이해하기 어렵다.

스테파노 6세는 정신적으로 불안정했다. 우리는 그 사실을 알고 있다. 하지만 교황으로 선출되지 못할 정도는 아니었다. 명백하게 광기가 있는 사람이 교황으로 선출되는 경우는 드물었다. 부정부패나 그 밖의 양심 없는 행동이 누군가에게 교황직을 가져다준 경우는 있었다. 그러나 광기는 사람들이 두려워했다. 광기는 교황이 스스로 통제할 수 없는 일을 벌이게 만들 수 있었다.

스테파노 6세는 아주 야심이 많고 무자비한 사람이었다. 그는 당시 로마 귀족 출신이었다. 그가 자신의 전임자에 대한 소송을 제기한 것은 기이하고 사소한 관료주의적 규정 때문이다. 스테파노 6세는 포르모소 교황이 주교가 교구를 옮기는 것을 금지하는 오래된 교회법을 위반했다고 비난했다. 옛날 가톨릭교회는 주교란 한 교구의 교인들과 결혼한 것이기 때문에 계속 같은 교구에 머물러야 한다는 견해를 보였다. 포르모소 교황은 주교에서 교황으로 선출된 두 번째 사람으로서, 한 교구에서 다른 교구로 옮겨 간 것은 아니었지만 주교에서 교황좌로 옮겨 간 사람이었다. 교황직은 가톨릭교회에서 다른 어떤 자리와도 비교될 수 있는 자리가 아니었지만, 그럼에도 불구하고 포르모소는 교황이 되고 죽을 때까지 5년 동안 교황 직에 있음으로써 말하자면 법률을 위반한 것이다.

재판은 스테파노 6세가 자신을 방어하기 위한 것이었다. 그 자신이 포르모소에게 주교 서품을 받았고, 그럼으로써 그도 교황으로 선출된 이후 자신의 전임자와 똑같은 전철을 밟은 것이다. 그는 자신도 언젠가 시신이 꺼내져 재판정에 세워지는 위험에 처하고 싶지 않았다. 그는 포르모소가 잘못된 전제조건에 의해 교황이 됐고, 그래서 포르모소가 내린 결정이나 그가 행한 서품은 무효로 선언되어야 한다는 걸 증명하려고 했다. 그러면 스테파노 6세의 오점이 해결될 것이고, 스테파노 6세는 자신의 친구들과 적절한 인사들을 교회는 물론이거니와 무엇보다도 교회의 재정에 관해 자신의 권력을 확고히 해줄 수 있는 자리로 승진시킬 가능성을 얻을 것이었다.

897년 1월에 로마에서 행해진 그 시체재판은 경악스럽고 동시에 부조리한 연극이었을 것이다. 대성당 실내에 퍼진 악취는 그날 이후로도 아주 오랫동안 사라지지 않았을 것이다.

시체 썩는 냄새 때문이었는지 아니면 재판 결과가 처음부터 결정되어 있었기 때문이었는지는 알 수 없지만, 구역질을 참아야 했던 배심원단은 며칠 걸리지 않아 포르모소에 대한 모든 공소사실을 유죄로 인정했다. 포르모소의 교황 즉위는 무효로 선언되었다.

그 선언보다 더 섬뜩한 처벌은 이어서 악취를 풍기는 시신의 대례복을 벗기도록 한 것이었다. 부패된 시신에 달라붙어 떨어지지 않은 맨 안쪽 셔츠 하나만 남기고 나머지 옷은 다 벗겨졌다. 그 밖에도 포르모소가 강복할 때 사용하던 오른손 세 손가락이 잘렸다. 그런 다음 시신은 순례자 묘지에 묻혔다.

이후에 무슨 일이 일어났는지는 확실하지 않다. 스테파노 6세가 전임자의 시신을 또다시 파내서 테베레 강에 버리게 했음을 시사하는 기록들이 있다. 스테파노 6세 자신은 가장 짧은 기간 안에 교황으로서 신용을 잃어 결국 감옥에 갇혔고 897년 7월 혹은 8월에 감옥에서 교살되었다. 스테파노 6세가 가톨릭교회의 수장으로 임직한 시간은 일 년이 채 되지 않는다.

시체재판이라는 섬뜩한 쇼는 정말 이해하기 어려워 보인다. 대성전 안에 서서 소리를 지르고 손가락질하며 위협하는 스테파노 6세, 배심원단에 앉은 주교들과 신부들, 어처구니없는 공소장과 판결. 수백만 명의 종교적 양심을 대표하며 사람들이 믿고 두려워하는 한 신의 대리인들이 어떻게 그런 행동을 할 수 있었을까? 우리는 자만과 증오, 그리고 또 다른 파괴적인 힘들이 사람들에게 이해할 수 없는 행동을 하도록 만들 수 있다는 사실을 안다. 하지만 그럼에도 불구하고 어딘가에는 더이상 넘어설 수 없는 한계가 있어야 한다고 생각한다.

시체 썩는 냄새를 맡으며 서 있던 이름 없는 신부는 무슨 생각을 했을까? 이후로는 어떻게 살았을까? 교회 당국의 섬뜩한 쇼에 참여하도록 강요당한 후에 어떻게 계속 살아갈 수 있었을까?

역사 속에는 내가 꼭 한 번 만나보고 싶은 사람들이 있다. 그 신부가 그중 한 명이다.

마침내 대성전을 나섰을 때 그 신부는 아마 맨 먼저 자신의 몸과 입었던 옷에서 시체 썩는 냄새를 지우려고 애썼을 것이다. 나는 그가 오랫동안 부글부글 끓는 진흙탕 안에 앉아 있다가 나오지 않았을까 하고 상상해본다. 악취를 없애기 위해 수염과 머리도 깎았을 것이다.

인간들의 삶이란 특이하고 앞으로도 그럴 것이다. 이해할 수 없는 것들이 마치 두루 퍼져 있는 그림자처럼 항상 나타난다.

64

북서쪽에서 불어온
거대한 폭풍

모래톱이 멀리 바다 안쪽까지 펼쳐져 있는 유틀란트 반도의 북쪽 꼭대기에는 오래된, 바람에 날리는 모래에 반쯤 파묻힌 교회 하나가 있다. 첨탑만 마치 교회 건물의 묘비인 것처럼 모래언덕 위로 솟아나와 있다. 나는 아직도 그곳에 처음 갔을 때를 기억한다. 자동차를 타고 그쪽으로 가고 있었는데 갑자기 아무것도 없던 곳에서 첨탑이 나타났다. 나는 차를 멈추었고, 모래가 탑을 둘러싸고 교회당의 회중석 또한 묻어버린 것을 발견했다.

나는 꽤 오래 그곳에 머물렀다. 본능적으로 '덧없음'이란 낱말의 의미를 깨달았다. 예전에는 그 단어가 종교적 색채를 띠고 있었다. 뭔가 불분명한, 죽음을 죽음이란 이름으로 부르지 않을 수 있는 하나의 가능성이었다.

나는 고독한 첨탑을 눈앞에 보고 있었다. 바람에 날리는 모래, 띄엄띄엄 있는 덤불, 그 뒤로 멀리서 들리는 파도소리로 항상 그곳에 존재하던 바다. 그리고 끈질기게 모래와 점점 더 높아만 가는 모래언덕들에 대항하여 싸우고 있는 첨탑.

예전에는 어촌마을 스카겐에 살던 가난한 주민들이 그 교회에 다녔다. 그러나 모래가 교회와 교회를 둘러싼 담에 점점 더 가까이 다가왔다. 움직이는 모래언덕들은 이미 17세기 초에 결정적인 마지막 공격을 위해 교회 주변에 모여든 적군의 보병부대처럼 점점 더 위협적인 존재가 되었다.

1775년 북서쪽에서 거대한 폭풍이 불어왔을 때 모래는 처음으로 묘지 담까지 도달했고 교회 내부까지 들이쳤다. 그때부터 교회가 모래에 패배하기까지는 20년밖에 걸리지 않았다. 결국 1795년에 덴마크 국왕은 교회를 포기하라는 지시를 내렸다. 옮길 수 있는 모든 물건은 마차에 실어 외스테르비 예배당으로 옮기고 새로운 교회가 세워질 때까지 그곳에 보관하라는 것이었다. 그런 다음 교회에 마지막 축복이 내려졌고 모든 문이 닫혔다.

14세기부터 그 자리에 서 있었던 교회는 결국 점점 더 커지는 모래의 통치권에 무릎을 꿇고 말았다.

지금은 교회의 첨탑만 보일 뿐이다. 교회의 회중석은 모래 밑에 파묻혀 있다. 자연석을 깎아 만든 세례반 역시 옮기기에는 너무 무거워서 결국 모래 속에 남겨졌다.

모래 아래 어두운 곳에서 들려오는 유일한 소리는, 결코 멈추지 않고 항상 움직이는 모래언덕들 속에 공기주머니들이 형성되어 움직이는 모래들이 흘러내리면서 내는 소리다. 바람에 날리는 모래는 새로운 땅을 정복하기 위해 계속 움직인다.

모래로 막혀버린 교회를 들여다보려고 스카겐에 간 것은 아니었다. 내가 그곳에 간 이유는, 내 작품 속 인물 중 하나인 쿠르트 발란더를 그곳에 보내서 어느 정도 긴 시간 동안 일상을 떠나 있을 수밖에 없는 애도작업을 하게 만들 생각이었기 때문이다.

나는 끝없이 펼쳐진 해변을 걸으며 내 소설 속 인물이 이 해변에서 어떻게 반응할지를 상상했다. 춥고 바람 많은 늦가을이었다. 때때로 눈송이가 날리면서 겨울이 다가오고 있음을 알렸다.

평소엔 손님이 거의 없는 게스트하우스에 방을 하나 빌렸다. 가을에 스카겐을 찾는 사람은 별로 없었다. 나는 권태에 가까울 정도로 심한 탈진의 시간을 겪었다. 내겐 전혀 익숙하지 않은 일이었다. 저녁이면 끝없이 펼쳐진 그곳 해변에서, 어느 정도 긴 시간 동안 휴식이 필요했던 사람은 내 소설의 주인공이 아니라 어쩌면 나 자신이 아니었는지 가끔씩 자문하곤 했다.

내 침대 옆 벽에는 손때가 많이 묻은 오래된 책 몇 권이 꽂힌 책장이 있었다. 어느 저녁 나는 그중에서 내키는 대로 아무 책이나 한 권 꺼내 들었다.

스카겐 인쇄소에서 나온 책으로 역사·바다·사람들·모래에 덮인 교회 등 스카겐에 관한 이야기들을 담고 있었다. 나는 밤새 침대에 누워서 책을 처음부터 끝까지 다 읽었다. 이상하게도 그 책은 아무도 손대지 않은 새것 그대로 책장에 꽂혀 있었고, 그래서 나는 아직도 붙어 있는 책장들을 펼치기 위해 조용히 아래층에 내려가 칼을 가져왔다.

아침 무렵 갑자기 정전이 됐다. 바람이 많이 부는 스카겐에서는 종종 있는 일이라 나는 석유램프를 준비해놓고 있었다.

책에 소개된 이야기들 중 다프네라는 이름을 가진 선박의 사고 이야기가 가장 선명하게 기억난다. 다프네호는 모래톱에 좌초했다. 스카겐 어부들이 죽음을 두려워 않고 용맹하게 나서지 않았다면 그 배는 배에 타고 있던 모든 사람들과 함께 침몰하고 말았을 것이다. 그 대신 선원들을 구하기 위해 자발적으로 바다에 나갔던 어부들이 가장 큰 피해를 입었다.

1862년 12월 27일 아침 여섯 시 반 경 전날 밤 기승을 부렸던 허리케인이 천천히 잦아들었다. 구름조각들이 하늘을 덮고 있었다.

동이 틀 무렵 해안경비원 한 명이 허리케인으로 해난에 처한 선박이 없는지 살피려 해변으로 나갔다. 밤중에 불빛이 바다에 떠 있는 것을 보았다는 사람이 있었다. 허리케인이 기승을 부리면 캄캄한 바다에서 무슨 일이 일어나는지 알 수가 없었다.

해안경비원은 바다로 뻗어 있는 모래톱에 큰 배 한 척이 좌초돼 있는 것을 발견했다. 바람이 잦아들었기 때문에 경비원은 구명정 한 척이 나가 선원들을 태워오는 것이 가능할 것이라고 생각했다. 구명정이 출발하기까지는 채 한 시간도 걸리지 않았다. 자발적으로 구조 작업에 참여한 스카겐의 어부들은 좌초된 배에 접근하기 위해 노를 젓기 시작했다. 그런데 허리케인 이후 너무 강해진 바닷물의 흐름 때문에 두 번의 시도가 실패했다. 그래서 사람들은 원시적인 화살을 이용해 밧줄을 좌초한 배를 향해 쏘기를 반복했고 결국 그 시도는 성공했다. 그러나 그사이 시간이 흘러 날이 어두워졌고, 선원들을 구하려던 어부들은 완전히 지쳐버렸다.

다음 날 바람은 더 약해졌지만 파도는 여전히 높았고 물의 흐름 또한 여전히 빨랐다. 구명정은 이제 배에 도달할 수 있었지만, 갑자기 일어난 파도에 구명보트가 뒤집히고 말았다. 이제는 좌초한 배의 선원들을 구하는 것만이 문제가 아니었다. 이제는 가능한 한 빨리 전복된 구명보트에 있었던 동료 어부들을 구하는 것이 문제였다.

또 다른 어부들이 자발적으로 새로운 구명보트를 타고 출발했다. 닐스 안데르손과 옌스 옌센 노르스크, 두 명을 물에서 건질 수 있었다. 두 사람은 물에 떠 있을 수 있었고 아직 동사하지 않은 상태였다. 그러나 뒤집힌 구명보트에 있었던 어부들 대부분은 목숨을 잃었다. 몇 년 뒤 스카겐에 세워진 기념비에 그때 목숨을 잃은 사람들의 이름이 새겨져 있다.

옌스 크리스티안 옌센
닐스 크리스티안 시몬센
이베르 안드레아센
안데르스 크리스텐센 브룬
크리스텐 톰센 크네프

야코브 퇴네센

옌스 페데르센 셸데르

토마스 페데르센

그들 모두 가난한 어부였고, 대부분 젊었다. 모두 결혼했고 아이가 있었다. 그들 중 몇 명의 모습이 흐릿한 흑백사진 몇 장에 남아 있다. 그들의 배 앞에 서 있는 모습인데, 얼굴은 돋보기 없이는 알아보기 어렵다.

그들은 부끄럼 많고 소박하고 믿음이 강하며 열심히 일하는 사람들이었다.

다프네호 선원들은 결국 구조될 수 있었다. 그러나 그 대가는 컸다. 구조 작업에 자발적으로 참여했다가 목숨을 잃은 여덟 명의 장례가 12월 31일에 치러졌다. 여덟 명이 과부가 되었고, 스물다섯 명의 아이들이 아버지를 잃었다.

여덟 기의 무덤이 일렬로 조성되었다. 관 위에는 꽃이, 그리고 몇몇 무덤에는 사망자들이 이미 그 전에도 구조 활동에 참여하여 용기를 보여준 보답으로 받은 메달들이 놓여 있었다.

다프네호의 난파는 여러 유사한 사건들 중 하나에 불과했다. 스카겐 주변 바다가 괜히 끊임없이 커지는 배들의 묘지라고 불리는 게 아니다. 시대를 막론하고 수많은 배들이 바다 아래 있는 모래톱에 좌초하거나 북서쪽에서 불어오는 폭풍으로 육지 가까이까지 밀려왔다.

구명보트에 몸을 실었던 어부들은 자신들의 구조 활동을 당연하게 여겼다. 부서지는 파도 속에서 살아남으려 싸우고 있는 낯선 선원들을 위해 기꺼이 자기 목숨을 걸지 않은 사람은 없었다. 매일 자신의 생명을 거는 것, 그리고 폭풍우가 몰아칠 때면 다른 사람들의 목숨을 위해 자신의 생명을 거는 것은 어부로서 그들 존재의 일부분이었다.

자발적으로 구명정에 몸을 싣는 각오와 의지는 우리 인간 문명의 기본 요소이다. 1862년 12월 27일에 있었던 구조 활동처럼 극적이고 인명이 손실되는 구조 활동은 이제 드물지만, 그래도 여전히 많은 사람들이 다양한 상황에서 다른 사람의 생명을 구하기 위해 자발적으로 목숨을 건다.

나는 종종 어린아이가 갑자기 내 앞에서 찻길로 뛰어들고 내가 그 아이에게서 가장 가까이 있는 사람이라면 과연 어떻게 행동할지 자문해보곤 한다. 내가 한 번도 본 적 없고 나와는 아무런 관계가 없는 아이라면? 아직 그런 일은 한 번도 일어난 적이 없기 때문에 내가 어찌할지는 알 수 없다. 그저 내가 아무런 사심 없이 도로로 뛰어들어 빠른 속도로 달려오는 자동차들로부터 아이를 구하는 일에 전혀 망설이지 않기를 바랄 뿐이다.

그건 당연한 일이어야 하지만, 사실 그렇지 않은 경우가 많다. 어떤 사람이 급작스런 발작으로 길에 쓰러진다. 결국엔 누군가 멈춰서 그를 도와주려고 한다. 하지만 대부분은 빠른 걸음으로 지나치고 마치 쓰러진 사람을 보지 못한 것처럼 행동한다.

스카겐의 게스트하우스에서 밤을 보냈던 그때부터 항상 내 머릿속에 맴도는 질문이 있다. 어부들로 하여금 구조 활동에 나서게 한 것은 용기였을까? 과연 그들 중에 누구라도 스스로 용감하다고 느낀 사람이 있을까? 아니면 그 순간 그들이 모든 공동체 중 가장 강한 공동체, 즉 사람의 생명이 위험한 상황에 처하면 생겨나는 공동체의 일부라는 인식이 목숨을 내걸고 구조 활동에 나서게 한 것일까?

지금은 아주 오래전의 그 스카겐 여행이 마치 꿈처럼 느껴진다. 나는 여행의 목적이었던 책을 썼고, 쿠르트 발란더는 어느 날 그곳의 황량함과 안개 속에서 무적霧笛이 울릴 때 그를 다시 일상으로 끌고 갈 누군가를 만나게 될 때까지 그곳의 해변을 따라 걷고 또 걸으며 애도작업을 할 수 있었다.

나는 1862년 12월 좌초된 다프네호의 선원들을 구하러 바다로 나가는 구명정의 꿈을 꾼다.

꿈속에서 어부들이 신는 장화와 선원용 방수모 차림으로 거칠게 노를 젓고 있는 남자들 속에서 내 모습을 발견하려 애쓴다.

하지만 내가 구명정에 함께 타고 있는지 아닌지는 잘 모르겠다.

나는 내가 그곳에 있다고 확신할 수가 없다. 앞으로도 절대 확실히 알 수는 없을 것이다.

65

1913년 빈의 한 공원에서 있었던
가상의 만남

1940년에 우리 시대 가장 중요한 여성 예술가 한 명이 태어났다.

피나 바우슈Pina Bausch. 내가 아는 가장 고집스러운 무용예술 작품 몇 개를 만들어낸 안무가.

그녀의 검은 머리는 단정하게 뒤로 빗어 넘겨져 있었다. 가냘픈 몸매의 그녀는 연약해 보일 수도 있었지만 내면에 원초적인 힘을 지니고 있었다.

피나 바우슈는 설명할 수 없는 아름다움을 가지고 있었다. 동시에 결코 다른 사람이 아니라 자기 자신을 향한 어떤 엄격함을 가지고 있었다. 그녀에게서 가장 눈에 띄는 것은 바로 눈, 그녀의 시선이었다. 그녀는 누구나 한번 보면 절대 잊을 수 없는 방식으로 사람들을 바라보았다. 2009년 피나 바우슈가 죽었을 때 많은 사람들이 기억한 것은 무엇보다도 그녀의 눈이었다.

사람을 볼 때면 그녀는 거기에 절대적으로 집중했다. 그녀는 타협을 몰랐다. 주변의 가까운 사람들과도 그랬고, 그녀가 활동했던 부퍼탈 탄츠테아터 무대의 무용가들과도 그랬다.

나는 때때로 내가 〈봄의 제전〉의 시대에 살았다고 생각한다.

2013년은 이고르 스트라빈스키의 〈봄의 제전〉 초연 100주년이었다. 〈봄의 제전〉은 1913년 바츨라프 니진스키의 안무로 세르게이 디아길레프가 이끄는 러시아 발레단이 파리에서 초연했다.

그 공연은 엄청난 스캔들이 되었다. 무대 세트 뒤에 서서 출연할 순서를 기다리고 있던 니진스키가 음악을 들을 수 없을 정도로 큰 소란이 일었다. 니진스키는 완전히 틀린 시점에 무대로 나가지 않기 위해 무용수들의 움직임을 보면서 머릿속으로 박자를 세야만 했다.

스트라빈스키는 야유와 고함으로 자신의 음악을 묻히게 만든 관객들에 항의하고 화를 내며 공연장을 떠났다.

〈봄의 제전〉은 예술을 변화시켰고 급속하게 진행되는 산업화, 기술 진보, 성장하는 도시 그리고 잔인할 정도로 경제 위주로 돌아가는 세상 속에서 개인의 피해와 상처가 점점 커져가는 새로운 20세기를 사람들에게 소개했다. 음조가 있는 원초적 분노와 평온함과 완전한 고요 사이를 역설적으로 오가는 스트라빈스키의 자극적인 음악으로 표현되는 그 모든 새로운 것들이 이 작품에 들어 있다. 니진스키의 무용과 안무는 완전히 새로웠다. 무용수들이 중간중간 관객에게 등을 보인다는 사실만으로도 관객들은 거부감과 분노를 느겠다. 기존의 모든 형식을 깨부수었다는 것은 마치 예술가들이 관객을 모욕이라도 한 것처럼 받아들여졌다.

그로부터 62년 후인 1975년 피나 바우슈와 그녀의 무용단은 부퍼탈 탄츠테아터에서 피나 바우슈 버전의 〈봄의 제전〉을 선보였다. 나는 그로부터 또 한참 세월이 흐른 뒤에 그 공연을 보았다. 공연이 시작되고 음악이 몇 박자 나오지 않았음에도, 그리고 무용수들의 적은 움직임만을 보고도 나는 내가 아주 특별한 사건의 증인이 될 것이란 걸 알았다.

그리고 실제로도 그랬다. 나는 피나 바우슈의 공연이 나 자신의 시대와 우리가 살고 있는 이 세계를 완전히 선명하게 반영하고 있다는 느낌을 받았다. 고독, 외부 세계에 무방비 상태로 던져진 모습, 분주함. 모든 것이 그 안에 있었다. 하지만 거기에 대한 균형추도 찾을 수 있다. 바로 견디고 저항하는 인간의 능력이다.

바우슈의 안무는 결투였다. 그 공연을 봤을 때 나는 사람들이 매일 무의미함이란 제단에 제물로 바쳐지는 세계에 살기를 거부하는 어느 저항운동의 일부가 된 것 같은 느낌이 들었다.

사람들은 너무 늙거나 너무 어려서, 너무 느리거나 너무 뚱뚱해서, 피부가 너무 검거나 너무 못생겨서 희생된다. 〈봄의 제전〉은 이교도들의 이야기를 다루고 있지만 그 안에는 우리 시대와 우리가 사는 사회의 모습이 아주 분명하게 드러난다.

바우슈는 말로 하는 언어를 사용하는 데 점점 자신이 없어졌다. 어쩌면 글을 쓸 때도 그랬을 것이다. 그러나 춤과 몸의 언어로는 그녀에게 확신을 주는 표현을 만들어낼 수 있었다.

1913년의 관객은 스트라빈스키의 음악을 '소음'이라고 부정적으로 평가했다. 작곡가는 이후 비평가들에게 자신의 음악 어느 부분에 소음이 있는지 정확하게 말할 수 있느냐고 냉소적으로 물었다. 비평가들은 물론 정확한 대답을 할 수 없었다. 그리고 몇 년 지나지 않아 〈봄의 제전〉은 연주회용 음악으로 큰 성공을 거두었다. 스트라빈스키의 음악적 언어가 새로운 시대와 새로운 세계에 속한 것임을 이해하는 사람들이 점점 더 늘어났다.

우리는 오늘날 다시 새로운 시대로 가는 길에 서 있다. 세상은 백년 전하고만 비교해도 알아볼 수 없을 정도로 변했다. 이제 우리는 산업주의를 벗어나서 더 나은 표현이 없어 '정보사회'라고 부르는 새로운 시대를 향해 다시금 새로운 길을 가야 한다.

1913년에 태어난 사람들은 그들이 생존한 시기에 이루어진 많은 발견을 아무리 커다란 상상력을 발휘한다 해도 감히 그려낼 수 없었다. 패권을 잡으려는 불합리한 권력투쟁이 특히 유럽에서 수백만 명의 생명을 앗아가리라는 것도 결코 예상하지 못했을 것이다.

파리에서 〈봄의 제전〉이 초연됐던 대략 그 시기에 두 남자가 빈에 살았다. 한 명은 오스트리아의 오버외스터라이히 주 출신이고 다른 한 명은 러시아 출신이었다. 우리는 두 사람이 서로를 만난 적이나 대화를 나눈 적이 한 번도 없을 것이라고 확실히 말할 수 있다. 그러나 그들이 오가던 길이 빈 시내의 한 공원에서 교차했을 것이라고 추측해보게 만드는 사실들은 있다. 둘 다 그 공원 근처에 살았다. 서로 다른 쪽이긴 했지만.

오버외스터라이히 주 출신 젊은 남자의 이름은 아돌프 히틀러였고, 그보다 조금 더 나이가 든 러시아 출신 남자는 후에 스탈린이라는 이름을 사용한다.

히틀러는 생계유지를 위해 수채화를 그렸다. 그린 그림은 그 스스로 혹은 친구들 중 한 명이 이후에 엽서로 판매했다. 그래서 히틀러는 종종 공원을 찾았고 그곳에 머물면서 여러 모티프를 그렸다.

스탈린은 마르크스주의와 단일민족국가의 관계를 공부하기 위해서 빈에 왔다. 그는 공산당원이었고 당의 수장은 레닌이었다. 레닌은 이웃나라인 스위스에서 망명생활 중이었다.

1914년 제1차 세계대전이 일어났다. 히틀러는 예술가로서의 야심이 실패에 부딪히자 반동주의자와 반유태주의자 무리에 접근했다. 또한 독일군에 자원입대하는 데 주저하지 않았다. 히틀러는 전쟁에서 부상을 입었으나 살아남았다. 전쟁이 끝난 후 그는 빈으로 돌아가지 않고 뮌헨에 정착했다.

스탈린도 히틀러도 그들이 1913년에 어쩌면 매일, 그리고 상당히 오랜 시간 빈의 같은 공원에 머물렀다는 것을 분명 몰랐으리라. 어쩌면 스탈린은 남루한 옷을 입고 나무와 분수와 집을 그리는 젊은 남자를 봤을지도 모르겠다. 히틀러도 땅딸막하고 튼튼해 보이며 항상 러시아 담배를 태우고 있는 산책 중인 러시아인에게 잠깐 시선을 던진 적이 있을지도 모른다.

제2차 세계대전이 발발했을 때 둘은 서로 불가침조약을 맺었다.

그러나 히틀러는 2년 후 조약을 어기고 소련을 침공했다.

두 남자는 수백만 명의 죽음에 책임이 있는 사람으로 역사에 남았다.

공원에서의 산책과 수채화는 그런 것과 아주 거리가 멀다.

스트라빈스키의 음악과 피나 바우슈의 훌륭한 무용예술 작품은 우리의 불안한 시대를, 그리고 한편으로 파괴성에 저항하고자 하는 인간의 힘을 이야기한다.

히틀러와 스탈린은 집단적 기억 속에서 아마도 각자 자기만의 검은 산꼭대기에 앉아 있을 것이다. 그것을 우리가 바꿀 수는 없다. 폭군들은 최소한 우리가 선한 사람이라고 부르는 이들만큼 오랜 시간 동안 우리의 기억 속에 남아 있을 수 있는 특별한 능력을 가지고 있다.

그런데 피나 바우슈와 그녀의 무용예술 작품이 5백 년 후에도 여전히 살아 있을 것이라고 감히 믿을 수 있을까? 아니면 종국엔 모든 것을 삼키는 위대한 망각의 제물이 되어버리고 말까?

스트라빈스키는 이미 오래전에 죽었지만, 나는 스트라빈스키의 시대에 산다. 그의 음악은 아직 살아 있다. 피나 바우슈와 그녀의 무용수들이 계속 매혹적이고 감각적인 그녀의 안무에 따라 움직인 것과 같은 방식으로 살아 있다.

그러나 피나 바우슈도 이제는 이 세상 사람이 아니다.

나는 혹시 그녀도 나와 같은 것을 두려워하지 않았을까 하고 생각한다. 그렇게 오랫동안 죽어 있는 것, 그것을 두려워하지 않았을까? 아니면 죽음은 어차피 자신이 형상화할 수 없는 어떤 것이라고 생각했을까? 그래서 그녀의 심장이 뛰기를 멈췄을 때 그녀 앞에 무엇이 기다리고 있든 간에 전혀 상관하지 않았을까?

66

꼭두각시

1891년 브르노 시내에서 도로 하나가 파헤쳐졌다. 더이상 오수가 그냥 수채로 흘러나가지 않도록 하수관을 새로 설치하는 작업때문이었다.

'브르노'라는 이름은 어린 시절의 기억과 관련이 있다. 어린 시절우리 집에 있던 라디오의 중파대 주파수 눈금에 그 이름이 적혀 있었기 때문이다. 단추를 돌려서 움직이는 바늘을 그리로 돌리면, 지금 기억하는 바로는 그저 멀리서 들리는 것처럼 작게 지지직대는소리만 들렸다. 브르노는 내 어린 시절의 세계에서는 우주의 가장바깥쪽에 위치하는 곳이었다.

브르노에서 파헤쳐졌던 거리의 이름은 프란초우스카였다. 땅을굴착하던 중에 4미터 깊이에서 죽은 남자의 해골이 묻힌 오래된 무덤이 발견되었다. 연락을 받고 온 고고학자들이 무덤을 조사한 결과 시신은 매머드 상아와 사향소 뿔에 둘러싸여 있었다.

가장 진기한 물건은 두개골 바로 옆에서 발견되었다. 처음에는 그것이 상아로 된 조각품이고 수천 년 동안 땅 속에서 세 조각으로 깨진 것이라고 여겨졌다. 그 조각들을 더 자세히 조사한 결과 그것이 유일무이한 발굴물이라는 걸 알게 되었다. 땅과 뼈의 상세한 분석을 통해 무덤과 발굴물의 나이가 2만 5천 년이라는 것이 밝혀졌다.

그 무덤에서 발견된 것은 과연 무엇이었을까? 처음에 고고학자들은 눈을 의심했고 그들이 지금껏 알고 있었던 설명 모델들을 믿을 수 없었다. 그러나 진실은 부정할 수 없었다.

시신을 매장한 사람들이 장난감을 같이 묻어준 것이다.

인형이었다. 꼭두각시 인형.

조각품은 깨져 있기는 했으나 부엉이처럼 목이 돌아간다는 걸 알 수 있었다. 한쪽 팔만 발견됐는데, 그 팔에는 구멍이 나 있어서 인형 몸체에 있는 다른 구멍과 연결되어 팔이 움직일 수 있게 만들어져 있었다,

그러니까 시신의 머리 옆에는 움직이는 인형이 놓여 있었던 것이다. 다른 팔 한쪽이 어디로 사라졌는지는 알 수 없다. 땅 속 흙의 이동이나 지하수위의 변화 또는 다른 영향에 의해 다른 곳으로 이동했을 가능성이 아주 크다. 그렇지만 시신 옆에 놓여 있던 것이 인형이라는 사실은 의심의 여지없이 확실했다.

인형은 발굴됨과 동시에 우리에게 2만 5천 년 전에 살았던 사람

들의 인사를 전해주었다. 꼭두각시가 일종의 그림자극이나 마술 의식 같은 것에 사용되었는지 우리가 가진 지식으로는 알 수 없다. 어쩌면 정말 어린아이, 또는 나이가 들어서도 장난감 놀이를 즐겼던 어른의 장난감이었을 수도 있다.

태고의 이 꼭두각시는 인간이란 존재가 과연 무엇인지에 관해 뭔가 얘기하고 있다. 마지막 빙하기가 천천히 끝나가던 시기에 살았던 사람들이 우리에게 전할 수 있는 이보다 더 감동적인, 이보다 더 짜릿한 인사를 나는 상상할 수가 없다.

오늘날을 살아가는 우리는 후세에게 꼭두각시를 남기진 않을 것이다. 우리가 남길 유산은 핵폐기물이다. 우리의 가장 중요한 과제는 미래의 빙하기가 끝난 후 우리 다음 세상에 올 사람들에게 경고를 보내는 것이다.

70년 후에 그 경고의 문제는 해결된 상태여야 한다. 적어도 스웨덴에서는. 그때가 되면 핵폐기물 최종처분장인 지하시설이 영원히 폐쇄될 것이기 때문이다.

사람들이 결국 어떤 선택을 할지, 오늘날 살아가는 사람들 중에 그것을 직접 알 수 있는 사람은 거의 없다.

하지만 현재 상황을 볼 때 사람들은 결국 함축적인 경고 신호를 만들고자 하는 일체의 시도를 포기하고 미래 사람들과 후세대들이 그냥 잊어버리기를 기대하는 것 같다. 우리가 핵폐기물이란 트롤을 가둬버린 암반 위쪽에는 이끼가 자랄 것이고, 그 옛날 땅 속 깊은 곳의 꽉 잠긴 구리관 속에 무엇이 숨겨졌는지 아무도 더이상 기억할 수 없어야 한다.

인간은 항상 좋은 기억을 만들기 위해, 혹은 위험하고 악한 것에 대한 경고를 표현하기 위해 살아왔다.

그런데 우리는 갑자기 기억을 만들지 않는 문명사회에 살고 있다. 우리는 망각을 유산으로 남기기 위해 살고 있다.

그러면 마지막에 남는 것은 무엇일까? 기억이 없는 시간?

건전한 상식을 가지고 한번 질문해보자. 과연 우리에게 아직 이성을 되찾을 시간이 있을까? 아니면 핵폐기물이란 점점 더 가파른 내리막으로 이어지는 길로 한 발짝 더 내딛는 것일까?

모르겠다. 그러나 지금은 마지막으로 그저 내가 믿고 있는 것을 주문처럼 반복할 수밖에 없다. 늦었다고 생각할 때가 가장 빠르다. 여전히 모든 게 가능하다.

우리는 여전히 꼭두각시의 시대에 살고 있다.

67

절대 포기할 수 없는
기쁨의 순간들

5월 9일, 에바와 내가 사는 예테보리 남쪽에 가벼운 보슬비가 내린다. 기상변화가 다가오고 있다. 얕은 산드비켄 만의 물이 밀려나간 것을 보면 알 수 있다. 그것은 더 덥고 더 햇빛이 강한 날씨가 온다는 뜻이다. 송어낚시꾼 몇 명이 저 멀리 물에 흩어져 서 있다. 그들은 거기 서서 몇 시간씩 물고기가 미끼를 물기를 기다린다. 결국 물고기를 잡아도 다시 물로 돌려보내는 낚시꾼들도 많다. 가끔은 낚시꾼들이 아무 근심 없이 낚시를 즐기는 그 모습이 부럽다. 그들은 모든 것을 기다리는 것 같기도 하고 아무것도 기다리지 않는 것 같기도 하다.

처음 암 진단을 받은 후 다섯 달이 흘렀다. 나는 최근 첫 번째 치료주기의 네 번째이자 마지막 항암 화학요법을 마쳤다. 내일은 베르히만 박사를 만나 지금까지의 치료 결과에 대해서 들을 것이다.

오늘 아침 나는 아주 일찍 일어났다. 자주 그랬듯이 어젯밤도 잠을 설쳤다. 내 상황이 마치 무죄판결이 나올지 유죄판결이 나올지 전혀 알 수 없는 재판결과를 기다리는 것과 비슷하다는 생각을 한다. 그저 최악의 상황을 각오하고 최선의 결과를 기대하는 수밖에 없다.

그런데 지빠귀가 사람들의 잠을 깨우는 지저귐을 시작하고 그렇게 다른 모든 새들의 노래를 이끌어내는 이 이른 아침에, 완전히 다른 생각이 하나 떠올랐다.

다음 날 나를 기다리고 있을 일에 대비하는 대신, 나는 갑자기 내가 살아오면서 가장 큰 기쁨을 느꼈던 때가 언제일까 자문해보았다. 그런 순간이 존재하긴 했을까? 아니면 언제라고 딱 규정하는 건 불가능할까? 아이의 출생, 통증이 사라졌을 때의 안도감, 다행히 나의 죽음으로 끝나지 않은 강도의 습격, 내가 쓴 글이 예상을 뛰어넘는 성공을 거뒀을 때의 느낌? 하지만 곧 이런 생각을 하는 건 쓸데없는 짓이라고 스스로에게 말한다. 그런 순간들은 서로 비교하거나 순서를 정할 수가 없다. 어떤 기쁨의 순간이 있다면 그것은 다른 기쁨의 순간들과 전혀 다르다. 그럼에도 불구하고 내 생각은 무엇이 더 기쁘고 덜 기쁜지의 비교와 상관없이 결국 다른 모든 기쁨을 능가한다고 생각되는 한 순간에 머물렀다. 내 사고와 기억은 22년 전의 어느 날, 1992년 10월 4일로 돌아간다. 나는 마흔네 살이었고 아마도 내 생에서 가장 집중적으로 무언가에 몰두한 시기를 보내고 있었다. 대부분의 시간을 마푸투에서 보내던 시기였다. 내가 쓴 극본을 매년 적어도 두 편씩 연극 무대에 올렸고, 그러면서 극단 운영의 실무 부분도 책임지고 있었다.

하루하루가 단조로울 정도로 완벽하게 조직되어 있었다. 아침이면 아주 일찍 일어나서 아프리카의 더위가 너무 강해지기 전에 책상에 앉아 글을 썼다. 열두 시경 점심을 먹고 한 시간 동안 잠을 잤는데, 잠자는 동안은 전화 수화기를 내려놓았고 집 현관문도 잠가두었다. 그런 다음은 극단에 갈 시간이었다. 연습은 대부분 오후 네 시에 시작해서 저녁까지 계속되었다. 집으로 돌아가는 길에는 대부분 혼자서 작은 식당에 들어가 식사를 했는데, 당시 모잠비크에서 발간되던 유일한 일간지인 〈노티시아스Noticias〉를 읽을 수 있는 시간이기도 했다. 그러고서 집에 돌아가면 종종 잠시 글을 쓰다가 잠자리에 들었다.

유럽에 사는 내 친구들 여럿은 내가 극적인 삶을 살 거라고 생각했다. 하지만 그런 극적 긴장은 내 머릿속에만 있었다. 그 전에도 그 후에도 모잠비크에서 지내던 시기만큼 정돈되고 지극히 단조로우며 외면적인 삶을 살아본 적이 없다.

그 한 해 전에 나는 2천 년 된 아리스토파네스의 희곡《리시스트라테》를 공연하자고 제안했다. 물론 그 작품을 현대적이고 대부분 젊으며 상당수가 문맹인 아프리카 관객이 이해할 수 있도록 하려면 제대로 아프리카화된 버전을 만들 수밖에 없었다. 일단 그리스의 신전이나 여사제들과 관련 있는 내용은 모두 삭제되어야 했다. 그 대신 우리는 남편들이 전쟁을 끝내게 하려고 여성들이 잠자리를 거부하며 섹스 스트라이크에 나선다는 아리스토파네스 희곡의 기본 플롯을 부각시키고자 했다.

모잠비크 내전은 10년 이상 지속된 터였다. 많은 사람들이 살해당했다. 내전이 항상 그렇듯 민간인들은 극도로 잔인한 공격과 습격의 대상이 되었다. 귀와 코가 잘린 사람들, 나무에 내던져져 살해당한 어린아이들. 그 나라 사람이면 누구나 친구나 친척 중에 그런 일을 당한 사람들이 있었다. 따라서 극단에 있는 우리로서는 그 작품을 공연할 이유가 충분히 있었다. 나는 극작가들의 천국에 있는 아리스토파네스가 우리가 그 작품의 외형을 아프리카의 현실에 맞춰 변화시키는 것을 이해해주리라고 믿어 의심치 않았다.

하지만 그리스 신전과 여사제들을 무엇으로 대체할 수 있을까? 어느 날 나는 마푸투에서 가장 큰 시장에 가서 장을 봤다. 시장의 수많은 판매대에서 손님을 상대하는 여자들을 봤을 때, 불현듯 그 시장을 배경으로 해야겠다는 생각이 떠올랐다.

나는 극단의 여배우 몇 명에게 며칠 동안 시장에 가서 물건을 파는 여자들과 작품의 기본 플롯에 관해서 이야기를 나누도록 부탁했다. 내전을 끝내기 위해 섹스 스트라이크를 하자는 아이디어가 시장 여인네들에게 뿌리내리기까지는 그리 오래 걸리지 않았다. 우리가 가진 유일한 문제는 연극 공연이 무엇인지 그 여인들이 완전히 이해하지 못했다는 데 있었다. 그녀들은 그 아이디어를 정말로 곧장 실행에 옮기려고 했다.

그렇게 되지는 않았다. 하지만 우리의 공연은 이루어졌다. 우리가 율리에타라는 이름으로 바꿔 부른 우리의 리시스트라테는 시장에서 생선을 파는 여인 역할이었다. (우리 작품에 리시스트라테라는 이름으로 나온 유일한 출연자는 염소였다. 그 염소는 딱 한 번 무대에 오르게 되어 있었다. 무대 뒤에서 염소가 울음소리를 내서 깜짝 출연이 알려지면 안 되겠기에 염소가 울지 못하도록 하는 것이 아주 힘들었다. 결국 경험 많은 나이든 염소지기에게 방법을 물었고, 그는 우리에게 한 가지 트릭을 알려주었다. "염소 주둥이 앞에 소금을 뿌려놓으세요. 그러면 꼼짝 안 합니다." 그 방법은 정말 효과가 있었다.)

공연은 크게 성공했다. 지금은 더이상 기억나지 않는 어떤 이유들로 우리는 마지막 공연을 10월 4일에 하기로 결정했다. 공연기간 내내 로마에서 모잠비크의 법적 정부와 남아공의 아파르트헤이트 정부의 하수인이자 내전 당사자인 반란세력 간에 협상이 진행되었다. 나는 그 협상이 성공적인 결과를 내리라고 진심으로 기대한 사람은 사실 아무도 없었다고 생각한다. 전쟁은 계속될 것이었고, 무고한 민간인들에 대한 학살도 멈추지 않을 것이었다.

그렇게 10월 4일이 되었다. 오전에 기자인 친한 친구가 나를 찾아왔다. 그는 흥분한 모습으로 우리 집 문을 두드렸다. 예상하지 못한 일이 일어났다. 로마에서 평화협정이 체결됐다는 것이었다. 잔혹한 내전이 어쩌면 이제 정말로 끝날 모양이었다.

마지막 공연을 보려고 오후에 극장으로 갔을 때 로마에서 온 뉴스가 확인되었다. 내전 당사자들이 정말로 평화협정을 체결했다.

마푸투에서는 이미 자동차들이 경적을 울리며 도로를 누비고 있었다. 마치 모잠비크가 국가대항전에 이겼거나 챔피언 타이틀을 따기라도 한 것처럼.

아베니다 극장으로 가는 언덕길을 내려가면서 내 안에 한 가지 결심이 무르익었다. 〈리시스트라테〉 공연의 주연인 율리에타 역의 루크레시아 파코와 함께 빈 극장에 자리를 잡고 앉았다. 나는 그녀에게 공연이 끝나고 관객의 박수가 있은 뒤 그녀가 무슨 말을 해야 할지 이야기했다. 그녀는 내 말이 무슨 뜻인지 곧바로 이해했다. 하지만 내게 자기가 할 말을 알려달라고 부탁했다.

내가 대답했다. "안 돼요. 루크레시아가 직접 자기만의 말로 표현해야 해요. 틀리게 얘기할 만 한 게 전혀 없어요."

나는 위층 첫 번째 열 구석에 앉아 공연을 지켜보았다. 염소는 무대 뒤에서 울음소리를 내지 않았고, 줄에 매여 갑자기 무대에 등장했을 때 항상 그랬던 것처럼 마지막 공연에서도 관객들에게 웃음을 선사했다. 마지막 공연은 아주 좋았다. 배우들은 강력한 집중력을 보여주었다. 너무 빨리 연기하지 않으려고 섬세하게 신경을 썼고, 모든 세부 요소들이 성공적으로 효과를 발휘했다.

그렇게 공연은 끝이 났다. 관객들은 열렬한 박수갈채를 보냈다. 배우들은 무대 앞으로 나왔다. 아베니다 극장에서는 관객의 박수갈채에 대한 감사인사가 항상 정해져 있다. 모든 배우들이 함께 무대로 나왔다가 다시 들어가는 것, 그것 말고는 없었다. 배우들이 세 번째로 인사를 하러 무대 앞으로 나왔을 때 루크레시아가 두 손을 들었고, 관객의 박수소리가 잦아들었다. 그렇게 하기로 사전에 이야기했었다.

나는 아직도 루크레시아가 직접 선택해 말했던 그 발언을 정확히 기억하고 있다. "우리 모두가 알고 있듯이 오늘 로마에서 평화협정이 체결되었습니다. 사람을 마구 죽이고 토막 내는 이 끔찍한 전쟁이 이제 끝나기를 간절히 바랄 뿐입니다. 우리는 이 평화협정이 준수될 것이라고 믿어야 합니다. 그러나 여러분에게 약속드립니다. 필요하다면 우리는 이 작품을 다시 무대에 올릴 것입니다. 우리도 여러분도 절대 포기하지 않을 겁니다."

극장 안은 완전히 고요해졌다. 박수는 다시 나오지 않았다. 하지만 관객들은 자리에서 일어났다. 그리고 그들은 몇 안 되는 여자들이 전쟁의 야만성에 대항하여 필사적이고 용감한 싸움을 벌이는 2천 년 전의 작품을 연기한 배우들을 아무 말 없이 바라보았다.

그것이 내가 지금까지 극장에서 경험한 가장 감동적인 순간이었다. 수많은 특별한 순간들을 기억하지만, 그 어떤 것도 1992년 10월 4일에 있었던 그 순간과는 비교할 수 없다. 그것은 감동적인 동시에 무한한 기쁨의 순간이었다. 사람들 간에 대화가 가능했고, 한 전쟁의 종식을 끌어냈다. 나는 세상을 전율케 한 사건을 경험한 것이다. 뭔가가 끝났고 뭔가 새로운 것이 시작되었다.

내 인생에서 마푸투의 극장에서 경험했던 그 순간보다 더 위대하고 더 기쁨에 넘쳤던 다른 순간을 말하기는 쉽지 않다. 내가 경험한 특별한 순간들을 서로 비교하거나 순서를 정할 수는 없다. 하지만 나쁜 소식이 될지 좋은 소식이 될지 모르는 소식을 듣게 될 내일을 앞두고 마음의 준비를 하고자 했던 바로 오늘 아침, 마푸투에서 경험한 그 큰 기쁨의 기억이 떠올랐다.

우리 공연은 평화협정이 체결된 것과 아무런 관계가 없었다. 하지만 나는 생각을 뒤집어서 우리의 연극 작업이 없었더라면 마침내 전쟁의 종식을 이끈 전체 과정에 뭔가가 빠졌을 것이라고 믿는다. 무대 위가 됐든 관객석이 됐든, 그 마지막 공연에 있었던 사람들 중 어느 누구도 그때 그 순간을 잊지 못할 것이다.

보슬비가 계속 내린다. 나는 가느다란 빗줄기 사이로 바다를 내다보며 그래도 내 인생에는 무한한 기쁨의 순간이 있었다는 사실을 생각했다. 심지어 한 번이 아니라 여러 번이었다. 그러나 바로 오늘 아침 나는 1992년 10월에 있었던 〈리시스트라테〉의 마지막 공연을 선택했다.

오전 열 시가 조금 지나서 나는 베르히만 박사의 진료실에 들어섰다.

여기서도 나는 무대를 밟는 것이라고 생각했다. 아니면 나는 관객석에 있고, 베르히만 박사가 무대의 맨 앞쪽에 의자를 놓고 앉아 있는지도 모른다.

나는 그가 항상 신중하게 말한다는 것을 알고 있다.

"숨을 좀 돌릴 여유가 생겼습니다." 그가 말했다. "화학요법이 효과가 있었어요. 몇몇 종양은 크기가 작아졌고, 다른 것들은 아예 사라졌습니다. 물론 그렇다고 해서 이제 건강해지셨다는 건 아닙니다. 하지만 이제는 한숨 돌렸어요. 그리고 이렇게 숨 돌릴 여유가 아주 길어질 수도 있어요."

그렇게 한숨 돌리고 있는 그 시간을 내가 지금 살고 있다. 가끔 내가 걸린 병을, 죽음을, 그리고 암의 경우 결코 그 어떤 확실한 보장도 있을 수 없다는 사실을 생각한다.

그러나 나는 무엇보다도 새로운 은총의 순간들을 기대하며 살고 있다. 나 스스로 뭔가를 창작하거나 다른 사람들이 창작한 것을 볼 수 있는 기쁨을 아무도 내게서 빼앗아가지 않는 순간들. 내게로 오고 있는 순간들. 나에게 인생이 가치 있으려면 반드시 와야만 하는 그런 순간들을.

에필로그

아버지는 1950년대 스베그에서 판사로 재직하셨을 때 한 달에 한 번씩은 스벤스타비크에 가서 재판을 했다. 내가 학교에 들어가기 전에는 아버지와 함께 궤도버스를 타고 재판에 따라갔다. 법원 건물 위층에는 우리가 쉴 수 있는 침실이 하나 있었다. 내가 다섯 살이나 여섯 살이었으니 1953년 아니면 1954년이었다.

한번은 아버지가 스벤스타비크에서 살인죄로 기소된 남자에게 유죄판결을 내렸다. 그 남자는 산판 일꾼이었고, 가난한 삼림지대 주민들에게 외상을 주는 데 인색해서 인심을 잃었던 한 상인을 때려죽였다. 아무도 피해자의 죽음을 안타까워하지 않는 것 같았다. 하지만 그 일꾼이 아무리 가난하고 절박한 상황에 처해 있었다 하더라도 살인은 살인이었다.

아버지는 살인죄 관련 법조항이 허락하는 가장 관대한 판결을 내렸다.

우리는 살면서 수많은 사람을 만난다. 그중 많은 사람들의 경우에는 잠시 그들의 존재를 지각하지만 곧 다시 잊어버린다. 그저 짧게 눈길만 주고받게 되는 사람들도 있고, 대화를 나누게 되는 사람들도 있다.

우리에게는 가족도, 친구도, 우리와 가까운 지인들도 있다. 어떤 사람들은 그 집단에서 떨어져 나간다. 애정이 식거나, 배신이 관계를 끝나게 만들거나, 어떨 땐 친구가 적으로 변하기도 한다.

그러나 대부분은 우리와 그저 우연히 동시에 같이 사는 사람들일 뿐이다. 우리와 같은 시기에 지구를 잠깐 방문한 수백만 명의 사람들에 지나지 않는다.

암에 걸린 후로 나는 종종 많은 사람들이 나란히 걷고 있는 거리를 걷는 꿈을 꾼다. 많은 사람들 때문에 앞으로 나아가기가 어려울 때도 있다. 갑자기 꿈 속 장면이 바뀌면서 붐비는 인파 속에 있거나 극장·카페·또는 비행기 안에 있기도 한다. 나는 누군가를 찾고 있다. 나를 아는 누군가. 그쪽에서도 역시 나를 찾고 있는 누군가.

그러다가 꿈이 끝난다. 나는 거의 항상 아주 가뿐한 느낌으로 잠에서 깬다. 지금 내 주위에 있는 사람들, 그리고 지금껏 내가 살아오면서 만났던 모든 사람들에게는 전혀 놀라거나 경악스러운 점이 없다. 그들은 내게 호기심을 불러일으킨다. 그 사람들은 대체 누구였을까? 나는 그들 중 많은 사람들을 제대로 더 가까이 알고 싶었다.

슈테판 성당에서 만났던 여인, 부에노스아이레스의 탱고 무용수들, 또는 모잠비크 난민촌에서 자기 부모와 다시 만났던 소녀.

그리고 산판 일꾼과 그가 60년 전 노를란드 중부에서 때려죽인 상인.

내가 모르는 그 사람들 모두가 내게는 가까운 사람들이다. 그들은 짧은 순간 동안 내 삶 속으로 들어왔었다.

그 순간은 비록 짧았지만, 나는 그들 모두와 내 존재를 나누고 있다.

우리의 궁극적인 가족은 무한하다. 설사 눈 깜짝할 정도로 짧은 순간에 우리를 스쳐간 사람들이 누구인지 우리가 더이상 알지 못한다 해도.

작가 연보

―1948년 2월 3일, 스톡홀름에서 태어남. 그가 태어난 해 어머니가 세
  아이를 두고 가족을 떠나자, 할머니 · 아버지 · 형제들과 함께 스웨덴
  북부의 작은 마을 스베그Sveg에서 어린 시절을 보냄.
―1961년, 판사인 아버지의 부임지를 따라 스웨덴 북부 보로스Borås로
  이사.
―1963년, 16세에 학교를 그만두고 파리로 떠남. 6개월 후 다시 스웨덴
  으로 돌아와 스웨덴 철광석을 유럽과 미국에 실어 나르는 선박의 노
  무자가 됨.
―1966년, 18세에 다시 파리로 가서 일 년 반 동안 머물며 사회운동과
  정치토론을 경험함. 그 후 스톡홀름으로 돌아와 극장의 무대담당 스
  태프로 일하며 희곡을 쓰기 시작, 첫 번째 희곡이자 19세기 남아메리
  카 스웨덴 식민지 사건을 다룬《The Amusement Park》집필.

—1972년, 첫 소설을 준비하며 오랜 꿈이었던 아프리카의 기니비사우 Guinea-Bissau를 여행.

—1973년, 아버지 사망 후 첫 소설 《The Stone Blaster》 발표. 노동조합 운동을 다룬 이 작품을 계기로, 스웨덴 사회와 연대의 필요성은 그의 삶과 작품의 주요 주제가 됨.

—이후부터 그의 삶은 소설 집필과 연극 연출로 나뉨.

—1984년, 스웨덴 벡셰Växjö의 'Kronobergsteatern 극장' 책임자가 됨. 그곳에서 오직 스웨덴 연극만을 기획하여 성공을 거둠. 연극 공연에 집중하느라 1984년~1990년 사이 어떤 작품도 출간하지 않음.

—1986년, 모잠비크 수도 마푸토에 있는 극단 'The Teatro Avenida'의 운영을 맡게 됨. 그때부터 한 해의 절반을 아프리카에 머물며 집필과 연출 작업을 병행.

—1990년, 두 편의 소설 《The Eye of the Leopard》 《A bridge to the Stars》 출간. '조엘 3부작'의 첫 번째 작품 《A bridge to the Stars》로 그해 최고의 아동서적에 부여하는 Rabén&Sjögren상 수상.

—1991년, '발란더 시리즈'의 첫 작품 《Faceless Killers》 출간. 이후, 시리즈의 세 번째 작품 《The White Lioness》가 국제적인 베스트셀러가 됨.

—1995년, 《Secrets in the Fire》 출간. 이 소설은 '소피아 3부작'의 첫 번째 작품으로, 기아 · 에이즈 등 아프리카인들이 생존을 위해 투쟁하는 여러 문제들을 다룬 소피아 시리즈는 엄청난 성공을 거둠.

—1998년 '조엘 3부작'의 세 번째 작품 《세상 끝으로의 여행The Journey to the End of the World》 출간.

—2001년, '소피아 3부작'의 두 번째 작품《Playing with Fire》출간.

—2003년,《I Die, But My Memory Lives On》출간, 아프리카 에이즈 문제에 대한 서구 사회의 무관심을 신랄하게 비판함.

—2004년, 제1차 세계대전에 참여한 스웨덴 해군 군함정비병의 파괴적인 강박을 그린 서정적이고 감상적인 소설《Depths》출간.

—2005년, 전 독일 대통령 호스트 쾰러의 초청으로 참석한 아프리카 지원 협력 회의 연단에서 그가 만난 가난한 아프리카인에 관한 일화를 소개. 자신의 존엄을 유지하기 위해 자신의 발에 신발을 그려 넣은 이 남자에 관한 이야기는 인간적 위엄과 저항에 관한 상징이 됨.

—에이즈로 죽어가는 부모들이 그들의 언어와 그림들로 자신들의 삶을 기록할 수 있게 한 'Memory Books' 프로젝트에 많은 시간을 쏟음.

—2006년, 순문학 소설《이탈리아 구두Italian shoes》출간.

—2007년,《The Fury in the Fire》출간, '소피아 3부작' 완성.

—2007년 10월, 아내이자 연극 연출자인 에바 베르히만과 함께 모잠비크의 고아들을 위한 '어린이 마을 건설을 위한 기금 모금'에 참여. 이 마을은 2012년 Chimoio에 완공됨.

—2008년 2월 3일, 모잠비크 마푸토에서 가족 · 동료 · 친구들과 함께 60번째 생일을 기념.

—2008년 5월, 50년 동안 꿈꾸었던 말리의 팀북투를 방문.

—2008년 6월, 세인트 앤드류 대학에서 명예박사학위를 받음.

—빈곤 여성 지원 사업에 주력하는 'Hand in Hand' 기구의 인도 지원 모금 캠페인을 주도.

—BBC에서 발란더 3부작《One Step Behind》《Firewall》

《Sidetracked》방영.

—2008년,《The Man from Beijing》출간, 20세기 후반 중국에 의해 촉발된 엄청난 변화를 다룬 이 책으로 큰 반향을 불러일으킴.

—2008년, 한 해 동안 세계에서 아홉 번째로 많은 책을 판매한 작가로 기록됨.

—2009년, '발란더 시리즈'의 열 번째 소설《The Troubled Man》출간, '발란더 시리즈' 완성.

—2009년, 베를린영화제 심사위원.

—2010년, 이스라엘의 가자 지구 해상 봉쇄를 뚫기 위한 선단에 참여했다가 이스라엘 국경 수비대에게 체포되어 스웨덴으로 추방됨.

—2013년,《A Treacherous Paradise》출간.

—2014년 1월, 폐암 선고를 받음. 마지막 책《Quicksand》발표.

—2015년 10월 5일 월요일 이른 아침, 잠에서 깨지 못한 채 67세 나이로 사망.

1973년 첫 소설《The Stone Blaster》가 스웨덴에서 출간된 이래 헤닝 만켈의 작품은 전 세계적으로 4천 만부 이상 팔렸고, 마흔 한 개의 언어로 번역됨.

사람이길 부끄러워 마라, 자랑스러워하라!
네 안에서 둥근 천장이 둥근 천장 뒤에 끝없이 열린다.
너는 절대 완전히 볼 수 없을 것이나, 그것이 그분의 뜻.

- 토머스 트란스트뢰메르Thomas Transtruömer의 시 〈로마네스크 아치〉에서

사람으로 산다는 것

첫판 1쇄 펴낸날 2017년 1월 13일

지은이 | 헤닝 만켈
옮긴이 | 이수연
펴낸이 | 박남희

종이 | 화인페이퍼
인쇄·제본 | 한영문화사

펴낸곳 | (주)뮤진트리
출판등록 | 2007년 11월 28일 제318-2007-000130호
주소 | 서울시 마포구 토정로 135 (상수동) M빌딩
전화 | (02)2676-7117 팩스 | (02)2676-5261
전자우편 | geist6@hanmail.net
홈페이지 | www.mujintree.com

ISBN 978-89-94015-37-8

* 책값은 뒤표지에 있습니다.